MEG MITCHELL MOORE

WIR, IM SOMMER

atb aufbau taschenbuch

MEG MITCHELL MOORE wuchs in Massachusetts auf, wo sie heute mit ihrem Mann, drei Töchtern und einem Border Collie in der schönen Küstenstadt Newburyport lebt. Bevor sie sich ganz auf das Schreiben von Romanen verlegte, arbeitete sie als Journalistin.

CHRISTINE STRÜH übertrug u. a. Gillian Flynn, Cecelia Ahern, Kristin Hannah und Natasha Lester ins Deutsche. Sie lebt in Berlin.

Das Leben des Schriftstellers Anthony liegt nach einer verheerenden Lüge in Scherben, und er sucht Zuflucht auf Block Island. Dort lernt er die alleinerziehende Bäckerin Joy kennen, die wie er mit ihrer Vergangenheit hadert. Auch Joys Freundin Lu sieht sich in einer Sackgasse, da sie ihrem Mann das Versprechen, für die Familie zu Hause zu bleiben und sich um die Kinder zu kümmern, nicht länger erfüllen kann. Heimlich arbeitet sie an einem Projekt, das mehr und mehr Zeit in Anspruch nimmt. Schon bald stehen die drei vor der Herausforderung, sich ihren Geheimnissen zu stellen – und möglicherweise alles zu verlieren.

MEG MITCHELL
MOORE

WIR IM SOMMER

ROMAN

AUS DEM AMERIKANISCHEN
VON CHRISTINE STRÜH

atb aufbau taschenbuch

Die Originalausgabe unter dem Titel
The Islanders
erschien 2019 bei William Morrow,
an Imprint of HarperCollins Publishers, New York.

MIX
Papier aus verantwortungsvollen Quellen
FSC www.fsc.org
FSC® C083411

ISBN 978-3-7466-3636-8

Aufbau Taschenbuch ist eine Marke
der Aufbau Verlag GmbH & Co. KG

1. Auflage 2020

Umschlaggestaltung www.buerosued.de, München
unter Verwendung eines Motivs von © Arcangel / Ildiko Neer
Gesetzt aus der Whitman durch Greiner & Reichel, Köln
Druck und Binden CPI books GmbH, Leck, Germany
Printed in Germany

www.aufbau-verlag.de

Für Brian und unsere Mädchen.
Addie, Violet und Josie – jede von euch dreien
ist meine Lieblingstochter.

Teil 1

August

Block Island

Prolog

»Es hat mich ganz aus der Fassung gebracht, einen Mann so weinen zu sehen«, sagte Bridget Fletcher.

»Ach, um Himmels willen«, sagte Pauline Morrison, die fand, dass Bridget manchmal etwas überempfindlich war. Wahrscheinlich, weil sie jung und im Gegensatz zu Pauline nicht auf Block Island aufgewachsen war. Auf einer Insel aufzuwachsen härtete ab. Das wusste jeder. »Warum soll ein Mann denn nicht weinen? In so einer Situation würde ich auch weinen. Das ist vollkommen normal.«

»Du bist aber kein Mann«, argumentierte Bridget. »Und genau deswegen war es ja so … so sonderbar. Als dürfte ich das eigentlich nicht mit ansehen. Er hat gewürgt und am ganzen Leib gezittert, wenn das Schluchzen ihn überwältigte.«

Pauline wusste, dass Bridget sich an der Boston University für ein Schreibseminar angemeldet hatte, das im Herbst beginnen sollte, aber ihrer Meinung nach redete Bridget jetzt schon, als rezitiere sie Zeilen aus einem Roman, den sie noch nicht geschrieben hatte. Pauline war eine etwas geradlinigere Art der Kommunikation gewohnt. Auch das war dem Leben auf der Insel zu verdanken: Man lernte, nichts zu verschwenden – kein Essen, kein Heizöl, keine Zeit, keine Worte.

»Kann man ihm kaum vorwerfen«, erwiderte sie mit Überzeugung.

»Das will ich auch nicht, natürlich nicht!«, rief Bridget.

Junge Leute waren immer gleich so eifrig, vor allem junge Frauen.

Was Pauline nervig und erfrischend zugleich fand. Sie war gern mit Bridget befreundet, so seltsam das vielleicht war, denn durch sie blieb ihr der Kontakt zur Jugend erhalten. Eigentlich hatten sie sich nur kennengelernt, weil Pauline und Bridgets Tante Leona, der das Haus in der Payne gehörte, in dem Bridget wohnte – umsonst, die Glückliche –, vor langer Zeit am Vassar College befreundet gewesen waren. Leona, die die meiste Zeit des Jahres in Boston verbrachte und dort eine große Wohltätigkeitsorganisation leitete, hatte Pauline gebeten, Bridget »ein bisschen im Auge zu behalten«. Deshalb lud Pauline sie pflichtgetreu jede Woche zum Kaffee im Whoopie-Pie-Café in der Dodge Street ein.

Heute war ein wolkenloser Tag Mitte August, leichter Wind aus Südost, das Wasser glasklar. Am Fred Benson Beach waren schon fast alle Sonnenschirme und Boogiebretter verliehen. Erstaunlich, wie schnell die Leute den Sturm vergessen hatten.

»Ich hab ja nicht gesagt, er hätte nicht weinen *sollen*«, erklärte Bridget. »Offensichtlich hat er sich verantwortlich gefühlt. Zu seinem Kummer kamen also noch die ganzen Schuldgefühle. Ich meine nur, dass es mir unangenehm war, es mit anzusehen. Weiter nichts. Es brach einfach so aus ihm heraus. Ich krieg es einfach nicht aus dem Kopf.«

In ihrem eigenen Kopf begann Pauline ihre nächste Mail an Leona zu formulieren. *Hab mich mit Bridget getroffen!*, würde sie schreiben. *Scheint alles so weit in Ordnung zu sein bei ihr. Nach dem Sturm ist hier inzwischen auch fast alles wieder aufgeräumt.*

»Na ja, dann solltest du es eben wieder vergessen«, sagte sie laut. »In einer halben Stunde musst du zur Arbeit, richtig?«

Doch Bridget schien sie nicht gehört zu haben. »Es ist grade mal eine Woche her. Kaum zu glauben, oder?« Sie drückte die Handflächen auf den Tisch und sah Pauline ernst an. »Das musst du zugeben, oder? Dass es kaum zu glauben ist?«

Pauline zuckte die Achseln. Außer dass die Corn Neck Road überschwemmt gewesen war, hätte der Sturm echt schlimmer sein können. Dabei war er praktisch aus heiterem Himmel gekommen. Er hatte in letzter Minute seine Richtung geändert und war auf die Insel zugerast. Trotzdem war er nichts im Vergleich zu Hurrikan Bob im Jahr 1991 gewesen. Das sagte Pauline jetzt auch zu Bridget.

Die kicherte und erwiderte: »Ich bin doch erst 1994 geboren!«

Pauline schnaubte. Die Tatsache, dass jemand 1994 geboren und trotzdem alt genug war, demnächst ein Studium zu beginnen und einem Job nachzugehen, erschien ihr einfach lächerlich. War sie selbst denn tatsächlich schon so alt?

Bridget wurde wieder ernst. »Es ist nur so, dass ich noch nie einen Toten gesehen habe«, erklärte sie. »Ich meine, bei Beerdigungen schon, klar, aber dass jemand praktisch vor meinen Augen stirbt, hab ich noch nie erlebt. Vermutlich kriege ich es deshalb nicht aus dem Kopf. Gerade hat er noch gelebt, und im nächsten Augenblick war das Leben weg, einfach weg.« Sie schauderte. »Man konnte nichts dagegen tun.«

Pauline biss in ihren Whoopie-Pie. Erdbeersahne. Sehr lecker, doch nun, im Spätsommer, freute Pauline sich schon auf den Herbst, denn da wurden die Geschmacksrichtungen deutlich interessanter. Pumpkin Spice, Lebkuchen, Apfel-Zimt. Ihrer Ansicht nach war im Herbst sowieso alles besser.

»Ich meine, Pauline, wer erwartet denn schon, in einem Urlaubsort zu sterben?«

Pauline musterte Bridget. Ihr Gesicht wirkte offen und unschuldig. So viel lag noch vor ihr, sie hatte noch einiges zu lernen.

»Wer rechnet denn überhaupt damit zu sterben?«, fragte sie.

Teil 2

Zwei Monate früher

Juni

Kapitel 1 | Anthony

Auf dem Oberdeck der Fähre von Point Judith nach Block Island beobachtete Anthony Puckett eine Gruppe junger Frauen, offensichtlich ein Junggesellinnenabschied, die beherzt aus Plastikbechern tranken. Alle trugen identische weiße hautenge Tanktops, auf denen ein Paar Cowboystiefel und darüber die Worte *Reitet sie zu, Cowgirls!* zu sehen waren. Darunter stand: *Jennys letztes Rodeo*. Auf jedem Plastikbecher stand in großen Druckbuchstaben der Name des Mädchens: *ASHLIE, LEXIE, SADIE*. (Anscheinend gab es eine Regel, dass die Namen auf *ie* enden mussten. Anthony wusste nicht, was deprimierender war – das oder die Tatsache, dass jede einen Cowboyhut auf dem Kopf hatte, hier in Rhode Island, fern von jedem Ort, an dem ein solcher Hut Sinn gehabt hätte. Oder vielleicht der Orangensaft in den klaren Plastikbechern, der bedeutete, dass sie Screwdrivers tranken, den phantasielosesten Drink der ganzen Welt.

Auf der anderen Seite des Decks, in sicherer Entfernung von den Junggesellinnen, saß ein kleiner Junge in Max' Alter, an seine Mutter geschmiegt, die gedankenlos durch ihr Smartphone scrollte, ohne dem Jungen die geringste Beachtung zu schenken.

Denk nicht an Max, befahl Anthony sich streng. Nein, er würde jetzt nicht daran denken, was für ein Gesicht Max machte, bevor er eine seiner unlösbaren philosophischen Frage stellte. Zum Beispiel: *Wenn Gott alles erschaffen hat, wer hat dann Gott erschaffen?* Anthonys Eltern waren überzeugte Katholiken, und Cassie, Anthonys

Noch-Ehefrau, war überzeugt, dass seine Mutter Dorothy ihren Enkel heimlich indoktrinierte, was ihren normalerweise yogaentspannten Blutdruck regelmäßig in die Höhe schnellen ließ.

Doch Anthony wollte weder an Max noch an Cassie und schon gar nicht an Cassies schmierigen Freund, den Kunsthändler Glen Manning, denken, mit dem sie garantiert ins Bett ging. Auch nicht an seine eigene Zukunft, die sowohl in finanzieller wie in beruflicher Hinsicht so trübe und abgründig war wie ein aufgewühlter Ozean. Und am allerallerwenigsten wollte er an Leonard Puckett, seinen Vater, denken.

Anthony schloss die Augen und versank in einen Dämmerschlaf. Erst als er spürte, dass die Fähre langsamer wurde, öffnete er die Augen wieder und sah, dass sie sich dem Festland näherten. Gebäude tauchten auf, ein Pier, ein gutes Dutzend vertäuter Segelboote. *Sich auf dem Schiff einem Ort zu nähern, den man nie zuvor erblickt hatte – nun, er musste zugeben, dass dies einen gewissen Zauber in sich barg.* In Gedanken schrieb Anthony diesen Satz auf, löschte ihn jedoch gleich wieder, weil er ihn nicht gut fand.

Er hatte niemandem erzählt, wohin er fuhr, und erwartete auch nicht, auf vertraute Gesichter zu treffen. Natürlich hatte auch Cassie sich nicht nach seinen Plänen erkundigt – sie wollte ihn nur loswerden. Von seinen Bekannten machte niemand auf Block Island Ferien, sondern sie fuhren nach Nantucket oder Martha's Vineyard oder in die Hamptons. Eigentlich war es ein enormer Glücksfall, dass der uralte Onkel eines Collegefreunds auf Block Island ein Cottage besaß und jemanden brauchte, der es hütete.

»Könnte er es nicht vermieten?«, hatte Anthony gefragt. »Für Geld?«

»Das könnte er schon«, antwortete sein Freund Ryan Fitzsimmons, den sie im College nur Fitzy genannt hatten. »Aber weißt du, Mann, die Hütte ist echt alt. Sieht aus wie ein Häuschen, in dem vielleicht deine Ururururgroßmutter gern gewohnt hätte. Mein Onkel hat keinen Bock zu renovieren und möchte sie trotzdem nicht unbewohnt lassen. Ein Auto gehört übrigens auch dazu. Ein LeBaron, ebenfalls uralt.«

»Warum willst du nicht hin?«, fragte Anthony.

»Ich?« Fitzy lachte laut. »Kommt nicht in die Tüte. Charlottes Eltern haben uns für August ein cooles Ferienhaus in Nantucket besorgt. Außerdem kriege ich bei der Bank auch nicht so viel Urlaub. Ich muss ja das Geld ranschaffen.«

Reib es mir ruhig noch unter die Nase, dachte Anthony.

Eigentlich wäre er lieber auf eine weiter entfernte Insel gereist – Anguilla, Saint Martin, Barbados, irgendwohin, wo man sich unter die Reichen und Schönen mischen konnte. Doch damit war es ein für alle Mal vorbei.

Als die Fähre anlegte, ließ er den torkelnden Frauen mit ihren Wochenendrollköfferchen den Vortritt.

Zu heiraten ist die sicherste Methode, sich ein gebrochenes Herz einzuhandeln, wollte der in Ungnade gefallene einsame Mann der jungen Braut sagen, schrieb er in Gedanken. *Lauf weg, solange du noch kannst. Egal, wohin. Nur weg.*

Vor ihrer Hochzeit hatte Cassie sich mit ihren vier Brautjungfern zu einem Yoga-Retreat aufgemacht. Alles sehr zivilisiert und zenmäßig. Er dagegen war mit seinen Dartmouth-Kumpeln auf Sauftour gegangen. An die Details konnte er sich nur sehr vage erinnern.

Als er die Fährenrampe hinuntergegangen war, blieb er eine Weile reglos stehen. *Ein Schwarm Sommermenschen wogte an ihm vorüber.* Nein. Löschen.

Er stand vor einem großen Hotel aus der viktorianischen Ära; *HARBORSIDE INN* las er auf dem Schild. Daneben noch eines: *NEW SHOREHAM HOUSE*, daneben ein weiteres Hotel, und im gleichen

Stil ging es weiter. Auf allen Terrassen herrschte Hochbetrieb, lachende Menschen mit Getränken, überall Kinder, Hunde, Eistüten und Sonne, Mopeds, Fahrräder und Jeeps. Und mittendrin Anthony Puckett mit seinem Rollkoffer, in der freien Hand einen Zettel mit einer Adresse in der Corn Neck Road.

Vermutlich würde er ein Taxi suchen müssen, um zu dem Cottage zu kommen. Ob es auf einer so kleinen Insel überhaupt Taxis gab? Uber? Irgendwas? Er fühlte, wie ihm der Schweiß über den Nacken lief, seine Jeans klebten an den Beinen.

So ließ er den Fährhafen hinter sich, schleppte sich den Hügel hinauf und überquerte oben die Straße. Dort blieb sein Blick an einem Schild auf einem kleinen Gebäude neben dem Postamt hängen, und sein Herz zog sich schmerzhaft zusammen.

ISLAND BOUND BOOKS stand dort. Und im Schaufenster lag Leonard Pucketts neuestes Werk. Das Cover war feuerwehrrot, darauf nur die weißen Lettern des Titels *Der Reiz der Jagd*. Der neunte Band der Gabriel-Shelton-Reihe.

Sogar hierher verfolgte ihn sein Vater. Nein, das Buch war sogar vor ihm hier gewesen. *Korrigiere das noch mal, Anthony. Lösch das. Überarbeite es.* Wieder einmal war er seinem Vater gefolgt.

Corn Neck Road 27 war ein verwittertes kleines Cottage, zu dem eine lange, mit Muschelschalen bestreute Auffahrt führte. Neben der Veranda lag – wie von Fitzy angekündigt – ein großer Stein, unter dem Anthony den Schlüssel fand.

Von außen hätte man das Baujahr nicht schätzen können, aber im Innern war die Zeit zu Anfang des zwanzigsten Jahrhunderts stehengeblieben. Spitze, Brokat, Stühle mit gerader Rückenlehne, schwere dunkle Holzmöbel, die zu den dunklen Teppichen passten. In der kleinen Küche mit den antiken Silbergriffen an den Schubladen und einer hellgrün beschichteten Arbeitsfläche näherte man sich den vierziger Jahren. Die Kühlschranktür ließ sich nur schließen, wenn er sich mit seinem ganzen Gewicht dagegenwarf. Egal – er war sowieso leer, abgesehen von einem halb leeren Eiswürfelbehälter im Gefrierfach.

Oder war der Behälter vielleicht halb voll? Früher hätte Anthony diesen Witz vielleicht laut ausgesprochen, zurzeit jedoch war ihm nicht danach zumute.

Auf dem hölzernen Küchentisch lag ein Zettel von Fitzys Onkel. *HAUSORDNUNG* stand darauf.

1. *Donnerstag ist Mülltag.*
2. *Keine Haustiere.*
3. *Keine Partys.*

»Das ist alles?«, sagte Anthony laut. Na gut, drei Regeln würde er wahrscheinlich einhalten können.

Auf dem Sideboard im Wohnzimmer standen eine Kristallkaraffe und zwei Gläser. Ob die Sachen dekorativ oder als Einladung gemeint waren, konnte Anthony nicht sagen, auf jeden Fall passten sie zu der Stimmung, die ihn in dem Häuschen überkam, als wäre er soeben in Downton Abbey eingetroffen. In der Karaffe befand sich eine bernsteinfarbene Flüssigkeit. Brandy. Oder vielleicht auch Sherry. *Der einsame Mann musste sich zurückhalten, sonst hätte er die Karaffe gepackt und ihren Inhalt hinuntergestürzt wie Limonade.*

Klang nach einer ziemlich langweiligen Geschichte.

Anthony wandte sich ab und betrat eines der beiden Schlafzimmer. Dort empfing ihn ein Himmelbett mit Pfosten, die so spitz waren, dass er sich glatt damit aufspießen könnte. In seinem früheren Leben hatten er und Cassie auf einem gepolsterten Avery-Bett geschlafen. Natürlich von Cassie ausgewählt. Und von Anthony bezahlt.

Er gab sich alle Mühe, sich nicht vorzustellen, dass seine Frau jetzt in ebendiesem Avery-Bett lag – oder genauer gesagt, mit wem sie darinlag. Der Gedanke, dass er sich das Scheitern seiner Ehe selbst zuzuschreiben hatte, war grässlich. Wesentlich unangenehmer jedoch war die Überlegung, dass die Probleme schon viel früher begonnen haben mochten.

Was Max wohl gerade machte, jetzt, in dieser Sekunde? Ob man ihm wohl eine vernünftige Erklärung für die Abwesenheit seines Vaters gegeben hatte? Aber an Max zu denken tat zu weh, also rollte Anthony den Gedanken an seinen Sohn zusammen wie einen Schlafsack, stopfte ihn in die dazugehörige Hülle und verfrachtete ihn behutsam in eine Ecke seines Hinterkopfs, um ihn später jederzeit wieder hervorholen zu können.

Dann packte er den Koffer aus und ließ seine Sachen in den dunklen Nischen der Kommodenschubladen verschwinden.

Anschließend stieg er in den alten LeBaron und folgte der Wegbeschreibung auf seinem Smartphone zur Block Island Grocery, einem Lebensmittelladen in einem grau geschindelten Gebäude, in dem es nach Seeluft und Tourismus roch. Die Gemüseabteilung war winzig, für vier Produkte musste er gefühlte dreitausend Dollar hinblättern, und dafür sollte er sich noch durch die Schlange an der Feinkosttheke kämpfen, die auf ihre Sandwiches für den Strand wartete. Glückliche Menschen, unbeschwert und sandig! Nicht auszuhalten.

Bevor er den Laden verließ, überflog er noch die Zettel am Schwarzen Brett. Jemand verkaufte einen Minikühlschrank, sieben andere ein Surfbrett. Eine Gruppe von Frauen suchte eine Unterkunft für den Sommer. Hatte vielleicht auch jemand einen festen Wohnort, einen Job im Angebot?

Er fuhr zum Ende der Corn Neck Road, vorbei an drei etwas wackligen Radfahrern. Vielleicht brachten ihre großen mit Strandtüchern vollgestopften Weidenkörbe am Lenker sie aus dem Gleichgewicht. Am Ende der Straße war ein kleiner Parkplatz, dahinter ein Stück Felsenküste mit einem Leuchtturm, auf den eine kleine Menschengruppe zuwanderte.

Anthony wendete den LeBaron. War das alles, was diese Insel zu bieten hatte? Im Ernst? Was sollte er jetzt machen? Er konnte zurück nach Downtown gehen. In Gedanken setzte er das Wort in Anführungszeichen, eine Straße machte schließlich noch keine Downtown. Er hätte sich ein Eis kaufen können, hatte aber nicht den geringsten Appetit. Oder ein T-Shirt – wenn er nicht ohnehin vorsorglich sieben seiner grauen Lieblingsshirts eingepackt hätte. Außerdem bestand die Möglichkeit, dass bei solchen Beschäftigungen ein Lächeln von ihm erwartet würde. Ein Mindestmaß an sozialer Interaktion. Und auf jeden Fall Geld. Nein, danke. Auf nichts davon hatte er Lust.

Langsam schlenderte er die Corn Neck Road hinunter. In null Komma nichts gelangte er wieder zu der Muschelauffahrt vor seinem Cottage.

Anthony war auf die Insel gekommen, um sich zu verstecken. Doch nun war hier alles so winzig, dass er überhaupt nicht wusste, wo er sich verstecken sollte.

Kapitel 2 | Joy

www.DinnerByDad.com

Vielleicht fragt ihr euch jetzt: Chili im Sommer? Ich weiß. Aber vertraut mir. Dieses Gericht hat selbst für den längsten Tag des Jahres genug zarte Aromen und Sommergemüse (hallo, gelber Kürbis!). Und apropos lange Tage – wenn Jacqui nach einem langen Tag im Gericht nach Hause kommt, warten Charlie, Sammy und ich am liebsten mit einem fabelhaften Eintopf auf sie. Aufräumen ist danach ein Klacks, wir können sofort nach draußen und den Feierabend genießen. Auf den Sommer muss man in dieser Gegend lange warten, und wenn er endlich da ist, wollen wir natürlich keine Minute verpassen!

Jemand hatte in zweiter Reihe geparkt und blockierte Joys Platz mit einem abgewrackten Chrysler LeBaron. *Mitte der Neunziger*, vermutete sie.

»Das geht gar nicht, Mister«, sagte sie laut. Fing das jetzt schon im Juni an? Unmöglich! Sie hielt doch den langen, oft einsamen Winter hier nicht durch – wenn der Wind direkt von der Bucht kam und sie manchmal außer ihrer Tochter und dem Hund kein Lebewesen sah –, damit sich dann irgendein Sommergast ihres Parkplatzes bemächtigte. Joy drückte kräftig auf die Hupe.

Der Typ hing am Handy, natürlich, und drehte sich nicht mal um.

Joy hatte fünfundzwanzig Pfund Mehl hinten in ihrem Jeep, die arbeitsreichste Zeit des Jahres stand ihr bevor. Nichts in der Welt würde sie dazu bringen, irgendwo anders zu parken als auf ihrem angestammten Platz. »Komm schon, Pisser«, sagte sie. Das Leben als alleinerziehende Mutter und Besitzerin eines kleinen Geschäfts auf einer saisonalen Insel hatte sie ordentlich abgehärtet.

Ihr Handy summte. Eine Nachricht von ihrer Tochter Maggie. *Möchtest du, dass ich Abendessen mache?* Joy wurde warm ums Herz, nicht nur wegen Maggies Angebot, sondern auch, weil sie vor halb elf auf war, was bedeutete, dass sie sich noch nicht gänzlich wie ein Teenager verhielt. Joy war selbst ein wilder Teenager gewesen, mit der Tendenz zu dramatischen Stimmungsschwankungen und unpassenden Schwärmereien, die sie gelegentlich auf den Straßen von Fall Rivers ausgelebt hatte. Zum Glück waren ihre vier Brüder so voller Energie, dass es leicht gewesen war für Joy, unter dem Radar zu fliegen.

Maggie war dreizehn und kam demnächst in die achte Klasse der winzigen Schule von Block Island, in der sie acht Klassenkameraden haben würde. Vorausgesetzt, es zog nicht noch jemand in Maggies Alter in die Stadt, was höchst unwahrscheinlich war.

Da der Pisser immer noch am Handy war, nahm Joy sich eine Sekunde, um ihrer Tochter zu antworten. *Heute ist alles geregelt, ich mache Veggie-Chili.* Sie achtete auf die korrekte Zeichensetzung, sie konnte nicht anders, und außerdem schüttelte Maggie immer streng den Kopf, wenn Joy zu viele Abkürzungen benutzte. Abkürzungen waren der Jugend vorbehalten.

Dinner by Dad?, schrieb Maggie.

Dinner by Dad war Joys liebster Koch-Blog. Auch heute hatte sie zwischendurch ihren Laptop hochgefahren, um den neuesten Post zu lesen. Auf *Dinner by Dad* hielt Leo, der Hausmann, immer eine frische Kanne Kaffee für seine Frau Jacqui bereit, bevor sie sich auf den Weg zur Arbeit in die Stadt machte. Manchmal verließ sie das Haus schon vor der Morgendämmerung, wenn sie zum Beispiel an einem wichtigen Fall arbeitete, und trotzdem hatte Leo Kaffee für sie gemacht. Überhaupt leistete Leo Erstaunliches. Wenn die Sonne aufging, joggte er vier Meilen, hatte immer ein Lächeln auf den Lippen und eine Scheibe Vollkorntoast im Toaster. Joy hoffte, dass seine Frau ihn angemessen zu schätzen wusste.

Genau, antwortete sie.

Chili im Sommer?

Ich weiß, simste Joy zurück. *Jede Menge Sommergemüse. Ich vertraue ihm.* Ach wirklich. Sie war geradezu verknallt in Leo. Gestern war sie auf dem Bauernmarkt hinter dem Spring House Hotel gewesen, der immer mittwochs stattfand, und hatte Unmengen Gemüse gekauft. Den Rest des Chilis konnte sie ja einfrieren.

Von früheren Posts wusste Joy, dass Leo mit seiner Familie irgendwo im Mittleren Westen lebte und dass sie Zugang zu einem See hatten. Manchmal fing Leo nämlich einen Fisch zum Abendessen, entgrätete ihn direkt auf dem Boot und so weiter. Vielleicht Michigans Upper Peninsula? Joy wusste es nicht genau – mit persönlichen Details war Leo äußerst sparsam. Mit den Rezepten nicht.

Ich auch, schrieb Maggie zurück. *Es lebe DBD!* Das war eine untypisch euphorische Reaktion, deshalb ließ Joy es dabei bewenden und drückte stattdessen noch einmal auf die Hupe, und der LeBaron setzte sich tatsächlich in Bewegung.

Während Joy auf ihren Parkplatz wartete, reckte sie dem Fahrer den Stinkefinger entgegen, denn die Sommergäste mussten lernen, sich zu benehmen. Doch der Typ war immer noch am Telefon und sah nicht mal in ihre Richtung.

»Hey!«, knurrte sie, hupte erneut, und jetzt drehte er sich endlich um. Als er zu ihr herübersah, verließ sie jedoch der Mut, sie zog den Finger ein und deutete nur wütend auf das Schild *PRIVATPARKPLATZ: WIDERRECHTLICH GEPARKTE FAHRZEUGE WERDEN KOSTENPFLICHTIG ABGESCHLEPPT.*

Er winkte ihr mit der freien Hand zu, aber es war nicht klar, ob es ein Gruß, eine Entschuldigung oder einfach allgemeines Pissertum war. »Pisser«, brummte Joy noch einmal. Der Parksünder kam ihr eindeutig wie ein New Yorker vor, obwohl sein Auto ein Rhode-Island-Nummernschild hatte und überhaupt nicht aussah, als würde ein New Yorker es fahren wollen. Ein uralter LeBaron, schätzungsweise aus dem Jahr 1995. Joys Vater hatte eine Autowerkstatt, in der Joy in ihrer Highschool- und Collegezeit hin und wieder ausgeholfen hatte, daher verfügte sie über eine gewisse Erfahrung in der Materie.

Sie beobachtete, wie der LeBaron in der Dodge Street parkte. Gut, das waren öffentliche Stellplätze.

Langsam stieg sie aus dem Jeep, öffnete die hintere Tür, um an das Mehl zu kommen, behielt den Mann in dem LeBaron jedoch sicherheitshalber im Auge und sah, wie er die Arme aufs Lenkrad und den Kopf auf die Handrücken legte. Lachte er? Schlief er? Oder weinte er womöglich?

Neugierig geworden, ließ sie das Mehl im Auto und näherte sich dem Wagen. Tatsächlich, der Typ weinte, seine Schultern zuckten. Unwillkürlich wich Joy zurück.

Doch dann hielt sie inne. Wie er da ins Lenkrad schluchzte, sah er aus wie ein armer Kerl, und einem armen Kerl hatte sie noch nie widerstehen können. In der vierten Klasse war sie als Einzige freundlich gewesen zu Oliver Wheeler mit seinem Pferdegebiss, seinen X-Beinen und der dicken Brille, die ihm jedes Mal von der Nase gehauen wurde, wenn er Four Square spielte. In der Highschool hatte sie einmal pro Woche ehrenamtlich im Tierheim *Forever Paws* in der Lynnwood Street in Fall River gearbeitet, nachdem sie hinter einer verlassenen Lagerhalle einen Boxermischling gefunden und auf der Stelle ins Herz geschlossen hatte. Ihre Mutter erlaubte nicht, dass sie den Hund behielt – fünf Kinder in der Wohnung waren genug! –, also brachte Joy ihn ins Tierheim und kam mit einem unbezahlten Job zurück. Und heute brachte sie ihre ehemalige Nachbarin Mrs Simmons einmal im Jahr zum Friedhof, damit sie am Todestag ihres geliebten Ehemannes sein Grab besuchen konnte.

Doch diesmal würde sie nicht auf die Mitleidstour hereinfallen. Sie hatte eine Tochter, einen Hund und ein Geschäft. Das reichte. Zwar hatte sie viele Fehler gemacht – dabei dachte sie natürlich vor allem an Dustin, ihren Exmann –, aber Joy Sousa war überzeugt, dass sie gelernt hatte, solcher Art von Ärger aus dem Weg zu gehen.

Als sie sich umwandte und zu ihrem Jeep zurückkehren wollte, wäre sie fast mit ihrer besten Freundin Holly Baxter zusammengestoßen, die wahrscheinlich zu ihrer Arbeitsstelle bei der Handelskammer von Block Island unterwegs war.

»Wir prüfen gerade eine neue Bewerbung«, erklärte Holly ohne weitere Einleitung. »Einen Imbisswagen.«

»Ooooh!«, rief Joy. »Hoffentlich einer mit Tacos.«

Aber Holly schüttelte den Kopf. »Nein, keine Tacos. Ich wollte das mit dir persönlich besprechen«, meinte sie mit einem vielsagenden Blick zu »JOY BOMBS«, ihrem kleinen Café.

»Warum? Was verkaufen sie denn?« In den letzten Jahren hatten auf der Insel verschiedene Imbisswagen ihr Glück versucht.

Zwischen Hollys Augen erschien eine Sorgenfalte. »Kaffee«, sagte sie »Salate. Verschiedenes.«

»Na und?«, entgegnete Joy. »Kaffee verkauft doch jeder. Und Salate auch.« Aber es sah ganz danach aus, als wolle noch ein anderes Wort aus Hollys Mund kommen.

»Und«, sagte sie, »Macarons.«

»Macarons?«

»Na, du weißt doch, diese kleinen französischen Plätzchen mit einer Unmenge verschiedener Geschmacksrichtungen, es gibt sogar …«

»Ich weiß, was Macarons sind«, sagte Joy.

»Ich habe versucht, mir etwas einfallen zu lassen, um es zu verhindern«, fuhr Holly fort und fügte mit leiser Stimme hinzu: »Dir zuliebe, weißt du.«

»Mir zuliebe?«

»Ja. Aber ich hab es nicht geschafft, also bedank dich lieber nicht.«

»Wieso hast du es denn zu verhindern versucht?«

»Denk mal drüber nach, du Genie«, sagte Holly. »Du möchtest doch nicht, dass ein Imbisswagen praktisch gegenüber von deinem Laden irgendwelches Gebäck verkauft, oder?«

»Gegenüber von meinem Geschäft ist sowieso kein Platz für einen Imbisswagen«, erwiderte Joy und gestikulierte zur anderen Straßenseite.

»Mal rein hypothetisch«, meinte Holly. »Dieser Wagen wird von irgendeinem hippen New Yorker Unternehmen gesponsert, die anscheinend Tonnen von Geld für das Marketing ausgeben. Ich weiß nicht, aber ich hab irgendwie ein schlechtes Gefühl bei der Sache...« Sie sog die Luft ein und kniff die Augen zusammen.

Joy erwiderte den verkniffenen Blick und wandte sich ihrem Mehl zu.

»Ich hab keine Angst vor irgendeinem Macaron-Karren, Holly. Ich glaube, es ist eine total bescheuerte Idee. Wer will denn Macarons bei einem Imbisswagen kaufen? Die sind noch vor dem vierten Juli wieder weg.« Manchmal hatten die Imbisswagen Erfolg, manchmal auch nicht. Diesmal wahrscheinlich Letzteres. In der Regel waren die Leute von Block Island nicht verrückt nach französischem Essen, und Joy bezweifelte auch, dass die Touristen es darauf abgesehen hatten.

»Ganz bestimmt«, lenkte Holly dann auch ein, obwohl ihr Gesicht immer noch einen seltsam unergründlichen Ausdruck hatte.

»Und selbst wenn nicht, ist die Insel groß genug für uns beide.

Oder etwa nicht?« Joy hievte einen der Mehlsäcke hoch und überlegte, ob sie beide auf einmal tragen konnte.

Sie hatte es eilig, das Mehl war schwer, und Holly musste zur Arbeit. Deshalb realisierte Joy erst später, dass Holly ihr nicht geantwortet hatte.

Kapitel 3 | Lu

Jeremy kam so plötzlich ins Zimmer, dass Lu nur noch erschrocken den Laptop zuklappen konnte und sich dabei vorkam, als hätte sie ein Verbrechen begangen.

Hatte sie ja auch irgendwie – jemanden ständig hinters Licht zu führen war schließlich eine Art Verbrechen.

Diese Küche war ihr nicht vertraut, sie kannte ihre Besonderheiten nicht, weder die Delle im Griff des Pfannenwenders noch, dass es keinen richtigen Schmortopf gab. Doch sie lernte ständig dazu.

»Hallo Baby«, sagte Jeremy. »Hast du Kaffee für mich?« Er war unterwegs zur Fähre und hatte mehrere Schichten vor sich – wahrscheinlich würden sie ihn vor dem Wochenende nicht mehr sehen.

Gibt es Kaffee? war Code für *Hältst du deinen Teil der Abmachung wirklich ein?*, auch wenn das keiner von ihnen je so gesagt hatte, denn die Abmachung an sich bestand ja unausgesprochen.

»Ich mache dir schnell einen«, sagte Lu und stand auf. »Zimt?«

»O ja, gern!« antwortete Jeremy und sah Lu liebevoll an, als wäre sie ein Kind, das zum ersten Mal eine Gitarre in der Hand hielt und versuchte, ein paar Töne herauszubringen. Lu versuchte, den Blick genauso liebevoll zu erwidern, aber manchmal, wenn sie Jeremy in Arbeitskleidung sah, glattrasiert und nach frischem, männlichem Duschzeug duftend, hätte sie am liebsten laut geschrien.

Als Lu ihrem Mann den Kaffee servierte, hätte sie sich selbst auch einen eingeschenkt, doch das wäre schon ihr dritter gewesen, und mehr als zwei machten sie zittrig.

Mit einer Kopfbewegung zu Lus Laptop fragte Jeremy: »Was machst du da eigentlich?« Hatte er vielleicht Angst, dass sie nach einem Job Ausschau hielt? Jeremy war in Simsbury aufgewachsen, und seine Mutter hatte nie »außerhalb von zu Hause gearbeitet«, wie er sich ausdrückte. Sie hatten ein Bataillon von Haushaltshilfen gehabt, und nach Lus Meinung hatte Jeremys Mutter auch »innerhalb von zu Hause« nie wirklich gearbeitet. Aber es war zwecklos, darüber zu diskutieren.

»Ach nichts, ich hab nach einer Idee fürs Abendessen gesucht«, antwortete Lu, und die Lüge kam ihr leicht über die Lippen. Das Problem war nicht, dass Jeremy nicht *wollte*, dass sie arbeiten ging – obwohl es im Grunde darauf hinauslief. Ihm war es am liebsten, wenn sie zu Hause blieb und sich voll auf ihre beiden Söhne konzentrierte, während er zu den Onkologiestationen davonsegelte, wo er in von ihr frisch gewaschener OP-Kleidung die Krebsdämonen bekämpfte.

Es war einfach nicht fair. Lu hob Sebastians Abschlepptruck vom Boden auf, wo er ihn am Abend zuvor hatte stehen lassen, stellte ihn auf die Anrichte und spielte eine Weile damit, wobei sie es vermied, auf die Uhr zu schauen.

Jeremy lehnte sich aus dem Fenster und seufzte zufrieden. »Riechst du die Seeluft?«

»Ja«, antwortete Lu. »Ich liebe den Geruch.«

Jeremys Eltern verbrachten den Sommer seit Jahr und Tag auf Block Island. In den siebziger Jahren hatten sie ein Haus in der Cooneymus Road gekauft, und Lu war schon oft dort gewesen, vor allem in der Zeit, als Jeremy ihr »den Hof gemacht hatte«, wie seine Mutter das nannte – ein Anachronismus, den Lu gern zitierte.

Dieses Jahr hatte sich Jeremy zum ersten Mal überreden lassen, ebenfalls den Sommer hier zu verbringen, obwohl seine Eltern ihm schon seit Chase' Geburt damit in den Ohren lagen. Anfangs hatte Lu sich dagegen gewehrt, weil sie sich einfach nicht vorstellen konnte, den Sommer mit ihrer Schwiegermutter zu verbringen – und schon gar nicht, eine Küche mit ihr zu teilen. Doch als klar wurde, dass sie nicht im Haus der älteren Trusdales, sondern im Osten der Insel in der Corn Neck Road wohnen würden, hatte sie schließlich eingewilligt.

»Auf unsere Rechnung, ihr seid eingeladen«, hatte Nancy im April verkündet. »Obwohl ich natürlich weiß, dass du deine Freunde vermissen wirst, Lu.«

Zwar hatte Lu zurzeit kaum Freunde und blieb, wenn die Jungs im Kindergarten waren, am liebsten mit ihrem Computer allein, trotzdem nickte sie bedauernd und sagte: »Tja, vermutlich schon.«

Eigentlich war es gar nicht so schlecht. Natürlich würde Jeremy öfter weg sein, weil jetzt zum normalen Pendeln auch noch die Fahrt mit der Fähre kam und er, wenn er mehrere Schichten arbeitete, im Krankenhaus übernachten musste. Doch auf der Insel gab es ein Sommercamp, und wenn die Jungs dort waren, konnte Lu behaupten, sie ginge währenddessen ins Fitnesscenter. Sie freute sich, endlich einmal einen richtigen Inselsommer zu verbringen, denn in Connecticut wohnten sie nicht an der Küste, und sie selbst war mitten in Pennsylvania groß geworden. Außerdem gingen die Jungs früh genug ins Bett, so dass sie, wenn Jeremy weg war, sogar abends noch arbeiten konnte.

»Koch nichts zu Leckeres, wenn ich nicht da bin, okay?«, fügte Jeremy jetzt noch hinzu. »Du weißt, wie sehr ich deine Kochkunst vermissen werde.«

»Natürlich nicht!«, versicherte Lu ihm freundlich.

»Leider weiß ich noch nicht genau, wann ich am Donnerstag zurückkomme, ich bin im OP.«

»Verstehe.« An OP-Tagen verschoben sich die Termine fast immer nach hinten, es ging ja nie ohne Komplikationen. Das gehörte zum

Berufsrisiko, darüber konnte und wollte sich niemand beklagen, schließlich standen Menschenleben auf dem Spiel. »Egal, was ich koche, ich hebe was für dich auf, Schatz, oder friere es direkt ein.«

Schatz. Ach Gott. Das sagte sie doch nie. Wer war diese Fremde, die hier im Bademantel Kaffee trank? An die Anrichte gelehnt, nippte Jeremy an seinem Kaffee. Eine gemeine, nervöse Stimme in Lus Kopf sagte: *Jetzt verschwinde doch endlich.*

Aber er machte keinerlei Anstalten. »Gehst du heute ins Fitnessstudio? Wenn die Jungs im Sommerlager sind?«

»Wahrscheinlich«, antwortete sie fröhlich. »Um halb zehn ist Pilates.« In ihrem ganzen Leben hatte Lu noch nie einen Pilateskurs besucht, sie wusste nicht einmal, was da eigentlich vor sich ging. Irgendeine magische Stärkung der Körpermitte, hatte sie gehört. »Ein paar von den Kursleiterinnen hier mag ich echt gern«, fügte sie hinzu. Trieb sie es zu weit? Sie nahm sich vor, genau herauszufinden, welche Kurse in dem einzigen saisonalen Fitnessstudio angeboten wurden. Und sich vielleicht auch nach ein paar Namen zu erkundigen.

Auf einer kleinen Insel würde das Schwindeln wesentlich schwieriger werden als zu Hause in Connecticut. Was jedoch nicht hieß, dass es unmöglich war.

»Großartig, Baby«, sagte Jeremy. »Ich wette, du findest hier schnell Kontakt.«

»Mhmmm«, antwortete Lu etwas unkonzentriert. Ob die Krankenschwestern Jeremy wohl attraktiv fanden? Wahrscheinlich schon. Wahrscheinlich gab es auch ein paar Pfleger und Chirurginnen, die Jeremys Grübchen und seinen schlanken Körper zur Kenntnis nahmen.

Lu trommelte nervös mit den Fingern auf den Deckel ihres Laptops, bemühte sich um ein möglichst einnehmendes Lächeln und dachte noch einmal: *Bitte verschwinde doch!* Zwar war der Fährhafen über eine Meile entfernt, aber Jeremy mochte frische Luft und Bewegung, und da er einen Teil des Wegs am Strand zurücklegen konnte, ging er gern zu Fuß, ehe er für den Rest des Tages im Krankenhaus eingesperrt war. Für einen Menschen, der so oft vom Tod umgeben war, hatte Jeremy eine sehr gesunde, unkomplizierte Einstellung zum Leben.

»Wenn ich zurückkomme, können wir ja vielleicht anfangen, uns um unser nächstes Baby zu kümmern …«, sagte er. Zum Glück piepte im gleichen Moment sein Handy. Eine Textnachricht. Jeremy sah kurz darauf und sagte: »Bloß meine Mom. Sie möchte wissen, was wir am Wochenende vorhaben.«

»Ah«, sagte Lu und hoffte, dass sie sich nicht zu einem bestimmten Plan verpflichten musste.

»Sie haben am Samstag Freunde zum Essen eingeladen«, erklärte Jeremy, »und würden sich freuen, wenn wir auch kämen.« Er warf Lu einen Blick zu. »Aber ich kann ihnen auch sagen, dass wir schon etwas vorhaben.« Zugegebenermaßen war es schwierig, so zu tun, als hätte man etwas vor, wenn man auf derselben kleinen Insel wohnte wie die Schwiegereltern, und das auch noch auf deren Kosten. Schwierig, jedoch nicht unmöglich.

Für die Anzahlung ihres Hauses in Connecticut hatten Lu und Jeremy sich eine horrende Summe von seinen Eltern geliehen, achtzehn von den benötigten zwanzig Prozent des Kaufpreises. Wenn Lu daran dachte, wurde ihr schlecht. Die paar Hundert Dollar, die sie pro Monat übrig hatten, um ihre Schulden zurückzuzahlen – damit würden sie nie ans Ziel kommen. Jedenfalls nicht ohne Lu.

»Lass uns darüber reden«, sagte sie und meinte damit: *Es gibt nichts, was ich mir weniger wünsche.*

Jeremy schaute noch einmal auf sein Telefon, scrollte durch seine Mails und nippte an seinem Kaffee, bis Lu schließlich sagte: »Musst du nicht los? Du willst doch die Fähre nicht verpassen.« Sie stand auf, um ihm das Weggehen zu erleichtern. Im Sommer schliefen die Jungs oft lange, jetzt war es gerade mal sechs Uhr. »Schau mal auf die Uhr.« Ganz die treusorgende Ehefrau, streckte sie die Hand nach der leeren Kaffeetasse aus und sagte: »Du hast einen langen Tag vor dir, Liebling, ich nehme das.«

Vor Chase' Geburt hatte Lu als Prozessanwältin gearbeitet, und auch danach noch, bis sie hochschwanger mit Sebastian gewesen war. Sie hatten eine hervorragende Kinderfrau aus El Salvador gehabt, die jeden Morgen mit dem Bus aus der City kam. Gegen Ende von Lus zweiter Schwangerschaft hatte es Komplikationen gegeben, die vier Wochen Bettruhe erforderten. In diesen vier Wochen war Chase manchmal zu ihr ins Bett gekommen, hatte seinen perfekten kleinen Kopf auf das Kissen neben ihrem gelegt, auf ihren Bauch gezeigt und gesagt: »Baby da drin?« In solchen Momenten flachte Lus juristisches Feuer plötzlich ab. Als Sebastian dann geboren wurde, hatte die Kinderfrau eine andere Stelle näher bei sich zu Hause gefunden, und Lu hatte ihren Mann angesehen und gesagt: »Ich bleibe bei den Kindern.«

Jeremy hatte kein Hehl aus seiner Freude darüber gemacht, sie quoll ihm praktisch aus den Poren. Jemand Fremden für die Kinderbetreuung zu engagieren hatte ihm nie gefallen. Zwar würden sie sich ohne Lus Gehalt, während er seine Assistenzarztzeit in der chirurgischen Onkologie und die anschließende Facharztausbildung zu Ende brachte, noch mehr Geld von seinen Eltern leihen müssen, aber die würden ihnen gerne aushelfen, damit Lu bei den Kindern bleiben konnte. Denn ganz gleich, was man über Feminismus oder Gleichberechtigung in der Ehe dachte, hatte Jeremy jetzt genau das, was sich alle im Innersten wirklich gewünscht hatten: eine Hausfrau.

Als Jeremy endlich weg war, schlenderte sie langsam auf die hintere Terrasse des Cottage, von der aus man gerade noch Scotch

Beach sehen konnte. Direkt am Rand des Wassers ging ein Mann entlang, mit eingezogenem Kopf, die Hände tief in den Taschen vergraben. *Dieser Mann sieht aus wie der einsamste Mensch des Universums*, dachte Lu.

Kapitel 4 | Anthony

Eigentlich wäre von Anthonys Cottage der nächste Strand – Scotch Beach – in knapp einer halben Minute zu erreichen gewesen, aber er brauchte vier Tage, bis er sich zum ersten Mal auf den Weg dorthin machte.

Die ersten drei Tage auf Block Island wagte er sich nur selten nach draußen, und wenn er es versuchte, ging es meistens nicht gut. Er probierte es mit einem Ausflug in die Stadt. Gerade als er parken wollte, rief seine Mutter an und beschrieb ihm ihren letzten Nachmittag mit Max so detailgenau, dass es Anthony fast das Herz brach. Als wäre das nicht schlimm genug, wurde er auch noch öffentlich von einer wütenden Frau beschimpft, die ihm, weil er ihren Parkplatz versperrte, den Stinkefinger zeigte. Als er den LeBaron umgeparkt hatte, legte er den Kopf aufs Lenkrad und ließ seinen Tränen freien Lauf.

Am nächsten Tag ging er noch einmal ins Lebensmittelgeschäft. Acht Dollar für Zahnpasta, sieben fünfzig für Butter! Das war entmutigend, und noch schlimmer trafen ihn die bei der Kasse ausgestellten Taschenbücher. Während er in der Schlange stand, hatte er mehrere Exemplare von »Downtown Train« und »Child's Play« vor sich, beide von Leonard Puckett.

Im Cottage musste er die Vorhänge geschlossen halten, denn die erbarmungslose Sonne ärgerte ihn am meisten. An einem Ort, wo jeder fröhlich und braun gebrannt herumlief, würde er sich wahrscheinlich noch Rachitis zuziehen. Wieder starrte er auf die Karaffe mit der geheimnisvollen goldenen Flüssigkeit und stellte sich vor, sie zu trinken und damit allen quälenden Gedanken zu entfliehen. Er probierte ein rezeptfreies Schlafmittel, erst normal, dann doppelt dosiert, doch das Medikament machte ihn nachts nur noch ruheloser, und morgens war er benebelt. Seine Beine zitterten, als rüttle eine unsichtbare Hand an seinen Knöcheln.

Wäre er noch Autor gewesen, hätte er seine missliche Verfassung ungefähr so beschrieben: *Anthony wohnte dreißig Sekunden vom Strand entfernt, und doch wurde er immer blasser. Er schien auszutrocknen, der Wind drohte ihn wegzublasen wie ein welkes Blatt.*

Da die Geschichte jedoch keinerlei Dynamik besaß und obendrein völlig uninteressant war, hörte er auf damit.

Am vierten Tag machte er sich dann doch auf den Weg durchs Unterholz und erreichte einen sandigen Pfad, gesäumt von wehenden Strandgräsern und gelben Blumen, die vermutlich typisch für die Gegend waren. Die Karibik des Ostens! Bereits am Tag seiner Ankunft hatte Anthony den Slogan auf allen Touristeninfos gesehen. *Ja, genau*, hatte er ironisch gedacht, denn von der Fähre aus unterschied sich die Küste nicht von jeder anderen in New England – ein bisschen grau, ein bisschen unheilschwanger, voller Yankee-Stolz. Aber als der sandige Weg in ein breiteres Stück Strand mündete, musste er zugeben, dass das Marketing gar nicht so danebenlag. Hier schimmerte das Wasser in hellem Türkis, mit nur ein paar schaumgekrönten kleinen Wellen in der Ferne. Der Sand war zart, frei von Seetang oder sonstigem Müll und umspülte seine Füße auf eine Art, die selbst Anthony als tröstlich empfand.

Er war schon früh losgegangen, und erst jetzt begann der Strand sich allmählich zu füllen. Rechts sah er einen Vater, der mit einer aufklappbaren Sonnen-Cabana kämpfte, während seine beiden kleinen Kinder unbeobachtet zum Wasser rannten. Links fand sich eine Clique von Teenagern zusammen. Die Jungen mit nackten Oberkörpern, schlank und braun gebrannt, legeren Hugh-Grant-Frisuren. Die Mädchen in Bikinis und mit langen, seidigen Shampoo-Werbung-Haaren.

Anthonys Smartphone klingelte, und der Name *Shelly Salazar* erschien auf dem Display. Ohne nachzudenken, nahm er das Gespräch an.

»Wo bist du denn abgeblieben, Anthony Puckett?«

»Shelly?« antwortete er. Shelly Salazar war die freiberufliche PR-Agentin, die Cassie für ihn angeheuert hatte, bevor es mit seiner Karriere schneller bergab ging, als selbst ein deutscher Bobfahrer es schaffte. Shelly Salazar war Ende zwanzig und besaß eine leicht verwegene Furchtlosigkeit, die Anthony einschüchternd und zugleich beneidenswert fand.

»Wo zum Henker warst du denn? Ich hab dich angerufen, ich hab Cassie angerufen, alle hab ich angerufen. Niemand ist drangegangen! Hast du meine SMS nicht gekriegt?«

»Doch, hab ich«, gestand Anthony.

»Wir haben an der PR-Front eine Menge Arbeit zu erledigen, Anthony.«

Vor seinen Augen ruckelte eines der Mädchen sich gerade aus ihren Shorts und watete ins Wasser. Eigentlich hätte es dafür so früh in der Saison zu kühl sein müssen, doch sie zuckte nicht einmal zusammen. Vielleicht befand man sich hier wirklich an der Karibik des Ostens.

»Ich nehme eine kleine Auszeit«, erklärte er und schaute mit zusammengekniffenen Augen hinauf zu den Wolkenfetzen am Himmel. »Und überlege, dann mit etwas Neuem anzufangen.«

»Ja«, meinte Shelly Salazar, »genau das solltest du auch. Schreib was Neues, was Besseres, und fang am besten gleich mit einer Entschuldigung an.« Auf einmal hatte ihre Stimme ein ganz anderes Timbre, klang tief und voll. »Wenn du vorneweg eine Entschuldigung bringst und *das* dann der große Wurf wird, dann werden wir dich in jede Zeitschrift, auf jede Leseliste kriegen. *Bustle, LitHub, Lenny Letter!* Die *Times!*«

Bei der Erwähnung der *Times* schauderte Anthony.

»Na ja«, sagte er, »ich weiß nicht, ob ich was Besseres schreiben kann.« »Simons Fels« war gut gewesen, richtig gut. Er hatte alles reingepackt, bis … »Aber etwas Neues wird gehen. Glaube ich.«

»Muss ja auch nicht unbedingt besser sein. Auf die Entschuldigung kommt es an. Wenn die Leute die Entschuldigung kaufen, dann kaufen sie auch das Buch. Also solltest du dafür sorgen, dass sie ein verdammtes Kunstwerk ist.«

»Richtig«, sagte Anthony und seufzte. »Okay.«

»Heilige Scheiße«, rief Shelly plötzlich. »Ich hatte gerade die beste Idee meines Lebens. Meinst du, wir könnten ein Foto von dir und deinem Vater kriegen?«

»Ich weiß nicht …« Anthony zögerte. »Wir machen zurzeit eine eher schwierige Phase durch, und ich möchte nichts forcieren …«

»Im Ernst, Anthony. Ich meine das todernst. Eigentlich unglaublich, dass es mir nicht schon früher eingefallen ist. Das könnte genau die richtige Antwort sein. Auf alles! Ich sehe es praktisch schon vor mir.« Vor Begeisterung wurde Shellys Stimme eine Oktave höher. »Wenn dein Vater dann auch noch, ich weiß nicht, dich vielleicht irgendwie anfassen könnte, dir die Hand auf die Schulter legen oder so, als eine Art Absolution. O mein Gott! Das wäre so ein Kracher.«

»Nein«, entgegnete Anthony. »Ich glaube, das wäre nicht gut.«

»Die Auferstehung des gefallenen Glückskinds.«

Anthony war anderer Ansicht, aber ihm fehlte die Energie, seinen Widerspruch zu formulieren. »Shelly …«

»Erinnerst du dich an Michael Phelps, als er wegen Trunkenheit am Steuer erwischt wurde? Und dann hat er in Rio die ganzen Goldmedaillen gewonnen? So was lieben die Leute.«

Anthony zuckte zusammen und hielt das Telefon ein Stück von sich weg, trotzdem hörte er, wie Shelly eindringlich wiederholte: »So was lieben die Leute!«

»Ich glaube nicht, dass Leonard Puckett mitmachen würde«, sagte Anthony. Er wusste genug über seinen Vater, um sicher zu sein, dass ein Fototermin mit seinem gefallenen Sohn sich bestenfalls im unteren Drittel seiner Wunschliste aufhalten würde.

»Ich wette, Cassie würde es gut finden. Ich wette, sie könnte uns helfen, deinen Vater zu überzeugen. Ich kriege sie bloß nicht dazu, mich zurückzurufen ...«

»Glaub mir«, unterbrach Anthony sie, »über Cassie kommst du nicht an ihn ran.« In der vorigen Nacht, in den kläglich wenigen Stunden, in denen die Schlaftablette ihre Wirkung getan hatte, hatte er von seinem Hochzeitstag geträumt. Cassie hatte sich Blumen in die Haare geflochten, ihr schlichtes Seidenkleid wäre auch als Nachthemd durchgegangen, und sie war barfuß. Anthonys Mutter war entsetzt gewesen. Der Brautstrauß war wild und ziemlich grün, mehr Farn als Blumen, Cassie sah frisch und wunderschön aus, eine Hochglanz-Waldfee. Sie hatten sich unter einem Blumenbogen trauen lassen, der in Anthonys Traum nun während des Ehegelübdes zusammengebrochen war. »Anthony!«, hatte seine Mutter im Traum gerufen. »Lauf weg, Anthony! Lauf weg!« Aber er war so verwirrt, dass er wie gelähmt stehen blieb, während Cassie barfuß zu den Gästen rannte und sich in Sicherheit brachte.

Schwitzend und mit den Händen um sich schlagend war er unter den Laken von Fitzys Onkel aufgewacht, doch auch im Wachzustand fand er keinen Frieden. Er konnte einfach nicht aufhören, an Glen Manning zu denken. Ständig stellte er sich Cassie und ihn im Bett vor, irgendwo dazwischen der Artikel aus der *Times*. »Hat er gedacht, man erwischt ihn nicht?«, sagte Cassie in Anthonys Vorstellung, legte den Kopf in den Nacken, lachte laut und entblößte dabei ihre perfekten, perlweißen Zähne. »Ich meine, das ist doch absurd! Hab ich nicht recht, Glen?« Lachen, so viel Lachen. »Oh, Baby«, antwortete Phantasie-Glen, und seine rustikal-maskulinen Künstler-Bartstoppeln schimmerten im Licht der aufgehenden Sonne. In der Szene war es früh am Morgen. Aber wo war Max? Schlief er noch? Oder war er wach? Wahrscheinlich übernachtete er bei Dorothy. »Das macht mich total an, wenn du so lachst«, fuhr Phantasie-Glen fort, rollte sich herum und vögelte Cassie leidenschaftlich auf Anthonys blöde grinsendem Zeitungsfoto. »Fester!«, rief Cassie, packte ein Stück von der Zeitung und knüllte sie zusammen. »Fester, Glen, noch fester!«

»Anthony?«, durchbrach Shellys Stimme seine Gedanken.

»Ja«, antwortete er. »Ja, ich bin da.«

»Also, denk bitte über den Vorschlag nach, wisch ihn nicht einfach vom Tisch, ja?«, sagte Shelly.

»Fein«, antwortete er resigniert. »So machen wir's.«

»Ich bin echt froh, dass ich dich endlich erwischt habe.« Es hörte sich an, als würde sie sich tatsächlich freuen, und das machte Anthony ein bisschen Mut. »Jetzt lass ich dich gehen, dann kannst du gleich mit der Entschuldigung anfangen.«

Anthony stellte sich vor, wie er im muffigen Wohnzimmer des Cottage am Esstisch saß und grübelte. *Lange, sehr lange starrte der in Ungnade gefallene Autor reglos auf die goldene Flüssigkeit in der Kristallkaraffe. Die Versuchung war groß, doch er widerstand ihr, denn er war sich der Bedeutung der vor ihm liegenden Aufgabe bewusst. Schließlich nahm er den Stift zur Hand und begann zu schreiben.*

Nein, das war kein realistisches Szenario. Für ihn gab es nichts mehr zu sagen und demzufolge auch nichts mehr zu schreiben.

Nach einem letzten wehmütigen Blick auf das wunderschöne Wasser und die Teenager, die aller Wahrscheinlichkeit nach ihre schlimmsten Fehler noch vor sich hatten, ging er den schmalen

Sandweg zurück, bahnte sich einen Weg durchs Unterholz, und als er zum Cottage gelangte, stand vor der Haustür eine Frau in zerrissenen Jeansshorts und Flip-Flops, in der Hand einen leeren Messbecher. Sie lächelte ihn an.

»Sorry!«, sagte sie in einem Ton, der so klang, als würden sie sich schon lange kennen. »Ich weiß, es ist nicht wirklich zeitgemäß, einfach so bei den Nachbarn aufzutauchen. Ich wollte einen Sommerfrüchtekuchen backen und habe nicht genug Zucker. Und Fragen kostet bekanntlich nichts.«

»Zucker«, wiederholte Anthony und beäugte verstohlen die Frau. Wahrscheinlich ein bisschen jünger als er selbst. Auf der Nase das, was man »eine Handvoll Sommersprossen« nannte. Eine kleine Lücke zwischen den Schneidezähnen. Ein Mädchen von nebenan. Was sie ja auch war, buchstäblich.

»Die Nachbarn in *Mad Men* hätten so was bestimmt auch gemacht, Sie wissen schon, diese deprimierten Hausfrauen in den Vorstädten.« Sie streckte ihm den Messbecher entgegen. »Na egal. Haben Sie welchen? Zucker, meine ich. Eine halbe Tasse?«

»Ich bin nicht sicher«, antwortete er.

Sie nahm den Messbecher in die linke Hand und streckte die rechte aus. »Entschuldigung«, sagte sie. »Ich hätte mich vorstellen sollen. Ich bin Lu.« Sie wirkte offen, entspannt, unvoreingenommen und ganz anders als die meisten Menschen, von denen Anthony derzeit umgeben war. Irgendetwas an ihr erinnerte ihn an Amanda Loring, die in der vierten Klasse seine beste Freundin gewesen war. Die vierte Klasse war das Paradies gewesen, die Zeit vor der Pubertät, vor den Mädchen mit Lipgloss, vor all dem, was noch folgen sollte. Bevor er die Erfahrung gemacht hatte, dass Frauen wie Cassie einen mit ihrer Schönheit und ihrem Charme hinters Licht führen und dann im eigenen Saft schmoren lassen konnten.

Seine Stimmung hob sich ein bisschen.

Doch dann fiel ihm wieder ein, in welcher Situation er sich befand. Er erinnerte sich, dass es nur noch zwei Menschen gab, die bereit waren, mit ihm zu reden, nämlich seine Mutter, deren Mitleid und Sorge er unerträglich fand, und Shelly Salazar, die wollte, dass er sich mit seinem Vater ablichten ließ. Anthony erinnerte sich, dass er es nicht mal schaffte, für seinen Sohn ein guter Vater zu sein, und er fühlte, wie sein Herz sich verschloss. Er verdiente keine neuen Freunde.

»Sorry«, sagte er barsch und vermied es, der Frau in die Augen zu schauen, falls er ihre Gefühle verletzt hatte. »Zucker gibt's bei mir nicht.«

Kapitel 5 | Joy

Als sie zur Elf-Uhr-fünfzehn-Fähre gingen, beobachtete Joy ihre Tochter aufmerksam nach Anzeichen von Irritation oder Stress. Maggie besuchte heute ihren Vater Dustin, Sandy – seine ziemlich neue Frau – und Tiki, die zweijährige Tochter der beiden. Einmal im Monat schlüpfte Maggie ein Wochenende in eines ihrer schlauen T-Shirts – *Never Trust an Atom, They Make Up Everything* oder *I Don't Want to Taco 'Bout It, It's Nacho Problem* – und überquerte die Meerenge Block Island Sound, um das Wochenende bei ihrem Vater zu verbringen.

Von Holly, deren Mutter als Kinderpsychologin in Boston arbeitete, wusste Joy, dass Kindheitsstress oft nur schwer erkennbar war, und obwohl Maggie diese Reise jetzt seit fast zwei Jahren machte – also seit Dustin wieder aufgetaucht war, sich in Newport niedergelassen und den Wunsch geäußert hatte, wieder Kontakt mit seiner Tochter aufzunehmen –, wollte Joy wachsam bleiben. Mit dreizehn war man verletzlich.

Hatte Maggie womöglich Magenschmerzen und wollte es vor ihrer Mutter verheimlichen? Nein, sie bürstete sich nur ein Stäubchen Puderzucker vom T-Shirt. Es stammte von den Zitronen-Ricotta-Pfannkuchen von *Dinner by Dad*, absolut phänomenal.

Pickles trabte zwischen Joy und Maggie und behielt sie beide aufmerksam im Auge. »Sorry, Pickles«, sagte Joy. »Heute gibt's keine Bootsfahrt für uns.« Wie viele Inselhunde liebte auch Pickles die Fähre.

»Du musst mich nicht aufs Schiff begleiten«, sagte Maggie, als Joy ihr Ticket gekauft hatte. »Ich kann mir selbst einen Platz suchen.«

»Ich weiß«, antwortete Joy. »Aber ich möchte mir vorstellen können, wo du sitzt.«

Maggie verdrehte die Augen.

Als sie sich niedergelassen hatte, umarmte Joy ihre Tochter zum Abschied, Maggie ihrerseits umarmte Pickles, und Pickles leckte ihr über die Wange. Maggie war schon immer eine großartige Umarmerin – enthusiastisch, selbstbewusst und herzlich. Inzwischen kamen die Umarmungen, wenn überhaupt, etwas unregelmäßig, ohne erkennbaren Grund, ähnlich wie Sternschnuppen und Donner.

Eigentlich ließ Joy ihre Tochter in dieser Situation ungern allein, obwohl sie wusste, dass Dustin, Sandy und Tiki sie auf der anderen Seite, am Perrotti Park in Newport, abholen und für die nächsten achtundvierzig Stunden mit nach Hause nehmen würden. In *ihr* Zuhause, korrigierte sie sich in Gedanken, denn Maggies Zuhause war hier bei Joy, in dem kleinen Cottage mit der schiefen Küche. Was, wenn sie zu spät zur Fähre kamen, weil Sandy aus irgendeinem Grund getrödelt hatte? Was, wenn Tiki gewickelt werden musste oder einen Wutanfall hatte oder sich wie so viele Zweijährige wie ein knochenloser nasser Sack verhielt, wenn man sie hochheben wollte? Es konnte echt schwierig sein, ein solches Kind zum Auto zu tragen.

»Alles okay, Mom«, sagte Maggie. »Ich bin schon eine Million Mal auf der Fähre gefahren.«

»Nicht auf der nach Point Judith.«

»Das ist genau das Gleiche.«

»Nein, der Kai ist total anders! Was, wenn du dich verläufst?«

»Ich verlaufe mich nicht«, entgegnete Maggie augenrollend. »Es gibt nur einen Weg vom Schiff.«

Joy legte die Hand auf die lila Strähne in Maggies Haaren. »Hast du nicht gesagt, die wäscht sich raus? Dafür ist sie schon ganz schön lange da.«

»Ach ja? Hab ich gesagt, sie wäscht sich raus?«

»Ja. Definitiv.«

»Hm. Komisch. Ich erinnere mich überhaupt nicht daran.«

Inzwischen waren schon viele Plätze belegt, Familien, junge Tagesausflügler und Leute mit großen Koffern, die entweder den Urlaub vor sich hatten oder gerade beendeten, und Joy merkte, dass sie aussteigen sollte, ehe das Boot losfuhr. Wenn sie in Newport mit Maggie und mit Pickles im Schlepptau von der Fähre steigen würde, wäre das echt der Brüller. Dustin und Sandy würden sich bestimmt total freuen.

»Bitte sorg dafür, dass dein Dad mich anruft«, sagte sie. »Gleich wenn er dich in Empfang genommen hat.« Obwohl sie wusste, dass Dustin in den letzten Jahren erwachsen und reifer geworden war und sich mit einer neuen Familie wahrscheinlich zu einem verantwortungsbewussten Menschen entwickelt hatte, der Maggie nicht verlieren würde, und obwohl sie begriff, dass Dustin auch deshalb nach Rhode Island gezogen war, weil er die Beziehung zu seiner ältesten Tochter auffrischen und festigen wollte, saß ihr die Sorge noch immer im Nacken. »Augenblicklich«, ergänzte sie. »Ich meine, noch bevor du in sein Auto steigst.«

»Okay«, sagte Maggie. »Was hast du vor, solange ich weg bin?«, erkundigte sie sich dann.

»Ich habe eine Verabredung mit Bridezilla«, antwortete Joy. Bridezilla, die in Wirklichkeit Kimberly hieß, war eine ziemlich launische zukünftige Braut aus Boston, die Ende August in der Narragansett Inn heiraten würde. Joy hatte sich schon ein paarmal mit ihr getroffen und sie noch nie lächeln sehen. Ihre Mutter Linda, die Auseinandersetzungen aus dem Weg ging und seit Jahren zu Joys Stammkundinnen gehörte und die so freundlich war wie Kimberly unfreundlich, hatte tausend Whoopie-Pies für die Hochzeit bestellt, denn jeder der zweihundert Gäste sollte als kleine Aufmerksamkeit noch eine hübsche Schachtel mit nach Hause nehmen dürfen. Für Joy war das eine wichtige Bestellung, vor allem, weil die Pies für die Hochzeit auch noch mit besonderen, inselspezifischen Dekorationen – Segelboote und Muscheln – versehen werden sollten und damit pro Stück noch einen Dollar teurer wurden. Deshalb versuchte Joy, über Kimberlys unangenehme Seiten hinwegzusehen.

»Danach weiß ich noch nichts Genaues. Vielleicht gehen Pickles und ich aus und hauen mal ordentlich auf den Putz.«

»Ach bitte, Mom.«

»Was denn? Vielleicht tun wir das wirklich. Pickles geht gern aus, das ist ganz normal für einen Hund.«

Jetzt verdrehte Maggie die Augen zum dritten Mal. »Blamier dich möglichst nicht, ja? Ich meine es ernst.«

Die Stunden bis zu dem Treffen mit Bridezilla dehnten sich endlos. Der Laden war in der kompetenten Obhut von Olivia Rossi, Joy Bombs' Sommerassistentin. Zu Anfang der Saison schaffte Joy die Arbeit ganz gut allein, doch wenn der Touristenstrom stärker wurde, brauchte sie immer jemanden, der die Öfen im Auge behielt, die Pies füllte oder an der Theke half, während Joy mit Backen beschäftigt war. Heute war Olivias erster Tag allein, und so stark die Versuchung war, wusste Joy doch, dass es übergriffig wäre, wenn sie vorbeikommen und nach ihr sehen würde. Olivia war ein tüchtiger Mensch mit gesundem Menschenverstand und wirkte wesentlich älter als sechzehn.

Der Tag war zauberhaft schön, und Joy wusste, dass es an den Stränden voll sein würde. Sie konnte zu Fuß zum Fred Benson Beach wandern oder sich aufs Rad schwingen und quer über die Insel nach Stevens Cove radeln.

»Ich habe leider überhaupt keine Lust, irgendwas davon zu tun«, erklärte sie Pickles, als sie von der Fähre nach Hause kam, sich auf die Couch setzte und die Füße auf den Couchtisch legte. »Ich möchte schmollen.« Genau genommen wollte sie sich in der schleichenden Sorge suhlen, die sie jedes Mal befiel, wenn Maggie bei Dustin war. Was, wenn Maggie jetzt, wo sie ihn seit fast zwei Jahren regelmäßig besuchte, plötzlich zu dem Schluss kam, dass es ihr bei Dustin besser gefiel als bei ihr? Was, wenn Sandy geduldiger war als Joy, und netter? Irgendwie hatte Dustin einen Job ergattert, der es Sandy erlaubte, mit Tiki zu Hause zu bleiben. Was, wenn Maggie plötzlich merkte, dass ihr eine Mutterfigur fehlte, die nicht jeden Tag in aller Herrgottsfrühe zur Arbeit musste?

Was, wenn die wichtigste Person in Joys Leben sich in Dustins zweite Familie verliebte?

Nachdem sie ein sehr kurzes Telefonat mit ihm geführt und die Bestätigung hatte, dass Maggie gut bei ihm angekommen war, ging Joy ziellos in ihrem Cottage umher. Sie wählte die Nummer von »Joy Bombs« und legte auf, ehe Olivia Rossi ans Telefon kommen konnte. Sie verbrachte mehr Zeit in Maggies Zimmer, als gut für sie war. Zuerst legte sie sich auf Maggies Bett, auf die schwarze (!) Decke, die Maggie sich zu ihrem zwölften Geburtstag gewünscht hatte. Joy schnupperte an Maggies Kissen, um zu sehen, ob sie den Duft ihres Shampoos erkennen konnte. Es gelang ihr nicht. Hatte sie etwa vergessen, Maggie ans Haarewaschen zu erinnern? Sie wählte Maggies Nummer, legte jedoch auf, ehe ihre Tochter antworten konnte. Allmählich verwandelte sie sich in eine Stalkerin.

Dann öffnete sie Maggies Wandschrank und betrachtete die ordentlich aufgehängten Jeans, die Chucks in verschiedenen Farben, die ordentlichen T-Shirt-Stapel: *I'm Not a Monday Person* und *I'm Not Short I'm Just Concentrated Awesome* und dann noch das eine, das sie ihre Tochter nur im Haus tragen ließ: *Cute But Psycho.*

Auf Maggies Nachttisch lag ihr iPad, das sie benutzt hatte, bevor sie ein Smartphone bekam. Die Nachrichten auf dem iPad waren mit denen auf Maggies Telefon synchronisiert, und Joy tippte das Passwort ein, den Monat und den Tag, an dem sie Pickles adoptiert hatten. Dann studierte sie unter Pickles' vorwurfsvollen Blicken Maggies Korrespondenz.

»Schau mich nicht so an, Pickles«, sagte Joy. »Du kennst die Regeln genauso gut wie ich.« Die Regeln besagten, dass Joy, solange sie die Handyrechnungen bezahlte, das Recht hatte, alle Nachrichten durchzusehen.

Meinst du wirklich, ich soll es versuchen?

Rileys Antwort: *Ja.*

Maggie: *Er ist so viel älter.*

Riley: *Ach was.*

Dann die nächste Nachricht von Riley: *T:)T*

Was bedeutete das?

Joy checkte, wann die SMS verschickt worden waren. Maggie und Riley hatten sich geschrieben, als Maggie auf der Fähre war. Joy wurde flau im Magen. Was bedeutete »es versuchen«, wenn man dreizehn war? Was bedeutete »so viel älter«, wenn man dreizehn war? Bedeutete es vierzehn oder fünfundvierzig?

Kapitel 6 | Lu

Im Lebensmittelgeschäft waren Chase und Sebastian richtig gut in Form, was in ihrem Fall aber eher negative Auswirkungen hatte. Weil Jeremy doch im Krankenhaus geblieben war, hatte Lu die Jungs zu lange aufbleiben und *Lego Batman* schauen lassen, in der Hoffnung, dann würden sie länger schlafen und sie hätte mehr Zeit für ihre Arbeit. Leider hatte die späte Bettzeit sie völlig aus dem Rhythmus gebracht, und sie waren noch früher aufgewacht als sonst.

Außerdem hatte sie sich eine halbe Flasche ihres günstigen Lieblingsweins gegönnt – Josh Sauvignon Blanc – und war mit Kopfschmerzen aufgewacht. Jetzt hing Chase über dem Rand des Einkaufswagens, und Sebastian, der dafür längst zu groß war, saß darin. Lu hatte eigentlich überhaupt nicht einkaufen wollen, doch ihr Versuch, sich von ihrem Nachbarn Zucker zu borgen, war fehlgeschlagen, und sie brauchte auch noch ein paar andere Sachen.

Sie geriet in Rückstand, bald würden ihre Leser es bemerken. Mit ihrem Sommerfrüchtekuchen musste sie unbedingt einen Volltreffer landen.

Sie betrachtete eine Schale Erdbeeren. Diesen Sommer würden ihre Haushaltskosten sich verdreifachen. Jeremy würde es merken, und dann würde er wollen, dass sie und die Jungs öfter bei seinen Eltern aßen. Die Leute dachten immer, Ärzte wären reich, aber es dauerte Jahre, bis sie richtig Geld machten. Reichtum lag, wenn überhaupt, in ferner Zukunft. Selbst die Schuldenfreiheit war

Zukunftsmusik. Lu holte tief Luft, dachte an das Geld auf ihrem Geheimkonto und fühlte sich sofort besser.

Im gleichen Moment hörte sie jemanden sagen: »Lu Trusdale?« Als sie herumfuhr, sah sie eine Frau mit einem auffallend markanten Kinn mit einem kreisrunden Grübchen. »Du bist doch Lu, oder nicht?«

Lu beäugte sie misstrauisch und ein bisschen nervös. Trotzdem nickte sie.

»Ich bin Jessica!« Die Frau beugte sich zu ihr, als erwarte sie eine Gratulation. »Meine Mom ist supergut mit deiner Schwiegermutter befreundet, und wir sind auch über den Sommer hier. Wahrscheinlich erinnerst du dich nicht mehr daran – ich war bei deiner Babyparty.«

»Ach, natürlich«, sagte Lu. »Jessica, klar.« Außer an die Panik, die sie wellenförmig überflutet hatte, erinnerte Lu sich an rein gar nichts von ihrer Babyparty. Jeremys Mutter hatte das Ganze geplant, und es waren so viele Leute gekommen, dass sie zum Auspacken der Geschenke volle zwei Stunden gebraucht hatte. Den ganzen Tag hatte sich Lu sinnlos extravagant und verwöhnt gefühlt. Außerdem hasste sie es, im Mittelpunkt zu stehen, es sei denn, ein Richter und eine Jury waren dabei. Am Ende der Veranstaltung hatte ihr das Gesicht vom vielen unaufrichtigen Lächeln wehgetan.

Völlig ungehemmt beugte Jessica sich über Lus Einkaufswagen. »Ooooooh!«, rief sie. »Artischocken! Wie mutig. Was willst du damit machen?«

Lu antwortete nicht wahrheitsgemäß: *Artischockenherzen-Salat als Beilage zu Pasta alla puttanesca*, sondern: »Ich weiß noch nicht. Irgendwas Einfaches. Ich bin keine große Köchin.«

»Bist du wohl!«, widersprach Chase entschieden und trat gegen das Rad des Einkaufswagens. »Du kochst doch die ganze Zeit!«

»Oh«, sagte Lu und geriet in Verlegenheit. »Seine Definition von

Kochen unterscheidet sich wahrscheinlich stark von meiner.« Hier hätte sie aufhören können, aber irgendetwas brachte sie dazu weiterzusprechen. »Du weißt ja, wie Kinder so sind. Man schmeißt ein paar Chicken Nuggets auf ein Blech, und sie denken, man hat großartig gekocht.«

Jessica nickte nachdenklich. »Tja«, meinte sie schließlich, »wir sollten uns unbedingt mal treffen. Ich besorg mir deine Nummer von deiner Schwiegermutter.«

»Wunderbar! Tu das, unbedingt.« Dann wartete sie, bis Jessica zur Tiefkühlkost abbog, und erlaubte sich einen tiefen Seufzer der Erleichterung. Sie hasste es zutiefst, beim Einkaufen oder Kochen nicht allein zu sein. Außerdem mochte sie keine Überraschungen, es sei denn, sie war der aktive Teil und hatte die Situation unter Kontrolle. Sie sagte Chase, er solle sich am Wagen festhalten, damit er nicht verloren ging, flitzte zur Kasse und zahlte, so schnell es ging.

In der Nähe der Kasse stand ein Mann in einem grauen T-Shirt und studierte das Angebot der Taschenbücher. Von hinten erkannte sie ihn nicht, doch als er sich etwas in ihre Richtung drehte, um nach einem Buch zu greifen, sah sie, dass es ihr mürrischer neuer Nachbar war, der keinen Zucker hatte, sie nicht gebeten hatte hereinzukommen und der überhaupt bestenfalls zwei Worte mit ihr gewechselt hatte. Lu beobachtete, wie er ein Buch in die Hand nahm und darin blätterte. Da Lu eigentlich alles las, was sie in die Finger bekam, kannte sie es. Und weil sie fand, dass man anderen eine zweite Chance geben sollte, sagte sie: »Das lohnt sich, Sie sollten es kaufen.«

Erschrocken blickte der Mann auf. »Oh!«, sagte er. »Hallo, Sie sind es ja, die Zuckerlady.«

»Ja, ich bin's«, antwortete sie, deutete auf ihren Einkaufswagen und fuhr fort: »Sie brauchen sich keine Sorgen zu machen, ich hab schon Zucker gekauft.«

»Leonard Puckett«, meinte der Mann versonnen und strich über das Cover. Dann kaute er eine Weile auf der Unterlippe und fügte schließlich hinzu: »Ich hab gehört, er wird überbewertet.« Wieder starrte er das Buch lange schweigend an, drehte es um und betrachtete das Autorenfoto, das den größten Teil der Rückseite in Anspruch nahm. Es zeigte einen älteren Herrn mit weißen Haaren und Augenbrauen, die buschig, streng und unheilvoll wirkten.

»Vermutlich könnte man es so ausdrücken«, räumte Lu ein. »Irgendwann kann man solche Bücher nicht mehr voneinander unterscheiden, trotzdem sind sie ziemlich zuverlässig gute Unterhaltung, wenn man einfach nur am Strand sitzen und lesen möchte.«

»Da haben Sie sicher recht«, sagte der Mann und lächelte. Er hatte ein sehr nettes Lächeln, das fast vergessen ließ, dass seine Augen traurig oder müde wirkten. Er stellte das Buch zurück, nahm es aber gleich wieder in die Hand. »Ich möchte mich entschuldigen, dass ich neulich so ruppig war. Ich – ich stand irgendwie neben mir. Trotzdem hätte ich freundlicher sein müssen. Normalerweise bin ich das auch. Ich hab mich noch nicht mal vorgestellt – ich bin Anthony.«

»Lu Trusdale. Das hier sind Chase und Sebastian.« Die beiden waren mit einem Daumenkrieg beschäftigt, und Lu ermahnte sie mit einem strengen: »Jungs!«, bis sie aufblickten und lächelten. »Haben Sie auch einen Nachnamen, Anthony?«, fragte Lu.

Anthony schaute wieder auf das Buch und zurück zu ihr. »Anthony Jones. Ich bin Anthony Jones.« Er stellte das Buch zurück. »Das hier kaufe ich lieber nicht. Ich lese ja nicht mal sonderlich gern.«

»Ach, schade«, meinte Lu. »Ich lese schrecklich gern. Und eigentlich alles – Krimis, Literatur, Biographien. Sogar Kochbücher!« Ihr neuer Nachbar schien ganz nett zu sein, auch wenn ihr Leute, die nicht gern lasen, letztlich ein Rätsel waren. Auf dem College hatte Lu überlegt, ihren Master in englischer Literatur zu machen, doch dann hatte ihr missmutiger Lieblingsprofessor erklärt, dass man auf diesem Weg weder zu Geld noch zu Ruhm gelangen würde. Im Gegensatz zur Rechtswissenschaft.

Sebastian begann unruhig im Einkaufswagen herumzuzappeln, und der Wagen schwankte gefährlich.

»Hey, Kumpel«, sagte Anthony. »Sei vorsichtig. Ich möchte ungern die PAW-Patrol losschicken müssen.« Worauf Sebastian grinste und das Gezappel einstellte.

»Anscheinend wissen Sie, wie man mit vierjährigen Jungs umgeht«, stellte Lu fest. Dabei wirkte dieser Typ nicht wie ein Vater. Vielleicht war er ein engagierter Onkel.

»War nur gut geraten«, sagte Anthony ausweichend. »Bis bald mal.«

Lu sah ihm nach, wie er den kleinen Parkplatz des Ladens durchquerte, über die Straße ging und ein Lokal namens »Poor People's Pub« betrat. Zu ihrer Überraschung war sie neidisch. Als sie in der Kanzlei gearbeitet hatte, war sie jeden Freitag mit den anderen jungen Anwälten losgezogen, um sich nach einem langen Arbeitstag Martinis schmecken zu lassen, runterzukommen und sich zu entspannen. Das Gemeinschaftsgefühl dieser Abende hatte sie geliebt, die Erschöpfung nach einem Tag, an dem man bis zum Anschlag gearbeitet hatte. Wären die Jungs nicht bei ihr gewesen, hätte sie ihren Nachbarn gefragt, ob sie ihm Gesellschaft leisten durfte. Es wäre doch nett, einen neuen Freund zu haben.

Aber neue Freunde – männliche, kinderlose Freunde, die einfach in einer Bar verschwanden – waren in ihrer momentanen Situation mit Jeremy einfach nicht ratsam. Also blieb ihr nichts anderes übrig, als die Jungs und die Einkäufe ins Auto zu packen und in die Corn Neck Road zurückzufahren.

In der Auffahrt stand der Wagen ihrer Schwiegermutter. »Fuuuuuck«, murmelte sie vor sich hin.

Anscheinend nicht leise genug. »Mommy!«, rief Chase vorwurfsvoll.

»Was denn?« Lu warf einen Blick in den Rückspiegel. Chase runzelte die Stirn und machte ein missbilligendes Gesicht. »Das Wort darf man nicht sagen«, erklärte er.

»Welches Wort?«

»Ich darf es nicht sagen«, antwortete Chase standhaft. »Und ich sag es auch nicht.«

»Fuck«, erklärte Sebastian entgegenkommend, während er, gemütlich im Kindersitz fläzend, mit dem Finger etwas auf die Fensterscheibe malte. »Fuck darf man nicht sagen.«

Lu massierte sich die Schläfen. »Ich wollte *phantastisch* sagen, Jungs.«

Chase kniff nur argwöhnisch die Augen zusammen.

»Schaut mal!«, rief Sebastian und deutete mit ausgestrecktem Zeigefinger zur Windschutzscheibe. »Da ist Grandma.« Tatsächlich blickte Lus Schwiegermutter durchs Autofenster und winkte freundlich. Oder hektisch? Hatte Lu vergessen, abzuschließen? Oder besaß Nancy womöglich einen Schlüssel? Vielleicht fühlte sie sich dazu berechtigt, weil sie die Miete zahlte. Vielleicht war sie, nachdem sie den Vertrag für Jeremy und Lu unterzeichnet hatte, augenblicklich losmarschiert und hatte sich einen Schlüssel nachmachen lassen. Vielleicht hatte Jeremy ihr einen gegeben, ohne Lu davon zu erzählen. Beide Szenarien waren denkbar.

»Phantastisch!«, sagte Lu und versuchte, ihre Stimme fröhlich klingen zu lassen. »Besuch!«

Sie musste wirklich einen anderen Ort zum Arbeiten finden.

Kapitel 7
Joy

Unterwegs zu ihrem Treffen mit Bridezilla und deren Mutter rief Harlan Nichols auf Joys Handy an – der Besitzer des Gebäudes in der Dodge Street, in dem sich »Joy Bombs« befand. Joy war ein wenig gekränkt, weil Bridezilla darauf bestanden hatte, dass sie sich im »Narragansett Inn« trafen und nicht bei »Joy Bombs«.

Sie hatte immer das Gefühl, dass die Braut, Kimberly, unglücklich war, obwohl sie toll aussah, aus einer guten Familie kam, erfolgreich für eine Restaurantkette als Managerin im digitalen Marketing arbeitete und einen Verlobten hatte, dessen Familie im Geld schwamm. Hätte Joy Kimberlys Eigenheiten vorher gekannt, hätte sie den Job womöglich abgelehnt. Doch sie mochte die Mutter der Braut.

Und dann war da natürlich noch das Geld. Tausend Whoopie-Pies waren eine Menge, und noch verlockender war die Chance, für weitere Hochzeiten empfohlen zu werden. Unter den zweihundert einflussreichen, extrem wohlhabenden Gästen gab es bestimmt ein paar, deren Söhne oder Töchter heirateten oder Babyparties veranstalteten oder sonst was feierten. Reiche Leute hatten doch ständig was zu feiern.

Ein Vermieteranruf war fast nie ein Vorbote guter Neuigkeiten. Ehe Joy das Gespräch annahm, ging sie im Kopf schnell ihre monatliche To-do-Liste durch, um sich zu vergewissern, dass sie im Juni wirklich ihre Miete bezahlt hatte.

»Hallo Harlan!«, sagte sie und versuchte, ihrer Stimme einen sorglosen, unbekümmerten Ton zu verleihen. Sie parkte in der Ocean

Road statt hinter dem Inn, weil sie so gern über den weitflächigen grünen Rasen ging – sie fühlte sich dann wie eine Sommerurlauberin Anfang des zwanzigsten Jahrhunderts, die gerade aus ihrer Kutsche gestiegen und unterwegs zu einem eleganten Tanzvergnügen war.

»Joy«, sagte Harlan. »Ich muss etwas mit Ihnen besprechen, was Ihnen wahrscheinlich nicht gefallen wird.« Seine Stimme klang heiser wie die eines langjährigen Rauchers.

»Okay«, sagte Joy und wappnete sich.

Harlan wollte die Monatsmiete für »Joy Bombs« um siebenhundertfünfzig Dollar erhöhen.

»Harlan!«, rief Joy. »Das ist eine Menge Geld.« Ihr Puls begann zu rasen.

»Tut mir wirklich leid«, erwiderte Harlan. »Aber es ist eine rein geschäftliche Entscheidung.«

»Aus heiterem Himmel?«

»Nein, eigentlich nicht. Sie haben einen befristeten Mietvertrag, und der ist fällig für eine Verlängerung.«

»Aber ...«

»Es ist so: Wir wollen meine Mutter in eines dieser Langzeit-Pflegeheime verlegen, ins ›Highlands‹ in der East Side, dort gibt es – was war es gleich? – Yoga, Tai-Chi und lauter solches Zeug.«

»Tai-Chi?«, fragte Joy.

»Genau. Und Halloween-Partys. Gedächtnistraining. Meine Frau und ich brauchen dringend professionelle Unterstützung, meine Mutter wird dement. Gute Heimplätze sind nun mal nicht billig. Und sie kriegt fast kein Geld, nur einen Teil der Pension meines Vaters. Also ... also musste ich Entscheidungen treffen. Und die Mieterhöhung gehört leider dazu.«

»Tut mir leid«, sagte Joy, »aber bei allem Respekt, eine Mieterhöhung in diesem Umfang ist trotzdem unverschämt. Und auch noch ohne Vorwarnung.«

»Mein Anruf ist ja die Vorwarnung«, entgegnete Harlan. »Wenn Sie das Kleingedruckte in Ihrem Mietvertrag gelesen hätten, dann wüssten Sie auch, dass ich verpflichtet bin, Sie fünfundvierzig Tage vor Vertragsverlängerung über Mieterhöhungen in Kenntnis zu setzen. Und wenn ich richtig gerechnet habe, sind es bis August achtundvierzig.« Joy stellte sich vor, wie Harlan die Tage an seinen dicken Wurstfingern abzählte.

Plötzlich kam ihr der Hügel sehr lang und steil vor. Wie sollte sie den ganzen Weg zur Veranda mit dem Telefon, der schweren Kühltasche – in der sich Proben von sechzehn verschiedenen Whoopie-Pie-Geschmacksrichtungen befanden – und der zusätzlichen Last ihrer finanziellen Panik jemals schaffen?

»Joy?«, fragte Harlan.

Sie schob die Kühltasche auf ihrer Schulter zurecht. Eigentlich war sie nicht der Typ, der sich so leicht unterkriegen ließ. Aber siebenhundertfünfzig Dollar mehr im Monat würden echt wehtun. Maggie war dreizehn, und sosehr Joy sich auch anstrengte, hatte sie bisher nur einen winzigen Betrag für ihre Collegeausbildung zurücklegen können. Schließlich hatte sie all die Jahre die Miete für das Cottage und den Laden bezahlt und sich gerade so über Wasser gehalten. Mit einer solchen Mieterhöhung würde sie es nie schaffen, sich etwas Eigenes zuzulegen. Wahrscheinlich würde sie als alte Lady in einem gemieteten Cottage sterben, allein mit den Katzen, die sie irgendwann adoptieren würde. Nicht dass sie sich das Katzenfutter leisten konnte. Die ganze Arbeit in all den Jahren, und sie hatte nichts vorzuweisen.

»Sind Sie einverstanden, Joy?«

Was sollte sie denn tun? Sie konnte nicht umziehen. Sie hatte »Joy Bombs« mit gewerblichen Backöfen ausgestattet, mit einem Kühlraum und jeder Menge schwerer Geräte. Den kleinen Geschäftskredit stotterte sie immer noch ab, jeden Monat ein kleines Sümmchen.

Und sowieso – wo sollte sie einen neuen Standort finden? Die Wahrheit war, dass die neue Miete, die Harlan forderte, eigentlich dem Marktwert entsprach. Sie würde es hinnehmen müssen. Die Zähne zusammenbeißen und so tun, als wäre Bridezilla eine nette junge Frau, auf deren Hochzeitsfest sich Joy mächtig freute. Wenn Joy jedes Jahr zusätzlich ein paar solche Events ausrichten konnte, würde sie die Mieterhöhung vielleicht verkraften. Sie würde eben mehr arbeiten müssen. Das war die einzige Lösung.

»Ja, bin ich«, sagte sie. »Etwas widerwillig, aber ja.«

»Brauchen Sie einen offiziellen Brief?«, fragte Harlan. »Ich kann Stacy darauf ansetzen.« Stacy war Harlans altgediente Sekretärin. Heutzutage hieß das »Assistentin«, aber Harlan bezeichnete sie noch immer gern als seine Sekretärin. Stacy lackierte sich die langen Fingernägel knallrot und ließ sich blonde Strähnchen in ihre Dauerwelle machen.

»Ist nicht nötig, Harlan«, sagte Joy. »Sie können sich das Porto sparen.« Damit legte sie auf und stopfte das Telefon wieder in die Tasche.

Inzwischen konnte sie Kimberly und ihre Mutter zusammen mit einer Frau, die Joy nicht kannte, schon auf der großen Veranda des »Narragansett Inn« sitzen sehen. Vermutlich war die Frau eine aus Boston eingeführte Hochzeitsplanerin. Alle außer Joy trugen Sommerkleider, Kimberlys war schulterfrei, und ihre Schultern sahen phantastisch aus, gebräunt und durchtrainiert. Aber noch bevor Joy die Veranda erreichte, sah sie, dass ihr Bridezilla-Mund höhnisch grinste. Sicher hätte sie ihr Hochzeitsevent lieber in Boston ausgerichtet – im »Taj«, im »Ritz«, im »Four Seasons«. In einem urbanen Hotel, nicht in einem Landgasthaus auf einer Insel, die Kimberly offensichtlich bestenfalls für zweitklassig hielt.

Bevor Joy die Stufen zur Veranda hinaufstieg, drehte sie sich um und schaute hinüber zum Great Salt Pond, der in den Trims Pond überging, der seinerseits in den Harbor Pond überging. Insgesamt hatte Block Island dreihundertfünfundsechzig Seen unterschiedlicher Größe, für jeden Tag des Jahres einen. Joy atmete tief ein. Hier war sie zu Hause. Es war ihre Insel, ihr Geschäft. Sie würde nirgendwohin gehen.

Als Joy nach dem Treffen noch überlegte, was sie tun wollte, fiel ihr ein, dass Peter Womack, Maggies Lehrer, diesen Sommer im »Poor People's Pub« als Barkeeper arbeitete. Sie kannte Peter schon sehr lange, er war ebenfalls geschieden, und Holly drängte sie dauernd, mit ihm auszugehen. Aber Block Island hatte knapp tausend Einwohner, die das ganze Jahr über hier lebten, und das Problem mit dem Dating war, dass man sich nicht allzu viele Fehlstarts erlauben konnte, ehe jeder in der Stadt Bescheid darüber wusste, was man im Bett nicht tun wollte und – manchmal noch schlimmer – wozu man nach zweieinhalb Gläsern Chardonnay bereit war.

Sie ging zurück zum Cottage, holte ihr Fahrrad, fuhr zum Pub und schloss das Rad davor an.

»Mach mir was«, sagte sie zu Peter und stieg auf einen Barhocker.

Peter zog die Augenbrauen hoch. »Etwas anderes als Decoy Sauvignon Blanc? Sonst bestellst du den doch immer.« Vor dem Job im »Poor People's Pub« war Peter Barkeeper bei »Ballard's« gewesen, davor im »Captain Nick's« und hatte Joy schon eine ganze Menge Decoy Sauvignon Blanc serviert.

»Ich weiß«, seufzte Joy. »Ich bin ein Gewohnheitstier. Nicht die Eigenschaft, die ich an mir am liebsten mag, das kannst du mir glauben.«

»Gegen Gewohnheiten ist doch nichts einzuwenden«, meinte Peter.

»Man kann sich jedenfalls das Nachdenken für andere Gelegenheiten aufsparen«, sagte Joy.

»Stimmt.« Peter lachte. »Ich vergesse manchmal, wie witzig du sein kannst, Joy Sousa. Jetzt streng mal deinen Grips an – was hättest du denn gern?«

»Etwas Leckeres«, antwortete Joy. »Sommerlich und lecker.« Sie betrachtete Peter. Er war süß, wenn auch ein wenig pummelig. Und er war Single. Obendrein fand er Joy witzig. Vielleicht sollte sie die Insel-Dating-Regel mal vergessen. Dann erinnerte sie sich, dass sie eine unabhängige moderne Frau war, die für ihr Glück keinen Mann brauchte.

Peter runzelte die Stirn. »Sommerlich und lecker, kein Problem.«

Es war erst halb fünf. Die Sommersonne stand noch hoch am Himmel. Die sonnenverbrannten Touristen kamen gerade erst vom Strand und fingen an, über Cocktails und Aperitifs nachzudenken. Noch war die Bar ziemlich leer.

»Maggie ist bei meinem Exmann«, erzählte Joy. »Und seiner neuen Frau. Und ihrem Zweijährigen.« Sie war dankbar, dass Peter ihr zuliebe zusammenzuckte.

»Das ist doch völlig in Ordnung«, meinte er beschwichtigend. »Für Maggie ist es gut, Zeit mit ihm zu verbringen.«

»Ich mach mir nur Sorgen…« Joy hielt inne. Worüber machte sie sich eigentlich Sorgen? »Ich mache mir Sorgen, dass Maggie das Gefühl bekommt, als hätte ihr Vater sie ersetzt.« Tiki war wirklich süß, mit Dustins strahlend blauen Augen und Sandys vollen Lippen. Das musste selbst Joy zugeben.

»Niemand kann Maggie ersetzen«, erwiderte Peter. »Ich bin ihr neulich begegnet – sie sieht so erwachsen aus!«

»Sag das nicht, Peter. Dafür bin ich noch nicht bereit.« Oft sah Joy Maggie noch als eine Sechsjährige vor sich mit einer Zahnlücke und einem Bäuchlein. Manchmal war sie regelrecht schockiert, Maggie wachsen zu sehen und zu beobachten, wie allmählich das Gesicht einer jungen Frau zum Vorschein kam.

Peter lächelte. »Die Zeit vergeht zu schnell, dieses Miststück.«

»Wo hast du Maggie denn gesehen?«

»Sie hing mit ein paar Sommerkids rum.« Inselkids hingen immer gern mit Sommerkids rum, ein wenig Abwechslung nach den langen Inselwintern. »Pass nur auf, dass ihr keiner von denen das Herz bricht.«

Meinst du wirklich, ich soll es versuchen? Joy hätte das Herz ihrer Tochter am liebsten mit viel Luftpolsterfolie und Styroporflocken in einen Pappkarton gepackt. In Sicherheit.

»Kann ich dich was fragen, Peter? Du bist doch Lehrer und kennst dich aus mit dem Handyjargon, ja?«

»Ein wenig.«

Joy nahm eine Cocktailserviette, zeigte auf den Stift hinter Peters Ohr und schrieb, als er ihn ihr gab, *T:)T* auf das Papier. »Was bedeutet das?«

Mit zusammengekniffenen Augen studierte er die Zeichen eine Weile. »Ah!«, sagte er endlich. »Das bedeutet: Denk an was Schönes.«

Das war nett, damit konnte Joy leben.

»Wie stark soll dein Drink denn sein?«

Er ist so viel älter, damit konnte sie jedoch nicht leben. Ein starker Drink war angemessen.

»Stark, mit tropischen Früchten«, sagte Joy.

»Alles klar«, sagte Peter. »Das Räderwerk setzt sich in Bewegung. Gib mir eine Minute und schau woandershin. Sonst ist die Magie weg.«

Joy ließ den Blick durch die Bar wandern, wo sie eine einsame Gestalt entdeckte, die ziemlich krumm auf einem Barhocker kauerte. Wieso hatte sie den Mann nicht gesehen, als sie hereingekommen war? Je länger sie ihn musterte, umso vertrauter kam er ihr vor, und nach einer Minute erkannte sie den Typen, der vorige Woche ihren

Parkplatz okkupiert hatte. Genauso in sich zusammengesackt wie an dem Tag damals, den Kopf gesenkt.

Wer war denn dieser Kerl? Schon sein Anblick deprimierte Joy. Vielleicht war es aber auch der Gedanke daran, dass Maggie in fünf Jahren ausgezogen sein würde, der dazu führte, dass Joy Peter zu sich winkte und ihm ins Ohr flüsterte: »Ich möchte zwei Gläser von dem, was du gerade für mich machst, eines für den Typen da drüben. Er sieht aus, als könnte er es brauchen.«

»Bist du sicher?«, fragte Peter. »Der Typ hat nämlich ...«

Doch Joy winkte ab und ließ ihn nicht ausreden. Sie konnte an jedem anderen Tag des Jahres ein Gewohnheitstier sein. Es war Sommer, sie musste keiner ihrer üblichen Verpflichtungen nachgehen, die Sonne schien mit aller Macht, und sie würde sich nicht in jemanden verwandeln, mit dem ihre eigene Tochter Mitleid hätte, wenn sie auf dem College war. Nein, heute würde Joy nett sein zu einem Fremden, der aussah, als hätte er es bitter nötig.

Der Mann trug ein graues T-Shirt, und wenn Joy sich richtig erinnerte, hatte er das gleiche schon an dem Tag getragen, als sie ihn in seinem LeBaron hatte weinen sehen. War er womöglich zu traurig, um frische Klamotten anzuziehen? Junge, Junge.

Peter mixte die Drinks, servierte Joy den ihren und brachte den anderen zum Tisch des Fremden. Unterdessen nippte Joy schon mal. Es schmeckte wie ein Sonnenuntergang, ein Tropenurlaub und eine Fahrt auf einem Katamaran, alles zusammen. Sie beobachtete, wie Peter etwas zu dem Mann sagte und auf Joy zeigte. Schnell senkte sie den Kopf und inspizierte ihre Fingernägel, denn sie fühlte sich plötzlich seltsam verlegen. Noch nie hatte sie einem Wildfremden einen Drink spendiert.

Weil sie auf den Tresen starrte, bekam sie nicht mit, wie der Mann den Drink von sich schob. Aus dem Augenwinkel jedoch beobachtete sie dann, wie er aufstand und zur Tür ging.

Sie schaute zum leeren Barhocker und dann wieder zu Peter. »Was zur Hölle war das denn?«

»Ich hab versucht, es dir zu sagen«, erwiderte Peter kopfschüttelnd. »Ich dachte schon, dass er den Drink nicht annehmen würde.«

»Warum?«

»Er hat Mineralwasser getrunken.«

Joy seufzte. Das war doch lächerlich. »Wer geht denn in eine Bar und trinkt Mineralwasser? Allein? Um halb fünf am Nachmittag?«

»Genaugenommen ist er schon seit etwa drei Uhr hier.«

»Noch schlimmer.«

Peter zuckte die Achseln. »Leute machen die komischsten Sachen.«

»Hat er ausgetrunken?«

»Das Wasser?«

»Den Cocktail.«

»Nein.«

»Nichts davon, keinen Schluck?«

»Er hat ihn nicht angerührt.«

»Dann trinke ich ihn«, sagte Joy. »Es sei denn, du möchtest ihn.«

»Auf keinen Fall.« Peter zwinkerte. »Solche Drinks sind viel zu stark für mich. Ich muss ja arbeiten.«

Kapitel 8

Anthony

Von der hinteren Veranda aus schaute Anthony hinaus auf den Ozean. *Der in Ungnade gefallene Autor, von einer Schönheit umgeben, die er nicht verdient hatte, war tief in Gedanken versunken.*

Herrje, was für ein Unsinn. Wenn er dieses Buch jemals wirklich schreiben würde, wäre es das langweiligste Buch der Welt. Wie konnte er erwarten, jemals wieder genug Elan zu entwickeln, wenn das Beste, was er zustande brachte, so oberflächlich und sentimental war?

Auf der Veranda standen ein rostiger Grill und eine Sitzgruppe aus der Mitte des letzten Jahrhunderts, schwarz, schmiedeeisern, die Muster auf der Beinrückseite hinterließ. Anthony setzte sich. Der Stuhl war extrem unbequem. Also stand er wieder auf und schaute zum Strand hinunter. Ein paar Surfer waren unterwegs, obwohl es keine Wellen gab. Drei Familien suchten sich einen Platz, mit Strandzelt, Kühlboxen und Taschen voller Sandspielzeug.

Anthony wurde schwer ums Herz. Vorigen Sommer waren er, Cassie und Max eine Woche in Nantucket gewesen, und sie hatten am Kinderstrand eine ganze Sandstadt gebaut. Einen ganzen Nachmittag hatten sie damit verbracht.

Außer den Familien waren Teenager am Strand: Mädchen in Bikinis warfen ihre Haare, schmalbrüstige, haarlose Jungen spielten sich vor ihnen auf. Die bizarren Balzrituale junger Menschen. *Der in Ungnade gefallene Autor beobachtete die bizarren … Nein, vergiss es.* Es war so unterinteressant zu lesen, wie eine Person die andere beobachtete. Da brauchte man nur Leonard Puckett zu fragen.

Dann sah Anthony noch einen flachsblonden Jungen von vielleicht vier oder fünf Jahren, der in einem grünen Pyjama mit schwingenden Armen aufs Wasser zurannte. Wer nahm seinen Sohn im Schlafanzug mit an den Strand? Er sah aus wie … Anthony zermarterte sich das Hirn, während er darauf wartete, dass endlich ein Elternteil hinter dem Jungen herlief und ihn einfing. Aber sämtliche Eltern waren damit beschäftigt, komplizierte Stranddomizile aufzubauen, niemand achtete auf den Jungen, der inzwischen eindeutig zu nah ans Wasser geriet.

»Hey!«, rief Anthony laut. »Vorsicht, der Junge!« Doch der Wind trug seine Stimme davon, niemand schien ihn zu hören. »Hey!«, versuchte er es noch einmal, lauter. »Der Junge! Der Junge am Wasser! Passt auf ihn auf!«

Ach, verdammt. Kurz entschlossen rannte Anthony die Treppe hinunter auf den kleinen Pfad zum Strand, konnte den kleinen Jungen jedoch nicht mehr entdecken. Sein Herz klopfte wild, er schnappte nach Luft. Er war überhaupt nicht mehr in Form. Wo war der Junge geblieben? Plötzlich glaubte er rechts von sich etwas Grünes aufblitzen zu sehen. Er atmete tief ein und rannte los.

»Alter«, sagte einer der Teenager, als Anthony an der Gruppe vorbeisprintete. »Wo brennt es denn?«

»Scher dich zum Teufel«, hätte Anthony gern gebrüllt, wenn sein Atem gereicht hätte. Er spürte, wie sein Bauch hüpfte, trotzdem rannte er weiter. Als er den Jungen erreichte, war der schon so weit ins Meer gegangen, dass ihm das Wasser fast bis zur Taille ging. Obendrein war das Wasser deutlich unruhiger geworden, ein optimistischer Surfer paddelte nach draußen. Anthony rannte ins Wasser, hob den Jungen aus den Wellen und setzte ihn auf dem trockenen Sand ab.

»Okay«, keuchte er, »alles in Ordnung. Bei dir auch, Kumpel?«

Der Junge verzog das Gesicht und begann zu weinen, und auf

einmal erkannte Anthony den Jungen aus dem Lebensmittelgeschäft, der im benachbarten Cottage wohnte und dessen Mutter sich Zucker zu borgen versucht hatte und gern Bücher von Leonard Puckett las. Der Junge schien etwa im gleichen Alter zu sein wie Max. Kleine Babyzähnchen, rundliche Pausbacken.

»Was machst du denn ganz allein hier draußen?«, fragte Anthony. Die Panik ließ seine Stimme schärfer klingen, als er es beabsichtigte.

Der Junge schniefte, starrte Anthony an und wischte sich die Triefnase an seinem Pyjamaärmel ab. Auf dem Oberteil war ein Minion abgebildet. Als der Junge sich etwas beruhigt hatte, beantwortete er tatsächlich Anthonys Frage. »Ich bin der Möwe nachgelaufen«, sagte er und deutete mit seinem kleinen Wurstfinger zum Horizont. »Aber jetzt ist sie weg.«

»Okay«, sagte Anthony. »Lass uns zu dir nach Hause gehen. Ich glaube, ich weiß, wo du wohnst. Weißt du auch, wo du wohnst?« Einen Moment fragte Anthony sich, ob man dem Jungen wohl beigebracht hatte, nicht mit Fremden zu sprechen. Er und Cassie hatten Max eingeschärft, er solle laut schreien, wenn ein unbekannter Mann ihn irgendwohin einladen wollte. Doch der Junge sah nicht aus, als wolle er gleich losbrüllen.

»In Connecticut ist mein Haus rot«, antwortete er achselzuckend.

»Vielen Dank für diese interessante Info«, sagte Anthony. »Und wie sieht dein Haus hier auf Block Island aus? Weißt du, welche Farbe es hat?«

»Mein Freund Colin hat einen Hund, der heißt Hooper«, verkündete der Junge bedeutungsvoll, ohne auf die Frage einzugehen.

»Gut zu wissen«, sagte Anthony. »Ich heiße übrigens Anthony. Erinnerst du dich vielleicht, dass ich mich vor Kurzem mit deiner Mutter unterhalten habe? Im Lebensmittelgeschäft?« Der Junge schüttelte den Kopf. »Macht nichts. Also, ich kenne deine Mutter, und ich würde dich gern nach Hause bringen.«

»Okay«, stimmte der Junge freundlich zu und schob seine kleine Hand in Anthonys. Einen Augenblick war er erstaunt über das Vertrauen, das in dieser Geste lag, über die Wärme der kleinen Hand in seiner. Auf einmal durchströmte ihn ein ganz ungewohntes Gefühl von Frieden und Geborgenheit.

So erreichten sie das Cottage, und Anthony klopfte an die Hintertür. Als die Frau – ihr Name war Lu, erinnerte er sich – zur Tür kam, blickte sie verwirrt von Anthony zu dem Jungen in seinem nassen Minion-Pyjama, die sich an den Händen hielten wie gute Freunde.

»Er war unten am Strand«, sagte Anthony ernst. »Bis zum Bauch im Wasser. Ich hab ihn zufällig entdeckt und bin ihm nachgelaufen. Und hab ihn hierher zurückgebracht.«

»Was hat er gemacht?«

»Ich hab eine Möwe gejagt«, erklärte der Junge. »Aber sie ist weggeflogen.«

»Im Ernst?«, fragte Lu entsetzt. »Ich war sicher, er wäre oben.« Sie kniete sich vor den Jungen und drückte ihn an sich. »Kommt rein, alle beide«, sagte sie, stand auf, und Anthony folgte den beiden in die Küche. »Er ist erst vier!«, sagte Lu. »Er kann noch nicht schwimmen. Also im Nichtschwimmerbecken schon, aber nicht im Meer …« Sie drückte die Hand auf die Brust und atmete aus. »Sebastian, ich dachte, du wärst in deinem Zimmer!« An den Namen hätte Anthony sich eigentlich erinnern müssen. »Du darfst nicht ohne mich nach draußen. Himmel, wenn ich daran denke, was hätte passieren können … Wo ist Chase? Ist er oben?«

Sebastian zuckte die Achseln.

»Chase!«, rief Lu. »Chase, komm bitte sofort runter!« Man hörte tapsende Schritte auf der Treppe, kurz darauf erschien Sebastians älterer Bruder in der Küche, und Lu umarmte auch ihn. »Gott sei Dank.«

»Mommy, ich krieg keine Luft mehr«, flüsterte Sebastian.

Anthony hatte das Gefühl, Zeuge eines sehr intimen Augenblicks zu werden, doch weil es ihm auch nicht richtig erschien, einfach wortlos zu verschwinden, schaute er sich um. Die Küche war wesentlich moderner als die in seinem Cottage, in einem fröhlichen Hellgrün gestrichen, mit einfachen, jedoch modernen Küchengeräten und in der Mitte einer kleinen Kücheninsel. Darauf stand ein aufgeklappter Laptop. Aber bevor Anthony sehen konnte, woran Lu gearbeitet hatte, knallte sie den Laptop zu. *Interessant*, dachte er. Offenbar hatte Lu also ein Geheimnis. Er speicherte die Information, um später darüber nachzudenken.

»Ich weiß gar nicht, wie ich Ihnen danken soll«, sagte sie. Sie war blass geworden, und die Sommersprossen auf ihrer Nase wirkten plötzlich viel dunkler. »Ich habe keine Ahnung, wie das passieren konnte. Sie haben ihm das Leben gerettet.«

Anthony wusste nicht, was er sagen sollte, die Situation war neu für ihn, er hatte noch nie jemandem das Leben gerettet. Er musterte Lu. Wieder erinnerte sie ihn an Amanda Loring in der vierten Klasse, mit ihrem ehrlichen Gesicht, ihren Zöpfen und Sommersprossen. Schließlich sagte er: »Sie brauchen sich nicht bei mir zu bedanken«, und fügte noch hinzu: »Alles … alles erdenklich Gute für Sie.«

Alles erdenklich Gute?, wiederholte er später in Gedanken, als er wieder in seinem Cottage war, und tippte sich an die Stirn. Wer redete denn so? Saß Queen Victoria noch auf dem Thron? Das Bild des kleinen Jungen, fast so alt wie Max, der ins Wasser ging, beunruhigte ihn noch immer. Kinder konnten sich so leicht davonstehlen, ohne dass ihre Eltern es bemerkten, und waren so vielen Gefahren ausgesetzt. Eigentlich ein Wunder, dass überhaupt ein Mensch das Erwachsenenalter erreichte.

Er dachte daran, wie hastig Lu den Deckel ihres Laptops zugeklappt hatte. Na ja, viele Leute beschäftigten sich online mit Dingen, auf die sie nicht stolz waren. Sie bestellten zu viel, sie besuchten Pornoseiten, sie verfolgten Schlagzeilen wie *Sie werden nicht glauben, wie dieser Star aus den Achtzigern jetzt aussieht!* und fielen für die nächsten drei Stunden in ein Kaninchenloch. Und manchmal machte der kleine Sohn dann ganz allein einen Ausflug, während man nicht auf ihn achtete.

Anthony war müde. Zum Teil schrieb er die Erschöpfung der ungewohnten körperlichen Anstrengung zu. In einer anderen Zeit, einem anderen Leben war er locker fünf Meilen in fünfunddreißig Minuten gelaufen, doch damit war es vorbei. Außerdem laugte ihn nach so viel Alleinsein die Interaktion mit anderen Menschen aus. Er warf einen langen Blick auf die Karaffe. Aber nein, kam nicht infrage. Stattdessen legte er sich auf die Couch, schlief ein und träumte, Max würde von einem Schiff ins Meer fallen. Er trug sein rotes T-Shirt mit dem Alligator, das *Maxosaurus*-Shirt, das Anthony ihm geschenkt hatte. Es war Max' Lieblingsshirt, er trug es fast ununterbrochen. Wenn es schmutzig war, holte er es aus dem Wäschekorb und zog es trotzdem an – was Cassie in den Wahnsinn trieb. In Anthonys Traum trug Max keine Rettungsweste. Wer nahm denn ein Kind ohne Rettungsweste mit aufs Schiff? Sogar im Traum fragte Anthony sich das, aber da er sich im gleichen Schiff befand, hatte er es wohl zu verantworten. Als Max über die Reling zu stürzen drohte, packte Anthony ihn am T-Shirt, doch es rutschte ihm durch die Finger, und blitzschnell hatte das Wasser seinen Sohn verschlungen. *Max*, schrie Anthony, *Max, Max!* Er sprang ihm nach, tauchte unter und zwang sich, die Augen offen zu halten. Das Wasser war trübe, er konnte fast nichts sehen, kickte verzweifelt mit den Beinen, ruderte mit den Armen und tastete nach Max. Nichts. *Max!*, schrie er. Sein Mund füllte sich mit Wasser, er musste wieder an die Oberfläche, prustend und japsend, ehe er erneut abtauchte.

Panisch erwachte Anthony. Die Sonne drang durch die Fenster

des Cottage, sein Mund war trocken, sein T-Shirt durchgeschwitzt, und er fühlte sich völlig desorientiert. Mit zittrigen Beinen stand er auf und ging in die Küche, nahm sein Smartphone und wählte Cassies Nummer. Voicemail. Er brach ab und wählte erneut. Wieder die Voicemail. Beim dritten Versuch ging sie dran.

»*Was?*«, fragte sie gereizt. »Was ist denn los, Anthony? Warum rufst du dauernd an?«

»Wo bist du?«, fragte er. »Warum gehst du nicht ans Handy?«

»Ich war mitten in einem Barre-Training und hatte die ›Nicht-stören‹-Funktion aktiviert, aber weil du es so oft versucht hast, fing das Telefon an zu klingen. Himmel, Anthony. Ich musste abbrechen, mitten im Bauchmuskeltraining. Das ist ein schlimmer Regelverstoß, es wurden schon Leute wegen weniger ausgeschlossen.«

Als hätte Anthony auch nur das geringste Interesse an Cassies Training. »Wo ist Max?«

»Zu Hause, mit Hallie.«

»Wer ist Hallie?«

»Die Baysitterin. Du kennst sie. Das Mädchen von gegenüber, sie geht auf die Highschool.«

»Okay.« An Hallie erinnerte Anthony sich tatsächlich. Sie hatte eine Rose auf den Unterarm tätowiert und trug immer eine Baseballkappe. Sie war nett. »Okay, ich wollte nur mal nachfragen. Weil ich ein schlechtes Gefühl hatte, weiter nichts.«

»Anthony.« Cassies Stimme wurde etwas sanfter. »Jetzt reiß dich mal bitte zusammen, ja? Allmählich machst du mir Angst.«

Später beschloss Anthony, eine kleine Radtour zu machen. Als er seine Haustür öffnete, stand auf der Treppe ein Pappteller mit mehreren riesigen, mit Zimtzucker bestreuten Blaubeer-Muffins. Am Teller klebte ein Zettel, auf dem stand: *Ich hab ein neues Rezept probiert. Ich weiß, ich kann Ihnen nicht genug dafür danken, dass Sie*

Sebastian heute gerettet haben, aber ich dachte, das wäre ein Schritt in die richtige Richtung. Lu.

Es war lächerlich, wie schnell sich in seinem Körper aufgrund dieser kleinen Freundlichkeit ein Gefühl von Zufriedenheit ausbreitete, und das, noch bevor er einen Bissen von den Muffins gekostet hatte.

Kapitel 9 | Lu

Lu hatte ein hübsches kleines Café zum Arbeiten gefunden. Es hieß »Joy Bombs«. Der Kaffee schmeckte hervorragend, es gab kostenloses WLAN (Passwort: *making-whoopie*), und die kleinen Whoopie-Pies in verschiedenen Geschmacksrichtungen waren absolut himmlisch. Lu kaufte einen Probierteller, Kaffee für sich und Saft für die Jungs. Nach dem Vorfall mit Sebastian und Anthony wollte sie ihre Söhne auch bei der Arbeit in Sichtweite haben. Daher hatte Chase das Familien-iPad vor sich und Sebastian Lus Smartphone. Jeremy mochte es gar nicht, wenn die beiden sich mit elektronischen Geräten vergnügten, denn er war überzeugt, dass es die Gehirnentwicklung beeinträchtigte. Gerade gestern erst hatte er, bevor er ins Krankenhaus aufgebrochen war, das Thema wieder aufgebracht. Lu fand es auch nicht unbedingt optimal, aber für jemanden, der Sechzehn-Stunden-Schichten arbeitete und manchmal in der Klinik übernachtete, war es wesentlich einfacher, null Toleranz gegenüber elektronischen Geräten zu predigen und sich als Vorkämpfer der Gehirnentwicklung aufzuspielen.

Sie hatten sich um den Tisch verteilt, und Lu begann zu schreiben.

Meine lieben Leser und Leserinnen, sprechen wir über Mozzarella und Tomaten! Ich weiß nicht, ob Sie das Glück haben, schon an frische Tomaten zu kommen. Es ist noch früh in der Saison – hier im mittleren Westen beispielsweise warten wir auf die erste Ernte. Aber wer schon Tomaten ernten kann, sollte nicht zögern, sie zu verarbeiten. Und vergesst nicht: Eine gute Dosentomate (und davon gibt es welche, siehe die angehängten Links) ist immer noch viiiiel besser als die wachsigen Dinger, die man zurzeit in der Gemüseabteilung findet.

Lu wusste noch nicht, ob sie zum Abendessen Mozzarella und Tomaten servieren würde, aber zum Nachtisch würde sie auf jeden Fall Eis machen, schließlich hatte sie ihre Eismaschine eigens für den Sommer mitgebracht. Für Leo war es eine Selbstverständlichkeit, Eiscreme selbst zu machen. Frische Erdbeeren im Sommer, Minze zur Weihnachtszeit. *Dinner by Dad* kochte immer saisonal. Und wenn möglich auch regional. Lu überlegte, ob sie mit dem Balsamico von den Tomaten noch eine Glasur machen könnte.

Anfangs, als die Kinder noch ganz klein gewesen waren, hatte Lu den Blog als Hobby gesehen, als eine Möglichkeit, sich die Zeit zu vertreiben und den Geist fit zu halten, wenn die Jungs ihr Mittagsschläfchen machten. Ein paar Rezepte, einige Hintergrundinformationen, Geschichten über die Kinder, das Haus. Das Übliche. Dann hatte sie sich ein paar andere Mommy-Blogs angeschaut und gemerkt, dass es sie gab wie Sand am Meer.

Doch viel seltener waren Dad-Blogs. Dabei waren Hausmänner doch sexy, warmherzig und exotisch. Und ein Dad, der kochen konnte, der seinen beiden Söhnen und seiner Frau, der viel beschäftigten Anwältin, jeden Abend ein warmes, nahrhaftes Essen auf den Tisch stellte? Ein Dad, der den Schinkenspeck, den seine Frau unterwegs gekauft hatte, in der Pfanne briet und über einen Rucola-Salat bröselte, der mit einem perfekt pochierten Ei und selbst gemachten Parmesan-Croutons gekrönt war? Ein Dad, der kreative Ideen entwickelte, wie er geriebene Zucchini und Chiasamen verstecken konnte, so dass sein Sohn nicht mal auf die Idee kam, dass er sie gerade aß? So ein Typ war echtes Geld wert. Also wurde Lu zu Leo.

Leo erzählte seinen Lesern super-offenherzig von seinen Schwierigkeiten als Hausmann und Vater. Von der Einsamkeit. Dem Verlust der Identität. Der Unsicherheit! Wie er sich fühlte, wenn er die Kinder im Kindergarten abgeliefert hatte, wo alle Moms zusammengluckten und keine ihn zu ihren Gesprächen einlud. Klar, sie winkten und sagten Hallo, aber er fühlte sich nie, als gehöre er dazu. Er war und blieb ein Eindringling, ein Außenseiter. In der Küche jedoch war er ganz in seinem Element.

Der Blog bekam ziemlich schnell eine gewisse Reichweite. Die Seitenaufrufe wurden mehr und mehr, fünfzigtausend, im nächsten Monat hunderttausend, dann zweihunderttausend. Anzeigenkunden nahmen Kontakt auf. Ein paar Marken erkundigten sich nach Leos Interesse für von ihnen gesponserte Posts. Schon bald konnte Lu sich aussuchen, ob sie einen Sponsor wollte oder nicht.

Nach einiger Zeit fühlte sich die Familie von *Dinner by Dad* für Lu genauso vertraut an wie ihre eigene, manchmal sogar vertrauter. Sie lernte, welches Programm sich am besten für das Bearbeiten von Essensfotos eignete. Die meisten Blogger fotografierten sich selbst, ihre Küche, ihre Kinder, aber Lu beschloss, es anders zu machen: einfache Kohlezeichnungen von Leos Kindern, seiner Frau Jacqui, gelegentlich von ihm selbst. In der Highschool hatte Lu eine Zeit lang mit der Idee gespielt, nicht an ein traditionelles College zu gehen, sondern Kunst zu studieren – sie zeichnete, seit sie einen Stift in der Hand halten konnte. Sie war aktiv in den sozialen Medien, auf Instagram und Twitter. Und jetzt – tja, Lu verdiente zwar noch nicht ganz so viel, wie sie als Anwältin verdient hatte, war jedoch auf dem besten Weg dazu.

Lu eröffnete unter ihrem eigenen Namen ein neues Konto und deponierte dort ihre Einkünfte. Bisher hatte sie noch keinen Cent von ihrem Blog-Verdienst ausgegeben. Sie ließ den Betrag anwachsen, und wenn sie genug zusammen hatte, würde sie einen dicken Scheck für Jeremys Eltern über jeden einzelnen Dollar ausstellen, den sie ihnen schuldeten. Und dann war sie endlich frei.

»Was ist das denn?«, würden die Trusdales verblüfft ausrufen. »Wie in aller Welt hast du …?«

»Ach, halb so wild«, würde Lu dann mit einem bescheidenen Lächeln erwidern. »Ich hab nur nebenbei ein wenig freiberuflich gearbeitet, weiter nichts.«

»Du hast so ein Glück«, sagte Lus Mom immer. »Du kannst bei deinen Kindern bleiben.« Ihre Mutter hatte vierzig Jahre lang als Büromanagerin für einen Zahnarzt gearbeitet, Lu und ihre Schwester waren Schlüsselkinder gewesen, hatten nach der Schule Chips direkt aus der Packung verdrückt und sich unzählige Folgen der nachmittäglichen Seifenopern reingezogen. So etwas wie veganes Chili hatte es nicht gegeben, genau genommen überhaupt kein Chili, es sei denn, sie machten sich die Mühe, selbst eine Dose zu öffnen und auf ihre Teller zu verteilen. Deshalb war Lu als Teenager irgendwann eine richtig gute Köchin geworden. Not macht eben erfinderisch.

Lu seufzte. Tomaten und Mozzarella waren schon von ungefähr jedem Blogger durchgenudelt worden. Sie musste es besser machen. In Würfel schneiden? Farro dazugeben? Oder Salami? Das Brot grillen? Erst das Brot belegen und dann grillen?

Leo und seine Familie wohnten an einem wunderschönen klaren See in einem nicht näher benannten Bundesstaat irgendwo im Mittleren Westen. Am See gab es atemberaubende Sonnenuntergänge und jede Menge Wassersport. Leo war natürlich ausgebildeter Rettungsschwimmer. Man konnte sich in jeder Hinsicht auf ihn verlassen.

An manchen Sommerabenden, wenn Jacqui zu spät von der Arbeit kam, packte Leo eines seiner köstlichen Abendessen ein, und die ganze Familie spazierte zu einer der Picknickbänke am See, um dort zu essen. Wenn die Jungs nicht zu müde waren, schauten sie sich manchmal noch den Sonnenuntergang an. Allerdings waren die Kinder meistens erschöpft – sie verbrachten ja den ganzen Tag im Freien, halfen im Gemüsegarten und schaukelten auf der Reifenschaukel, die Leo an einen Ast der alten Eiche im Hof gehängt hatte, die schon seit vielen Generationen hier gewachsen war.

Natürlich stand Jacqui morgens früh auf, um zur Arbeit zu fahren, und musste aussehen wie aus dem Ei gepellt. Manchmal war es schwierig für Leo, mit dem Putzen nachzukommen. Doch er ließ sich nicht unterkriegen.

Lu scrollte durch Google Images nach dem Foto eines Sees, das anonym genug aussah, dass sie es als Leos eigenes ausgeben konnte.

»Du hast eine SMS gekriegt«, verkündete Sebastian und stand auch schon mit dem Telefon neben Lu. Sie kaute auf der Unterlippe. Sie hatte gerade mal vier Minuten gearbeitet. Sie nahm Sebastian das Handy ab und warf einen Blick darauf. Die SMS war von Jeremy: *Stressig hier, wie geht's bei euch?*

Den Mozzarella unbedingt in Würfel schneiden, dachte sie. *Und Farro … könnte funktionieren. Ernsthaft. Man muss ja nur daran denken, wie Leos Sohn Charlie das Zeug geliebt hat, als er es zum ersten Mal aß, richtig?*

Lu liebte ihre Familie über alles, selbstverständlich, trotzdem musste sie nicht unbedingt jeden Tag von früh bis spät ununterbrochen mit ihr zusammen sein. Chase war sechs, Sebastian vier. Vierzehn Jahre würde es also noch dauern, bis sie beide im College waren. Lu schämte sich dafür, solche Kalkulationen anzustellen.

Sie überlegte, was wohl passieren würde, wenn sie Jeremy als Antwort schrieb: *Scheiße, ich verliere grade den Verstand.* Das wollte er garantiert nicht hören. Bei der Arbeit wollte er sich vorstellen, dass Lu und die Jungs ein perfektes Familienleben führten.

Großartig, schrieb sie zurück. *Packen grade die Strandsachen.*

Ich wäre so gern dabei!

Lu beobachtete Eltern mit ihren drei Töchtern – vielleicht noch zehn oder elf Jahre bis zum College-Alter –, die sich um einen Vierertisch drängten. »Cecily, du lässt mir überhaupt keinen Platz«, beklagte sich die Jüngste, und der Vater, der möglicherweise gesehen hatte, dass Lu sie beobachtete, lächelte ihr kläglich zu und sagte: »Die Freuden des Familienurlaubs!«

Lu erwiderte sein Lächeln und schaute wieder auf ihr Telefon.

Ja, das wäre schön, antwortete sie Jeremy.

Theoretisch. Theoretisch wäre es wunderbar, mehr Zeit miteinander zu verbringen. Praktisch … na ja. Wenn Jeremy jetzt hier wäre, müsste sie für eine weitere Person kochen, putzen, aufräumen und ihre Blogbeiträge heimlich schreiben. Womöglich würde Jeremy über Baby Nummer drei sprechen wollen. Und auch noch entsprechend aktiv werden. Dass Sebastian schon vier war, störte ihn, das wusste Lu – er hatte sich die Kinder schön regelmäßig in Zweijahresabständen gewünscht.

Sie sollte wenigstens ein Ausrufezeichen an die Nachricht hängen.

Das wäre wirklich schön!, korrigierte sie und fügte noch ein Smiley an.

Ihr standen weitere vierzehn Jahre bevor, in denen sie achtlos fallen gelassene Handtücher einsammeln, die Spülmaschine aus- und gleich wieder einräumen würde, um sie am nächsten Tag dann wieder aus- und einräumen zu können – Sisyphusarbeit schlechthin. Wenn ihre Mutter wüsste, dass Lu so etwas dachte, wäre sie entsetzt, denn sie selbst hätte damals alles darum gegeben, nur die Verantwortung für Haus und Kinder zu tragen. Lu würde über solche dunklen Gedanken niemals mit ihrer Mutter sprechen können.

»Ist das ein See?«, nuschelte Sebastian und deutete mit seinem Spielzeugtruck auf den Bildschirm. Der Daumen seiner anderen Hand steckte in seinem Mund. Er hatte den Schnuller irgendwann gegen den Daumen getauscht, und bisher hatten sie ihm das nicht wieder abgewöhnen können. Sie musste endlich daran arbeiten.

»Ja, das ist ein See«, antwortete Lu. »Hübsch, stimmt's?«

Mit ernstem Gesicht nickte Sebastian. »Da möchte ich hin.«

»Ja«, sagte Lu, zog ihn an sich und grub ihre Nase in seine Haare. »Ja, Baby, ich möchte da auch hin.«

Sie schaute sich um. Ein junges Teenagermädchen mit einer lila Haarsträhne war dabei, energisch die Ladentheken abzuwischen. Lu stand auf, versprach den Jungen, gleich wieder da zu sein, und machte sich auf die Suche nach dem Zimt. Das war jedoch nur ein Vorwand, sie wollte dem Strähnen-Mädchen eine Frage stellen.

»Was bedeutet das mit dem ›neu erfundenen Whoopie-Pie‹?«, fragte sie. Die Formulierung hatte sie auf dem Ladenschild gelesen und war neugierig auf die Erklärung.

Das Mädchen machte sich gerade daran, die Serviettenhalter neu zu befüllen.

»Das heißt bloß, dass Whoopie-Pies früher mit allem möglichen ungesunden Zeug gemacht wurden«, antwortete sie. »Aber meine Mom verwendet nur Biozutaten, und die Whoopies sind viel kleiner. So dass man, na ja, so dass man gut und gern zehn davon essen kann.« Sie lächelte ein bezauberndes Lächeln und zeigte dabei ihre Zahnspange. Als Kind hatte Lu sich immer eine gewünscht, doch ihre Mutter konnte sie sich nicht leisten. Jeremy behauptete, dass er die kleine Lücke zwischen ihren Schneidezähnen liebte. Lu dagegen hasste sie. Chase und Sebastian würden ihre Zahnspangen in der Mittelstufe zusammen mit der Zahlenkombination für den Schulspind kriegen, wie es sich für Kinder aus wohlhabenden Verhältnissen gehörte.

»Aha.« Lu speicherte die Information für zukünftige Zeiten ab. »Der Laden hier gehört also deiner Mom?«

Das Mädchen nickte. Sie bewegte sich ruhig, ohne jede Hektik.

Lu fühlte sich an ihre Schwester erinnert, die in der Innenstadt von Baltimore an einer Highschool unterrichtete, wo es Metalldetektoren an jeder Tür, aber nie genug Bleistifte gab. Lus Schwester würde wahrscheinlich liebend gern bei ihren Kindern zu Hause bleiben, doch da sie mit einem Polizisten verheiratet war, brauchten sie beide einen Job, um über die Runden zu kommen. So stand Lu als privilegierte Idiotin da, weil sie arbeiten wollte, obwohl sie nicht musste. Auch ihrer Schwester konnte sie ihre Sehnsucht und ihre Gedanken über die Rolle als Mutter nicht anvertrauen.

Dann hörte Lu ein Krachen, gefolgt von einem Aufschrei. Als sie zum Tisch herumwirbelte, sah sie, dass ein Becher kaputtgegangen war und das iPad in einem Kaffeeteich lag. Chase stand mit erhobener Faust da, als wollte er auf Sebastian losgehen. »Mommy«, rief Sebastian mit weit aufgerissenen Augen.

Kurz entschlossen packte Lu eine Handvoll Servietten aus dem soeben neu gefüllten Spender und rannte hinüber. Der Bildschirm des iPad war dunkel – kein gutes Zeichen.

»Warten Sie!« Das Mädchen kam mit einem großen Lappen zu Hilfe, der den Kaffeeteich in null Komma nichts aufgesogen hatte. Zu Sebastian sagte sie: »Alles gut, Kumpel.« Beruhigende Worte, die zu sagen Lu bisher versäumt hatte. »Die Hülle sieht ziemlich robust aus, ich denke, das wird wieder.« Es war eine dieser unzerstörbaren Gummihüllen.

Lu holte tief Luft. Auf einmal hatte sie das Gefühl zu fallen. Jeremy würde nicht begeistert sein, dass das passiert war.

»Du suchst nicht zufällig einen Nebenjob?«, fragte sie das Mädchen. »Ich brauche jemanden, der mir mit den Kindern hilft.«

Kapitel 10 | Anthony

T. S. Eliot war vielleicht der Ansicht, der April sei der grausamste Monat, dachte Anthony, *aber der Juni ist manchmal auch nicht so prickelnd.*

Es war eine freudige Überraschung, dass Fitzys Onkel ein ziemlich gutes Kabel-Abonnement und einen kleinen, jedoch beeindruckend modernen, in einem staubigen Schränkchen versteckten Flachbildfernseher besaß. Er stellte das Gerät an und zappte sich aus reiner Neugier durch die gespeicherten Programme. Der Onkel hatte einen beeindruckend vielseitigen Geschmack.

So früh am Morgen zeigten die Sender noch das übliche Programm, und Anthony stoppte bei den Nachrichten. Seine eigene Welt hatte ihn so in Anspruch genommen, dass er manchmal vergaß, dass es noch eine größere Welt draußen gab – das Klima wandelte sich, die atomare Bedrohung nahm zu, Kinder von Immigranten wurden misshandelt. Auf dieser Skala waren seine eigenen Probleme ein Klacks.

»Es folgt das Buch des Monats«, verkündete die Ansagerin, »einer der heißesten Thriller dieses Sommers, sofort auf Platz eins der New-York-Times-Bestsellerliste. Also bleiben Sie dran.«

»O nein«, stöhnte Anthony. »Nein, nein, nein.« Er wollte den Apparat per Fernbedienung ausschalten, aber seine Finger wollten sich nicht bewegen, und schon erschien auf der einen Seite des geteilten Bildschirms das Cover von »Der Reiz der Jagd«. Auf der anderen Seite winkte Anthonys Vater den Fernsehzuschauern zu, frisch rasiert, in einem Tweed-Jackett.

Drei Minuten saß Anthony auf dem unbequemen Sofa und starrte auf die Werbung für Toilettenpapier, frisch gepressten Orangensaft und Senioren-Vitamine.

Sein Handy summte, es war seine Mutter. Er ignorierte sie. Sie rief ihn sowieso nur an, weil sie ihm sagen wollte, dass sein Vater im Fernsehen war.

Schalt ab, sagte er sich. *Schalt endlich ab. Geh an den Strand, schau in die Wellen.*

Er schaffte es nicht. Wie hypnotisiert saß er da und sah zu, wie der Moderator das neue Buch von Leonard Puckett als das große Finale der Gabriel-Sheldon-Serie ankündigte. Als die Kamera zurückfuhr, sah man Anthonys Vater auf dem Studiosofa sitzen, die Beine leger übereinandergeschlagen, ein kleines Lächeln auf den Lippen, die Fingerspitzen aneinandergelegt.

Eine Weile plauderten der Moderator und Leonard über dies und das und sorgten dafür, dass auch die Menschen, die noch nie einen Gabriel-Sheldon-Roman gelesen hatten, wussten, wer der Typ war und warum er ständig nach Blut dürstete. Gabriel Sheldon war ein Schwindler, der durch die Welt reiste, Leute reinlegte, mit Supermodels ins Bett ging, in einer modernen Penthouse-Wohnung wohnte, erfolgreiche Raubüberfälle inszenierte und stets seinem Erzfeind, dem CIA-Agenten Rex Chapman, entwischte. Als die beiden Männer auf dem Sofa damit durch waren, sagte der Moderator: »Leonard, ich bin sicher, dass ich für unser Livepublikum und auch für die Zuschauer zu Hause spreche – wir alle brennen darauf, zu erfahren, wie Sie das machen. Wie schaffen Sie es, seit Jahren jedes Jahr ein neues Buch herauszubringen?«

»Nun ja«, begann Leonard, »es war so: Ich hatte einen Job als Betriebsbuchhalter und wollte trotzdem unbedingt schreiben. Deshalb habe ich morgens vor der Arbeit geschrieben und abends nach der Arbeit.«

Leonard erzählte von seinen ersten erfolgreichen Büchern, die ihn allmählich ins Zentrum der Aufmerksamkeit katapultierten und ihn in der Buchwelt zu einem Begriff machten. Schließlich hatte Leonard sich verpflichtet, zwei Bücher pro Jahr zu schreiben. Vier Monate brauchte er zum Schreiben, sechs Wochen zum Überarbeiten, dazwischen nahm er sich zwei Wochen Urlaub. Von diesem Schema wich Leonard nicht mehr ab. Im Durchschnitt schaffte er zweieinhalbtausend Wörter pro Tag, einen Entwurf seiner Bücher stellte er für gewöhnlich in achtundvierzig Arbeitstagen fertig. Die Wochenenden blieben frei. Während der Lektor seinen Rotstift zur Hand nahm und das Manuskript bearbeitete, begann Leonard bereits mit dem nächsten Roman. So machte er immer weiter, zuverlässig wie Ebbe und Flut, ein Mann, nach dessen Arbeitsgewohnheiten man die Uhr stellen konnte.

Als Anthony elf gewesen war, waren sie aus ihrer Eigentumswohnung in ein Haus mit fünf Zimmern im Marblehead Neck nach Massachusetts gezogen. Wenn Anthony an seinen Vater dachte, hörte er das Geräusch der ins Schloss fallenden schweren Eichentür seines Arbeitszimmers, das Klirren der Eiswürfel im Whiskyglas und den auf voller Lautstärke abgespielten Puccini, wenn er an einer Stelle der Handlung nicht weiterkam.

Doch Leonard Puckett blieb nur selten stecken. Die Ideen strömten, als wäre er ein Fluss mit unzähligen Nebenarmen. Die Gabriel-Sheldon-Serie. Die Delgado-Marina-Serie. Die Serie, die von Anfang bis Ende an Bord eines Navy-U-Boots im Indischen Ozean spielte. Es gab massenweise Übersetzungen, Filmrechte, Audiorechte. Man konnte kein Flugzeug, keinen Zug, keinen Fernbus besteigen, ohne dass man die Chance bekam, das neueste Buch von Leonard Puckett zu erwerben.

In den Besprechungen, die er nie las, wurde Leonard Puckett sowohl als schablonenhaft als auch mitreißend beschrieben. Man nannte ihn ein Genie, man nannte ihn ordinär. Talentlos und überbewertet, unterbewertet, einen Fälscher und einen Realisten. Nichts davon hatte den geringsten Einfluss auf seinen Erfolg, seine Bücher verkauften sich weiter.

»Ich sage nur ein einziges Wort«, hörte Anthony ihn nun auf dem Fernsehbildschirm sagen.

Der Moderator beugte sich vor, fasziniert, beinahe geifernd vor Spannung.

»Disziplin.«

Enttäuscht wich der Moderator zurück. Disziplin hatte nichts Magisches, sie war auch nicht interessant.

»Man kann kein Buch schreiben, wenn man nicht stur auf seinem Stuhl sitzen bleibt und schuftet«, fügte Leonard hinzu. »Und ganz sicher keine neunundfünfzig Bücher.«

»Neunundfünfzig«, wiederholte der Moderator andächtig.

»Morgens eine Tasse starken schwarzen Kaffee«, fuhr Leonard fort, »pünktlich um fünf einen Scotch. Lunch mit meiner Frau, jeden Tag. Das sind die Punkte, die mich auf Trab halten.«

»Sie haben es gehört«, rief der Moderator den Zuschauern zu. »Aus erster Hand!«

Dann kam die nächste Werbepause. Wieder klingelte Anthonys Handy. Diesmal ging er dran.

»Dein Vater ist im Fernsehen, Anthony.«

»Ich weiß. Ich hab ihn gesehen. Bist du bei ihm?«

»O nein. Ich bin zu Hause. Hat er gut gemacht, findest du nicht?«

Anthony seufzte. »Wie immer.«

»Bitte ruf ihn mal an, Anthony. Sag ihm, dass du ihn gesehen hast. Sag ihm, dass er seine Sache gut gemacht hat.«

»Er will keinen Kontakt zu mir.«

»Natürlich will er Kontakt zu dir.«

»Nein! Sonst hätte er mich doch angerufen. Mir eine Mail geschrieben. Irgendwas.«

»Er wusste nicht, wie er damit umgehen soll, das ist alles.«

Eine Pause trat ein, und Anthony stellte sich seine Mutter vor, mit ihrem silbernen Bob, ihren klassischen Hosen und Blusen. Sie gehörte zu den Frauen, die sich zum Einkaufen schick machten und das Haus niemals ohne Lippenstift und Parfüm verließen. Es dauerte nicht lange, bis Dorothy hinzufügte: »Kannst du ihm das vorwerfen?«

Anthony antwortete nicht. *Ja*, dachte er.

»Wie lange willst du dich noch verstecken, Anthony?«

»Ich verstecke mich nicht.«

»Natürlich tust du das.«

»Ich musste gehen! Cassie hat mich rausgeworfen.« Seine Stimme überschlug sich. »Sie möchte mich nicht sehen, und ich kann das irgendwie auch verstehen. Da musste ich mir ja was anderes suchen.«

»Du hättest zu uns kommen können.«

Anthony dachte an die geschlossene Tür zum Arbeitszimmer, an den Puccini, an die drückende Stille, weil man den großen Mann bei der Arbeit nicht stören durfte. »Du weißt doch selbst, dass das nicht infrage kam.«

»Das kommt immer infrage. Hier ist dein Zuhause.« Als Anthony nicht antwortete, fuhr Dorothy fort: »Ich muss dir unbedingt erzählen, was Max neulich gesagt hat. Das war so komisch.«

Anthonys Puls beschleunigte sich. »Du hast Max gesehen?«

Nach kurzem Zögern antwortete Dorothy: »Ja. Er hat zwei Nächte hier geschlafen.«

»Zwei Nächte? Und wo war Cassie?« Max hatte zweimal bei seiner Großmutter übernachtet, und Anthony durfte nicht mal fünf Minuten mit ihm telefonieren? Jedes Mal, wenn er nach seinem Sohn fragte, behauptete Cassie, er sei gerade nicht zu sprechen. Max war vier Jahre alt, natürlich war er zu sprechen! Er sei im Sommerlager. Er sei zum Spielen bei einem Freund. Im Schwimmunterricht. Bei einer Geburtstagsparty. In Wahrheit hielt Cassie Anthony für einen schlechten Einfluss und wollte Max für sich allein.

»Sie musste weg, irgendwas wegen ihrer Arbeit«, antwortete Dorothy ausweichend.

Ach ja, dachte Anthony. Weil Gemälde, die in einem teuren Laden in South Boston ausgestellt wurden und sich – um ehrlich zu sein – nicht sonderlich gut verkauften, so viele Geschäftsreisen erforderten? »Wohin denn?«

»Das weiß ich nicht genau«, sagte Dorothy.

»Interessant.«

»Letztendlich war es mir auch gleichgültig«, fügte Dorothy hinzu. »Ich freue mich immer so, wenn Max mal bei mir ist.«

Erneut dachte Anthony an seine Hochzeit auf dem Grundstück der alten Pferdefarm in Shelbourne, Vermont. An Cassies mit Wildblumen durchflochtene blonde Haare. An das Kleid, das an ihren Schultern von zwei schmalen Bändern gehalten wurde. An Cassie, die blass war, fast ungeschminkt. Leuchtende, schimmernde Haut. Alles an ihr leuchtete und schimmerte. Barfuß, mit silberrosa lackierten Zehennägeln, so schritt sie den Waldweg zu dem Blumenbogen entlang.

Dorothy hatte Cassies wahres Gesicht sofort erkannt. Ihr ging es um Geld und um Prestige. Ihre Ehegelübde hatten sie selbst geschrieben, und Cassie hatte darauf bestanden, dass sie keine der üblichen abgedroschenen Phrasen verwendeten, kein *Bis-dass-der-Tod-uns-scheidet*, kein *An-guten-wie-an-schlechten-Tagen*. Für Anthony war das nur ein weiterer Beweis für ihren Stil gewesen, rückblickend jedoch kam es ihm prophetisch vor.

»Und was hat Max gesagt?«, wollte Anthony wissen. »Was war so komisch?«

»Wir haben Kekse gebacken, und als sie im Ofen waren, hat er mich gefragt, ob sie jetzt ›laden‹. Stell dir das vor, ob sie laden – Kekse!«

Anthony grinste. Das sah Max ähnlich.

»Ich musste daran denken, wie du mich in seinem Alter gefragt hast, was ›flätig‹ bedeutet«, erzählte Dorothy lachend. »Jemand hatte wohl das Wort unflätig gebraucht, und du, altklug, wie du warst, hast angenommen, wenn man unflätig sein kann, dann kann man auch flätig sein.«

Bis heute kam das Anthony irgendwie logisch vor.

»Anthony, vielleicht könnte ich dich gelegentlich mal besuchen.«

»Hier?«

»Ja. Es gibt da etwas, worüber ich gern mit dir reden möchte.«

»Äh…« Anthony sah sich in seinem Cottage um. Gut, es gab zwei Schlafzimmer, trotzdem konnte er sich nicht vorstellen, seine Mutter hier zu beherbergen. »Vielleicht lieber nicht jetzt, Mom. Ich glaube, ich muss erst wieder einigermaßen klarkommen. Allein.«

Er war froh, dass er das Gesicht seiner Mutter nicht sehen konnte, er wollte lieber nicht wissen, ob er sie verletzt hatte.

»Na gut, dann sprechen wir später darüber. Es würde uns guttun, ein bisschen Zeit miteinander zu verbringen. Ich melde mich demnächst wieder. Halte durch.«

»Mache ich«, antwortete er.

Als das Gespräch beendet war, schrieb er eine Nachricht an Cassie. *Kann ich bitte mit Max sprechen? Gehst du dran, wenn ich anrufe?*

Sofort kamen die kleinen hüpfenden Punkte, die ihm zeigten, dass Cassie antwortete.

Er ist nicht da. Sommerlager.

Lebt er noch?

Selbstverständlich lebt er noch. Was soll die Frage?

Auf dem Fernsehbildschirm fragte der Moderator gerade Leonard nach seinem Programm für kreatives Schreiben, das er in die Gefängnisse bringen wollte. »Schreiben ohne Schranken«, sollte es heißen. *Verschon mich*, dachte Anthony. Er hatte von dem Projekt bisher nichts gewusst.

»Ich glaube einfach, jeder Mensch sollte sich äußern dürfen«, erklärte Leonard achselzuckend. »Stimmt's? Vielleicht machen wir Fehler, vielleicht kommen wir vom rechten Weg ab, aber das heißt doch nicht, dass wir keine Stimme mehr haben dürfen.«

»Völlig richtig«, sagte der Moderator, als bereits die leise Überleitungsmusik begann, die das Ende des Segments einleitete. Also keine Fragen über Anthony, den Sohn. Vermutlich gehörte das zur Vereinbarung. »Leonard Puckett«, fügte der Moderator hinzu, »ein großer Mann und ein guter Mensch.«

»Unsinn«, widersprach Anthony. »Absoluter Quatsch. Niemand kann beides sein. Entweder ist man gut oder groß, man muss sich entscheiden.« Er schleuderte die Fernbedienung gegen den Bildschirm, allerdings nur ganz vorsichtig, eher ein Softballwurf als ein richtiger Curveball, denn er wusste ja, dass er nicht das Geld hatte, um den Fernseher oder auch nur die Fernbedienung zu ersetzen.

Wieder einmal schielte er zu der Karaffe mit der goldenen Flüssigkeit. Er wollte so gern einen Schluck davon nehmen – er wünschte sich die Wärme, das Brennen, die langsame Entspannung des Vergessens. Doch er konnte nicht. Schließlich hatte der Alkohol ihn überhaupt erst in diese Situation gebracht.

Kapitel 11 | Joy

Jedes Jahr am fünfundzwanzigsten Juni fuhr Joy ihre ehemalige Nachbarin Helen Simmons zum Friedhof der Insel, um am Todestag ihres Ehemanns einen Kranz auf sein Grab zu legen. Jack Simmons war 1997 im Alter von vierundsechzig Jahren gestorben. Dieses Jahr war Mrs. Simmons vierundachtzig geworden. Sie war Joys erste Freundin gewesen, als sie vor vielen Jahren auf die Insel gezogen war, bevor sie ihr Cottage gemietet hatten.

»Wann wollen Sie denn endlich heiraten, Joy?«, fragte Mrs. Simmons nach ungefähr dreißig Sekunden, als sie es sich, begleitet von einer mächtigen Parfümwolke, im Auto bequem gemacht hatte. Wie immer bei den Friedhofsbesuchen trug sie ein Sommerkleid, Strumpfhose und orthopädische Schuhe mit dicken Sohlen – sie litt unter entzündeten Fußballen. Mrs. Simmons war der Ansicht, dass eine Frau am unteren Teil ihres Körpers keine nackte Haut zeigen sollte, es sei denn, sie war zu Hause. Aus Respekt gegenüber ihrer Freundin schlüpfte auch Joy bei dieser Gelegenheit immer in ein Sommerkleid, bei der Strumpfhose jedoch war für sie Schluss. Sie hatte am Vormittag zwei Stunden im Laden gearbeitet, um sich freinehmen zu können, jetzt hatte Maggie sie abgelöst und half Olivia. Im Grund konnte Maggie das Geschäft inzwischen alleine führen.

Als Joy in die Chapel Street einbog, musste sie wegen einer Horde unachtsamer Fußgänger ziemlich scharf bremsen.

»Sommergäste«, stellte Mrs. Simmons lakonisch fest.

»Genau«, bestätigte Joy, in der Hoffnung, das Thema wechseln zu können. Sie wollte nicht übers Heiraten sprechen. »Vor ein paar Tagen konnte ich das Auto nicht auf meinem eigenen Parkplatz abstellen …«

»Also?«, beharrte Mrs. Simmons. »Wann ist es so weit? Wann werde ich zur Hochzeit eingeladen?«

»Ich war ja schon mal verheiratet, Mrs. Simmons. Und es hat nicht geklappt. Das wissen Sie doch.« Jedes Jahr führten sie diese Diskussion in irgendeiner Form, und dann erklärte Joy ihrer Freundin zum wiederholten Mal, wie Dustin sie verlassen hatte, um seinem Traum nachzugehen und Rockstar zu werden.

»Ich muss mich wirklich auf die Band konzentrieren«, hatte er gesagt, »wenn ich was erreichen will.«

Darauf hatte Joy aus Schmerz die fieseste Antwort gegeben, die ihr eingefallen war, vielleicht das Gemeinste, was sie überhaupt je zu einem Menschen gesagt hatte: »Egal, wie sehr du dich konzentrierst, Dustin, du wirst nichts erreichen. Da bin ich ganz sicher. Weil du überhaupt kein Talent hast.«

Er hatte sie trotzdem verlassen.

»Dustin«, sagte Mrs. Simmons jetzt. »Ich weiß nicht, wie er Sie gehen lassen konnte.«

»Na ja, irgendwie hat er das geschafft.«

»Sein Pech.«

»Danke«, sagte Joy und hielt einen Moment inne. »Das war vor langer Zeit. Ich bin drüber hinweg, wirklich. Und überhaupt – wenn er mich nicht abserviert hätte, wäre ich nicht hier, und wir hätten uns nie kennengelernt.«

»Stimmt«, räumte Mrs. Simmons ein. »Sie sind hergekommen, um sich zu erholen. Das tun viele Leute.«

Als Joy neun Jahre alt gewesen war, hatte die große Schwester ihres Vaters, Branca, die selbst keine Kinder hatte, ein Haus auf

Block Island gemietet und Joys Eltern, Joy und ihre Brüder eingeladen, eine Woche bei ihr Ferien zu machen. Das Haus war in der Nähe des Vaill Beach gewesen, an einer dramatischen Klippe, man musste einem Pfad durch die Snake Hole Road folgen. Es war selten vorgekommen, dass sie Familienurlaub machten; der Verdienstausfall war zu groß, wenn ihre Werkstatt mehrere Tage geschlossen blieb. Doch Joy war in ihrem ganzen Leben nie so glücklich gewesen wie in dieser Woche auf Block Island. Als Dustin sie verlassen und ihr das Herz gebrochen hatte, war sie einfach hierher zurückgekommen.

»Mit diesen Moon-Pies können Sie jedenfalls nicht verheiratet sein.«

»Whoopie-Pies, Mrs. Simmons. Sie heißen Whoopie-Pies.«

»Egal«, sagte Mrs. Simmons.

Joy biss die Zähne zusammen und schwieg. Ihre Großmutter Fionnula, deren Familie aus Irland ausgewandert war, hatte als junge Frau bei der Berwick Cake Company gearbeitet, wo angeblich der erste Whoopie-Pie hergestellt worden war. Diese Behauptung war brisant, denn auch Maine und Pennsylvania erhoben Anspruch darauf, das Ursprungsland der Whoopie-Pies zu sein. Fionnula und Joy hatten eine besondere Verbindung miteinander gehabt. Joy war die Jüngste und das einzige Mädchen aus der Ehe ihrer mittleren Tochter mit einem portugiesischen Automechaniker aus Fall River. Und so verbrachten Fionnula und Joy, wenn der Rest der Familie in der Werkstatt zugange war, wo die Jungen an den Autos arbeiteten und Joys Mutter die Bücher führte, viele Stunden damit, zu backen. Aber die Pies waren damals noch viel zu groß. Manchmal so groß wie ein Hamburger. Und zu ungesund mit der fettigen Füllung. Sie lagen einem wie ein Stein im Magen.

Im College hatte Joy aufgehört zu backen. Sie arbeitete in der Werkstatt ihres Vaters und in einem fragwürdigen Olivenhain. Mit

Anfang zwanzig kochte sie kaum, weil sie sich so auf die Beziehung zu Dustin konzentrierte, dann wurde sie Mutter und war meistens zu erschöpft. Als Maggie dann mit etwa einem Jahr mittags länger schlief und Dustin immer häufiger einfach verschwand, begann Joy ihre eigenen Versionen von Fionnulas Whoopie-Pies zu kreieren. Sie machte sie kleiner, etwa im Durchmesser einer Gurkenscheibe, mit einer viel schmackhafteren Füllung, interessanten Geschmacksvarianten und ohne Transfette. Der Whoopie-Pie war neu erfunden.

Mit dem Geld, das Dustin ihr bei der Trennung hatte zukommen lassen – Joy wusste nicht, woher er es hatte, vermutete jedoch, dass etwas Illegales dahintersteckte –, hatte sie sich einen winzigen Bungalow in einer Seitenstraße der West Side Road gemietet, einen kleinen Geschäftskredit aufgenommen und »Joy Bombs« eröffnet, den ersten und einzigen Whoopie-Pie-Laden der Insel.

Du kannst mich mal, Dustin, hatte sie oft gedacht, während sie sich nach kommerziellen Backöfen umsah, ihr Rezept perfektionierte und mit diversen saisonalen Füllungen experimentierte, Kürbis, Pfefferminz, Mokka, und darüber nachdachte, ob noch mehr Salz ins salzige Karamell sollte. *Du kannst mich mal kreuzweise, Dustin.* Die Wut hielt Joy aufrecht. Sie war nun alleinerziehend und musste für ihr kleines Mädchen sorgen.

Dann war sie eines Tages aufgewacht, hatte Maggie gefüttert, sie in die kleine Kita in der Main Street gebracht, sie hatte die Tür ihres Cafés aufgeschlossen, die fünf kleinen Tische, die Espressomaschine, die ordentlich aufgereihten Löffel betrachtet und gemerkt, dass ihr Groll einfach verschwunden war, vom Inselwind weggeweht.

Maggie war wundervoll, eine reine Freude: sommersprossig, neugierig, lustig. Joy fand Freunde auf der Insel und begann, sich den natürlichen Rhythmus des Insellebens anzueignen. Wie man sich im Sommer abarbeitete, um im Winter zu überleben. Auf welchem

Pond man am besten Schlittschuh laufen konnte. Wo man an den Mohegan Bluffs Nester von Schleiereulen finden konnte. Sie hatte zu viel zu tun, um wütend zu sein, und war einfach zu glücklich, um sich verlassen zu fühlen.

Doch manchmal wachte sie mitten in der Nacht auf, war hellwach und starrte in die Dunkelheit und fragte sich, wie es sein würde, allein alt zu werden. Was passieren würde, wenn Maggie aufs College ging. Würde Joy eines Tages eine verrückte alte Lady werden, die nur noch mit ihren Katzen redete?

Um sich gegen diese Möglichkeit zu wappnen (und weil sie keine Katzen mochte), nahm sie Maggie, als sie acht war, eines Tages mit ins Tierheim nach Warwick, um einen Welpen auszusuchen. Das Ergebnis war Pickles, ein weißer Beagle-Mischling mit einem schwarzen Fleck wie eine Braue über dem einen Auge.

»Ich liebe diesen Hund«, hatte Maggie gesagt. »Er sieht aus, als hätte jemand ihn beim Schminken unterbrochen.«

Von da an waren sie zu dritt.

»Aber Sie sollten wirklich überlegen, noch mal zu heiraten«, fuhr Mrs. Simmons ungerührt fort. »Oder sich zumindest einen Verehrer suchen.« Joy kicherte innerlich über die Bezeichnung *Verehrer*. Eigentlich ein schönes Wort. Es sollte wieder mehr in Umlauf gebracht werden.

Es wäre schön, einen Verehrer zu haben, da stimmte Joy ihr durchaus zu. Vielleicht sogar noch schöner, wieder Sex zu haben. Mit Ausnahme von drei Sommeraffären und der irgendwie unbehaglichen Geschichte mit Bob Herbert von der Autowerkstatt vor ein paar Jahren hatte Joy gelebt wie eine Nonne im Kloster. Eine Nonne, die eine Tochter großzog und ein kleines Café führte.

»Ich bin nicht ganz allein«, erklärte sie Mrs. Simmons. »Ich hab Maggie. Und Pickles. Heute Abend kochen wir uns was von unserem Lieblingsblog – eine ganz neue Version von Spaghetti mit Muschelsauce. Maggie gräbt die Muscheln selbst aus, ganz frisch! Sie sollten zum Essen kommen.«

»Ich bin allergisch gegen Meeresfrüchte«, erwiderte Mrs. Simmons. »Und weder Maggie noch Pickles werden immer bei Ihnen bleiben.«

»Das weiß ich ja«, sagte Joy mit einem Seufzen.

»Und die Kinder werden auch nicht immer da sein, das ist der Lauf der Welt. Ich sehe meine beiden so gut wie nie. Meinen Sohn dagegen sehe ich dauernd, ich krieg ihn nicht los.« Für den Friedhofsbesuch legte Mrs. Simmons immer Lippenstift auf. Wenigstens versuchte sie es. Joy fand das sehr tapfer.

»Na ja, ich hab auch noch mein Geschäft, Mrs. Simmons.«

»Sie brauchen einen Verehrer«, wiederholte ihre Freundin hartnäckig. Nach einer kurzen Pause fügte sie hinzu: »Was hab ich da gehört von einem Imbisswagen, der auf die Insel kommen soll?«

»Das ist kein normaler Imbisswagen, Mrs. Simmons, eher ein … na ja, so eine Art mobiler Küche. Ungefähr wie ein Eiswagen, nur nicht mit Eis. Außerdem kriegen sie wohl sowieso keine Genehmigung, jedenfalls nicht rechtzeitig für den Sommer. Wo haben Sie denn davon gehört?«

»Wo ich solche Nachrichten immer höre. Bei meiner Kartenspielrunde donnerstagabends.«

Am Friedhof parkte Joy an der Stelle, wo aus der befestigten Straße ein Feldweg wurde. »Da wären wir«, sagte sie. »Wissen Sie noch, wo Sie hinmüssen?«

»Selbstverständlich!« Mrs. Simmons sah Joy kopfschüttelnd an und griff nach der Einkaufstüte vor ihren Füßen, in der sich, wie Joy wusste, ein Kranz befand, Rosen und Pfingstrosen wie in Mrs. Simmons' Hochzeitsstrauß. Ihre Handtasche hatte sie die ganze Fahrt über auf dem Schoß gehalten wie ein Schoßhündchen. »Danke fürs Fahren. In einer halben Stunde können wir wieder nach Hause.«

Mrs. Simmons brauchte immer genau eine halbe Stunde, was Joy sehr lange vorkam, aber sie hatte nie nachgefragt. Vielleicht berichtete Mrs. Simmons ihrem Mann ja von den Ereignissen des ganzen letzten Jahres.

Normalerweise überbrückte Joy die Zeit im nahen Ball O'Brien Park, sah den Kindern auf dem Spielplatz zu, beobachtete die Skater, die auf der Skateranlage ihre Kunststücke vollführten, die jungen Mütter, die ihre Kleinsten in den Babyschaukeln anschubsten, und die älteren Kinder, die sich auf den großen Schaukeln in ungeahnte Höhen schwangen. Manchmal brachte sie sich einen Kaffee oder einen Snack mit und setzte sich an einen Picknicktisch im Pavillon. Früher war sie oft mit Maggie hier gewesen, und manchmal, wenn sie daran dachte, wie schnell diese Zeit vergangen war, wurde sie ein bisschen nostalgisch. Aber Kinder wurden nun mal groß.

Diesmal hatte Joy jedoch keine Lust, in den Park zu gehen und Menschen zu beobachten. Sie stellte den Motor ab, stieg aus und schaute sich auf dem Friedhof um. Neben einigen Gräbern wehte eine Fahne im Wind. Manche waren frisch bepflanzt, auf anderen standen verwelkte Schnittblumensträuße. Ein paar, genaugenommen die meisten, wirkten eher vernachlässigt.

Sie sah Mrs. Simmons nach, die sich zwischen den Gräbern hindurchschlängelte, die Handtasche fest in der einen, die Tüte mit dem Kranz in der anderen Hand. Schließlich war sie verschwunden.

Joy betrachtete die Grabsteine in der Nähe. Familie Starr. Der Vater hatte von 1919 bis 2010 gelebt, die Mutter von 1923 bis 1995. Von ihren beiden Söhnen war einer nur sechzehn Jahre alt geworden, der andere sechsundzwanzig. *Unfertige Worte, unvollendete Musik* stand als Inschrift auf dem Grabstein des zweiten.

Man stelle sich diese armen Eltern vor, die ihre beiden Kinder zu Grabe getragen hatten, und den Vater, der auch noch den Tod seiner

Frau hatte erleben müssen. Joy wandte sich ab und ging in die Richtung, in der Mr. Simmons Grab lag, nur um sich zu vergewissern, dass Mrs. Simmons gut angekommen war. Einen Augenblick konnte sie die alte Dame nicht entdecken, doch dann sah sie, wie sie vor dem Grabstein kniete. Nein, sie war schluchzend davor zusammengesunken. Schnell wandte Joy sich ab. So zu trauern, nach all den Jahren! Unwillkürlich fragte sie sich, um wen sie selbst so trauern würde. Eigentlich nur um Maggie, und sie würde Himmel und Hölle in Bewegung setzen, damit so etwas nicht passierte.

»Sie sind doch wirklich mit diesen Moon-Pies verheiratet«, fing Mrs. Simmons auf der Rückfahrt wieder mit ihrem Lieblingsthema an. Inzwischen hatte sie ihre Tränen getrocknet, die Knie abgebürstet, und die einzige Spur ihrer Trauer bestand in einem neuen Lippenstiftschmierfleck am Mund.

»Whoopie-Pies«, korrigierte Joy. »Und ich bin nicht mit ihnen verheiratet.«

»Hat aber ganz den Anschein.«

»Ach Mrs. Simmons«, seufzte Joy.

Joy wählte diesmal eine andere Route zurück – aus dem Zentrum zur Beach Avenue, von dort zur Corn Neck Road, so dass sie die Ocean Avenue vermieden. Es war ein schöner Sommermorgen, und sie hatte ein bisschen Zeit.

»Haben Sie sich verfahren?«, fragte Mrs. Simmons und spähte besorgt aus dem Fenster.

»Nein, natürlich nicht! Schließlich wohne ich seit elf Jahren hier.«

»Warum nehmen wir dann nicht den gleichen Weg, den wir gekommen sind?«

»Keine Angst«, erwiderte Joy. »Ich werde Sie schon wohlbehalten nach Hause bringen.«

Als sie am Ende der Corn Neck Road um die Kurve bogen, rief

Mrs. Simmons: »Vorsicht!«, und Joy drosselte das Tempo, denn vor ihnen hatte sich eine solche Menschenmenge versammelt und stand für irgendetwas Schlange, dass der Gehweg zu schmal geworden war.

»Was ist denn hier los?«, fragte Mrs. Simmons, ließ das Fenster herunter und streckte den Kopf hinaus. »*Große Eröffnungsfeier* steht auf dem Schild. *Leckere Probierhäppchen.* Langsam, Joy, ich möchte mir das ansehen.«

»Ich schleiche ja schon«, brummte Joy und merkte, dass sie nervös wurde. Mindestens fünfzig Leute standen in der Schlange.

»Oh, là là«, rief Mrs. Simmons. »›The Roving Patisserie.‹ Französisch!«

»Pseudo«, meinte Joy. »Ich meine, das ist doch im Grunde bloß ein Cookie-Truck.«

»Aber die Cookies müssen ziemlich gut sein«, beharrte Mrs. Simmons und strahlte hoffnungsvoll. »Schauen Sie sich doch mal die Schlange an.«

»Die Leute stehen nicht an, weil das Zeug so lecker ist, sondern weil sie was umsonst kriegen, und das lieben sie.«

»Können wir bitte anhalten? Ich möchte gern sehen, was es da gibt.«

Joy presste die Lippen zusammen und umfasste das Lenkrad fester. »Tut mir leid, Mrs. Simmons«, sagte sie. »Ich hab keine Zeit. Ich müsste schon seit zehn Minuten im Laden sein.«

»Na, dann hätten Sie lieber die andere Route nach Hause nehmen sollen. Die war kürzer.« Auf einmal klang Mrs. Simmons gereizt, und sie faltete und entfaltete den Einkaufsbeutel, in dem der Kranz gewesen war.

Joys Handy piepte. Eine Nachricht von Maggie: *Ich hab 'nen Job.*

Mit der Diktierfunktion antwortete Joy: »Du hast schon einen Job.« Nämlich bei »Joy Bombs« auszuhelfen. Außerdem ihre witzigen T-Shirts und verschiedenfarbigen Chucks anzuhaben, für

Dustins zweite Frau Sandy Stieftochter zu sein und dabei aufzupassen, dass sie sie nicht lieber hatte als Joy.

»Sie spricht mit einem Telefon«, grummelte Mrs. Simmons. »Dabei ist keiner dran.«

Einen anderen Job, antwortete Maggie. *Babysitten.*

»Toll«, antwortete Joy. »Kann es kaum abwarten, Näheres zu erfahren.«

Aber den ganzen Nachhauseweg, als sie an dem blöden Imbisswagen vorbei war (womöglich musste sie noch einmal mit Holly über die Lizenz sprechen und sich vergewissern, ob wirklich alles in Ordnung war) und während sie sich durch den sommerlichen Fußgänger- und Fahrradverkehr schlängelte, fühlte sie die Distanz zwischen sich und Maggie immer größer werden. Es war unmöglich, den Gedanken an eine nicht allzu ferne Zukunft abzuschütteln, in der Maggie nicht mehr bei ihr sein und sie nichts mehr über das Leben ihrer Tochter wissen würde.

Kapitel 12

Anthony

In der Küchenschublade fand Anthony eine alte Karte der Gegend und fand heraus, dass er, wenn er dem Lakeside Drive zur Center Road folgte, die die Insel praktisch in zwei Hälften teilte, einen ziemlich guten Überblick bekommen würde. Also setzte er sich in den LeBaron und fuhr los. Allerdings bog er aus Versehen zu früh von Lakeside ab – er hatte eine notorisch schlechte Orientierung – und landete in der Cooneymus Road.

Er versuchte, die Szene im Kopf zu beschreiben, nur um zu sehen, ob er es konnte. Hier gab es Unmengen echtes Farmland, das meiste von niedrigen Steinmauern umgrenzt, die Häuser an den Rand der weitläufigen grünen Hügel gekuschelt, immer wieder mit Blick aufs Meer.

Doch wozu sollte er das aufschreiben, im Kopf oder sonst wo? Es gab keine Geschichte. Plötzlich kam ihm in den Sinn, wie gut Max an Sommertagen wie diesen immer gerochen hatte, ein Jungsgeruch nach frisch gemähtem Gras und Baseball. Er dachte daran, wie sein Sohn mit dem Zeigefinger die Wörter auf der Seite verfolgte, wenn Anthony ihm vorlas, weil er das bei den Erwachsenen so gesehen hatte. Er dachte daran, wie Max sich selbst zunickte, wenn er sich an einer schwierigen Aufgabe versuchte – er lernte gerade, sich die Schuhe zu binden –, als würde er sagen: *Okay, Kumpel, packen wir's an*. Auf einmal wurde Anthonys Herz schrecklich schwer. Er stellte sich vor, seinen Vater anzurufen, ihn um Geld zu bitten, damit er die ganze Sache in Ordnung bringen und von vorn anfangen, bei Max alles wiedergutmachen konnte. Aber nein, niemals. Wie viel Geld würde er überhaupt brauchen? Und wie sollte er es jemals zurückzahlen?

Anthony fuhr an den Straßenrand und hielt an. Es gab nur einen schmalen Seitenstreifen, zum Glück auch kaum Verkehr. Er schrieb wie jeden Tag eine Nachricht an Cassie, jeden Tag das Gleiche, mit kleinen Abwandlungen: *Bitte ruf mich an. Du musst nicht mit mir sprechen, aber lass mich bitte mit Max reden.*

Keine Antwort.

Bitte!, schrieb er noch einmal.

Was, wenn Max die Stimme seines Vaters nicht mehr erkannte? Was, wenn er vergaß, wie Anthony aussah? Was, wenn Max sich, wenn er an seinen Vater dachte, nur daran erinnern konnte, wie der beim Vorlesen eines Kinderbuches zu weinen begonnen hatte?

Anthonys Handy blinkte unheilvoll. Der Akku war fast leer. Er seufzte. Sobald er wieder im Cottage war, würde er das Telefon aufladen und Cassie anrufen. Wenn sie nicht antwortete, würde er es bei seiner Mutter versuchen – vielleicht war Max ja wieder bei ihr. Vielleicht fand er auch den Mut, mit ihr über Geld zu sprechen.

Ihm fiel auf, dass er nicht so genau wusste, wo er war, die falsche Abzweigung hatte ihn aus dem Konzept gebracht. Und obwohl Block Island nur sieben Kilometer lang war, hatte Anthony noch keine Orientierung. Er ließ den Motor wieder an. Hörte er da seltsame Geräusche? Vielleicht bildete er es sich nur ein – Anthonys Kenntnis über Motoren hätte locker auf ein Zehncentstück gepasst. In der ausführlichen Version.

Er fuhr zurück auf die Straße und hoffte, wenn er das Wasser erreichte, würde er sich zumindest so weit orientieren können, dass er den Weg zurück zu seinem Cottage fand.

Doch da ruckelte der LeBaron, wurde langsamer und blieb stehen.

»Nein!«, rief Anthony. »Nein, nein, nein, nein.« Er drehte den

Schlüssel im Zündschloss. Nichts geschah. »Nein!«, sagte er noch einmal. »Tu mir das nicht an.« Er schlug mit der Handfläche aufs Lenkrad. Das Auto stand mitten auf der Straße.

Anthony stieg aus und kämpfte ziemlich lange mit der Kühlerhaube. Selbst das war eine Herausforderung. Wie demütigend. Aus der Ferne hörte er das tiefe Muhen einer einsamen Kuh. »Ich weiß, Kumpel«, sagte er. »Mir geht es genauso.«

Als die Kühlerhaube endlich offen war, starrte er auf den Motor, als hoffe er, das Auto würde ihm von seinen Problemen erzählen. Er nahm sein Smartphone in die Hand und wollte »LeBaron« und »Tick-tick-tick-Geräusch« googeln. Sofort kam wieder die Warnung, dass der Akku bald leer wäre, und im nächsten Moment wurde der Bildschirm schon schwarz.

Der Tag war heiß und wolkenlos, die Sonne heizte den Asphalt auf. Bisher hatte Anthony noch nicht viel von der Insel gesehen, doch er hatte mitbekommen, wie sich die Menschen in der Stadt drängten – überall Tanktops, Eiscreme, Lärm. Wie konnte eine Insel, die so überbevölkert schien – das Getümmel am Fährhafen, der unerträgliche Mopedverkehr, die vielen Fahrräder – gleichzeitig dermaßen menschenleer sein?

Er wartete. Und wartete. Sein Unbehagen wuchs. Endlich erschien ein grellgelber Jeep und fuhr hinter ihm an den Straßenrand. Auf dem Nummernschild stand JOYBMBS, am Steuer saß eine Frau, die Anthony vage bekannt vorkam, obwohl er nicht wusste, woher. Sie hatte lange, dunkle Haare und blasse Haut, trug eine überdimensionierte Sonnenbrille, die sie in die Haare schob, und fragte: »Brauchen Sie Hilfe?«

Anthony wischte sich den Schweiß von der Stirn. Er war nicht gern hilfsbedürftig, außerdem schämte er sich furchtbar, weil er sich so wenig mit Autos auskannte. Trotzdem, er musste sich der Wahrheit stellen.

»Ja«, sagte er, »ich fürchte schon.«

Die Frau sprang aus dem Jeep. Hinten saß ein hechelnder Hund mit heraushängender Zunge und sah dabei aus, als lächelte er. Anthony war kein Hundemensch, deshalb hätte er nicht sagen können, was für eine Rasse es war. Als Kind hatte er sich einen Hund gewünscht, aber sein Vater wollte keinen, er hasste Dreck, Lärm und Ablenkung. Zum Trost hatte Anthony von seiner Mutter einen Hamster bekommen.

Wo hatte er den Jeep schon mal gesehen?

Die Frau war in den Dreißigern. Wenn sie lächelte, bildeten sich Fältchen um ihre Augen. Sie stellte sich neben ihn und spähte mit ihm unter die Kühlerhaube. Die Frau duftete nach Vanille, und er bemerkte auf ihrer Schläfe einen weißen Fleck. Auf einmal spürte er den Impuls, ihn sanft wegzuwischen. *Reiß dich zusammen, Anthony.* Es war einfach zu lange her, dass er einen anderen Menschen berührt hatte.

»Vielleicht könnten Sie mich mitnehmen, wenn es nicht zu viel Mühe macht?«, sagte er. »Ich muss jemanden holen, der sich das anschaut, mich vielleicht abschleppt. Ich hab keine Ahnung, was passiert ist. Plötzlich …« Er gestikulierte und stieß einen explosiven Laut aus. »Plötzlich fing er an zu wackeln, dann war Schluss.«

»Ich schaue mir den Wagen gerade an«, sagte die Frau. »Warten Sie mal.« Sie nickte energisch, ging zurück zu ihrem Jeep, kramte eine Weile herum und kam mit einem Werkzeugkoffer zurück. »Hat er so eine Art Tick-tick-tick von sich gegeben?«

»Ja«, antwortete Anthony staunend. »Tick-tick-tick. Genauso hätte ich es auch beschrieben.«

»Wie lange etwa macht er das schon?«

»Hm«, erwiderte Anthony nachdenklich. »Das weiß ich nicht genau, das Auto gehört nicht mir. Ich hab es nur geliehen. Es gehört zu dem Haus, in dem ich wohne. Ich benutze es noch nicht lange und bin auch nicht weit damit gefahren.« Sein Unbehagen nahm wieder zu.

Doch die Frau nahm kurz entschlossen einen Schraubenschlüssel und stemmte ein Stück schwarzes Plastik weg. Ihr Selbstvertrauen und ihre Anmut beeindruckten Anthony.

»Jawoll«, sagte sie und deutete auf die Stelle. »Es ist der Zahnriemen.« Beherzt griff sie in den Motor und hielt ein Stück zerbröseltes Plastik in die Höhe. »Durchgerissen, mittendrin. Muss schon eine ganze Weile getickt haben. Kam vielleicht auch ein bisschen Öl aus dem Motor? Das sind alles Warnzeichen.«

War Öl aus dem Motor gekommen? Anthony versuchte, sich zu erinnern. »Wie gesagt, es ist nicht mein Auto. Deshalb weiß ich das alles nicht.«

»Steigen Sie ein«, sagte die Frau mit einer Handbewegung zu ihrem Jeep. »Ich fahre Sie. Ihr Auto wird sich nicht von der Stelle rühren, bis es einen neuen Riemen kriegt.« Sie klappte die Kühlerhaube zu und musterte das Auto interessiert. »Was ist das für einer? Ein 95er?«

»Keine Ahnung«, sagte Anthony. Er hatte sich das nie gefragt, sein einziger Eindruck war gewesen: alt.

Die Frau tippte auf den Kühler. »Ich schätze, das ist einer. Ein 95er. Plus/minus. Wir rufen Bob Herbert an, der soll die Karre in seine Werkstatt schleppen.«

Anthony stieg ein. Der Hund streckte den Kopf über die Rückenlehne des Beifahrersitzes und nahm freundlich Kontakt auf. Anthony wich ihm aus.

»Das ist Pickles«, erklärte die Frau und schob den Hund zurück, aber der reagierte wie ein Bumerang, war im nächsten Moment wieder da und leckte ihr ausgiebig über das Ohr. Sie kicherte. »Ach Pickles!«, sagte sie und kraulte den Hund ausgiebig hinter den Ohren.

Um Himmels willen, dachte Anthony kläglich.

»Wohin soll's denn gehen?«, fragte die Frau und schubste den Hund weg, diesmal mit Erfolg.

»Corn Neck Road.«

»Ich fahre Sie gern, unter einer Bedingung.«

»Und zwar?« Er war auf der Hut und nervös. Obendrein hatte er Kopfschmerzen, weil es so heiß war.

»Ich würde gern wissen, warum Sie meinen Drink nicht wollten«, sagte sie. »Vor ein paar Tagen. Im ›Poor People's Pub‹.«

Kapitel 13

Joy

»Corn Neck Road«, wiederholte Joy. »Das ist meine Lieblingsstraße.« Eigentlich stimmte das nicht, ihre Lieblingsstraße war die Coast Guard Road – eine der begehrtesten, ruhigsten Straßen der Insel. Sie wollte einfach nur nett sein.

»Ach wirklich?«, hakte der Mann verwundert nach.

»Allerdings«, beharrte sie.

Danach kehrte Schweigen ein, und Joy dachte, dass sie bald ein Taxiunternehmen eröffnen und wenigstens ein bisschen Geld mit dem Transport anderer Leute verdienen könnte. Die Rechnung der Molkerei in Vermont, die sie mit Sahne versorgte, war gerade fällig geworden, plus die bevorstehende Mieterhöhung und der drohende Macaron-Truck. Da wäre ein Nebenverdienst wahrscheinlich nicht schlecht.

Immer wieder warf sie einen verstohlenen Blick auf ihren aktuellen Passagier. Ob er sich an seinen Teil der Abmachung halten würde? Er trug ein graues T-Shirt, genau wie bei ihren bisherigen Begegnungen. Keinen Ehering. Schließlich sagte sie: »Und? Was ist mit dem Drink? Warum haben Sie ihn zurückgehen lassen?«

»Ich …« Lange Pause.

»Das war nämlich ein echt leckerer Drink.«

»Tut mir leid.«

»Ich musste ihn zusätzlich zu meinem trinken. Und am nächsten Tag hatte ich Kopfweh.«

»Tut mir leid«, wiederholte er.

Wieder warf sie ihm einen Blick zu. War er rot geworden? Sie konnte sich nicht erinnern, wann sie zum letzten Mal gesehen hatte, dass ein erwachsener Mann rot geworden war. Irgendwie charmant. Einen kurzen Moment fragte sie sich, ob Leo von *Dinner by Dad* jemals rot wurde, das hätte ihrer Meinung nach durchaus zu ihm gepasst. Zum Beispiel damals, als sein Vierjähriger im Lebensmittelgeschäft eine Dose Bohnen aus der untersten Reise der Bohnendosenpyramide gezogen und diese ältere Frau ihn dafür beschimpft hatte…

»Ich… ich trinke nicht«, sagte der Mann jetzt.

Vielleicht war er ein trockener Alkoholiker – schließlich hatte Peter ja auch gesagt, dass er immer Mineralwasser trank. Joy wollte nicht unsensibel wirken. Schließlich hatte sie es in ihrem Leben schon mit genug Alkoholikern zu tun gehabt: Dustins Mutter, ihrer ersten Mitbewohnerin auf dem College, der Hälfte der erweiterten Familie ihrer Mutter. »Sind Sie hier, um trocken zu werden?«

Er hüstelte. »Könnte man sagen. Irgendwie schon.«

»Tut mir leid, dass ich Sie womöglich in Versuchung geführt habe.«

»Schon okay – alles gut.« Ein Augenblick verstrich. Der Jeep ratterte weiter. Endlich fuhr der Mann fort: »Danke, dass Sie mich mitnehmen. Ich weiß das wirklich zu schätzen. Ich war ziemlich ratlos da draußen, mit einem Handy ohne Saft.«

»Kein Problem«, meinte Joy. »Ich war sowieso hierher unterwegs.« Auch das war eine Lüge, ihr Ziel war Stevens Cove gewesen, sie wollte Pickles ausführen, und danach musste sie zurück in den Laden. Maggie half bis elf aus, und Joy hatte ihr gesagt, danach könne sie jederzeit los und dieser Frau mit ihren Kindern helfen.

»Wirklich?«

»Ja, klar.« Nein. Corn Neck Road war von Stevens Cove ungefähr so weit entfernt, wie man auf der Insel überhaupt sein konnte. »Ich bin übrigens Joy. Wahrscheinlich hätte ich das schon mal erwähnen sollen.« Sie bog auf die West Side Road ein und gestikulierte zum hinteren Teil des Jeeps. »Und Pickles haben Sie ja schon kennengelernt.«

»Hallo Pickles«, sagte der Mann vorsichtig.

»Er lässt sich gerne streicheln, er ist nett.«

»Schon gut.«

»Kein Hundemensch?«

»Nein.« Pause. »Als ich klein war, wollte ich immer einen Hund, hab aber nie einen bekommen.« Er verzog das Gesicht. »Ich hab Ihr Nummernschild gesehen. Was bedeutet das?«

»Oh«, sagte sie. »Ich wollte *Joy Bombs* darauf haben. So heißt mein Café. Leider waren das zu viele Buchstaben, deshalb hab ich das O weglassen.«

»Aha«, sagte er.

Danach schwieg er wieder, und nachdem Joy ihm noch einen Moment gegeben hatte, fragte sie: »Und Sie sind …?«

»Oh. Ich bin Anthony.«

Als er nicht weitersprach, beschloss Joy, lieber die Aussicht zu genießen. Jetzt waren sie von Ackerland umgeben, das Meer ein blauer Streifen in der Ferne.

Ihre Gedanken wandten sich dem Abendessen zu. Der letzte Post von *Dinner by Dad* war ein Salat mit Artischockenherzen und Pasta puttanesca gewesen, aber Joy war nicht ganz sicher, ob sie sich den Artischocken gewachsen fühlte. Maggie hatte einen sehr feinen Geschmack und war immer abenteuerlustig. Dann jedoch fiel ihr ein, was *Dinner by Dad* immer sagte: Ein gutes Essen war fast immer der Mühe wert. Sie beschloss, die Artischocken in Angriff zu nehmen.

Endlich brach Anthony das Schweigen. »Woher wissen Sie eigentlich so viel über Zahnriemen?«

Joy drückte auf den Blinker und bog auf die Center Road ein. »Mein Dad hat eine Autowerkstatt«, antwortete sie. »Drüben auf dem Festland. Meine Brüder haben dort gearbeitet, und als ich auf der Highschool war, habe ich oft den Telefondienst übernommen. Hie und da haben sie mich auch in die Werkstatt gelassen.«

Sie spürte, dass er zögerte und ein bisschen gereizt wirkte. Das hatte sie schon oft erlebt. Männern gefiel es nicht, wenn eine Frau besser über Autos Bescheid wusste als sie. Und dieser hier konnte einen gebrochenen Zahnriemen anscheinend nicht von einem gebrochenen Herzen unterscheiden.

Sie preschte weiter vor. »Wie dem auch sei. Bob Herbert ist der Beste auf der Insel. Ich ruf ihn gern für Sie an, allerdings weiß ich nicht, ob er einen Riemen für einen 95er LeBaron vorrätig hat. Könnte sein, dass er ihn auf dem Festland bestellen muss, und das könnte ein paar Tage dauern.« Sie kamen an einem jungen Pärchen auf Leihfahrrädern mit großen Weidenkörben vorbei. Die beiden trugen Sonnenbrillen, keinen Helm, und die blonden Haare der Frau wehten um ihr Gesicht.

»Tja, mein Pech«, sagte Anthony. »Ich sitze also an einem Ort fest, in dem es keine Zahnriemen gibt.« Joy verdrehte die Augen. Auf Block Island saß man nicht fest. Ihrer Meinung nach konnte jeder Mensch sich glücklich schätzen, hier zu sein, doch sie hatte in ihrem Leben genügend Leute kennengelernt, die Block Island bestenfalls zweitklassig fanden.

Joy war in einer engen Dreizimmerwohnung in Fall River aufgewachsen – ein Schlafzimmer gehörte ihren Eltern, eins teilten sich ihre vier Brüder, das kleinste gehörte ihr – und als Mädchen hatte sie sich immer nach mehr Platz gesehnt. In Fall River war alles eng gewesen. Die Essensgerüche der Leute vermischten sich, Autos parkten so dicht beieinander, dass ihre Stoßstangen sich berührten, Temperamente stießen aufeinander. Hier auf der Insel staunte Joy jeden Tag darüber, dass sie sich umschauen konnte und nichts anderes sah als Land, Luft und Wasser. Schon vor langer Zeit hatte sie sich geschworen, das nicht für selbstverständlich zu nehmen, und sich seither daran gehalten. »Na ja«, sagte sie jetzt, »zur Verteidigung der Insel muss ich sagen, dass ein 95er LeBaron hier nicht unbedingt häufig gefahren wird.«

Sie nahm die Abkürzung durch die Old Town Road. Als sie den Verkehr bemerkte, wusste sie, dass sie den ganzen Weg auf der West Side hätte bleiben sollen.

Anthony blickte aus dem Fenster und fragte: »Was ist denn das da drüben für eine Schlange? Stehen die vor dem Imbisswagen?«

Joy stöhnte. Die Schlange vor der »Roving Patisserie« war noch länger als vor ein paar Tagen, und inzwischen gab es sicher nichts mehr umsonst. Das waren zahlende Kunden, mit gezücktem Portemonnaie.

»Was wird denn da verkauft?«, fragte Anthony.

»Ach nichts«, antwortete Joy schnell. »Bloß albernes ... Reklamezeug. Total uninteressant.« Trotzdem fuhr sie langsamer. Waren das nicht ...? Nein, unmöglich ... Doch! Da standen Maggie und Riley, steckten die Köpfe zusammen, wahrscheinlich über einem albernen Instagram-Video.

»Das kann doch nicht sein«, murmelte sie. Maggie stand in der Schlange vor der »Roving Patisserie«. Und nicht nur das – sie hatte »Joy Bombs« verlassen, bevor Joy sie abgelöst hatte.

»Was denn?«, fragte Anthony.

Pickles fühlte das Drama in der Luft und spitzte die Ohren.

»Nichts«, antwortete Joy und schüttelte den Kopf, um den Anblick zu verscheuchen. Vielleicht hatte sie es sich ja nur eingebildet. Dann summte ihr Handy. Sie blickte kurz aufs Display. *Kann ich nach dem Babysitten zum Essen bei Riley bleiben? Maggie.* Joy seufzte, sah wieder auf die Straße und dachte an die Artischocken. Sie warf Anthony einen Seitenblick zu. Vielleicht ...

Nein, er war schließlich ein Inselverächter. Lieber nicht.

Dann sah sie, wie er ganz vorsichtig die Hand ausstreckte, um Pickles zu streicheln. Okay, vielleicht war er zumindest guten Willens. Möglicherweise ein guter Mensch in einer misslichen Situation, ein Mann, der eine Chance verdiente.

Ihre Mutter sagte gern, dass Joy immer das Gute in den Menschen sah. Sie fasste sich ein Herz.

»Haben Sie vielleicht heute Abend Zeit und Lust, bei mir zu essen?«, fragte sie. »Ich mache Pasta puttanesca mit Artischockenherzen-Salat. Die Zutaten habe ich schon gekauft, und jetzt hat meine Tochter schon was anderes vor. Für einen ist es zu viel, und ich hätte gern Gesellschaft. Ich schwöre, dass ich nicht gruslig und auch nicht bedauernswert bin. Ich verschwende nur ungern gutes Essen.«

Zuerst beäugte er sie misstrauisch, und sie bereute ihre Frage fast sofort. Wie oft musste sie von einem mürrischen Kerl im immer gleichen grauen T-Shirt abgewiesen werden, bevor sie die Botschaft endlich begriffen hatte? Aber gerade als sie ansetzte, um »Ach, vergessen Sie's« zu sagen, hellte sich seine Miene auf, und er lächelte. »Gern«, sagte er. »Gern, das klingt sehr lecker. Ich würde mich freuen.«

Etwas in ihr entspannte sich. »Ja?«

»Ja!«

»Haben Sie ein Fahrrad?«

»In der Garage steht eines.«

»Großartig. Dann können Sie zu mir radeln. Hoffentlich ist das Rad in einem besseren Zustand als das Auto.«

»Das hoffe ich allerdings auch.« Durch das Lächeln veränderte sich sein Gesicht komplett.

Joy bog auf die Auffahrt ab, die Anthony ihr zeigte. Das Cottage lag etwas zurückgesetzt, nicht weit vom Wasser entfernt, ein eher schäbiges kleines Ding, obwohl die Lage super war. Sie sah, wo der Pfad vom Haus sich mit den Hauptwegen zum Scotch Beach traf. »Wie lange wollen Sie hierbleiben?«, fragte sie.

»Das ist noch völlig in der Schwebe«, antwortete Anthony.

»Ah.« Das war ungewöhnlich, denn die meisten Vermietungen hatten ein Anfangs- und ein Enddatum. »Sind Sie allein hier?«

»Definitiv allein«, bestätigte er. »Absolut. Meine Frau, äh – sie konnte nicht mitkommen.«

Meine Frau. Also war er doch verheiratet. Ernüchtert überdachte sie ihre Einladung noch einmal. Nicht dass sie geplant hatte, sich auf ihn zu stürzen, trotzdem kam es ihr auf einmal unpassend vor, den Mann einer anderen zum Abendessen einzuladen. Einen Wildfremden obendrein. Noch einmal schaute sie auf seine Hände – nein, er trug keinen Ring, sie hatte sich vorhin nicht geirrt. Na ja, Dustin zum Beispiel hatte auch nie einen gewollt.

»Wo ist denn Ihre Frau?«

»Zu Hause, in Newton.«

»Aha.«

»Wir sind … Es ist kompliziert.« Er hielt inne und rümpfte die Nase. Dann fügte er hinzu: »Man könnte sagen, wir sind getrennt.«

»Aha«, wiederholte Joy, überlegte dabei jedoch: *Man könnte sagen?* Getrennt war ihrer Meinung nach wie schwanger oder betrunken – entweder man war es oder man war es nicht. Sie stellte den Motor ab. Vor dem benachbarten Cottage sah sie eine hübsche blonde Frau mit zwei kleinen blonden Jungen in ein Auto steigen. Einer der Jungen ließ einen Spielzeug-Abschleppwagen durch die Luft fahren, und Joy musste an die Zeit denken, als Maggie so klein gewesen war. War das nicht erst gestern gewesen?

Dann wurde ihr klar, dass sie die Frau kannte, sie war ihr schon begegnet. Das war Lu, die Frau, die Maggie angeheuert hatte. Die Jungen waren die Kinder, auf die Maggie aufpassen sollte. Wahrscheinlich machten sie sich gerade auf den Weg, um Maggie abzuholen.

Sie seufzte und wandte sich wieder Anthony zu. »Tut mir leid.

Echt.« Getrennt. Vermutlich hatte er deshalb auf dem Lenkrad geweint. »Seit Kurzem erst?«

Er nickte. »Seit sehr Kurzem.«

»Ich hab das auch hinter mir. Es ist schrecklich, aber mit der Zeit wird es besser. Glauben Sie mir.«

»In meinem Fall kann ich mir das nicht vorstellen. Aus vielerlei Gründen. Trotzdem danke.« Er öffnete die Haustür und machte einen Schritt darauf zu. Pickles sprang hechelnd nach vorn. »Wollen Sie reinkommen?«, fragte Anthony.

»Was? Natürlich nicht. Warum?« Sie legte die Hand auf Pickles' Brust und schob ihn sanft auf den Rücksitz zurück.

»Weil sie den Motor abgestellt haben.«

»Oh. Nein. Ich hatte nicht vor reinzukommen, aber hier auf der Insel nehmen wir Rücksicht auf die Umwelt und machen den Motor aus. Kein Leerlauf auf der Insel.«

Jetzt stand er vor dem Jeep. »Schöner Titel für ein Buch – Kein Leerlauf auf der Insel.« Er sah nachdenklich aus.

»Könnte gut sein«, sagte sie. »Allerdings lese ich nicht sehr viel.« Joy holte eine Visitenkarte aus der Seitentasche des Jeeps, schrieb etwas darauf und gab sie Anthony. »Meine Karte«, erklärte sie. »Hintendrauf ist meine Adresse. Und meine Nummer. Für den Fall, dass Bob Herbert Probleme hat, den Zahnriemen zu kriegen. Dann kann ich meinen Dad anrufen. Und auch für den Fall, dass Sie beschließen, doch lieber nicht zum Essen zu kommen.«

»Warum sollte ich? Ich habe Ihre Einladung doch schon angenommen.«

»Ich weiß nicht. Manchmal ändern Leute ihre Meinung.« Maggie zum Beispiel. Sie hatte ein Abendessen mit Joy geplant und es sich dann anders überlegt.

»Werde ich nicht«, sagte er. »Danke fürs Fahren. Bis später dann.«

»Alles klar«, antwortete Joy, startete den Motor und sah ihn zum

Cottage gehen, sich bücken und den Hausschlüssel unter einem flachen Stein hervorholen. Sie wollte wenden, hielt jedoch noch einmal inne.

»Hey!«, rief sie. Er hatte den Schlüssel schon ins Schloss gesteckt und wandte sich um. »Hey, wir haben die Nachnamen vergessen«, sagte Joy. »Ich heiße Sousa.«

»Okay«, antwortete er und kämpfte mit dem Schloss.

Sie wartete. »Und Sie … Anthony und wie weiter?«

»Oh«, sagte er und blickte vom Schloss zu ihr herüber. »Anthony Und-wie-weiter reicht.«

»Dann kommen Sie doch um sieben zum Dinner, Anthony Und-wie-weiter«, rief sie und fuhr los.

Kapitel 14 | Lu

Lu fuhr Maggie und die Jungs vom Ball O'Brien Park nach Hause. Sie hatten Maggie vor »Joy Bombs« abgeholt, waren zum Spielplatz gefahren, und während Lu an einem der Picknicktische im Pavillon am Rezept für eine neue Salatsoße arbeitete, passte Maggie auf die beiden Jungs auf. Die Soße wollte Lu am nächsten Tag ausprobieren, während Chase und Sebastian beim Sommerprogramm von Nancys Club beschäftigt waren.

Die beiden Jungs waren völlig fasziniert von den Skatern im Skate Park, die ungefähr im gleichen Alter waren wie Maggie, vielleicht ein bisschen älter, braun gebrannt, mit freiem Oberkörper und drahtig.

»Kanntest du sie?«, fragte Lu Maggie, als sie gingen.

Maggie zuckte die Achseln. »Nein, das sind Sommerkids.«

»Macht bestimmt Spaß«, meinte Lu. »Wenn im Sommer immer eine ganz neue Jungspopulation in der Stadt erscheint.«

Ein halbes Lächeln erschien auf Maggies Gesicht und verschwand sofort wieder. »Irgendwie schon«, räumte sie unverbindlich ein. »Manchmal.«

Was hätte Lu in Maggies Alter nicht darum gegeben, in dem trostlosen Kaff, in dem sie aufgewachsen war, etwas so Interessantes zu erleben.

»Ich hab Hunger«, verkündete Sebastian ein bisschen weinerlich, und Chase stimmte eilig und noch etwas weinerlicher ein. Sie hatten die übliche Mittagsessenszeit verpasst, während sie im Park waren.

»Wir sind gleich zu Hause«, erklärte Maggie ihnen und klang dabei wie eine Miniaturmutter. Lu war stolz auf sie.

»Wir könnten zu ›Joy Bombs‹ gehen«, schlug Lu vor. Natürlich wusste sie, dass Whoopie-Pies alles andere als ein ausgewogener Lunch waren, aber vielleicht konnte sie damit die Zeit bis zu einem frühen Abendessen überbrücken. Übermorgen würde Jeremy nach Hause kommen, dann war so etwas nicht mehr möglich. Außerdem hatte sie Lust auf einen Kaffee, und bei »Joy Bombs« gab es den besten der Stadt.

»Nein!«, rief Maggie. »Das möchte ich nicht.« Lu warf ihr einen Blick zu, die heftige Reaktion überraschte sie. »In der Stadt ist es bestimmt total voll«, fügte Maggie schnell als Erklärung hinzu.

»Okay«, sagte Lu. »Dann ab nach Hause.« Obwohl sie nicht wusste, ob sich in ihrer Küche noch etwas finden ließ, mit dem sie die Jungs zufriedenstellen konnte. Für ihren letzten Post hatte sie so viel Zeit investiert, dass sie komplett vergessen hatte, für ihre Mahlzeiten zu planen und einzukaufen. Vermutlich war das der Fluch einer Food-Bloggerin – die Kinder eines Schusters hatten ja bekanntermaßen auch keine Schuhe, und bei ihren waren die Bäuche leer.

»Nein!«, protestierte Sebastian und trat gegen die Lehne des Sitzes vor ihm. »Ich will nicht nach Hause!« Er trat noch einmal zu.

»Sebastian!«, rief Lu. »Hör sofort auf damit. *Sofort.*«

»Ich will einen Whoopie-Pie!«, sagte Chase.

»Wir könnten bei der ›Roving Patisserie‹ halten«, schlug Maggie vor.

»Bei der was?«, fragte Lu.

»Das ist ein Imbisswagen«, erklärte Maggie. »Ganz neu diesen Sommer.« Sie zog ihr Handy heraus und tippte auf den Bildschirm. »Ich schau mal, wo er gerade ist. Tagsüber fährt er durch die Gegend.«

»Oh, verstehe«, meinte Lu. »Schlau.«

»Momentan ist er am Southeast Lighthouse«, berichtete Maggie. »Ziemlich weit weg.«

»Kein Problem.« Lu war stolz darauf, dass sie sich auf der Insel inzwischen gut genug auskannte, um den Weg zu finden, ohne fragen zu müssen.

Vor dem Imbisswagen stand eine ziemlich lange Schlange, doch sie stellten sich trotzdem an, und Lu studierte die Speisekarte. Sie hätte sich gern Notizen gemacht, leider hatte sie ihren Block im Auto gelassen. Die Karte der »Roving Patisserie« war ziemlich anspruchsvoll – Salade niçoise, Croque-Monsieur und Croque-Madame, Macarons, alles in hübscher Aufmachung, ohne putzig zu sein. In den Sandwiches steckte ein Zahnstocher mit der französischen Flagge, die Pommes wurden in geschmackvollen kegelförmigen Papiertüten serviert. »Bestellt euch, was ihr wollt«, sagte Lu zu Maggie, während sie in ihrer Tasche nach dem Portemonnaie wühlte.

Ein Mädchen mit einem komplizierten honigblonden Zopf und haselnussbraunen Augen kam auf sie zu, und Maggie stellte sie als ihre Freundin Riley vor. Sie trug Mikroshorts, Flipflops und ein Trägertop – offensichtlich zog sie gern Aufmerksamkeit auf sich. Maggie dagegen hatte ein T-Shirt mit der Aufschrift *Fluent in Sarcasm* an.

»Weiß deine Mom, dass du schon wieder hier bist, Maggie?«, fragte Riley ihre Freundin.

»Nein«, antwortete Maggie. War da ein trotziger Unterton zu hören?

»Oookay«, sagte Riley, und nach der Art, wie sie das Wort dehnte, vermutete Lu, dass ihr irgendetwas zwischen den beiden entging.

»Könnte es sein, dass deine Mom nicht möchte, dass du hier bist, Maggie?«, hakte sie nach.

Maggie verdrehte die Augen. »Meine Mom befürchtet, dass der Wagen ihr die Kundschaft stiehlt.«

Lu schaute sich um – die Schlange wand sich inzwischen um den ganzen Parkplatz. »Oh!«, sagte sie. »Daran hätte ich denken sollen. Das kann ich gut nachvollziehen. Sollen wir lieber gehen?«

»Nein!«, riefen Chase und Sebastian wie aus einem Mund. Sie hatten die Pommes im Auge, das wusste Lu.

»Nein«, sagte auch Riley und warf Maggie einen vielsagenden Blick zu, den Lu nicht einordnen konnte. »Ihr solltet nicht gehen.«

Maggie kniff ihren hübschen Mund zusammen. »Nein«, wiederholte sie. »Ganz bestimmt nicht.«

Als sie sich dem Truck näherten und Riley zu ihrer Begleitung zurückgekehrt war, spürte Lu, wie sich in Maggie etwas veränderte – ihre Haltung und die Farbe ihrer Wangen, wobei Letzteres auch der Sommersonne und der Tatsache, dass sie keinen Sonnenhut trug, hätte zugeschrieben werden können.

Doch dann sah Lu im Truck den Jungen, der die Bestellungen entgegennahm. »Oh«, murmelte sie, denn jetzt begriff sie, was los war. Zwar wäre der junge Mann nie ihr Typ gewesen, sie hatte früher mehr auf die bulligeren Jungs, Football- und Rugbyspieler gestanden, aber seine Haare waren anbetungswürdig, dicht, weich, wellig, und als er nach ihrer Bestellung fragte, war sein Akzent genau richtig. Er war älter als Maggie, wohl ein Franzose, und wirkte gelangweilt. Lu verstand, dass Maggie ihn attraktiv fand.

»Ich mag dein Shirt«, sagte er zu Maggie, als sie endlich an der Reihe waren.

»Danke.« Sie grinste breit.

Wenn man dreizehn und auf einer Insel aufgewachsen war, dann musste es ein Junge wie dieser sein. Ganz klar.

»Ich hätte gern zweimal Pommes frites und einen Croque-Madame«, bestellte Lu und fügte mit einem Blick auf das Mädchen hinzu: »Und das, was Maggie haben möchte.«

Momentan hatte sie unverkennbar eine kleine Panikattacke, dennoch bestellte sie mutig eine Cola und drei Macarons und begann in der Tasche ihrer Jeansshorts zu wühlen.

»Nein, nein«, ging Lu dazwischen, »du bist eingeladen.«

Doch Maggie schüttelte den Kopf – offensichtlich hatte es ihr die Sprache verschlagen. Die Situation war beinahe lustig. *Pass auf dein Herz auf*, hätte Lu am liebsten gesagt. Doch sie war nicht Maggies Mutter, sie konnte nichts weiter tun, als die Cola und die schicken französischen Plätzchen zu bezahlen.

An: dinnerbydad@hotmail.com
Von: mississippimom357@gmail.com
Lieber Dinner by Dad,
warum gibt es kein Foto von dir im Blog? Ich wüsste gern, ob du genauso toll aussiehst, wie du klingst.:)

An: mississippimom357@gmail.com
Von: dinnerbydad@hotmail.com
Danke, aber der Privatsphäre meiner Kinder zuliebe bleibe ich lieber unsichtbar. Ich hoffe, du bekommst von den Holzkohlezeichnungen einen kleinen Eindruck davon, wer wir sind.
Herzlich aus meiner Küche,
Dinner by Dad

An: dinnerbydad@hotmail.com
Von: kkjohnson4321@me.com
DbD,
ich wüsste sehr gern, was du von unserem derzeitigen Präsidenten hältst.
Kate

An: kkjohnson4321@me.com
Von: dinnerbydad@hotmail.com
Liebe Kate,
ich habe eine Abmachung mit meinen Werbekunden, politische Ansichten aus meinem Blog herauszuhalten. Danke fürs Lesen und fröhliches Kochen!
Dinner by Dad

An: dinnerbydad@hotmail.com
Von: ophie167@microinvestments.com
Lieber Dinner by Dad,
ich habe gerade meine Ökokiste gekriegt, und das verfluchte Grünzeug kommt mir zu den Ohren raus. Was mach ich denn jetzt??
Ophelia

An: ophie167@microinvestments.com
Von: dinnerbydad@hotmail.com
Liebe Ophelia,
Einlegen ist die perfekte Methode, das Gemüse zu verbrauchen, dann hält es sehr lange. Und so kannst du deinen Kindern zeigen, wie man frische Lebensmittel haltbar macht. Vielen Dank für deine Nachricht, Ophelia!
Dinner by Dad

An: dinnerbydad@hotmail.com
Von: dancerlaur2020@aol.com
Lieber DbD,
wie schaffst du es bloß, immer so gut gelaunt zu sein? Hast du nie das Gefühl, du möchtest das Handtuch werfen? Mir geht das manchmal so.
Lauren

An: dancerlaur2020@aol.com
Von: dinnerbydad@hotmail.com
Liebe Lauren,
manchmal ist es echt hart, zu Hause zu sein. Gestern zum Beispiel hat der Hund sich übergeben, die Kaffeekanne ist explodiert, Charlie ist vom Skateboard gefallen und hat sich das Knie aufgeschlagen. Aber wir kriegen das hin. Kochen wir was Leckeres!
DbD

Kapitel 15 | Anthony

»Anthony Puckett? Hier ist Huxley Wilder.«

Huxley war Anthonys Agent, hatte ihn jedoch wie alle anderen nach dem großen Crash fallengelassen. Schließlich trug Anthony letztlich selbst die Schuld an seinem Unglück. Er war nicht etwa krank geworden, er hatte keinen Elternteil verloren, er war nicht fristlos entlassen worden, sein Haus war nicht abgebrannt, es gab keinerlei Anhaltspunkte auf körperliche Defekte, die man als mildernde Umstände hätte anführen können. Nein, er war schlicht unehrlich gewesen. Er hatte geschummelt, getäuscht, gestohlen.

»Huxley!«, sagte Anthony. »Wie schön, von Ihnen zu hören.« Er freute sich ehrlich, vor allem nach der Geschichte mit dem Auto – schon die Tatsache, dass er auf einer Insel war, hatte Anthony das Gefühl gegeben, gestrandet zu sein, aber jetzt, wo der LeBaron nicht mehr funktionierte, war alles noch schlimmer. Huxleys Stimme zu hören, die immer ein bisschen großkotzig klang – irgendwo zwischen Clint Eastwood, Harrison Ford und Bryan Cranston –, vermittelte Anthony einen kurzen Hoffnungsschimmer. Vielleicht war doch nicht alles verloren. Vielleicht hatte Huxley gute Neuigkeiten für ihn. Vielleicht hatte der Verlag es sich anders überlegt.

»Na ja«, meinte Huxley mit rauer Stimme. »Vielleicht auch nicht so schön. Hör zu.« Die beiden waren ungefähr im gleichen Alter, aber woher nahm Huxley sich das Recht, ihn plötzlich zu duzen?

»Ich höre«, sagte Anthony misstrauisch.

»Erst die gute oder die schlechte Nachricht?«

»Einfach raus damit«, antwortete Anthony. »Bitte.« Anthony saß an dem kleinen Tisch im Wohnzimmer, die nackten Füße auf dem blumigen Teppich. Er starrte mal wieder auf die Karaffe und die beiden Gläser daneben. »Sie machen mich nervös.«

»Das solltest du vielleicht auch sein. Es gab nämlich eine Fehlkalkulation.«

»Eine was?«

»Wir schulden den Auslandsagenten mehr Geld. Die haben sich verrechnet.«

»Wie bitte?«

»Sie haben sich verrechnet, irgendwas mit dem Vorschuss aus der Türkei, ich weiß auch nicht, wie es passiert ist. Jedenfalls musste ich ihnen heute einen Scheck über zwanzigtausend Dollar ausstellen, was wiederum heißt, du musst mir einen Scheck über zwanzigtausend zukommen lassen.«

»Scheiße.« Anthony starrte auf das Klavier, seufzte, ging hinüber und schlug eine der Tasten an. Das Klavier gab einen müden Ton von sich.

»Was war das für ein Geräusch?«, fragte Huxley. »Was machst du denn?«

»Hab nur mal kurz in die Tasten gegriffen«, antwortete Anthony missmutig.

»Was?«

»Ach, vergessen Sie's.«

»Wo hast du dich eigentlich versteckt?«

»Wer behauptet denn, dass ich mich versteckt habe?«

»Das pfeifen die Spatzen von den Dächern«, sagte Huxley. »Ich bin zufällig Shelly Salazar begegnet, als ich mit einem Autor beim Lunch war.«

Sowohl das Wort »Lunch« als auch das Wort »Autor« trafen bei Anthony einen wunden Punkt. Früher hatte man sich mit *ihm* zum

Lunch getroffen, *er* war der Autor gewesen. Jetzt fragte er sich, welcher kluge junge Kopf wohl seinen Platz eingenommen hatte, war jedoch zu stolz, um die Frage auszusprechen.

»Wenn Sie es unbedingt wissen müssen ...«, sagte Anthony, »ich bin an einem nicht genannten Ort.«

»Ach komm schon.«

»Ich befinde mich in einem Cottage, in dem die Zeit im 19. Jahrhundert stehengeblieben ist.«

»Ha!«, rief Huxley. »Ha, ha!« Sein plötzliches bellendes Lachen erschreckte Anthony. »Sehr lustig.«

»Sollte eigentlich kein Witz sein.«

»Der Wilde Westen?«

»So was in der Art. Allerdings eher der alte Osten.«

»Na ja, wo immer du bist, hoffe ich, du hast dein Scheckbuch dabei. Ich brauche das Geld bis zum ersten September – «

Anthony beendete den Anruf und würde nun nie erfahren, ob Huxley mitten im Satz oder vielleicht sogar mitten im Wort gewesen war.

Vor dem Fenster wiegte sich das Strandgras. Früher einmal war er »ein Meister des Plots und der menschlichen Emotionen gewesen« und »ein Autor, den man nicht nur im Auge behalten, sondern genießen sollte, Wort für Wort«, und sogar »kurz gesagt: umwerfend«. Jetzt war nichts mehr davon übrig.

Anthony machte zwei Schritte auf das Sideboard zu, wo die Karaffe mit der geheimnisvollen goldenen Flüssigkeit stand. Die beiden Gläser, die danebenstanden, sahen so einladend aus.

Wie sollte er Huxley einen Scheck über zwanzigtausend Dollar ausstellen? War der Zeitpunkt gekommen, sich auf Gnade und Barmherzigkeit seinen Eltern auszuliefern? Wahrscheinlich wäre seine Mutter bereit, ihn zu unterstützen, bei seinem Vater war er sich nicht so sicher. Er wählte die Nummer seiner Eltern, und als seine Mutter sich meldete, sagte er: »Hey, Mom.«

»Anthony!«, rief sie. »Ich freue mich so, von dir zu hören. Wie geht es denn in... wo bist du noch mal?«

»Block Island«, antwortete er. »Und es geht, na ja...« Er brachte es nicht über die Lippen. Seine Eltern schwammen im Geld, ertranken praktisch darin, und trotzdem konnte er die einfachen Worte nicht sagen: *Ich brauche Geld*.

»Nicht so gut.«

»Anthony?«, sagte Dorothy. »Schick mir deine Adresse, dann bin ich morgen bei dir. Und bringe Lasagne mit.«

»Nein, Mom«, wehrte Anthony ab. »Danke, aber ... nein. Ich brauche keine Lasagne.«

»Ich möchte schon seit einer Weile etwas mit dir besprechen. Ziemlich lange schon.« Sie machte eine Pause. »Es geht um deinen Vater. Irgendwie.«

»Um Dad? Ist er krank?«

»Krank? Nein! Natürlich behält der Arzt seinen Blutdruck im Auge, das tut er ja schon immer, wegen der unschönen Geschichten in seiner Familie, nein – nichts dergleichen.« Sie räusperte sich. »Aber ich möchte lieber unter vier Augen mit dir reden. Vielleicht könnte ich dich besuchen.«

Anthony schloss die Augen. »Ich bin noch nicht so weit, besucht zu werden, ich muss mich noch irgendwie ...« Wieder schielte er zu der Karaffe. Rehabilitieren war nicht das richtige Wort. Erholen? Neu erfinden? Rekonvaleszieren? Re-irgendwas? Er warf einen Blick zur Uhr. Gleich halb sieben, und er musste noch das alte Fahrrad in der Garage ausgraben. Für ein Mitbringsel würde er unterwegs beim Laden haltmachen. Mit einer wildfremden Frau Pasta zu essen, war eigentlich das Letzte, worauf er jetzt Lust hatte. Aber er hatte versprochen zu kommen, und es war wohl das Mindeste, nicht schon wieder jemanden im Stich zu lassen.

»Mom?«, sagte er. »Ich muss aufhören. Ich bin eingeladen.«

»Na so was!«, rief Dorothy. »Ein Sozialleben!«

»Es ist nicht gerade …«

Seine Mutter fiel ihm ins Wort. »Na, dann los, meine Geschichte kann schon noch einen Tag warten.«

Anthony nahm sich vor, eine Flasche Wein für seine Gastgeberin zu kaufen – einen Sauvignon Blanc vielleicht oder einen Sancerre – und eine Flasche Mineralwasser für sich selbst, sosehr es ihn auch reizen würde mitzutrinken. Für einen Abend würde er so tun, als wäre er ein ganz normaler Typ mit einer Beinahe-Exfrau und ohne Kinder.

Er würde Artischocken essen, und wenn er sie runterwürgen musste. Dazu würde er Mineralwasser schlürfen, höflich Konversation machen und den ersten Schritt auf dem langen Weg zurück in ein normales Leben wagen.

Kapitel 16 | Joy

Es war ihr ganz harmlos vorgekommen, einen Unbekannten zum Essen einzuladen –, doch jetzt, konfrontiert mit der Tatsache, dass gleich ein Wildfremder (und auch noch ein Mann, ein gut aussehender Mann obendrein!) in ihrem Haus auftauchen und an ihrem Tisch essen würde, wurde Joy immer nervöser.

Sie hatte den Blogbeitrag von *Dinner by Dad* dreimal gelesen, bei jedem Lesen über seine Geschichte zum Ursprung der Puttanesca-Soße gelächelt, die anscheinend vor sehr langer Zeit in Italien ein Lieblingsgericht der Prostituierten gewesen war, die mit dem Aroma Kunden anlockten. *Das dürft ihr euren Kindern aber nicht erzählen*, hatte Leo hinzugefügt, und Joy stellte ihn sich an seinem Computer vor, wie er leise in sich hineinlachte.

Als es klingelte, köchelten Soße und Artischockenherzen schon nebeneinander auf dem Herd. Die restlichen Zutaten waren vorbereitet, geschnitten, gequirlt, abgemessen.

Joy war nervös, weil sie mit einem Mann allein sein würde. Er schien nicht unbedingt der Typ Serienmörder zu sein, aber man konnte doch nie wissen. Vielleicht hätte sie ihn lieber nicht zu sich einladen sollen. Als zusätzliche Vorsichtsmaßnahme schrieb sie Holly eine SMS: *Wenn du bis 22 Uhr nichts von mir hörst, komm bitte vorbei und schau nach mir.*

???, schrieb Holly zurück.

Er brachte einen Sancerre mit, einen guten, und obwohl es ihr komisch vorkam, die Flasche nur für sich allein zu öffnen, kam es ihr nicht komisch genug vor, um es nicht zu tun, und sie goss sich ein ordentliches Glas voll. Dann schenkte sie Anthony Mineralwasser ein und schnitt noch eine Zitrone dafür auf.

Das Essen schmeckte köstlich, und obwohl Eigenlob ja verpönt war, sprach sie es trotzdem aus. Die Artischockenherzen waren zart und schmackhaft, die Puttanesca hatte genau die richtige Schärfe.

Und auch die Unterhaltung mit Anthony genoss sie sehr.

Er war freier Journalist. Übrigens hieß er natürlich nicht Anthony Und-wie-weiter, sondern Anthony Jones. Er war nur kurz verheiratet gewesen, die Trennung war relativ freundschaftlich verlaufen, obwohl er nicht ausführlicher darüber reden wollte. Seine Frau hatte ihn betrogen.

»Da gibt's nicht viel zu erzählen«, meinte er achselzuckend. »Die älteste Geschichte der Welt. Und das hier …«, er deutete mit der Gabel auf seinen Teller, »… ist das beste Essen, das ich seit Monaten gegessen habe. Wahrscheinlich sogar seit Jahren.«

Joy lächelte. »Na, dann warte mal bis zum Nachtisch«, sagte sie. Sie hatte einen einfachen Bananen-Schoko-Brotpudding mit Minz-Vanille-Creme gemacht. Kein Rezept von *Dinner by Dad*, denn wie jede passionierte Leserin wusste, verabscheute Sammy, der jüngere von Leos Söhnen, Bananen zutiefst.

»Und du hast bestimmt auch Eltern, oder?«, fragte sie. Das Duzen hatte sich ganz selbstverständlich ergeben. »Wie sind die so? Was arbeiten sie?«

Er zögerte einen Moment und antwortete dann: »Mein Vater ist … Unternehmer.«

»Oh«, sagte Joy. »Das klingt interessant. In welchem Bereich?«

»Schwer zu erklären.«

»Versuch es doch mal.«

»Es ist … irgendwie kompliziert. Und langweilig.«

»Ah. Technologie?«

»So in etwa.«

»Und deine Mutter?«

»Meine Mutter ist Hausfrau. Jeden Abend um fünf bringt sie meinem Vater einen Scotch. Er arbeitet meistens im Homeoffice. Meine Mom hat nie gearbeitet, vermutlich wollte sie nicht.«

»Wie altmodisch«, meinte Joy, doch weil sich das so wertend anhörte, fügte sie hinzu: »Und irgendwie charmant.« Was sie selbst nicht glaubte.

Anthony zuckte die Schultern und erwiderte: »Na ja, kommt ganz darauf an. Aber genug von mir. Erzähl mir doch von dir.«

Vielleicht war der Wein schuld daran, vielleicht auch die Tatsache, dass so lange niemand danach gefragt hatte, jedenfalls öffnete Joy sich wie eine gut gedämpfte Muschel. Sie erzählte Anthony von ihrem Café und was für eine sehr reale Bedrohung von der »Roving Patisserie« ausging. Weil er auch danach fragte, erzählte sie ihm von ihrer Scheidung. Sie erzählte ihm, dass sie sechsundzwanzig gewesen war, Mutter eines zweijährigen Kindes, verheiratet mit einem Typen, der dachte, er wäre Kurt Cobain ohne dessen psychische Störung, und dass Dustin eines Tages zu ihr gekommen war und gesagt hatte: »Ich gehe.«

»Einfach so?«, fragte Anthony angemessen entsetzt.

»Einfach so«, bestätigte Joy. »Er hat gesagt, er müsse sich ganz auf die Band konzentrieren, wenn er weiterkommen wolle.«

»Und hat es geklappt? Mit dem Weiterkommen?«

»Nein. Das ist das Schlimmste daran – oder vielleicht das Beste. Natürlich wurde ihm irgendwann klar, dass es nie klappen würde. Natürlich ist er erwachsen geworden. Natürlich hat er einen regulären Job angenommen, mit Krankenversicherung und einem Rentenfonds. Und natürlich lief alles besser, als er wieder geheiratet hat. Ich meine, wir waren so jung! Im Grund waren wir ja selbst noch Kinder.«

Und sie war noch lange nicht fertig.

Sie erzählte von ihren Eltern und ihrer verstorbenen Großmutter, der großen Fionnula, sie erzählte von ihren vier Brüdern und deren Frauen. Alle vier hatten ihre Highschool-Freundin geheiratet, Joys Schwägerinnen toupierten sich die Haare auch noch genauso wie damals und machten jeden Sommer eine Woche Urlaub auf Cape Cod. Sie bevorzugten eine tiefe, ungesunde Bräune, hatten kein Problem, mit ihren Ehemännern und Kindern in der Öffentlichkeit zu streiten, und waren bereit, jederzeit für jedes Familienmitglied den Kopf hinzuhalten. Keine von ihnen hatte das geringste Verständnis für Joy. Wer zog denn so weit weg von der Familie? Wer ließ sich scheiden? Wer wurde alleinerziehende Mutter?

»Vermutlich bin ich irgendwie das einsame Schaf«, sagte sie. Nein, irgendwas stimmte da nicht. »Der schwarze Wolf?« Ihre Tiermetaphern waren total durcheinandergeraten. Der Sancerre war schuld.

Sie erzählte Anthony auch, wie sie zum ersten Mal zusammen mit Maggie die Fähre nach Block Island genommen hatte, um hier ein neues Leben anzufangen, und wie sie es nicht geschafft hatte, das Auto rückwärts die Rampe hochzufahren. Schließlich hatte sie vor Verzweiflung zu weinen angefangen, und einer der Angestellte hatte zu ihr gesagt: »Hey, Miss, steigen Sie einfach aus, ich mach das für Sie.«

»Ich bin ja nicht mal sicher, ob ich auf die Insel soll«, hatte sie geschluchzt. Aus dem Fenster des Wagens vor ihr erschien der Kopf eines Mannes mittleren Alters, um zu sehen, wer den Betrieb aufhielt. Hätte er ihr nicht den Weg versperrt, wäre Joy sofort von der Fähre und zurück nach Fall River geflohen.

Der hilfsbereite junge Mann war wahrscheinlich nicht älter als achtzehn gewesen, mit blassen Wangen, einem offiziellen Block-Island-Ferry-T-Shirt und den hübschesten grünen Augen, die man sich vorstellen konnte. »Natürlich sollen Sie auf die Insel«, sagte er.

»Warum denn nicht? Sie haben ein Ticket gekauft, richtig? Lassen Sie mich ans Steuer und setzen Sie sich auf den Beifahrersitz, damit Ihr kleines Mädchen keine Angst kriegt. Ich fahr Sie aufs Boot.«

Noch jetzt hätte Joy bei der Erinnerung am liebsten geweint. »Die Freundlichkeit von Fremden …« Der Sancerre war schon halb leer. Die scharfen Kanten des Abends verschwammen. »Bist du sicher, dass du nicht wenigstens ein kleines Gläschen willst, Anthony?«, fragte sie und deutete auf die Flasche. Er war ganz sicher.

Kurz fiel ein Schatten über den Abend, als Maggie anrief und um Erlaubnis fragte, bei Riley übernachten zu dürfen. Joy ging ins Nebenzimmer, um mit ihr zu sprechen.

»Du hast doch schon letzte Nacht bei ihr geschlafen … oh, okay, jepp, klar, nein, ich verstehe.« Dabei bemühte sie sich, nicht zu enttäuscht zu klingen. *Zeig deinem Kind nicht, wenn du geknickt bist, dadurch wirkst du nur wie ein Jammerlappen, und Teenager riechen Jammerlappen schon aus meilenweiter Entfernung*, rief sie sich ins Gedächtnis. Trotzdem staunte sie wieder einmal, wie schnell ihr die Tränen kamen, wenn sie nur daran dachte, wie Maggie bei Holly und ihrem Mann Brent auf der Couch saß, wie sie alle zusammen vielleicht einen Film ansahen, wie Riley Popcorn herumreichte und sie gemeinsam an den lustigen Stellen lachten, wie man das als Kleinfamilie nun mal machte.

Dabei war ihr die ganze Zeit bewusst, wie viel wahrscheinlicher es war, dass Riley und Maggie mit ihren Smartphones in Rileys Zimmer lagen und mit irgendwelchen Sommerkids snapchatteten.

»Sorry, das war meine Tochter«, erklärte sie, als sie geknickt in die Küche zurückkam. In ihrer Abwesenheit hatte Anthony die Teller abgespült, und Joy musste sich schnell abwenden, weil ihr schon wieder die Tränen kamen. Wein machte sie immer sentimental, aber sie musste vor ihrem Gast ja nicht gleich ihr ganzes Herz entblößen. Hoffentlich hatte er nichts von ihrer Rührung bemerkt.

»Hey«, sagte er prompt. »Alles okay?«

Anthony kam zu ihr und wischte vorsichtig die Tränen mit dem Daumen von ihren Wangen. Sofort fing Joys ganzer Körper an zu kribbeln. *Wow*, dachte sie.

Danach hatte der Abend eine ganz andere Aura. Beim Dessert, das sie an der kleinen Küchentheke verzehrten, schmiegte sich Anthonys Oberarm an ihren, und keiner von beiden ging auf Distanz.

Joy trank noch mehr Sancerre. Sie dachte an Mrs. Simmons Prophezeiung. Die Haut auf ihrem Gesicht fühlte sich warm und rosig an, vor allem an der Stelle, wo Anthony sie angefasst hatte. Konnte so etwas so schnell passieren?

Nein, auf keinen Fall, dachte sie. *Oder vielleicht doch?*

Nach dem Nachtisch lehnte Anthony Joys Angebot ab, Kaffee zu machen, und meinte, er müsse wirklich langsam gehen. Joy fragte sich, ob das ein Code für *Fühlst du es auch?* war. Sie hatte ihm nicht gesagt, dass Maggie auswärts übernachten werde.

»Okay«, sagte Joy. Sie meinte es als Code für *Ja, ich fühle es auch*, und stand auf. Die Luft schwirrte geradezu vor Möglichkeiten. Sie beugte sich vor und schloss die Augen.

Doch nichts geschah.

Kurz legte Anthony die Hand an ihre Wange und flüsterte: »Ich kann nicht, tut mir leid«, und Joy riss schnell die Augen wieder auf. »Das Essen war toll«, fügte er hinzu. In seinen Augen lag etwas Rätselhaftes.

»Verstehe«, sagte Joy. Das war Code für: *Ich verstehe momentan überhaupt nichts. Ich fühle mich gedemütigt, werde aber so tun, als wäre alles ganz normal.*

Tja, dachte Joy, als er weg war. *Das war's dann wohl.*

Sie packte die Reste des Essens in Tupperware-Dosen und stapelte sie im Kühlschrank. Dann schrieb sie Holly eine Nachricht, dass sie nicht ermordet worden war. Schließlich goss sie sich noch einen winzigen Schluck Wein nach – warum auch nicht? – und trank ihn im Stehen, immer noch zutiefst schockiert darüber, dass sie die Zeichen dermaßen falsch gedeutet hatte. Einen Teil des Malheurs konnte sie dem Wein zuschreiben, aber im Ernst – lag es nicht auch daran, dass sie aus der Übung war? Warum hatte sie so viel von ihrer Familie erzählt? Und warum hatte sie diesem Mann ein Gericht vorgesetzt, mit dem Prostituierte Kunden anlockten? Warum hatte sie so viel Sancerre getrunken?

Und warum kümmerte sie das alles überhaupt?

Du brauchst keinen Mann, rief sie sich in Erinnerung. *Du bist eine starke, unabhängige Frau, Café-Besitzerin, die sich auf dieser Insel erfolgreich ihr eigenes Geschäft aufgebaut hat und es weiterhin erfolgreich führen wird, ganz egal, was sich diese »Roving Patisserie« noch alles einfallen lässt. Du brauchst niemanden! Nur Maggie und Pickles und »Joy Bombs«. Zusammen gegen den Rest der Welt.*

Als es neunzig Minuten später an der Tür klingelte, hatte Joy sich schon die Zähne geputzt, Pickles ausgeführt, Maggie am Telefon Gute Nacht gesagt, den Wecker gestellt, sich die Haare in ihren üblichen abendlichen Dutt hochgewurstelt, die Stromrechnung bezahlt und im Kühlschrank aufgeräumt. Sie versuchte, Maggie nicht allzu sehr zu vermissen, doch die Stille war einfach ohrenbetäubend, wenn ihre Tochter nicht da war.

»Na so was, Pickles«, sagte sie. »Wer kann das denn sein?« Vielleicht war es Holly, die noch ein Fläschchen Wein mitbrachte. Oder Maggie, die doch zu Hause schlafen wollte.

Sie öffnete die Tür. Und dort auf der Schwelle stand, noch immer im gleichen grauen T-Shirt und mit verlegenem Gesicht, Anthony Jones.

»Hey«, sagte er leise. »Ich bin zurückgekommen.«

»Du bist zurückgekommen«, wiederholte Joy, hielt die Tür auf und ließ ihn herein. Joy griff nach ihrem wackeligen Dutt und zog den Haargummi heraus, so dass ihr die Haare über die Schultern fielen. Ihr Herz klopfte sehr, sehr schnell, ihre Wangen waren heiß.

»Ich dachte, du kannst nicht«, sagte sie.

»Ich hab nicht damit gerechnet, dass ich könnte.« Sein Gesicht war dicht an ihrem, und an der Minze in seinem Atmen erkannte sie, dass auch er sich schon die Zähne geputzt hatte.

»Und jetzt kannst du?«, flüsterte sie.

Er nickte. »Ich hab es bereut, dass ich das gesagt habe.« Wieder legte er den Daumen auf ihre Wange.

Joy hätte danach nicht sagen können, wer wen zuerst küsste. Aber spielte das eine Rolle?

Pickles seufzte, ließ sich flach auf den Boden fallen und wandte den Kopf ab, so dass sie ungestört waren – was Joy sehr zu schätzen wusste, denn es war lange her, und sie hatte Angst, einen Fehler zu machen.

KAPITEL 17 | ANTHONY

Mitten in der Nacht erwachte Anthony vom Lärm vor dem offenen Fenster. Verwirrt lag er einen Moment da. Er war nicht in seinem Cottage, nicht in dem altmodischen Himmelbett, nicht in der stillen, abgeschiedenen Corn Neck Road. Dann fielen ihm die Artischockenherzen ein, der Bananen-Brotpudding, und ziemlich bald auch sein gebrochenes Herz, das angefangen hatte, sich zu öffnen und zum Licht zu wenden wie eine Sonnenblume.

Von der Straße kam Discomusik. Vor dem offenen Fenster fand ein Streit zwischen Betrunkenen statt.

Ein Mädchen sagte: »Du auch, Sully, du hast genau das Gleiche gemacht, verdammt!«

Die Antwort (vermutlich von Sully): »Also bitte, Mariah, warum tust du das? Jedes verfluchte Mal …?«

Die Stimmen wurden leiser, Sully und Mariah gingen ihrer Wege.

Ist das ein Traum?, fragte er sich. *Oder bin ich wirklich hier?* In der Dunkelheit tastete er nach dem Körper neben sich. *Joy*, dachte er, drehte sich um und machte die Augen wieder zu. Er schlief so tief und fest wie seit Monaten nicht mehr, genaugenommen seit dem Anruf von Huxley Wilder, in dem der Agent ihm zum ersten Mal von der »anonymen Quelle« erzählt hatte.

Irgendwann nach Sonnenaufgang rührte sich etwas neben ihm auf der Matratze, und er bekam einen Kuss auf die Stirn. »Hmmm?«, war alles, was er herausbrachte.

»Sch …«, hörte er die Stimme einer Frau. »Schlaf ruhig weiter.«

Stunden später erwachte er wieder. Er war allein. Seine Glieder waren schwer vom Schlaf, aber sein Kopf war ganz klar, er fühlte sich wunderbar. Als hätte er einen Zaubertrank eingenommen.

In der Küche saß Pickles, neugierig und trotzdem etwas reserviert. Als Anthony ihm vorsichtig die Hand hinstreckte, leckte er sie ab, und Anthony musste den Impuls unterdrücken, die Hand schnell wieder wegzuziehen. Pickles legte sich in Anthonys Nähe auf den Boden und seufzte, als sei er zufrieden.

Auf der Theke lagen ein Zettel und die Gebrauchsanweisung für die French Press.

Ich bin im Laden. Bitte sei bis zwölf verschwunden. Nimm diesen Zettel entweder mit oder iss ihn auf. Und mach, wenn es irgendwie geht, das Bett. Wenn es ungemacht bleibt, weiß Maggie, dass irgendwas im Busch ist.

Anthony sah auf die Uhr an der Mikrowelle – halb elf. Er wollte gar nicht weg von hier.

Er ließ den Blick durch die Küche wandern, betrachtete die Schränke mit den abgestoßenen Ecken, die Dellen in der billigen Metallspüle, den etwas schiefen Fußboden. Wäre Anthony noch Autor gewesen, hätte er dieses Haus gern beschrieben.

Das Cottage wirkte alles andere als schick, war jedoch sauber und gemütlich, so hätte er angefangen, *mit einem großen Fenster im vorderen Raum, aus dem man ein winziges Stückchen des kobaltblauen Ozeans sehen konnte.*

In Wirklichkeit konnte er das Meer gar nicht sehen, das war dichterische Freiheit. War kobaltblau übertrieben? Er war immerhin in New England. Doch das Wasser von Block Island war wirklich auffallend blau.

Sein Telefon klingelte, und die Nummer seiner Mutter erschien auf dem Display.

Er würde sie später zurückrufen. Und auch bei Cassie würde er es noch einmal versuchen und sie wieder einmal fragen, ob er mit Max reden konnte. Jetzt, in diesem Augenblick, wollte er ohnehin mit niemandem sprechen. Er spürte ein Gefühl, das er so lange nicht mehr gehabt hatte, dass es eine Weile dauerte, bis er es benennen konnte.

Zufriedenheit.

Plot-Twist, dachte er und steckte das Handy wieder ein. Eine völlig unerwartete Wendung.

Kapitel 18 | Lu

www.DinnerByDad.com

Bleibt dran, Leute, denn in den nächsten Tagen werden wir uns ernsthaft mit dem Einlegen beschäftigen (Gruß an Ophelia!). Mit den üblichen Gurken fangen wir an, aber wir legen auch Zwiebeln und Karotten und Paprika und sogar Pfirsiche ein. Wir werden über teure Essigsorten sprechen und darüber, wie man den Sud nicht überhitzt und warum das Einlegen sich super als Beschäftigung mit Kindern eignet, und wir werden darüber reden, warum euer Leben durch die großzügige Verwendung einer Flasche Huilerie Beaujolaise Vinaigre de Citron deutlich verschönt werden kann. Das Einzige, wovon wir die Finger lassen werden, liebe Leserinnen und Leser, ist Spargel. Manche Dinge sind einfach nicht fürs Einlegen gemacht.

Allmählich stellte sich Vorfreude ein. Lu hatte noch nie selbst etwas eingelegt! Also, warum nicht jetzt damit anfangen? Sie malte sich bereits die Faxen ihrer fiktionalen Söhne Charlie und Sammy aus und die Fotos, die sie von den fertig etikettierten Einmachgläsern machen würde. Vielleicht könnte sie ihre echten Söhne sogar ihre Einmachgläser dekorieren lassen und diese dann fotografieren. Wahrscheinlich würde Jeremy sich freuen, wenn er die Früchte ihrer Arbeit zu sehen bekäme. Jeremy liebte eingelegtes Obst und Gemüse. Im Sushi-Restaurant verschlang er die süß-sauer eingelegten Radieschen, und auch auf seine Hamburger packte er sich die Essiggurken, so hoch es nur ging.

Heute konnte Maggie nicht kommen, weil ihre Mutter sie im Café brauchte. Glücklicherweise hatte Lu gerade zur rechten Zeit ein Plakat für einen vierstündigen Sommerkurs im Club in der Corn Neck Road entdeckt. Nancy und Henry waren Mitglieder. Also hatte sie Chase und Sebastian um neun dort abgeliefert. Sie würden lernen, wie man Muscheln erntete.

Eine Weile verbrachte sie damit, die Posts anderer Food-Blogger zu lesen, die sich ums Einlegen drehten. Anscheinend ging es mit Zucker und ohne, man konnte Essig der Extraklasse oder ganz normalen preiswerten weißen Essig verwenden, den Lu in großen Flaschen kaufte, weil man ja nie wissen konnte, wann man zu Experimentierzwecken einen Essig-Backpulver-Vulkan bauen musste. Sie wollte ihrer Leserschaft aus eigener Erfahrung berichten, was beim Einlegen wirklich einen Unterschied machte. Gab es auf Block Island überhaupt hochwertigen Essig zu kaufen? Sie war nicht sicher. Wenn sie welchen fand, würde sie ein paar Gemüsesorten mit dem billigen ansetzen und ein paar mit dem hochpreisigen.

Wenn Jeremy das nächste Mal da war, konnte er einen Geschmackstest machen. Natürlich mit verbundenen Augen, wie es sich gehörte. Später würde sie dann als Leo darüber schreiben, wie Jacqui eines Abends nach der Arbeit die Verkostung gemacht hatte. Er würde sie mit den verschiedenen Versionen füttern, eine Gabel voll nach der anderen, was zwar nicht ganz so sexy war, wie wenn man eine Frau mit Erdbeeren fütterte, die sie mit einem Schluck Champagner runterspülte, doch vielleicht reichte es, um die romantisch veranlagten Leserinnen und Leser ein bisschen anzuregen.

Erst duschen und dann Essig kaufen? Sie stand mitten in der Küche und wog Vor- und Nachteile gegeneinander ab, als sie ein Auto vorfahren hörte. Sie lief ins Schlafzimmer, von wo aus man heimlich die Auffahrt beobachten konnte.

Ach du Scheiße. Gerade stieg Nancy aus ihrem wunderschön gepflegten silbernen Cadillac Coupé. Auch an diesem feuchtheißen Sommermorgen trug sie einen hellbraunen Bleistiftrock, eine hellgelbe Bluse und dunkelgrüne Pumps. Pumps! Auf einer Insel, im Sommer!

Konnte Lu so tun, als wäre sie nicht da? Nein, ihr Auto stand in der Auffahrt, es gab kein Entrinnen. Hätte sie einen Hund gehabt, hätte sie behaupten können, mit ihm unterwegs gewesen zu sein. War es zu spät, sich einen Hund zu beschaffen? Konnte sie vielleicht Sebastians Hamster ausführen, den sie von Connecticut mitgebracht hatten?

Die Klingel ertönte, erst einmal, dann zweimal. Als es zum dritten Mal klingelte – jetzt hielt Nancy den Klingelknopf mehrere Sekunden fest, um dem Klingeln Nachdruck zu verleihen –, ging Lu die Treppe hinunter und öffnete die Tür.

Ihre Schwiegermutter wirkte überrascht, Lu vorzufinden. Wen hatte sie denn erwartet?

»Hi, Nancy«, sagte Lu, trat beiseite und ließ sie eintreten. Sie schlug einen unverbindlichen, lockeren Ton an, den sie für eine höfliche Schwiegertochter angemessen fand, der es nicht das Geringste ausmachte, an einem Sommermorgen gestört zu werden.

»Hoffentlich störe ich dich nicht bei etwas allzu Wichtigem. Ist Jeremy übers Wochenende in der Klinik?«

»Ja«, antwortete Lu. Wo sollte er denn auch sonst sein? »Er musste länger arbeiten, als er dachte.«

»Ich weiß nicht, wie er das macht«, sagte Nancy mit einem Seufzen. »So viele Stunden, so eine harte Arbeit ...«

»Ich kann es dir sagen«, platzte Lu heraus. »Er hat eine Frau.« Eigentlich hatte sie das nicht laut sagen wollen.

»Na ja«, meinte Nancy. »Stimmt schon, aber du kümmerst dich ja nicht um seine Patienten und machst die ganzen Operationen, oder?«

Dafür mache ich alles andere, dachte Lu, doch sie lachte nur leise und lenkte ein: »Nein, natürlich nicht.« Dann fügte sie noch hinzu: »Das könnte ich niemals!«, weil sie den Eindruck hatte, dass Nancy so etwas von ihr erwartete.

Ihre Schwiegermutter nickte denn auch energisch und machte sich ungebeten auf den Weg in die Küche. Während Lu ihr folgte, entschuldigte sie sich, dass die Jungs nicht da waren, weil sie Muscheln suchen lernten. Zu spät merkte sie, dass sie so in ihre Einlegepläne versunken gewesen war, dass sie glatt vergessen hatte, nach dem Frühstück aufzuräumen, und nun musste sie zusehen, wie Nancy ausführlich die Toastkrümel und den Rorschachklecks Orangensaft in Augenschein nahm. Unter Chase' Stuhl lag wie üblich eine volle Mahlzeit aus aussortierten Frühstücksflocken, und Lu stellte sich vor, wie ein Heer fleißiger Ameisen sie wegtrug. *Schau, was wir gefunden haben*, würde eine Ameise zur anderen sagen. *Schau dir das an, eine wahre Goldmine!* Und schon würde sie die anderen Ameisen herbeiwinken.

Möglichst unauffällig wischte Lu möglichst viele Krümel in die Spüle und bot Nancy an, Kaffee zu kochen.

»Oh, ich habe meinen Kaffee schon vor ein paar Stunden getrunken«, erwiderte Nancy, die sich viel auf ihr konkurrenzorientiert frühes Aufstehen einbildete.

»Ich auch«, erwiderte Lu. »Aber ich trinke trotzdem noch einen.«

»Wahrscheinlich könnte ich auch noch einen vertragen.«

Also machte Lu sich an der Kaffeemaschine zu schaffen. Vor Nancy nichts zu tun war ihr unerträglich, sie fühlte sich nackt.

»Hast du … Sport gemacht?«, fragte Nancy und beäugte Lus Kleidung. »Wo die Jungs weg sind?«

»Ja«, log Lu und tat so, als wische sie sich den Schweiß von der Stirn. »Ich bin gerade eben zurückgekommen. Spinning. Echt harter Kurs.« Sie schüttelte den Kopf, als könnte sie selbst kaum glauben, wie anstrengend es gewesen war. »Einer der Lehrer hier ... Mannomann ...« Sie ließ den Satz unvollendet und schaute in unbestimmte Ferne. In Erinnerung an den Kurs taten ihr schon fast wirklich die Beine weh. »Tommy heißt er.«

In ihrem Jahrgang an der Juristischen Fakultät von Stanford war Lu die Viertbeste gewesen. Wie sie den Campus geliebt hatte, das ständige Nachdenken. *Zivilprozessrecht am Obersten Gerichtshof, Amerikanische Rechtsgeschichte, Kompetenzen und Praxismanagement im 21. Jahrhundert* – sie hatte all das geliebt. Später, als sie arbeitete, hatte sie es genossen, Tag für Tag im Kostüm zu erscheinen, auf hohen Absätzen im Takt mit dem Räderwerk ihres Gehirns den Gang der Kanzlei entlangzuschreiten. Die langen Arbeitszeiten hatten ihr nichts ausgemacht, im Gegenteil. Und jetzt wurde sie schon müde, wenn sie sich einen Spinning-Kurs nur vorstellte.

»Ich dachte, ich lege ein bisschen Gemüse ein«, sagte sie.

Nancy zog die Nase hoch. »Warum?«

»Ich hatte gehofft, es könnte Spaß machen. Zusammen mit den Jungs, wenn sie heute Nachmittag wieder da sind.«

»Klingt nach Chaos.«

»Ach, das macht mir nichts.«

Lu beobachtete, wie Nancys Blick in der Küche umherwanderte. »Anscheinend nicht«, meinte ihre Schwiegermutter schließlich.

Um sie endlich loszuwerden, warf Lu einen Blick zu der Uhr an der Mikrowelle und tat schockiert. »Tut mir leid!«, rief sie. »Ist es wirklich schon so spät? Ich muss unter die Dusche.«

»Jetzt? Ich bin doch eben erst gekommen. Ich dachte, wir könnten ein bisschen plaudern.«

Lu suchte fieberhaft nach einer Ausrede, während der Kaffeebereiter fröhlich vor sich hin gurgelte, als Nancy fragte: »Wann holst du die Jungs wieder ab?«

Lu checkte ihre Uhr. »Um eins.«

»Dann kann auch ich sie holen.«

»Echt?«, fragte Lu vorsichtig. »Würdest du das tun?«

»Na klar, danach nehme ich sie mit zum Lunch. Wir setzen uns irgendwo ans Wasser und schauen uns die Boote an. Als Jeremy noch klein war, hat er immer gern drüben am New Harbor gegessen.«

Die Jungs hatten Lunchpakete mitgenommen, doch das würde Lu Nancy nicht auf die Nase binden, und die Jungs hoffentlich auch nicht. Sie befanden sich im Wachstum, da sprach nichts dagegen, zweimal zu Mittag zu essen. Das gab Lu mindestens neunzig Minuten Zeit für sich, vielleicht genug, um zu duschen *und* sich anzuziehen *und* den Essig und das Gemüse zu kaufen *und* die Einmachgläser vorzubereiten, so dass sie gleich loslegen konnten, wenn die Jungs nach Hause kamen.

»Gut, abgemacht«, sagte Nancy und rieb sich die Hände. »Musst du jemanden anrufen und Bescheid sagen, dass ich die beiden abhole?«

Musste sie das? Lu konnte sich nicht erinnern. »Ich glaube nicht«, antwortete sie.

»Vielleicht ist es besser, für alle Fälle.«

»Gut, du hast recht. Mach ich«, versprach sie, obwohl sie es nicht wirklich vorhatte.

Sie goss Kaffee in zwei Becher und stellte einen vor Nancy. Danach konnte sie sie vielleicht zur Tür komplimentieren.

»Wie steht es denn im Schlafzimmer?«

Lu verschluckte sich an ihrem Kaffee. »Wie bitte?«

»Na, im Schlafzimmer? Zwischen dir und Jeremy?«

Lu wurde heiß. Irgendetwas an Nancy ließ sie jedes Mal zu einem folgsamen Kind werden, das meinte, alle Fragen beantworten zu müssen. Von ihrer eigenen Mutter kannte sie das nicht. Eigentlich von niemandem sonst auf der Welt. So ging es ihr nur bei Nancy. Als

Lu kurz nach Sebastians Geburt eine Brustentzündung bekommen hatte, hatte Nancy nach sämtlichen Einzelheiten gefragt. Und Lu hatte sie ihr erzählt!

»Alles bestens«, antwortete sie jetzt, wenn auch unzutreffend. In Wahrheit war Jeremy so oft bei der Arbeit und Lu wegen Chase' grässlicher Alpträume nachts so oft wach, dass sie manchmal eher Bürokollegen mit unterschiedlichen Stundenplänen zu sein schienen als ein Paar.

Nancy nickte anerkennend. »Gut. Es ist eine anstrengende Zeit für euch«, meinte sie. »Aber es geht alles so schnell, die Jungs sind nur einmal so klein. Im Handumdrehen hat man was verpasst.«

»Warum sagt man das eigentlich nie zu einem Mann?«, fragte Lu zähneknirschend.

»Wie bitte?«, fragte Nancy zurück.

»Für alle geht es schnell, wie kommt es, dass man es nie dem Vater sagt, sondern immer nur der Mutter? Ich habe es nie jemanden zu Jeremy sagen gehört.« Sie sah Nancy fest in die Augen und fügte, ohne ihre Antwort abzuwarten, hinzu: »Ich muss jetzt wirklich duschen. Nimm dir ruhig noch Kaffee, wenn du magst.«

Im Bad stellte sie sich unter das heiße Wasser und ließ sich vom Dampf einhüllen. Irgendwo hatte sie gelesen, dass lauwarmes Wasser besser war für die Haut, aber heißes Wasser fühlte sich so gut an. Als würde es alles Schlechte von ihr abwaschen. Den ganzen Groll, die schlechte Laune und die schrecklichen Gedanken daran, dass sie anderswo sein wollte.

Als sie in die Küche zurückkam, war Nancy immer noch da. Und hielt Lus Smartphone in der Hand.

»Dein Telefon hat geklingelt«, sagte sie. »Als du unter der Dusche warst.«

Bitte sag jetzt nicht, du bist drangegangen, dachte Lu nur.

»Ich bin drangegangen«, sagte Nancy.

»Du bist drangegangen?« Eigentlich wollte Lu durch den Klang ihrer Stimme klarmachen, was für eine bodenlose Unverschämtheit das war, doch sie fürchtete, dass sie sich immer noch anhörte wie ein braves kleines Mädchen. »Wer war es denn?«

»Eine Frau, die sich verwählt hatte.«

»Wie meinst du das?«

»Sie wollte einen Leo sprechen.«

Sofort war Lus Hand schweißnass. »Und – wer war diese Frau?«

Nancy sah Lu hinterhältig an. »Woher soll ich das denn wissen? Es war die falsche Nummer, und das hab ich ihr gesagt.«

Als Lu später ihre Blog-Mails durchsah, fand sie eine Nachricht von aknowles@hla.com.

Lieber Leo,
ich hab versucht, Sie anzurufen, leider ohne Erfolg. Ich heiße Abigail Knowles und bin neu bei der Huxley's Literary Agency in Manhattan. Ich versuche, mir eine Autorenliste aufzubauen. Ich bin ein großer Fan Ihres Blogs, und ich glaube, wir könnten zusammen ein fabelhaftes Kochbuch entwerfen und Verlagen anbieten. Wenn Sie Interesse haben, dann antworten Sie doch bitte auf diese Mail, wenn es mal passt. Ich kenne einen Verlag, dem die Idee bestimmt schmecken wird, ha ha.
Beste Grüße,
Abigail

Kapitel 19

Anthony

Am Nachmittag kaufte Anthony auf dem Bauernmarkt im Legion Park einen Blumenstrauß und kehrte damit zu Joys Haus zurück. Mit dem Fahrrad war es zu dem Markt ziemlich weit gewesen, aber es hatte sich gelohnt. Die Blumen waren sensationell. Er hatte vor, sie Joy mit einer Entschuldigung zu überreichen. Er hatte ihr gestern Abend den Großteil der Konversation überlassen und sich selbst nicht ganz an die Wahrheit gehalten. Er war nicht ehrlich gewesen hinsichtlich seines Vaters. Er hatte seinen Sohn nicht erwähnt. Er hatte immerhin nicht damit gerechnet, dass er sich in Joy verlieben und mit ihr schlafen würde! Irgendwann im Laufe der Nacht hatte das Universum sich neu geordnet. Jetzt war alles anders.

Er klingelte. Niemand öffnete. Vorsichtig versuchte er, den Türknauf zu drehen, der sofort nachgab. Er überlegte, sich hineinzuschleichen und die Blumen in der Küche zu hinterlegen. Aus dem Hausinnern war Musik zu hören.

Ein Mädchen öffnete die Tür. Sie hatte eine lila Strähne in den Haaren, grünen Kaugummi im Mund und trug ein T-Shirt mit dem Bild eines Maiskolbens. Sie legte den Kopf schief und fragte: »Sind Sie ein Einbrecher?«

»Nein«, erwiderte Anthony. »Nein, ich bin kein Einbrecher. Ich komme in Frieden und bin mit deiner Mom befreundet. Du bist bestimmt Maggie.« Joys Gene mussten ziemlich durchsetzungsfähig sein, denn die Tochter war praktisch eine Kopie ihrer Mutter.

Sie musterte ihn neugierig.

»Moment mal«, sagte sie, zog ein Smartphone aus der Tasche ihrer Jeansshorts und fotografierte ihn kurzerhand. »Ich schicke das nur schnell meiner Mom«, sagte sie, wartete einen Moment, und schon piepte das Telefon. »Okay«, sagte sie. »Sie hat bestätigt, dass Sie kein Einbrecher sind. Kommen Sie rein, sonst läuft Pickles womöglich aus der Tür.« Anthony hatte nicht bemerkt, dass der Hund aufgetaucht war, aber als er die Hand ausstreckte, leckte Pickles sie freundlich ab. Anscheinend war das zum Ritual geworden. Irgendwie gefiel es ihm.

»Wir kennen uns«, sagte er zu Maggie. Pickles bewegte den Kopf auf und ab, als nicke er. Unglaublich.

Anthony schüttelte die Blumen ein bisschen und hielt sie dem Mädchen hin. »Die sind für deine Mom. Übrigens kannst du mich gern duzen.«

Maggie sah ihn prüfend an, nahm die Blumen, legte sie auf die Theke, sprang selbst darauf und setzte sich neben den Strauß. Ihr Gesicht war nicht finster, jedoch auch nicht besonders freundlich.

»Hat sie sonst noch was gesagt?«, fragte er. »Deine Mom?«

Maggie starrte ihn an, produzierte eine grüne Kaugummiblase, und Anthony war überzeugt, die Blase würde gleich platzen und sich über ihr Gesicht legen. Aber Maggie wartete, bis die Blase kaum noch Luft hatte, saugte sie dann gekonnt wieder ein und war bereit, den Vorgang zu wiederholen. »Nee«, antwortete sie kauend. »Nichts.« Sie ließ Anthony keine Sekunde aus den Augen.

»Gar nichts?« Ein bisschen enttäuscht war er schon.

»Sie ist bei der Arbeit.«

Joys weiche Haare, ihr Schlüsselbein ... Der Rest – oh der ganze Rest! Die Dinge, die er getan hatte, die Dinge, die er noch tun wollte, gingen ihm durch den Kopf.

»Na gut, dann passt es später sicher besser.« Anthony deutete auf die Blumen. »Aber ich glaube, du solltest sie ins Wasser stellen.« Um ein Haar hätte er *wir* gesagt, biss sich jedoch in letzter Sekunde auf die Lippen. Das klang überheblich.

»Bin schon dabei«, erwiderte Maggie, hüpfte von der Theke und nahm den Strauß an sich.

»Ich glaube, da drin ist ein Päckchen mit Blumennahrung.« Am Anfang ihrer Ehe hatte Anthony für Cassie jeden Freitagabend frische Blumen gekauft, er wusste, wie man einen Strauß zu versorgen hatte. Als Cassie dann angefangen hatte, mit Glen Manning ins Bett zu gehen, hatte er aufgehört mit den Blumen. Vielleicht war es auch andersherum gewesen. Vielleicht hatte Cassie angefangen, mit Glen Manning zu schlafen, weil Anthony aufgehört hatte, ihr Blumen mitzubringen.

Maggie hatte bereits das Päckchen aufgeschnitten und die Blumennahrung in einer Vase voller Wasser aufgelöst. »Alles erledigt«, sagte sie.

»Na dann. Bye, Maggie. Bye, Pickles.«

Widerwillig verließ er das Haus. Und das Mädchen mit der lila Haarsträhne drehte die Musik wieder auf und würdigte ihn keines weiteren Blickes.

Als er sein Rad aufrichtete, das am Zaun lehnte, klingelte sein Telefon. *Joy*, dachte er und nahm das Gespräch an, ohne aufs Display zu schauen. Doch es war seine Mutter.

»Du hast mich gar nicht zurückgerufen, Anthony. Ich dachte, wir wollten reden.«

»Tut mir leid. Worüber wolltest du reden?« Er klemmte das Telefon zwischen Ohr und Schulter und schob das Rad neben sich her.

»Dein Vater ist auf Lesereise«, sagte Dorothy. »Er ist in Madison, Connecticut.« Als Anthony klein gewesen war, hatte er sich immer gefreut, wenn sein Vater auf Lesereise ging und er mit seiner Mutter allein war. Sie aßen gegrillte Käsesandwiches zum Abendessen und spielten endlos Spit und Mau-Mau. Sogar das Haus schien aufzuatmen, befreit von Leonards Ansprüchen, Leonards Stundenplan, Leonards schweren Schritten.

Durchs Fenster sah Anthony Maggie tanzen und mitsingen. Wenn er die Ohren spitzte, konnte er sogar die Musik bis nach draußen hören. Ein kluges, lustiges Inselmädchen mit offenem Herzen.

»Mom?«, fragte Anthony. »Wolltest du über etwas Bestimmtes mit mir sprechen?« Es war unmöglich, gleichzeitig zu fahren und zu telefonieren.

»Ja«, antwortete sie. »Ich möchte über ein bestimmtes Thema mit dir sprechen, aber das dauert bestimmt ein bisschen länger. Wenn du jetzt keine Zeit hast… dann eben ein andermal.«

»Okay«, sagte er. »Dann lieber ein andermal. Bist du sicher, Mom?«

»Ja, ein andermal«, wiederholte sie. »Bald.«

Kapitel 20
Lu

Lu las die Mail zweimal, ehe sie glauben konnte, dass es wahr war. Eine Literaturagentin namens Abigail Knowles aus Manhattan wollte mit *Dinner by Dad* ein Kochbuch zusammenstellen und den Entwurf den Verlagen vorstellen.

Ich kenne einen Verlag, dem die Idee bestimmt schmecken wird – diesen Satz las Lu immer wieder. Alle großen Blogger veröffentlichten Kochbücher. Ein seriöses Kochbuch steigerte das Ansehen enorm. Inzwischen hatte Abigail Knowles eine zweite Mail mit weiteren Details geschickt. Sie liebte die Kohlezeichnungen, die *Dinner by Dad* von seiner Familie postete. Sie liebte es, dass er ein Rätsel war und zugleich auch wieder nicht. Sie hatte das Gefühl, ihn zu kennen, und sie war sicher, dass Millionen von Amateurköchinnen und -köchen das Gleiche empfanden.

»Freu dich nicht zu früh«, schärfte Lu sich warnend ein. Mit guten Nachrichten musste man vorsichtig sein – man musste sie behutsam entgegennehmen wie Glasschmuck, denn sie waren genauso zerbrechlich. *Gute Nachrichten sind für andere Leute*, sagte Lus Mutter immer, was in ihrem Fall leider meistens stimmte.

Nancy hatte Chase und Sebastian in den »Old Post Office Bagel Shop« ausgeführt. In mancher Hinsicht war es ja ganz praktisch, eine jederzeit verfügbare Schwiegermutter zu haben. Ein paar Minuten saß Lu draußen auf der Veranda, genoss die Mail und fragte sich, wie es wäre, Jeremy anzurufen oder ihm eine SMS zu schicken: *Du wirst nicht glauben, was passiert ist!*

In diesem Augenblick hielt Anthony auf dem klapprigen alten Fahrrad, auf dem sie ihn am Vorabend hatte wegfahren sehen, vor dem Cottage nebenan. Sie hatte sich schon überlegt, wo er wohl hinwollte, ihn jedoch nicht gefragt. Gestern war sie schlecht gelaunt gewesen, die Jungs waren anstrengend, es war heiß, sie hatte nicht genug Arbeit erledigen können. Doch jetzt trug sie die Mail von Abigail Knowles mit sich herum wie ein Geschenk, das sie noch nicht ganz ausgepackt hatte.

»Hallo! Hi!«, rief Lu und winkte, bis Anthony sich endlich umdrehte.

Er erwiderte ihr Winken. Sie konnte nicht umhin festzustellen, dass er dasselbe anhatte wie am Tag zuvor. Natürlich trug er sowieso immer ein graues T-Shirt, die karierten Shorts jedoch waren unverwechselbar. Auf dem College hätte man seine Heimkehr als »Walk of Shame« bezeichnet – wenn man die Nacht anderswo verbracht hatte und am nächsten Morgen in den gleichen Klamotten nach Hause schlich, in denen man weggegangen war. Schön für ihn, wenn es so war.

»Seit wann fährst du denn auf dem Rad durch die Gegend?«, rief sie.

Er verzog das Gesicht und kam näher. »Das Auto hat den Geist aufgegeben und musste abgeschleppt werden.« Aber er sah nicht im Geringsten genervt aus. Genaugenommen wirkte er sogar ganz schön glücklich. Er lächelte viel herzlicher und offener, als sie es bisher bei ihm gesehen hatte. Wenn er so lächelte, sah er irgendwie vertraut aus – hatte sie sein Gesicht irgendwo schon einmal gesehen?

»Weißt du«, sagte sie, »ich werde das Gefühl nicht los, dass ich dich irgendwoher kenne.«

Fast unmerklich veränderte sich sein Lächeln. »Das bezweifle ich. Anscheinend habe ich ein Gesicht, das den Leuten oft bekannt vorkommt. Das passiert mir dauernd. Ich sehe aus wie ein Onkel oder der Tierarzt oder der Typ im Supermarkt, der die Einkaufswagen einsammelt …«

»Nein«, entgegnete Lu nachdenklich. »Warte mal, ich bin echt gut bei so was, ich muss mich nur konzentrieren.« War er der Exfreund von einem der Mädchen, mit denen sie nach dem College zusammengewohnt hatte? Charakterdarsteller in einer Netflix-Serie? Medizinerfreund von Jeremy? Nein, nein und nein. Moment mal. »Hast du schon mal als Barkeeper gearbeitet?«

Er schüttelte den Kopf. »Nein, nie.«

»Hm.« Sie kam näher und betrachtete ihn mit zusammengekniffenen Augen, als wäre er ein Objekt im Kunstmuseum. Dann seufzte sie. »Das macht mich ganz verrückt. Es fühlt sich so an, als hätte ich mal ein Bild von dir gesehen. In einer Zeitschrift oder so.«

»Seltsam«, meinte er, und sein Lächeln wurde etwas blasser. »Keine Ahnung. Hör zu, war sehr nett, ein bisschen zu plaudern, aber ich muss …«

»Es war in einer Zeitung!«, rief Lu. »Ein Foto in der Zeitung, ganz sicher.«

Anthony schien in sich zusammenzufallen, sein Lächeln verschwand gänzlich.

»Kann das sein? Hast du vielleicht eine Zeitungskolumne oder so?«

Sie spürte, dass in ihm ein Kampf stattfand. Schließlich deutete er auf die beiden Schaukelstühle auf der Veranda und sagte: »Kann ich mich einen Moment zu dir setzen?«

»Natürlich, gern!« Sie gestikulierte zu den Stühlen, und sie setzten sich nebeneinander. Sie begannen langsam und im gleichen Takt zu schaukeln, als wären sie ein altes Ehepaar.

»Ich erzähle dir jetzt etwas«, sagte er. »Aber du musst versprechen, dass du es niemandem verrätst.«

»Ja«, sagte sie. Auch er war also ein Mensch mit einem Geheimnis – sie waren verwandte Seelen. »Ich schwöre es. Du hast meinem Sohn das Leben gerettet, das werde ich dir nie vergessen.«

KAPITEL 21 | ANTHONY

THE NEW YORK TIMES

Nachdem bekannt wurde, dass Passagen von Anthony Pucketts zweitem Roman »Simons Fels« aus einem wenig bekannten, 1951 veröffentlichten Roman des irischen Autors Lieran O'Dwyer abgeschrieben sind, verwirft MacSimon Brown den Plan, 250 000 Exemplare des Buchs zu drucken.

Der lange erwartete zweite Roman von Anthony Puckett, dessen Erstling »Ein Raum im Inneren« vor fünf Jahren siebenunddreißig Wochen auf der Bestsellerliste der New York Times stand, sollte im Juni dieses Jahres veröffentlicht werden. Puckett ist ebenfalls Autor eines Kurzgeschichtenbands mit dem Titel »Die Versuchung des Adam«.

Mr. Puckett ist der Sohn des internationalen Bestseller-Thriller-Autors Leonard Puckett, dessen Romane in über vierzig Sprachen übersetzt und weltweit über 200 Millionen Male verkauft wurden.

Charles Graydon, Leiter von MacSimon Brown, sagte in einem Statement, der Verlag nehme die Angelegenheit sehr ernst. »Wir haben uns sehr darauf gefreut, Mr. Pucketts zweiten Roman herausbringen zu dürfen, und bedauern es sehr, dass wir dazu nun keine Möglichkeit mehr sehen.«

Einige Beobachter spekulieren, dass der Druck, nach seinem Debüt ein zweites, ebenso erfolgreiches Buch zu produzieren, das ihn womöglich auf ein Niveau mit seinem Vater bringen würde, einfach zu groß war und den jungen Autor in die Enge trieb.

Andere Angehörige des Verlagsgewerbes nahmen die Vorwürfe mit etwas mehr Humor zur Kenntnis. »Ich wette, wenn man zwanzig Bücher prüfen würde, würde man bei mindestens sechs von ihnen irgendeine Art geistigen Diebstahls vorfinden«, meinte Shelly Salazar, freie PR-Agentin aus Manhattan, die ihren Angaben zufolge bereits mit mehreren Erfolgsautoren und -autorinnen zusammengearbeitet hat. »Vielleicht auch sieben. Ich meine, jetzt mal im Ernst. ›Simons Fels‹ ist ein tolles Buch. Und Anthony Puckett hat fast jedes Wort davon selbst geschrieben.«

»Von einem gewissen Maß an Nachahmung muss man im Veröffentlichungsprozess ausgehen«, meinte auch Richard Posner, ehemaliger Richter am Berufungsgericht des siebten Bezirks von Chicago und Autor von »Das kleine Buch der Plagiate«. Posner räumte ein, dass diese Praxis in wissenschaftlichen Veröffentlichungen häufiger vorkomme als in Romanen. »Akademiker haben besonders viel mit Plagiaten zu tun«, sagte Posner, »denn es ist häufig schwierig, in der akademischen Welt etwas zu veröffentlichen, ohne dabei auf zuvor veröffentlichte Werke zurückzugreifen.« Bei Romanschriftstellern sind Plagiate seltener, jedoch ist es zugleich auch komplizierter, einen dahingehenden Vorwurf zu entkräften, vor allem in einem Fall wie dem von Mr. Puckett, in dessen Buch ganze Sätze und Abschnitte Wort für Wort kopiert wurden.

Letzten Endes belaufen sich die plagiierten Passagen in einem Buch von 120 000 Wörtern auf etwas weniger als 1200 Wörter. Mr. Puckett hat auf keinen Versuch, ihn telefonisch zu erreichen, reagiert und das Geschehen bisher nicht kommentiert. Der Verlag verweigert jede Auskunft darüber, in welchem Umfang Mr. Puckett um eine Rückerstattung der viel diskutierten, angeblich im Zwei-Millionen-Bereich liegenden Vorauszahlung gebeten wurde. Thomas P. Campbell, ein in Manhattan ansässiger Anwalt, der sich auf Plagiatsfälle spezialisiert, spekuliert allerdings, dass MacSimon Brown den größten Teil, wenn nicht sogar den Gesamtbetrag zurückfordert.

Leonard Puckett, dessen neunundfünfzigster Roman im Juni herauskommen soll, war für eine Stellungnahme nicht erreichbar. Die Nachlassverwaltung von Mr. O'Dwyer, der 1998 in Castlebar im irischen County

Mayo verstorben ist, wollte ebenfalls keinen Kommentar zu den Vorwürfen abgeben. Das fragliche Buch, »Die Zeit wird kommen«, O'Dwyers fünfter und letzter Roman, verkaufte weniger als 5000 Exemplare weltweit. Es ist nicht bekannt, wie Mr. Puckett auf das Werk von Mr. O'Dwyer aufmerksam geworden ist, dessen Popularität auf ihrem Höhepunkt zwar beträchtlich war, sich jedoch größtenteils auf sein Herkunftsland beschränkte.

Ebenso wenig ist bekannt, wie das Plagiat entdeckt wurde. Anrufe bei Leonard Pucketts Verlagshaus blieben unbeantwortet.

Der Artikel erschien zusammen mit Anthonys Autorenfoto, auf dem er an einer Holzwand lehnte, die vielleicht aussehen sollte wie von einer alten Scheune, und auf dem er ziemlich blasiert wirkte. Genaugenommen sogar wie ein Arschloch. Obendrein lächelte er. Was für den Schutzumschlag eines Buchs natürlich vollkommen in Ordnung war, jedoch nicht zu einem Artikel passte, der sich mit seiner großen Blamage befasste. Eigentlich hätte Anthony es nicht einmal als Foto für den Schutzumschlag gewollt, ihm wäre es lieber gewesen, man hätte eines verwendet, auf dem er ernster, nachdenklicher und irgendwie literarischer wirkte. Aber Cassie hatte auf einem neuen Foto bestanden und auch auf dem Lächeln. »Du bist ein Star, Anthony, und musst deiner Rolle gerecht werden!« Ihrer Meinung nach wirkte er auf dem neuen Foto wie ein »Schriftsteller zum Anfassen«.

Wenn Anthony das Foto jetzt ansah, wurde ihm schlecht. Da half es nicht mal, seine Gefühle in Romanform aufzuschreiben, doch er versuchte es trotzdem: *Anthony Puckett durchschaute sein blödsinniges Grinsekatzen-Lächeln bis hinein in das schwarze Herz, das darunter pochte.*

Teil 3

Juli

Kapitel 22

Joy

Einer von Joys Lieferanten, der fünfzig Pfund Butter von einer Farm in Vermont schicken sollte, hatte die Fähre verpasst, und Joy war leicht panisch. Drohend rückte das Bild von Bridezilla in ihr Blickfeld; vor dieser Hochzeit hatte Joy noch einige weitere Großaufträge zu erfüllen. Zwar gab sie sich dem Lieferanten gegenüber alle Mühe, cool zu bleiben, denn für gewöhnlich plante sie an beiden Enden einen Puffertag ein – das war auf einer Insel immer ratsam –, aber aufgebracht war sie schon, daraus machte sie auch dem Molkereimanager Geoffrey Billings gegenüber kein Hehl.

»Ich bring das wieder in Ordnung, Joy«, versprach er. »Sie wissen ja, wie sehr wir die Geschäftsbeziehung zu Ihnen schätzen. Ich sehe mal, ob wir eine Ersatzlieferung zusammenkriegen und gleich zum nächsten Termin rausschicken können.«

Joy hatte Geoffrey Billings nie persönlich kennengelernt, und wenn sie mit ihm telefonierte, was ziemlich oft vorkam, stellte sie ihn sich immer in Latzhosen eines Farmers vor, gerade vom Melkschemel aufgestanden. Natürlich wusste sie, dass das Melken komplett maschinell erledigt wurde und Geoffrey wahrscheinlich in einem ganz normalen Büro saß – umgeben von Rechnungen und Kaffeebechern und Bildern von seinen Enkeln beim Schwimmtreffen – und mit tatsächlicher Farmarbeit nicht mehr zu tun hatte als Joy selbst.

»Ich halte ja sehr viel von Ihren Produkten, Geoff«, erwiderte Joy. Das stimmte auch. Mit der Butter aus Vermont schmeckten die Pies sofort noch viel besser. »Aber das darf nicht noch mal passieren. Im Sommer schon gar nicht.«

Wenn sie sich so am Telefon reden hörte, so streng und geschäftsmäßig, musste sie immer an ihren Vater denken, der den größten Teil ihrer Kindheit damit verbracht hatte, jemanden wegen irgendwas zusammenzustauchen – der Kompressor war nicht rechtzeitig gekommen, der Rohrbieger war überteuert. Schon seltsam, dass man manchmal dachte, man hätte die Vergangenheit hinter sich gelassen, wenn doch ein Teil von ihr stets mitreiste als eine Art blinder Passagier.

»Ich kümmere mich um die Sache«, versprach Geoff. »Geben Sie mir zehn Minuten, ich rufe zurück.«

»Fein. Ich bin noch zwanzig Minuten da«, antwortete Joy ernst und wahrheitsgemäß, denn sie würde am Nachmittag nicht mehr in ihrem Büro sitzen.

Ihr Handy piepte. Sie hatte sich das Vogelzwitschern ausgesucht, weil sie dachte, das wäre friedlich und entspannend, aber sie zuckte jedes Mal vor Schreck zusammen. Als sie jedoch sah, dass die Nachricht von Anthony war, breitete sich ein Lächeln auf ihrem Gesicht aus.

Hast du nachher Zeit?

Sie machte sich daran, zu antworten. Wenn sie an die Nacht vorgestern dachte, wurde sie tatsächlich rot. Das war ihre irische Seite, das Erbe ihrer Mutter – die portugiesische errötete nicht so leicht.

Gestern hatte Anthony ihr Blumen gebracht und bei Maggie hinterlassen. Dustin hatte ihr nie Blumen gekauft. Nicht ein einziges Mal. An ihrem Hochzeitstag sollte er zusammen mit zwei seiner Bandmitglieder beim Floristen die Bestellung abholen, die Joys Mutter dort aufgegeben und bezahlt hatte, und nicht mal dazu war er imstande gewesen. Man hatte ihm versehentlich die Blumen für eine Beerdigung gegeben, und er hatte es nicht einmal gemerkt!

Rechnungen, ermahnte sich Joy. *Während du auf Geoff Billings' Rückruf wartest, solltest du lieber an deine Rechnungen denken. Nicht an Anthony.*

Was war nur in sie gefahren, dass sie eine Beziehung mit einem Wildfremden anfing? Nach der Arbeit musste sie Pickles ausführen und sich kurz bei Bridezillas Mutter melden und Orangensaft kaufen und Holly zurückrufen und sich ein Abendessen für Maggie ausdenken. Joy hatte keine Zeit, überhaupt keine, also ignorierte sie die Nachricht.

Dann dachte sie an seine Augen. Seine Rückenmuskeln. Wie er ihr die Haare aus der Stirn strich … Sie dachte an seine Daumen.

Nein, es war bloß ein One-Night-Stand, weiter nichts. Und das war in Ordnung. Darauf hatte sie ein Recht. Schließlich war Sommer! Sie war erwachsen, sie hatte einen kleinen Schwips gehabt.

Joys Büro war eigentlich kein Büro, sondern lediglich eine Ecke in der Küche des Cafés, in der sie ihren Schreibtisch und ihre Aktenschränke aufgestellt hatte, gleich daneben wurde gebacken. Momentan erklärte Olivia Rossi dort den beiden neu eingestellten Collegekids, wie man die Pies füllte. Wenn die Saison richtig in Gang kam, würde Joy die zusätzliche Arbeitskraft brauchen.

»Das sieht vielleicht ganz einfach aus, ist es aber nicht«, sagte Olivia gerade. Sie war die einzige Person in Joys Bekanntenkreis, die mit einem Haarnetz gut aussah. »Es ist kein Kinderspiel, jeden Pie mit genau der gleichen Menge zu befüllen.« Joy lächelte. Olivia war erst sechzehn, aber sie hatte schon letzten Sommer für Joy gearbeitet und war gewissenhaft. Wer wollte da noch behaupten, der jüngeren Generation fehle es an Arbeitsmoral?

Maggie managte die Theke, hatte Joy jedoch bereits mitgeteilt, dass sie wegen ihres neuen Jobs nicht mehr so häufig zur Verfügung stand. Joy erzählte ihr nicht, dass Lu ihr gesagt hatte, dass sie nur hie und da ein bisschen Unterstützung brauchte und nicht etwa eine Nanny.

Joy gab sich alle Mühe, Frauen wie Lu, die den ganzen Tag mit ihren Kindern am Strand verbrachten, während ihr Ehemann mit der Fähre zur Arbeit fuhr, nicht zu verabscheuen – schließlich waren das genau die Frauen, die bei »Joy Bombs« locker zehn Dollar und mehr ausgaben. Nur wenn sie rumjammerten, wie schwer sie es hatten – das brachte Joy zur Weißglut.

»Ich freu mich total über den Job«, hatte Maggie gesagt, nachdem Lu und Joy sich getroffen hatten. »Lu ist so nett, und die Jungs sind supersüß. Anscheinend verbringt Lus Mann fast die ganze Zeit im Krankenhaus, sie ist ständig allein und braucht echt Hilfe.«

Ich bin seit zehn Jahren allein, seit Dustin gegangen ist, dachte Joy. *Ich hätte auch Hilfe brauchen können*. Ihre Familie, die so eng verbunden war, solange sich alle innerhalb eines Zehn-Meilen-Radius befanden, war traurig gewesen, als Joy auf die Insel zog, doch sobald sie außer Sichtweite war, hatten sie sie mehr oder weniger vergessen.

»Findest du Lu nicht nett?«, hatte Maggie gefragt.

»Doch, definitiv.« Joy hatte sich dabei auf die Zunge gebissen. Maggie war ehrlich begeistert, und zurzeit gewährte sie nicht sehr oft Einblicke in ihre Gefühlswelt, und wenn Joy nicht richtig reagierte, würde sie sich sofort wieder zurückziehen.

Als Maggie jetzt in Joys Büro kam, waren die Schotten jedenfalls dicht. »Kann ich bei Riley übernachten?« Ihre Tochter reckte das Kinn, wie sie es schon mit drei Jahren gemacht hatte, wenn sie die Süßkartoffeln nicht probieren wollte.

Joy musterte sie mit zusammengekniffenen Augen und fragte: »Wer ist an der Theke?«

»Niemand«, antwortete Maggie. »Wenn ich die Klingel höre, geh ich raus. Also, kann ich?«

»Du warst doch erst vorgestern da. Warum bleibst du nicht zur Abwechslung eine Nacht daheim? Wir könnten uns mal wieder ›Pitch Perfect‹ anschauen. Und ich mache Karamellpopcorn dazu.«

Maggies Augen wurden schmal. »Ich wusste, dass du Nein sagen würdest«, sagte sie böse.

»Ich hab nicht Nein gesagt! Ich hab nur gesagt, du bist …« Joy hatte keine Chance, den Satz zu vollenden, denn Maggie fiel ihr mit erneutem »Ich wusste es!« ins Wort und dampfte ab.

»Was ist denn los, Mags?«, flüsterte Joy. So viele Jahre waren Maggie und sie ein Team gewesen – zusammen gegen den Rest der Welt. Doch jetzt war ein Gespräch mit ihrer Tochter manchmal das reinste Minenfeld.

Joys Telefon piepte wieder. Anthony.

Was meinst du? Wir machen irgendwas Sommerliches. Und du zeigst mir die Insel.

Dann stand Maggie wieder vor ihr. »Also, kann ich jetzt oder nicht?«, wollte sie wissen.

Joy nahm erst ihr Telefon und schrieb: *Ich bin dabei. Sobald ich hier fertig bin, melde ich mich,* dann fasste sie sich, so gut sie konnte, in Geduld und lächelte ihre Tochter an. »Na klar, mein Schatz. Du hast ja so nett gefragt. Natürlich kannst du bei Riley übernachten.« Eigentlich sollte es ein Witz sein, aber der Ton stimmte nicht, und sie sah sofort, dass Maggie irritiert war.

Ihr Telefon klingelte. Ohne aufs Display zu schauen, meldete sie sich: »Joy Sousa.« Dann hörte sie die Glocke, jemand war in den Laden gekommen, und sie winkte Maggie, nach vorn zu gehen. Der Anrufer war Geoff Billings, und er hatte keine guten Neuigkeiten. Er würde keinen Ersatz liefern können, weil ein Mitarbeiter Joys Bestellung irrtümlich schon einem anderen Kunden versprochen hatte. Statt zwei Tage später würde die Butter fünf Tage später kommen.

»Fünf Tage?« Joy schloss die Augen und holte tief Luft. Die nächste Woche musste sie völlig neu planen. Sie würde mit der Produktion in Rückstand kommen, und am Montag musste sie drei große Bestellungen nach Boston liefern. Und wenn keine Whoopie-Pies da waren, würden die Leute womöglich zur »Roving Patisserie« und den Macarons abwandern.

»Das ist inakzeptabel, Geoff«, sagte sie. Es klang scharf, und sie dachte: *Ist ja auch richtig so.* »Ich muss ein paar Dinge klären. Melde mich.« Möglicherweise musste sie sich einen neuen Lieferanten suchen. Oder sich eigene Kühe anschaffen! Sie beendete das Gespräch und ließ den Kopf auf den Schreibtisch sinken. Joy musste den Wunsch unterdrücken, in der Zeit zurückzureisen, als sie noch keine Ahnung von dem ganzen Stress gehabt hatte, den man sich mit einem Geschäft, einer Mieterhöhung und einer pubertierenden Tochter anlachte.

Vielleicht hätte sie damals wirklich wieder in die Nähe ihrer Familie ziehen sollen. Gerade wollte sie sich kopfüber in einen riesigen Bottich Selbstmitleid stürzen, als sie eine Berührung im Nacken spürte. Erschrocken blickte sie auf. Anthony. Joy wurde ganz warm.

»Hey«, sagte er. »Ich hab beschlossen, hier zu warten. Maggie hat mir gesagt, dass ich dich an deinem Schreibtisch finde. Aber du siehst aus, als wäre irgendwas passiert. Kann ich was tun?«

Plötzlich war Joy den Tränen nahe, dabei war es überhaupt keine gute Idee, vor dem Mann, mit dem man gerade geschlafen hatte, zu weinen – man war sofort als psychisch labil abgestempelt. Trotzdem. Sonst fragte sie das nie jemand. Vier einfache Worte. *Kann ich was tun?*

Sie hob ihm das Gesicht entgegen. Aus irgendeinem Grund roch Anthony nach all ihren Lieblingsdüften: Zimt, Vanille, Muskat. Vielleicht fühlte sie sich zu ihm hingezogen, weil er wie eine Bäckerei roch? Gab es so etwas wie Whoopie-Pie-Pheromone? Als er sich zu ihr beugte, um sie zu küssen, sah sie sich nicht einmal um, ob Olivia Rossi oder die neuen College-Kids womöglich zuschauten. Auf einmal war ihr das vollkommen gleichgültig.

Kapitel 23
Anthony

Da Joy noch ein paar Dinge zu erledigen hatte, den Hund ausführen musste und Anthonys Cottage auf dem Weg lag, schlug sie ihm vor, ihn in neunzig Minuten mit dem Jeep abzuholen. Als sie vorfuhr, hupte sie zweimal kurz, doch er stand ohnehin schon am Fenster und hätte das Signal nicht gebraucht.

»Hey«, begrüßte sie ihn lächelnd. »Steig ein. Unser Ziel ist ganz nah.« Das Verdeck war offen. Die Sonne schien immer noch.

Anthony schnallte sich an, doch auf einmal fühlte er sich ganz schüchtern. Als wäre er auf einem Highschool-Date, aufgeregt, nervös, unsicher, er schwitzte beinahe. Dann entdeckte er in der kleinen Tasche an der Tür des Jeeps auch noch einen Lippenpflegestift mit Kirschgeschmack, ein Päckchen Spearmint-Kaugummi und Taschentücher. Die Lippenpflege erinnerte ihn noch mehr an die Highschool, an seine erste Freundin, die exzessiv davon Gebrauch gemacht hatte.

An einem großen, gelben Farmhaus bog Joy in eine schmale Straße ein. Zwar war Anthony hier schon oft langgegangen, war aber weder auf das Haus noch auf die Abzweigung aufmerksam geworden. Kurz darauf kamen sie zu einem Parkplatz mit einem Schild *CLAY HEAD TRAIL*.

»Machen wir eine Wanderung?«, erkundigte er sich etwas skeptisch – barfuß in Sneakern, mit langärmeligem Karohemd über seinem üblichen grauen T-Shirt war er dafür eigentlich nicht passend angezogen.

»Nur eine ganze kleine«, antwortete Joy. »Eigentlich bloß einen Spaziergang.« Sie nahm ihren Rucksack und deutete nach Osten. »Das Meer ist da drüben, du wirst es allerdings erst sehen, wenn wir direkt davorstehen. Die Wege schlängeln sich mal hierhin, mal dorthin. Hier gibt es jede Menge Zugvögel, und wenn wir Glück haben, kriegen wir vielleicht einen Gelbkronen-Nachtreiher zu Gesicht. Sie haben so ein Federbüschel am Hinterkopf und sehen aus wie Männer, die eine Glatze kriegen.«

»Angeblich sollen Nachtreiher viel cooler sein als Tagreiher«, sagte Anthony und hielt die Luft an. Der bescheidene Witz war ein Risiko – in den letzten sechs Monaten hatte er nicht nur das Lachen aufgegeben, sondern auch jeden Versuch, andere zum Lachen zu bringen. Aber Joy lachte tatsächlich, und er konnte wieder ausatmen.

Der Weg war wirklich kein bisschen anstrengend, Joy hatte die Wahrheit gesagt – ein weiterer Pluspunkt für sie. Nach ungefähr einer Drittelmeile kamen sie an eine Gabelung, und Joy zögerte. »Lieber unten?«, fragte sie. »Oder oben?«

»Oben«, antwortete Anthony, und bereute es sofort, denn er neigte zu Höhenangst, und der Weg schlängelte sich noch eine Weile, stieg dann jedoch kräftig an, bis sie schließlich auf einem Felsvorsprung mit Blick übers Meer standen. Joy deutete hinunter auf das Gewirr von Wegen, die vom Wasser wegführten. »Man kann hier endlos herumspazieren«, sagte sie. »Aus diesem Grund nennt man die Gegend auch das ›Labyrinth‹.« Sie deutete in die andere Richtung. »Und wenn du dort runterschaust – siehst du? Da ist das North Lighthouse, zu dem man auch kommt, wenn man die Corn Neck Road bis ganz zum Ende langfährt, das Auto abstellt und über die Felsen zu Fuß weitergeht. Das hier«, sie stampfte mit dem Fuß, »ist alles Tonerde, Clay, daher die Bezeichnung des Wegs. Früher hat Maggie hier immer kleine Tonfiguren geformt.« Einen Augenblick schien sie in Erinnerungen versunken, deshalb schwieg Anthony und genoss die Aussicht, obgleich er es sorgfältig vermied, direkt nach unten zu schauen.

Doch wenn er sich die kleine Maggie mit ihren Tonfiguren vorstellte, musste er lächeln. Ob sie wohl damals schon bunte Haare und eine Vorliebe für witzige T-Shirts gehabt hatte? Durchaus möglich. Dann stellte er sich Joy beim Herumklettern mit ihrer Tochter vor. Ob sie die ganze Zeit daran gedacht hatte, dass sie, wenn irgendetwas passierte, ganz allein für sie sorgen musste? Bestimmt war das oft schwierig und beängstigend gewesen.

In den letzten scheußlichen Tagen ihres Zusammenlebens hatten er und Cassie nicht einmal mehr Hallo zueinander gesagt – selbst Höflichkeitsfloskeln waren abgeschafft. Cassie hatte angefangen, über Max mit ihm zu kommunizieren: *Schau mal, Max! Daddy schenkt sich schon wieder Wein ein.* Irgendwann machte Anthony mit: *Max, kommt Mommy gerade von einem Treffen mit ihrem Kunsthändler? Das war ein ganz schön langes Treffen, oder nicht?* Natürlich flogen die in ihren Worten versteckten Pfeile über Max' Kopf hinweg, aber ihr Verhalten als Eltern war trotzdem nicht richtig gewesen.

»Schau mal!«, rief Joy. »Da unten, am Strand. Siehst du das? Ein Seehundbaby!«

Dankbar, dass sie ihn aus seiner Grübelei holte, wappnete Anthony sich und spähte vorsichtig zum Strand hinunter, konnte jedoch nur einen Haufen grauer Felsbrocken entdecken. »Ich sehe nichts.«

»Dort!«, beharrte Joy.

Anthony starrte angestrengt in die Richtung, in die sie zeigte, und plötzlich sah er, dass sich einer der kleineren Felsen etwas schwerfällig aufs Wasser zubewegte. »Tatsächlich!«, rief er. »Wie alt ist das Kleine wohl? Hoffentlich kommt es hier draußen allein klar«, meinte er besorgt.

Joy überlegte. »Schätzungsweise sechs Wochen. Mindestens. In dem Alter sind die Jungen noch sehr anhänglich, aber die Seehundmutter findet das eher lästig.« Leise fügte sie hinzu: »Und bei mir ist es das krasse Gegenteil.«

»Wie kommt es, dass du so viel über Seehunde weißt?«

Mit einem Achselzucken, das Anthony extrem sexy fand, antwortete sie: »Der Seehund ist immerhin ein Nationaltier unseres Bundesstaats«, sagte sie. »Wenn man hier wohnen will, muss man über ihn Bescheid wissen.«

Eine Weile standen sie so auf der Klippe und beobachteten den kleinen Seehund. In seinen unbeholfenen Vorwärtsbewegungen lag so viel Optimismus, dass auch Anthony auf einmal Hoffnung in sich spürte. *Los geht's, mein Mädchen*, dachte er. Das Geschlecht des Tieres war wild geraten, doch die Empfindung stimmte. Sollte nicht jeder Gestrandete die Chance bekommen, sich einen Weg zurück ins Wasser zu suchen? Auch er? Sicher, er hatte einen Fehler begangen und geglaubt, was er getan hatte, wäre unverzeihlich. Doch vielleicht stimmte das gar nicht. Anthony griff nach Joys Hand und merkte, dass sie ihre im gleichen Augenblick nach seiner ausstreckte. Der Schwindel, den er jetzt empfand, war belebend, aufbauend.

»Was machst du nachher?«, flüsterte er.

»Ich bin frei«, antwortete sie. »Frei wie ein Nachtreiher.« Sie drückte sich an ihn und ließ ihre Hand über seinen Rücken wandern, hinauf zum Nacken. Joys Hände waren klein, aber irgendwie schienen sie ihn sicher festzuhalten.

Kapitel 24

Joy

Die nächsten dreieinhalb Wochen gehörten zu den besten Sommerwochen, die Joy jemals erlebt hatte, und das umfasste sogar den Sommer, in dem sie sechzehn geworden und mit Tad Formosa befreundet war, der Sommer, in dem die Großmutter ihrer besten Freundin Krista ihnen erlaubt hatte, ihr unbewohntes Haus am Craigville Beach in Centerville zu nutzen.

Lag es am Sex? Vielleicht. Ja, Sex spielte definitiv eine Rolle, das wollte sie nicht leugnen. Aber es waren noch viele andere Dinge.

Als sie und Anthony den Clay Head Trail ein zweites Mal entlanggingen, entdeckten sie tatsächlich einen Krabbenreiher. »Er gehört zu den bedrohten Tierarten«, sagte Joy und fühlte sich, als hätte sie den Reiher persönlich zur Welt gebracht. Sie fuhren mit den Rädern die Corn Neck Road entlang und wanderten im Sonnenuntergang zum North Lighthouse und küssten sich am Settler's Rock. Joy konnte ihr Glück kaum fassen – sie hatte sich schon immer gewünscht, jemanden genau an diesem Ort zu küssen.

Maggie brachte Anthony das Muschelsuchen bei. Alle Kids auf der Insel konnten nach Muscheln graben, und Anthony war sehr beeindruckt. Obwohl er behauptete, keinerlei Erfahrung mit Hunden zu haben, war er ein super Hundeausführer, und Pickles hatte ihn inzwischen bedingungslos ins Herz geschlossen. Er reparierte ein Scharnier an Joys Küchenschrank, das seit Monaten lose war. Joy hätte das zwar auch selbst machen können, war jedoch aus irgendwelchen Gründen nie dazu gekommen.

Anthony sprach nicht viel über sein Leben vor der Insel und auch nicht über seine Pläne. Joy drängte ihn nicht. Sie wusste, dass Inselaufenthalte oft von kurzer Dauer waren, dass man einen Teil von sich einfach zurücklassen und vergessen durfte, wenn man sich dem Hafen näherte. Hatte sie nicht das Gleiche gemacht vor all den Jahren?

Eines Tages, als Anthony in seinem eigenen Cottage übernachtete, weil Maggie Besuch von Riley hatte, wachte Joy morgens auf und streckte die Hand nach ihm aus, weil sie vergessen hatte, dass er nicht da war. Als sie seine Seite des Betts leer fand, wurde sie einen Moment panisch. *Oh-oh*, dachte sie und runzelte die Stirn. *Hast du dich etwa verliebt, Joy Sousa?*

Die Buchführung im Laden geriet in Rückstand. Als sie sich an einem Nachmittag endlich an den Schreibtisch setzte, um sie wieder auf Vordermann zu bringen, erschrak sie, wie stark der Umsatz im Vergleich zum Vorjahr gesunken war. Dabei hatte sie ständig viel zu tun gehabt. Zum Glück stand Bridezillas Hochzeit bevor, nichtsdestotrotz musste sie das Geld, das sie für Maggies College beiseitegelegt hatte, für die Mieterhöhung verwenden. Sie würde Dustin bitten müssen, etwas beizusteuern, um die Summe wieder aufzustocken.

Sie schrieb ihm eine Nachricht. *Wir müssen etwas besprechen. Ruf mich bitte an, sobald du Zeit hast.*

Zusammen mit Holly und ihrem Mann gingen Joy und Anthony im »Tiger Fish« essen, während die Mädchen sich einen *Gossip-Girl*-Marathon anschauten. Sie buchten einen Ausritt am Strand. Sie beobachteten den Mondaufgang auf Beacon Hill. Sie schlenderten durch die Stände auf dem Farmers' Market im Legion Park.

Spaß? Ja. Sex? Na klar! Liebe? Von Liebe sprachen sie nicht. Warum auch? Es war eine Sommerromanze, weiter nichts.

Doch wenn sie Anthony zum Abschied küsste oder morgens neben ihm aufwachte, erwischte Joy sich immer häufiger bei dem Gedanken *Hm, vielleicht doch*. Und irgendwann verwandelte es sich in ein *Ja*.

Kapitel 25 | Lu

Lu klopfte an Anthonys Tür. »Ich hab viel zu viel Lasagne mit Sommergemüse gemacht«, verkündete sie ohne weitere Vorrede, als er öffnete. »Und Jeremy arbeitet eine Doppelschicht. Wärst du eventuell bereit, mir zu helfen? Heute Abend?«

Die Jungs mochten nicht alle Sommergemüsesorten – Chase mied Pilze in jeder Erscheinungsform, Sebastian hatte eine Abneigung gegen Auberginen –, aber Lu selbst liebte das Gericht und wollte es um keinen Preis wegwerfen müssen. Dazu wollte sie für die Jungs ein Blech Brokkoli rösten; die Reste konnte sie am nächsten Tag ganz einfach zu einem Salat verarbeiten. »Es sei denn, du hast schon was anderes vor«, fügte sie hastig hinzu. »Aber ich glaube, Maggie hat gesagt, dass sie und Joy heute etwas zusammen machen wollten …«

»Stimmt«, bestätigte Anthony. »Sie veranstalten ein Essen mit Freunden. Danach treffen wir uns dann, aber in der Zwischenzeit komme ich sehr gern zum Essen zu dir und den Jungs.«

Wenn Lu noch für einen weiteren Erwachsenen kochte, fühlte sie sich nützlicher. In ihrem Kopf war tatsächlich die Formulierung aufgetaucht, dass sie gern *einen Mann zum Bekochen* hätte, aber ihr war klar, wie politisch unkorrekt das war, deshalb schob sie den Satz schnell wieder zurück in den Hinterkopf. Gab es vielleicht eine Bezeichnung für den Teil des Gehirns, wohin man unangemessene Gedanken verbannte? Vielleicht kannte Jeremy ihn.

Aber es ging auch nicht nur um die Lasagne. Jetzt, wo sie wusste, dass Anthony in diesem Sommer nicht nur ihr Nachbar war, der eine

Beziehung zur Mutter ihrer Babysitterin hatte, sondern dass er sich hier regelrecht versteckte und dass sein Vater kein Geringerer als der Bestsellerautor Leonard Puckett war, wollte sie mehr über ihn erfahren. Sie war schlicht fasziniert.

Als Anthony zwei Stunden später auftauchte, brachte er einen kleinen Strauß Wildblumen mit. Lu stellte die Blumen in eine Vase und schnitt die Lasagne auf. Die beiden Jungs saßen an der Küchentheke, sie und Anthony setzten sich an den kleinen Küchentisch. Chase hatte ein Essstäbchen gefunden und pickte damit sorgfältig alle Pilzstückchen aus seinem Essen.

»Also«, sagte Lu, als alle es sich gemütlich gemacht hatten, »jetzt, wo ich weiß, wer du bist, habe ich eine Menge Fragen.« Sie konnte es immer noch nicht fassen. »Ein Zimmer mit Aussicht« hatte sie gelesen, als es herausgekommen war, gleich nach der fabelhaften Kritik in der *Times*. Damals hatten alle das Buch gelesen.

»Hast du zu deinem Vater ein enges Verhältnis?«

Anthony zuckte zusammen. »Eigentlich nicht – nicht mehr.«

»Seit du Schande über den Namen gebracht hast? Chase, lass das bitte sein!« Chase hielt das Essstäbchen gefährlich nahe an die Nase seines Bruders. Gleichzeitig bemerkte Lu jedoch den Ausdruck auf Anthonys Gesicht, der zeigte, dass sie zu weit gegangen war, und sie entschuldigte sich. Leider setzte sie bei neuen Bekanntschaften eine Vertrautheit voraus, die sie sich noch gar nicht hatte verdienen können. Eine schlechte Angewohnheit.

»Schon okay, das ist nicht der Grund, nein. Unser Verhältnis wurde schon schlechter, bevor ich Schande über den Namen gebracht habe. Als ich klein war, hatten wir eine ziemlich enge Beziehung, aber in meiner Collegezeit hat sie sich irgendwie aufgelöst. Na ja, mein Dad war immer eine Ikone, weißt du. Ein Star. Jedenfalls in der Literaturbranche. Und in unserem Haus sowieso. Ich habe ihn verehrt.«

Lu nickte und spießte ein Stück Brokkoli auf ihre Gabel. Endlich konnte sie richtig mit dem Backofen und dem blitzblanken Backblech umgehen, nachdem sie sich so oft ihr eigenes Blech herbeigewünscht hatte. Die Röschen waren außen leicht gebräunt und beim Hineinbeißen noch ganz zart. Ein bisschen Meersalz dazu. Viel besser als Popcorn.

»Vermutlich geht es vielen Menschen genauso«, fügte Anthony hinzu und seufzte tief. »An irgendeinem Punkt ist mein Vater dann für mich ein normaler Mensch geworden. Vermutlich als ich selbst angefangen habe zu schreiben. Und nach dem, was Anfang des Jahres passiert ist – das heißt natürlich, nach dem, was ich getan habe –, wollte er kein Wort mehr mit mir wechseln. Anscheinend schämt er sich entsetzlich für mich.«

»Das tut mir leid«, sagte Lu.

»Ist ja meine eigene Schuld.«

»Es tut mir trotzdem leid. Obwohl ich mir auch vorstellen kann, dass es nicht leicht für ihn ist. Schließlich ist er einer von den ganz Großen. Ich lese seine Bücher schon, seit … na ja, eigentlich schon immer. Auf dem College … Mann. Manchmal hab ich eine Vorlesung geschwänzt, um zu lesen. Die Bücher haben echtes Suchtpotenzial.«

»Vielleicht hätte ich es noch schlimmer erwischen können – ich weiß ja nicht, wie es ist, Mick Jagger zum Vater zu haben. Aber heftig war es schon. Die Bücher verkaufen sich wahnsinnig gut, mein Dad verdient irre viel und hat eine Unmenge Fans. Vor ein paar Wochen war er im Fernsehen.«

»Stimmt«, rief Lu. »Hab ich gesehen.« In der Sendung gab es manchmal eine vernünftige Kocheinlage. Am Tag mit dem Leonard-Puckett-Interview hatte sie einen neuen Trick für Gazpacho gelernt – man weichte das Brot ein, ehe man es in den Mixer gab. »Er war toll! So charmant. Komisch, damals wusste ich noch gar nicht, dass er dein Vater ist.«

»Können wir aufstehen?«, fragten Sebastian und Chase wie aus einem Munde. Bestimmt hatten sie es so geplant.

»Ja, ihr könnt abschwirren«, antwortete Lu. »Aber stellt bitte vorher eure Teller in die Spüle.« Von dem gerösteten Brokkoli hatten sie eine ganz passable Portion verdrückt, bei der Lasagne allerdings noch weniger als befürchtet.

»Ich wollte immer schreiben«, fuhr Lu fort und wandte ihre Aufmerksamkeit wieder Anthony zu. »Ich vermute, deshalb ...«

Um ein Haar hätte sie sich verraten.

»Deshalb was?« Er schien ehrlich interessiert zu sein, was Lu sehr zu schätzen wusste.

»Deshalb hat mir das Jurastudium so gut gefallen«, antwortete sie geistesgegenwärtig. »Man musste sehr viel schreiben, und die meisten anderen waren genervt, aber ich fand es toll.« Was stimmte. »Im College hatte ich Englisch als Hauptfach und war hin und weg von Virginia Woolf. ›Ein Zimmer für sich allein‹ und all das.«

Er nickte anerkennend. »Gute Wahl«, sagte er. »Von einem Literaturstudenten zum anderen.«

»Im letzten Semester haben meine Mitbewohner und ich eine Katze adoptiert und sie Lily Briscoe getauft, du weißt schon, nach der Malerin aus ›Die Fahrt zum Leuchtturm‹.«

»Ach toll.« Er lachte aus vollem Herzen.

Sein Lachen fühlte sich für Lu an wie ein Erfolg. In letzter Zeit hatte sie Jeremy so gut wie nie zum Lachen gebracht, entweder weil er nicht dagewesen war oder weil sie zu sehr mit ihrer Geheimniskrämerei beschäftigt war, um humorvoll zu sein. Früher hatten sie viel zusammen gelacht, manchmal bis sie Bauchschmerzen bekamen, sogar beim Sex.

Klirrend landeten die beiden Teller der Jungen in der Spüle. Lu war sich bewusst, dass sie, wenn sie auf selbstständigem Abräumen bestand, auch Scherben riskierte. Die beiden Jungen waren aufgeregt, weil Maggie ihnen von einem Event in der »Island Free Library« erzählt hatte, bei dem exotische Tiere gezeigt werden sollten. Vielleicht eine Echse oder ein Leguan, mit etwas Glück womöglich ein Chinchilla oder eine ungefährliche Schlange, die sich die Kinder nacheinander um den Hals legen durften. Chase, der das Poster in der Stadt gesehen hatte, hoffte auf ein Känguru oder einen Sibirischen Tiger.

Als die Jungs im Wohnzimmer verschwunden waren und den Fernseher angestellt hatten, fragte Lu: »Und wie war es denn in Wirklichkeit? Ich meine, Sohn einer Berühmtheit zu sein?« Jeremy hätte es nicht gut gefunden, dass die Kinder gleich nach dem Abendessen fernsehen durften.

Anthony schob das letzte Stückchen Brokkoli auf dem Teller herum. Es war extra scharf geröstet, und wenn Lu ihn besser gekannt hätte, hätte sie ihn gefragt, ob sie es haben durfte.

»Ich kannte ja nichts anderes«, antwortete er schließlich. Mit zusammengekniffenen Augen schielte er auf seinen Teller. »Ich hab ja keinen Vergleich, weißt du? Ich meine, vermutlich würde ich sagen, dass unsere Welt sich hauptsächlich um ihn gedreht hat, also die meiner Mutter und meine eigene. Wir begleiteten ihn zu seinen Auftritten, wir waren leise, wenn er arbeiten musste, wir aßen jeden Abend genau um die gleiche Zeit zu Abend, weil er am besten schreiben konnte, wenn um ihn herum alles sehr kontrolliert und regelmäßig ablief. Für mich war er wie ein Gott. Und dann … ich weiß auch nicht. Als ich ihm meine erste Geschichte gezeigt habe, hat sich alles verändert.«

»Wahrscheinlich war er neidisch.« Für Lu schien das ganz offensichtlich. Als sie »Ein Raum im Inneren« gelesen hatte, war sie hin und weg gewesen.

»Nein«, erwiderte Anthony. »Nicht auf mich. Niemals. Leonard Puckett beneidet niemanden.«

»Natürlich beneidet er dich, das tut doch jeder. Sogar Virginia Woolf hat Katherine Mansfield beneidet.

»Ach ja? Das wusste ich nicht.«

»Allerdings. Ich hab eine Hausarbeit darüber geschrieben, es war eine große Sache. Aber egal. Schau dir deinen Vater doch mal an: Er hatte so viel kommerziellen Erfolg, und dann kamst du daher und hast im Grund die Great American Novel geschrieben.«

Anthony rutschte unbehaglich auf seinem Stuhl herum. »So weit würde ich nicht gehen«, wandte er ein.

»Nein, im Ernst. ›Ein Raum im Inneren‹ ist umwerfend.«

»Danke«, sagte Anthony. »Ich weiß dein Urteil wirklich zu schätzen. Aber dann hab ich eine große Dummheit gemacht und alles zerstört.«

Lu musste ihm zustimmen. »Warum hast du das getan?«, fragte sie. »Du bist doch so talentiert, du brauchst keine fremde Hilfe.«

Anthony zögerte lange. »Ich hatte eine schlechte Zeit«, antwortete er dann. »Einen echten Tiefpunkt. Ich war … ich war nicht bei klarem Verstand. Erst seit Kurzem habe ich das Gefühl, es wird besser, ein bisschen zumindest. Bitte verurteile mich nicht, wenn das geht.«

»Keine Sorge«, versicherte Lu. »Urteile vermeide ich ohnehin. Grundsätzlich.« Das stimmte nicht. Sie urteilte über Nancy. Und über Jessica. Über nachlässige Food Blogger, die ihre Rezepte nicht richtig testeten, bevor sie sie veröffentlichten. Aber nicht über Anthony. Sie brauchte einen Freund, und wie sich herausstellte, klappte das mit ihm. Dabei blieb sie. »Außerdem«, fügte sie hinzu, »außerdem habe ich selbst ein Geheimnis. Soll ich es dir verraten?«

Anthony machte große Augen. »Na klar.«

Lu hob ihr Weinglas, trank einen großen Schluck und erzählte Anthony von *Dinner by Dad*. Alles. Es fühlte sich befreiend an, und als sie fertig war, sagte Anthony: »Wow. Unglaublich. Ich bin total beeindruckt! Wenn ich wieder zu Hause bin, lese ich sofort alle deine Posts.«

Insgeheim freute Lu sich darüber, aber sie war auch verunsichert. Ein Schriftsteller wie Anthony Puckett wollte ihre Posts lesen!

»Du musst dir ja nicht gleich alle reinziehen«, meinte sie. »Ich mach das ja schon seit zwei Jahren. Und erzähl Joy nichts davon, ja? Maggie weiß nichts darüber. Und auch sonst niemand. Ehrlich. Ich hab noch nie einem Menschen die ganze Geschichte erzählt, außer dir gerade eben.«

»Ich erzähle es niemandem«, sagte Anthony. »Pfadfinderehrenwort.«

»Warst du bei den Pfadfindern?«

»Nein, nie.«

»Ich auch nicht.«

»Warte mal…«, sagte Anthony. »Dein Mann weiß auch nichts davon?«

Sie schüttelte den Kopf. »Nein. Er – ich kann es ihm nicht sagen. Er hat… sehr feste Vorstellungen davon, wie das Leben laufen soll. Und das gehört nicht zu seinem Plan.«

Anthony nickte. »Okay«, sagte er. Dann hob er sein Wasserglas und fügte hinzu: »Auf Geheimnisse.«

Lu hob ihr Weinglas. »Auf Geheimnisse.« Sie stießen an, und als sie genau gleichzeitig lächelten, hatte Lu das Gefühl, etwas gefunden zu haben, von dem sie nicht einmal gewusst hatte, dass es ihr fehlte.

Kapitel 26

Anthony

Jedes Mal, wenn Anthony dazu ansetzte, Joy die Wahrheit zu sagen, hielt etwas ihn zurück. Er war nicht mehr so glücklich gewesen mit einer Frau, seit … ja, seit wann? *Seit ich Cassie kennengelernt habe*, war sein erster Gedanke, aber das stimmte nicht. In Wahrheit war er mit ihr nie so glücklich gewesen, wie er jetzt war. Mit Cassie, vor der er keine Geheimnisse hatte, konnte er nicht er selbst sein, und obwohl Joy nur seine halbe Geschichte kannte, fühlte er sich wohl und vollkommen mit sich im Reinen.

Joy brachte ihn zum Lachen. Sie begegnete der Welt mit so viel Leidenschaft, im Bett waren sie – na ja, es lief hervorragend. Eines Abends kam »Harry und Sally« im Fernsehen, und sie waren beide geradezu lächerlich hingerissen. Wie sich herausstellte, mochten sie beide romantische Komödien: »Schlaflos in Seattle«, »E-Mail für dich«, »Während du schliefst«. »Aber ›Harry und Sally‹ ist die beste«, erklärte Joy kategorisch, und Anthony stimmte zu.

Er liebte es, ihr beim Kochen in ihrer winzigen, bunt zusammengewürfelten Küche zuzuschauen, obwohl sie von sich selbst behauptete, eher Bäckerin als Köchin und ohne die Hilfe ihres Lieblings-Food-Blogs (der Zufall war so phantastisch, dass Anthony ihn in einem Roman niemals zu erfinden gewagt hätte) eine absolute Null zu sein. Das kulinarische Talent jedenfalls war Maggie, deren Gesicht beim Kochen immer einen ernsten, fast verkniffenen Ausdruck annahm – wenn sie sich richtig konzentrierte, erschien sogar ihre Zungenspitze im Mundwinkel. Er würde den beiden niemals gestehen können, was für eine Küche er und Cassie in ihrem Haus in Newton hatten einbauen lassen – sechs Kochfelder, von denen nur eines jemals benutzt wurde und das hauptsächlich für Teewasser oder gelegentlich mal ein hart gekochtes Ei. Für Cassie ging es beim Essen eher ums Kalorienzählen. Joy dagegen aß mit Hingabe und Begeisterung – manchmal sogar regelrecht gierig.

Immer mehr merkte Anthony, dass er das Leben auf der Insel ohne Joy niemals hätte verstehen können. Die Einheimischen lebten von den Touristen, die Touristen von den Einheimischen. Keine der beiden Seiten entschuldigte sich für ihre Rolle in dem Arrangement. Und aus alldem erwuchs eine lebhafte, florierende Gemeinschaft. Anders als Anthony vermutet hatte, warteten die Inselbewohner keineswegs darauf, dass der Sommer vorbeiging, sie sehnten auch nicht den Winter herbei, sondern nahmen die Jahreszeiten, wie sie kamen.

Doch man konnte an diesem Ökosystem nur teilhaben, wenn man unerbittlich, optimistisch, erfinderisch und eigenständig war und seinen Nachwuchs ebenso erzog. Anthony war hingerissen von all den Inseltricks, die Joy und Maggie beherrschten. Wenn man einen Strand für sich alleine wollte, führte man den Hund bei Sonnenaufgang aus. Wenn man einen guten Tisch bei »Eli's« wollte, ging man mittwochs hin. Wenn man Wert auf klares Wasser und feinen Sand legte, bot man den Massen am Ballard's Beach die Stirn, aber wenn man Muscheln und Seeigel suchte, war der Surf Beach besser. Bob Herbert reparierte den LeBaron, und die alte Karre fuhr wieder wie geschmiert.

Er war schlichtweg verzaubert und zog insgeheim die Möglichkeit in Erwägung, dass er sich in Joy verliebt hatte. Bald würde er ihr die Wahrheit sagen.

Außerdem stellte sich heraus, dass Anthony Puckett doch ein Hundemensch war. Endlich verstand er das ganze Theater, das manche

Leute um Hunde machten – sie waren anspruchslos, und wenn man ihnen das wenige gab, was sie brauchten, beteten sie einen an, und man fühlte sich geliebt wie noch nie.

Maggie war bemerkenswert selbstständig. Nicht nur konnte sie sich selbst etwas kochen, sie war auch problemlos in der Lage, für sie alle drei eine Mahlzeit zuzubereiten. Manchmal verschwand sie im Badezimmer und kam mit neuen bunten Strähnen wieder heraus. Sie wusch ihre eigene Wäsche. Wenn sie gerade mal nicht fleißig war, genoss sie eine Kindheit, um die Anthony sie beneidet hätte. Wenn sie nicht im Laden war oder bei Lu half, fuhr sie zusammen mit Riley auf dem Fahrrad überall auf der Insel herum. Sie lernte segeln. Einmal verbrachte sie den Tag auf der Terrasse und las ein ramponiertes Exemplar von »Das Zeiträtsel«.

»Ist das deines?«, hatte Anthony sich bei Joy erkundigt und auf das Buch gedeutet, begierig zu erfahren, wie sie selbst in Maggies Alter gewesen war.

»Oh, nein«, antwortete sie. »Ich hab nie viel gelesen.«

Er konnte ihr nicht die Wahrheit sagen.

Einmal fragte Maggie: »Anthony, hattest du als Junge einen Lieblingsfilm?«

Sofort wusste er die Antwort, als hätte er nur auf die Frage gewartet: »Karate Kid.« Cassie wusste so etwas nicht. Niemand hatte das je von ihm wissen wollen.

Anthony wagte es, für Maggie ein Shirt zu bestellen, ein Wortspiel mit einem Bär und einem Reh, das ihm selbst ausnehmend gut gefiel, und als sie das Päckchen öffnete, hielt er die Luft an. »Das ist super!«, rief sie. »Echt super. Danke, Anthony.«

Der einzige Wermutstropfen in Anthonys Glück war die Abwesenheit seines Sohns. In ihm gab es immer einen Teil, der Max vermisste, ununterbrochen.

Immer wieder rief er Cassie an.

»Sorry«, sagte sie. »Er ist im Ferienlager.« Oder: »Er ist bei einem Freund.« Oder: »Ich arbeite, Anthony, er ist bei der Babysitterin.«

Einmal sagte sie: »Er ist bei deiner Mutter. Ruf ihn doch dort an.«

Das tat er auch, aber niemand ging dort ans Telefon.

Er versuchte es mit einer Drohung: »Wenn du ihn nicht mit mir sprechen lässt, komme ich eben nach Hause und unterhalte mich persönlich mit ihm!«

»Ach ja?« Schweigen. Sie wusste genau, dass er niemals in dem Haus auftauchen würde, in dem er nicht willkommen war.

Gelegentlich gab Cassie tatsächlich nach, und Anthony konnte zumindest kurz mit Max plaudern. Gerade genug, um ihn weiter hinzuhalten.

Einmal hatte er einen scheußlichen Alptraum, in dem sein Vater über ihm stand und ihn mit einem dicken Wörterbuch bedrohte. *Es tut mir leid*, krächzte Traum-Anthony. *Es tut mir schrecklich leid*. Sein Vater hob das Wörterbuch, und Anthony bedeckte den Kopf mit den Händen.

Ein andermal träumte er von seiner Mutter, die an der Küchentheke die Rinde von seinen Erdnussbutter-Sandwiches abschnitt. Sie wandte ihm den Rücken zu, ihre Haare waren wie immer perfekt frisiert, aber als sie sich umdrehte, hatte sie ein riesiges Loch an der Stelle, wo ihr Herz hätte sein sollen, und ihre Augen waren ausdruckslos und leer.

In seiner Panik verhedderte er sich in den Laken, strampelte und schlug wild um sich.

»Was ist?«, fragte Joy. »Alles gut, Baby?«

Verschwitzt und erleichtert sank er in die Kissen zurück. Er wühlte unter den Laken herum, bis er Joys Hand fand, und als er sie hatte, ließ er sie nicht mehr los.

Er musste es ihr sagen. Aber wenn er es ihr sagen und sie verlieren würde, könnte er das nicht ertragen.

Also sagte er es ihr nicht.

Alle drei Tage rief ihn seine Mutter an. Meistens war er zu beschäftigt, um ans Telefon zu gehen.

Sie schrieb ihm eine SMS: *Bereit für einen Besuch?*

Keine gute Zeit, antwortete er.

Aber wir müssen miteinander reden, schrieb sie.

Einmal kam er mit Joy, nachdem sie mit einem gemieteten Mofa zum Picknicken am Charleston Beach gewesen waren, bei »Island Bound Books« vorbei, und Anthony warf einen verstohlenen Blick ins Schaufenster. War »Der Reiz der Jagd« noch da? Jawohl, ganz vorn in der Mitte. Und nicht nur das, jetzt hing auch noch ein Poster im Fenster mit einem Foto seines Vaters, und darunter stand in großen roten Lettern: *Autoren-Event am 7. August*. Auf dem Foto hatte Leonard die Arme vor der Brust verschränkt und ein extrem zufriedenes Lächeln auf den Lippen.

Junge, Junge, dachte Anthony. *Du willst mich doch veräppeln. Aber jetzt wäre ein guter Zeitpunkt, Joy alles zu erzählen. Ein guter Einstieg.* Er startete einen schwächlichen Versuch.

»Hast du das Buch gelesen?«, fragte er und machte eine Kopfbewegung zum Schaufenster. Vielleicht klappte es, wenn er jetzt etwas sagte wie: *Das ist mein Vater*. Oder: *Ich bin der Sohn von diesem Typen*. Oder: *Das ist noch nicht die ganze Geschichte*.

»Welches?« Joy war abgelenkt. Olivia Rossi hatte ihr geschrieben, dass Bridezillas Mutter im Laden eine Nachricht für sie hinterlassen hatte.

»Das da drüben. Im Schaufenster.«

»Ach, das?« Sie sah kurz zu dem Plakat, dann wieder auf ihr Telefon und murmelte dabei irgendetwas über eine Molkerei in Vermont. »Krimis sind nicht so mein Ding.« Genau genommen waren ja Bücher im Allgemeinen nicht Joys Ding, was er im Grunde sehr erfrischend fand. Wenn sie abends zusammen zu Hause waren und sie sich nicht gerade um die Abrechnungen kümmern musste, schauten sie meistens Filme oder Serien.

»Ich glaube, er schreibt Thriller«, verbesserte Anthony sie halbherzig.

Aber sie redete bereits am Telefon und wandte sich von ihm ab.

Eines Abends, als Joy einen einfachen Caprese-Salat mit gegrilltem Thunfisch zubereitete, machte er eine Art Experiment und sagte leise: »Ich liebe dich.« Doch Joy sah so erschrocken aus, dass er sich schnell korrigierte: »Ich meine, ich glaube, ich verliebe mich in dich.« Dann ruderte er sogar noch ein Stück zurück und landete bei: »Ich glaube, das könnte sein.«

Der Satz hing in der Luft, ein ungeladener Gast.

»Das Olivenöl ist fast alle«, erwiderte Joy beinahe düster. Anscheinend war er zu weit gegangen, es war übereilt gewesen. »Und ich muss Maggie in zwanzig Minuten abholen. Könntest du vielleicht schnell rüber in den Laden?«

Mit wild klopfendem Herzen ging er ins Lebensmittelgeschäft. Nach seiner Rückkehr redeten sie nicht mehr darüber.

Sie besuchten die Mohegan Bluffs, hohe Klippen im Süden der Insel. Hunderteinundvierzig Stufen runter und wieder rauf. Anthony merkte, dass er nicht außer Atem war, als er oben ankam, anders als die meisten Leute, denen sie begegneten. All die Tage ohne Alkohol, das Radfahren, die Sonne und das Meer: Er verlor allmählich den deprimierenden Speckring um den Bauch. Und er war richtig braun geworden!

Sie wanderten hinaus zu Rodman's Hollow. Anthony las das Schild vor: »Bitte zeigen Sie Respekt, so dass alle – Menschen, Tiere und Pflanzen – den Frieden und die Schönheit genießen können.«

Sie gingen zur »1661 Farm«, streichelten die Alpakas und lernten die Dickhornschafe kennen, aßen Calamares im »Poor People's Pub« und Eiscreme im »Scoop Shack«.

Bei »Eli's« ließen sie sich den Tomaten-Burrata-Salat und den Ingwer-Schwertfisch schmecken. Danach saßen sie auf der Bank beim Fährhafen und beobachteten die Passanten. Eine leicht angetrunkene junge Frau in Stöckelschuhen und einem leuchtend blauen Sommerkleid geriet ins Torkeln und stieß mit ihrem Begleiter zusammen.

Joy beugte sich zu Anthony und küsste ihn. Sie hatte bei »Eli's« zwei Gläser Sauvignon blanc getrunken.

Jetzt, dachte Anthony.

»Ich muss dir was sagen«, sagte er leise.

Joy wich zurück und musterte ihn. »Hast du jemanden umgebracht?«

»Was? Nein. Natürlich nicht. Wie kommst du denn auf die Idee?«

»Du siehst auf einmal so ernst aus.«

»Aber ich hab niemanden umgebracht.«

»Na gut, mach weiter«, sagte sie und küsste ihn wieder.

»Es ist nur, dass ich... ich bin nicht...«

Sie hielt erneut inne und flüsterte: »Lass mich raten. Du bist nicht der, der du zu sein behauptest.«

Ihm brach der Schweiß aus.

»Ach du liebe Zeit«, sagte sie. »Ich hab dich erwischt, richtig? Du siehst auf einmal total verängstigt aus. Aber ich mach doch nur Spaß.«

»Weißt du was?«, sagte er nach einer kurzen Pause. »Vergiss es. Wir können genauso gut ein andermal darüber sprechen.«

»Sicher?«

Er konnte es ihr nicht sagen.

»Ja, ich bin sicher«, antwortete er, nahm ihr Gesicht in beide Hände und zog sie an sich.

Kapitel 27 | Lu

Jeremy war zum Abendessen da. Ein seltenes Vergnügen! Lu hatte thailändischen Mangosalat mit Erdnussdressing gemacht. Das hatte sie natürlich auch in ihrem Post erwähnt:

Ihr wisst ja, wie leidenschaftlich ich bin, was frische, regionale Produkte angeht. Der Kopfsalat, den ich in diesem Rezept benutzt habe, kommt auch direkt vom hiesigen Bauernmarkt, aber womöglich seid ihr jetzt überrascht, dass das Gericht saftige, reife Mangos enthält, die in meiner Gegend ja nicht gerade heimisch sind. Ich gebe es zu – die Mangos haben mich im Lebensmittelladen angelacht, und ich konnte nicht widerstehen. Wusstet ihr eigentlich, dass fast die Hälfte aller Mangos weltweit in Indien angebaut wird?

Beide Jungs verschlangen den Salat. Lu hatte ihn mit Hähnchen zubereitet, aber man konnte das Fleisch leicht durch gegrillten oder kurz angebratenen Tofu ersetzen oder durch Shrimps oder Seelachs.

Zwischen den Bissen fielen die beiden Jungen sich ständig ins Wort, so sehr brannten sie darauf, Jeremy von den letzten Tagen zu erzählen. Es war bezaubernd, wie sehr sie sich freuten, ihn zu sehen. Auch Jeremy schien gute Laune zu haben, er war entspannt und lächelte. Gerade erzählten sie ihm von der lachsrosa vogelfressenden, in Brasilien beheimateten Tarantel, die am Tag der exotischen Tiere in der Bücherei zu bewundern gewesen war.

»Aber du hast doch Angst vor Spinnen, Lu.«

Lu hörte ihm nur mit halbem Ohr zu. Sie überlegte, ob es sich lohnte, sich eine Salatversion ohne Erdnüsse auszudenken, mit einem anderen Dressing. Vielleicht mit Sojanüssen, um den Knuspereffekt beizubehalten? Außerdem träumte sie von einer Reise nach Indien, die sie für Leo und Jacqui erfinden wollte. Vielleicht waren die beiden unterwegs gewesen, bevor sie die Kinder bekommen hatten, vielleicht sogar als Hochzeitsreise. Das würde sie morgen alles erledigen, samt den dazugehörigen Kohlezeichnungen. Außerdem musste sie zur Bank. Zum ersten Mal, seit sie ihr Geheimkonto eröffnet hatte, hob Lu etwas von dem Geld ab, für Maggie. Das Mädchen hatte ihr acht Dollar pro Stunde vorgeschlagen, ein Schnäppchen, und Lu genoss es, Geld abzuheben, das ihr ganz allein gehörte, und damit ihre eigene Babysitterin zu bezahlen, die sie eingestellt hatte, um ihr eigenes Business aufzubauen.

»Die Spinnen«, wiederholte Jeremy, »die hast du doch bestimmt gehasst.«

Lu hatte den Jungs das Versprechen abgenommen, Maggie weder bei Jeremy noch bei Nancy zu erwähnen, denn die beiden würden es garantiert falsch verstehen. Nancy würde sich fragen, warum Lu nicht einfach sie gefragt hatte, wenn sie Freizeit brauchte – »zum Einkaufen oder fürs Fitnessstudio« –, und Jeremy würde Maggies Anwesenheit so auslegen, dass Lu sich vor ihren Pflichten drückte und dabei Geld ausgab, das sie nicht hatten. Während Jeremy keinerlei Problem damit hatte, sich von seinen Eltern eine Ferienwohnung bezahlen und sich von ihnen einen großen Kredit geben zu lassen, würde es ihm nicht im Traum einfallen, Geld für kleine, alltägliche Ausgaben von ihnen anzunehmen. Für Lu ergab das keinen Sinn, aber sie war ja auch nicht in einer betuchten Familie aufgewachsen. Vermutlich gab es irgendwelche ungeschriebenen Regeln, die sie nie würde begreifen können.

»Maggie ist unser kleines Geheimnis«, hatte Lu ihren Söhnen erklärt, »sie ist unsere Zauberfee – wenn wir jemandem von ihr erzählen, fliegt sie womöglich weg.«

Mit ernstem Gesicht hatten die beiden genickt und versprochen, mit niemandem über ihre Zauberfee zu reden. Sie liebten Maggie abgöttisch, die ja selbst fast noch ein Kind war, mit ihnen als Elefant herumtollte, mit Sebastian Armdrücken spielte und ihn gewinnen ließ, sich mit ihnen den Lego-Film anschaute und genauso viel Spaß daran hatte wie die beiden Jungs.

»Sie haben mich überhaupt nicht gestört«, antwortete Lu. »Vielleicht hab ich meine Spinnenphobie ja endlich überwunden.« Dabei warf sie den Jungs warnende Blicke zu.

Jacqui war ganz verrückt nach diesem Salat, würde sie schreiben. Sollte sie auch noch einen Fall erfinden, an dem Jacqui gerade arbeitete? Einige ihrer Hausfrauen und Mütter liebten es, Details aus ihrem Berufsleben zu erfahren.

Zu spät bemerkte sie, dass es am Tisch ganz still geworden war und alle sie anstarrten.

»Wer ist Maggie?«, fragte Jeremy.

Lu wurde rot, sah jedoch schnell zu Chase und Sebastian und fragte ganz unschuldig: »Was?«

Chase knuffte Sebastian und sagte: »Du solltest das doch nicht sagen, wir haben es Mommy versprochen, du Idiot.«

Sebastian begann zu weinen. Jeremy schenkte den Jungen keinerlei Beachtung, sondern fixierte Lu mit bohrendem Blick. »Sie haben erzählt, dass Maggie ihnen gezeigt hat, wie man bodysurft.«

Lu räusperte sich. »Nein, nein«, erklärte sie. »Natürlich machen sie kein richtiges Bodysurfing. Sie sind bloß im flachen Wasser. Eher wie Skimboarden, nur ohne Brett. Das Wasser ist nicht mal knöcheltief!« Natürlich wusste sie, dass das die falsche Antwort war. Es ging ja nicht um die Gefahren des Meeres.

»Danach habe ich nicht gefragt«, erwiderte Jeremy denn auch und legte die Gabel weg. Es steckte noch ein Stückchen Hähnchenfleisch darauf. Lu hatte es auf dem Grill zubereitet, der hinten auf der Terrasse stand, ein ziemlich betagtes Gerät, längst nicht so gut wie das bei ihnen zu Hause. Lu hatte das Fleisch auf Spieße gesteckt und sogar ein ordentliches Foto zustande gebracht. Das konnte sie morgen ebenfalls in ihrem Post verwenden.

»Maggie ist unsere Babysitterin«, verkündete Sebastian unter Tränen. Chase boxte ihn mit dem Ellbogen. »Sie hat viele Sommersprossen«, erzählte Sebastian weiter.

»Sie kann gut tanzen«, fügte Chase zögernd hinzu.

»Aha«, sagte Jeremy, lächelte Chase zu und strich Sebastian übers Haar. »Das ist ja nett.« Dann nahm er sich Salat nach und kaute das Hähnchen fertig. Aber er mied Lus Blick.

Chase und Sebastian hatten kaum den letzten Bissen fertig gekaut, als Jeremy auch schon befahl: »Jetzt geht nach oben und nehmt euch einen Lego-Bausatz vor.«

»Welchen denn?« fragte Sebastian.

»Egal, welchen ihr wollt. Vielleicht am besten den Batman.«

»Aber den haben wir doch schon zusammengebaut«, wandte Chase ein.

»Stimmt«, pflichtete Sebastian ihm bei. »Wir haben alles fertig, was wir mitgebracht haben.«

»Na, dann baut eben was davon neu.«

»Na ja«, begann Sebastian und setzte zu einer vernünftigen Erklärung an, »wenn wir was zusammengebaut haben, können wir es eigentlich nicht noch mal bauen, weil nämlich …«

»Nun geht schon«, unterbrach ihn Jeremy. »Na los!« Als die beiden sich auf den Weg machten, fuhr er fort: »Ich schau mal nach, ob der Grill abgestellt ist.«

»Ist er«, entgegnete Lu. »Das mache ich immer sofort.«

»Ich will nur sichergehen«, sagte Jeremy leise. Er stand auf, ging zur Terrasse und checkte – mit großem Aufwand, fand Lu – sämtliche Brenner nacheinander. Von oben hörte sie Sebastians Imitation eines Cops, der dabei war, Chase zu verhaften.

Als Jeremy zurückkam, setzte er sich wieder und sagte: »Du hast mir nie gesagt, dass du einen Babysitter brauchst. Fühlst du dich überfordert, Lu?« Die Worte klangen recht freundlich, doch sie fühlten sich für Lu anders an.

»Manchmal«, räumte sie ein. Was stimmte.

»In so einem Fall kannst du doch jederzeit meine Mutter um Hilfe bitten«, argumentierte Jeremy erwartungsgemäß.

»Ich möchte deine Mutter aber nicht um Hilfe bitten.« Plötzlich war Lu schrecklich wütend, weil sie sich in diese Situation gebracht hatte, denn jetzt sah es für Jeremy so aus, als käme sie mit den Kindern nicht ohne Hilfe klar. Dabei brauchte sie nur deshalb Unterstützung, weil sie sich auch noch um ihre boomende Karriere kümmern musste. Das jedoch konnte sie Jeremy nur erklären, wenn sie ihre Karten auf den Tisch legte.

»Meine Mutter hilft gern, Lu.«

»Das glaube ich ihr nicht – es gefällt ihr nur, wenn ich Hilfe brauche.«

»Das ist nicht fair.« Jetzt war Jeremy sauer. »Sie wollte uns hierhaben, weil sie gern Zeit mit den Kindern verbringt, und das weißt du auch.«

Widerwillig musste Lu das zugeben.

»Nebenbei bemerkt – wenn wir noch ein Baby bekommen, sind wir in der Unterzahl, und dann brauchen wir ihre Hilfe sowieso.«

Lu biss die Zähne zusammen, sie konnte nicht zulassen, dass sich diese Auseinandersetzung um das nächste Baby drehte. Dieses Thema wollte sie so lange wie möglich vermeiden – vielleicht würde es sich dann von allein erledigen.

»Ich möchte, dass du diese Maggie entlässt«, sagte Jeremy. »Ich möchte keine fremden Menschen auf die Jungs aufpassen lassen. Deshalb hast du doch damals deinen Job aufgegeben, oder etwa nicht?«

Er ist müde, redete Lu sich ein. Wenn er mehrere Schichten nacheinander arbeitete, war Jeremy mit seinen Kräften am Ende. Das Pendeln zwischen Insel und Klinik war anstrengend, er bekam nie genügend Schlaf.

Ihr war klar, dass sie sich vorsichtig ausdrücken musste. »Maggie ist keine Fremde«, erklärte sie. »Die Jungs lieben sie. Sie ist jung, sie spielt mit ihnen. Sie ist lustig, und sie kann sogar kochen! Einmal hat sie …«

»Für mich ist und bleibt sie eine Fremde«, fiel Jeremy ihr ins Wort. Sein Mund war ein schmaler Strich, ein sicheres Zeichen, dass er keine weiteren Argumente mehr duldete.

Trotzdem versuchte Lu es noch einmal. »Du solltest sie kennenlernen. Dann wäre sie keine Fremde mehr. Sie ist sehr nett.«

»Das reicht, Lu.« Jeremy legte die Finger an die Schläfen und begann sie zu massieren. »Ich möchte nicht mehr darüber reden, ich möchte diese Maggie auch nicht kennenlernen. Wir müssen kein Geld ausgeben, das wir nicht haben, wenn meine Mutter hier in der Nähe wohnt und du den ganzen Tag zu Hause bist. Ich möchte, dass du sie entlässt.«

Die Erwiderung lag Lu auf der Zunge. *Ich habe Geld. Ziemlich viel sogar*. Sponsorengeld war überwiesen worden, und der Verkauf des Instanteintopfs war nach dem Mac-and-Cheese-Post vom Mai rapide in die Höhe geschnellt. Wenn es so weiterging, würde sie im nächsten Jahr fast so viel verdienen wie Jeremy – vor allem, wenn es auch noch mit dem Kochbuch klappte. Wenn sie sich richtig konzentrierte, wenn sie echt hart arbeitete, wenn sie jeden Tag zusätzliche Arbeitsstunden reinquetschen konnte, würde sie gutes Geld verdienen.

Sag es ihm, Lu. Mach endlich reinen Tisch, erzähl ihm alles. Vielleicht wird er gar nicht wütend, vielleicht ist er sogar stolz auf dich, das wünschst du dir doch. Vielleicht freut er sich.

Doch im Grunde wusste sie, dass nichts davon passieren würde. Sie wusste, wenn sie *Dinner by Dad* jetzt anspräche, würden sie nicht nur darüber, sondern auch noch über das dritte Baby streiten. Sie würde mit ihrer Meinung dazu nicht mehr hinterm Berg halten können.

Liebe Leserinnen und Leser, schrieb *Dinner by Dad* am nächsten Tag, *wollt ihr manchmal auch einfach alles hinschmeißen? Kennt ihr das Gefühl, dass sich all die Arbeit einfach nicht lohnt?*

Dreihundertsechsundsiebzig Leser und Leserinnen posteten Kommentare nach dem Motto: *Kopf hoch, Leo! Deine Arbeit ist so wichtig, du musst dir doch nur Sammy und Charlie anschauen. Du darfst nicht aufgeben!*

Kapitel 28

Joy

Olivia Rossi hatte frei, eines der Collegemädels war krank – beziehungsweise verkatert –, die andere rührte hinten eine Portion Füllung an. Das bedeutete, dass Joy den ganzen Tag im Laden bleiben musste. Außerhalb der Saison hätte sie sich kurz verdrückt, um Maggie nach ihrem Besuch bei Dustin an der Fähre abzuholen, in der Hochsaison jedoch bildete sich bei »Joy Bombs« um die Ankunftszeit der Fähre eine ganz ordentliche Schlange. Statt also zu Maggies Begrüßung am Hafen zu sein, arbeitete Joy an der Cappuccino-Maschine. Sie schnitt Pies auf, wechselte Geld und zog Kreditkarten durch die Maschine.

Für halb acht hatte sie mit Anthony bei »Winfield's« einen Tisch reserviert, worauf sie sich wahnsinnig freute. Als Vorspeise wollte sie die scharf gebratenen Jakobsmuscheln nehmen, dann den gegrillten Schwertfisch. Oder vielleicht den Heilbutt.

Als die Türglocke bimmelte, blickte sie auf, um den neuen Gast zu begrüßen, doch vor ihr stand – Dustin.

Dustin? Sie hatten sich seit über einem Jahr nicht mehr gesehen. Natürlich hatten sie wegen Maggies Besuchen kommuniziert – per SMS oder Mail, gelegentlich auch am Telefon. Joy folgte Sandys Instagram-Account, wo Sandy viel zu viele Fotos von Tiki am Strand, Tiki mit Nikolausmütze oder Tiki mit Sandy auf einem Pferd postete. Nach Joys Meinung hätte eines pro Tag genügt. Dustin erschien nie auf den Fotos, wahrscheinlich weil er immer fotografieren musste.

»Hey, Joy!«, sagte Dustin. »Ich hab beschlossen, mit Maggie die Fähre zu nehmen. Du hast doch gesagt, es gibt was zu besprechen, da dachte ich, das könnten wir auch persönlich erledigen.« Er schaute sich im Laden um. Hatte er es etwa auf ein Gratisessen abgesehen? Maggie erzählte immer, dass Tiki eher ein Ganztags-Snacker war und weder Sandy noch Dustin je ein richtiges Essen zubereiteten oder aßen. Als Maggie ihnen einmal angeboten hatte, für sie die Schwarze-Bohnen-Tostadas von *Dinner by Dad* zu kochen, hatten alle sie angestarrt, als hätte sie vorgeschlagen, eine Arie aus »Die Hochzeit des Figaro« zu singen, dann lehnten sie einstimmig ab.

»Das ist ja eine nette Überraschung, Dustin«, sagte Joy unehrlich, denn in Wahrheit traf sie ihn selbst nach all der Zeit nicht besonders gern, weil sein Anblick sie an eine Zeit erinnerte, in der sie unglücklich gewesen war. Doch das Geldgespräch war wichtig. »Wo ist Maggie?«

»Sie ist sofort losgesaust«, antwortete Dustin. »Sie meinte, sie müsse babysitten.«

Zwar hatte Joy nichts davon gewusst, aber sie ließ es dabei bewenden. Als die Schlange sich aufgelöst hatte, füllte Joy einen Teller mit Whoopie-Pies, trug ihn zu einem Tisch und winkte Dustin mit der freien Hand, sich dorthin zu setzen.

»Herrlich!«, sagte er. »Essen!« Joy nahm zur Kenntnis, dass Dustins Begeisterung für Dinge, die er nicht bezahlen musste, nicht geringer geworden war.

»Hör zu«, begann sie. »Ich hasse es, das Thema Geld anzusprechen.«

Dustins Hand blieb über dem Teller in der Luft hängen. »Aber …«, fuhr Joy fort. Dustin legte die leere Hand zurück auf den Schoß. »Ich bin zu dem Schluss gekommen, dass wir zusammenlegen und ein Collegekonto für Maggie einrichten sollten. Einen Sparplan. Damit sie, wenn sie in fünf Jahren so weit ist, sich zu bewerben, wenigstens ein paar gute State Colleges zur Auswahl hat.« Ihre Wangen brannten. Sie sprach nicht gern über Geldangelegenheiten, weil sie es hasste, von Dustin nicht völlig unabhängig zu sein.

»Hm«, sagte Dustin, nahm nun doch einen Whoopie-Pie zur Hand und stopfte ihn sich ganz in den Mund.

Joy musterte ihn. Klar, er war dünn, doch seit ihrer gemeinsamen Zeit hatte er sich auch darüber hinaus verändert. Möglicherweise verkündete sein flacher Bauch tatsächlich: *Ich habe den Stoffwechsel eines Kolibris*, aber seine schütter werdenden Haare, die Falten um seinen Mund und seine uralten Jeans sprachen eher für: *Demnächst bin ich ein Mann mittleren Alters.*

»Ich dachte, du verdienst ziemlich gut«, sagte Dustin mit vollem Mund. »Der Laden ist doch immer voll. Sagt Mags.«

Nenn sie bloß nicht Mags, dachte Joy. *Das steht dir überhaupt nicht zu.*

»Ja, es läuft ganz gut«, wehrte sie ab. »Aber so einfach ist das nicht. Diesen Sommer haben wir Konkurrenz bekommen …«

»Diesen Imbisswagen?«, fragte Dustin. »Von dem hat Mags mir erzählt. Klingt echt geil.«

Halt doch den Mund, Dustin, dachte Joy. *Und hör auf,* geil *zu sagen. Du bist doch kein Teenager*. Doch stattdessen antwortete sie: »Und ich hab eine saftige Mieterhöhung zu bewältigen.« Sie strengte sich an, ruhig zu klingen. »Es ist einfach manchmal etwas knapp.«

Dustin nickte, was Joy zunächst als ehrliches Mitgefühl interpretierte, doch er fuhr fort: »Weißt du, Joy, ich wünschte ja, ich könnte helfen. Ehrlich. Sie ist so ein großartiges Mädchen.« *Nicht dass sie es dir zu verdanken hätte*, dachte Joy.

»Aber?«, fragte sie.

»Aber ich hab momentan nichts übrig, weißt du. Mann, kleine Kinder sind so teuer. Du würdest es nicht glauben.«

»O doch«, entgegnete Joy und dachte an das Jahr, als Maggie sechs geworden war und einen Wachstumsschub hatte, so dass ihr innerhalb eines Winters sämtliche Klamotten zu klein geworden waren. Sie dachte an das Jahr, in dem das Dach im Café leck gewesen war und sie den Mixer hatte ersetzen müssen. Sie dachte an die Zeit vor drei Jahren, als Pickles sich ein Bein gebrochen hatte und von einem Tierarzt auf dem Festland behandelt werden musste.

»Und Sandys Familie ist drüben in L. A., da läppert sich ganz schön was zusammen mit den Flugtickets. Und Sandy arbeitet nicht mehr, damit sie bei Tiki zu Hause bleiben kann.«

»Wie schön für sie«, stieß Joy zwischen zusammengebissenen Zähnen hervor.

»Deshalb tut es mir echt leid, aber Mann, ich kann da wirklich nicht helfen, jedenfalls nicht regelmäßig, verstehst du. Ich meine, ich tu, was ich kann, aber ich garantiere für nichts.« Nach dieser Rede verdrückte er in rascher Reihenfolge zwei Whoopie-Pies nacheinander. »Hey, was meinst du, wo dieser Imbisswagen heute ist? Immer woanders, stimmt's?«

»Ja«, sagte Joy. »Aber ich habe keine Ahnung, wo er sich heute rumtreibt.« Eigentlich wusste sie es, aber sie hatte nicht vor, es ihm zu erzählen.

»Ich würde gern ein paar von diesen Cookies für Sandy und Teeks mitnehmen.« Anscheinend war Tiki noch nicht Spitzname genug und musste deshalb zusätzlich abgekürzt werden.

Joys Telefon, das sie vor sich auf den Tisch gelegt hatte, klingelte. Dustin äugte darauf und fragte: »Du hast einen Kontakt namens Bridezilla?«

Joy seufzte tief. »Das ist eine lange Geschichte.« Sie war Dustin nichts schuldig, nicht mal eine Erklärung. Den Anruf ließ sie zur Voicemail gehen, dann stand sie auf, um klarzumachen, dass sie sich um wichtigere Dinge zu kümmern hatte. Sie wusste, dass die nächste Fähre zurück nach Newport erst in neunzig Minuten ging, hatte jedoch nicht die geringste Lust, den Babysitter für ihren Exmann zu spielen. Auf sie warteten Pies, die gebacken werden, und Bridezillas, die zurückgerufen werden wollten. Woher hatte Dustin eigentlich das Geld für eine extra Rundfahrt mit der Fähre, wenn er so arm dran war?

»Hey«, sagte er, offenbar glücklich darüber, dass er es geschafft hatte, sich der Verpflichtung eines monatlichen Beitrags für die Collegebildung seiner Tochter zu entziehen. »Mags hat erzählt, dass du mit jemandem zusammen bist. Das ist großartig, Joy. Wirklich großartig.«

Von dem Mann, der ihr einmal das Herz gebrochen hatte, herablassend behandelt zu werden, war nun wirklich das Letzte, was Joy brauchte.

»Ja«, sagte sie mit einem forschen Nicken. Dann nahm sie den Teller und Dustins zerknitterte Serviette. Um ein Haar hätte sie sich den letzten Whoopie-Pie in den Mund gestopft, doch dann fiel ihr gerade noch rechtzeitig ein, wie sehr sie sich auf das Abendessen mit Anthony bei »Winfield's« freute.

Vor drei Tagen hatte Anthony beim Thunfischgrillen *Ich liebe dich* zu ihr gesagt. Sie hatte so getan, als hätte sie es nicht gehört. Aber jetzt fragte sie sich, warum. Warum war sie so zurückhaltend? Worauf wartete sie denn? Sie war eine erwachsene Frau und seit etwa einem Jahrzehnt mehr oder weniger allein. Ihr Exmann spielte kaum noch eine Rolle und rückte nicht mal ein paar Dollar für die Studiengebühren ihrer gemeinsamen Tochter heraus. Sie war ganz auf sich gestellt, und ihr wurde schlagartig bewusst, wie einsam sie war.

KAPITEL 29 | LU

In der Küche hörte Lu das leise Gemurmel von oben, wo Maggie mit den Jungs ein Brettspiel spielte. Das Mädchen war direkt von der Fähre hierhergekommen; nach dem Streit gestern Abend hatte Lu sie gefragt, ob sie es so kurzfristig einrichten könne. Jeremy war heute Morgen gleich wieder in die Klinik gefahren.

Lu arbeitete an einem Pfannen-Maisbrot und versuchte herauszufinden, wie sie die Jalapeños integrieren konnte, ohne die Gaumen ihrer Kinder zu überfordern. Honig wäre sicher gut. Und Käse, definitiv. Sie kaute auf der Unterlippe und überlegte, ob sie die Zutaten einfach mit denen eines anderen Maisbrotrezepts von *Dinner by Dad* tauschen konnte – mit der Ahornsirup-Cranberry-Version vielleicht? Den Mais hatte sie schon morgens vorgekocht und schnitt ihn jetzt vom Kolben.

Von oben hörte sie Chase lachen. Es klang ein bisschen hämisch – wahrscheinlich hatte er gerade eines von Sebastians Männchen rausgeworfen. Mit gespitzten Ohren lauschte Lu. Sebastian war kein guter Verlierer. Sie fand es wesentlich schöner, ihre Söhne mit nach draußen zu nehmen, wo sie herumrennen und sich austoben konnten, bis sie müde wurden.

Sie dachte über den letzten Abend mit Jeremy nach.

»Was willst du von mir?«, hatte sie ihn angebrüllt, nachdem der Streit so weit eskaliert war, wie sie es sich beide wohl insgeheim gewünscht hatten.

»Ich will, dass du aufhörst, hinter meinem Rücken irgendwelches

Zeug auszuhecken. Ich will, dass du dich entschuldigst! Ich will, dass du dieses Mädchen feuerst!«

Lu war außer sich vor Wut, sie hätte ihn erwürgen können.

»Lu!«, sagte Jeremy mit scharfer Stimme, als sie nicht gleich antwortete. »Hast du mich gehört? Ich möchte, dass du sie rausschmeißt!«

Lu war klar, dass der Streit an der Oberfläche zwar um Maggie ging, auf einer unterschwelligen Ebene jedoch um das dritte Baby. Für ein drittes Baby brauchten sie mehr Geld, und Jeremy wollte verhindern, dass es anderswo ausgegeben wurde. Jeremy wollte nicht, dass Lu von den Kindern getrennt war, weil sie mit Leib und Seele Mutter sein sollte.

»Hast du mich gehört?« Seine Stimme war etwas leiser geworden, aber Lus Zorn war kurz vor dem Siedepunkt.

»Ich habe dich gehört«, fauchte sie Jeremy an. »Gut! Okay! Sorry!«

Anscheinend brauchte er nur das Wort. Ob es ehrlich gemeint war, schien ihm gleichgültig zu sein. Manchmal war es so leicht zu lügen.

Als Jeremy schlief, stand Lu auf und schrieb Maggie eine Nachricht: *Kannst du morgen bitte auch kommen? Ich hab was zu erledigen.*

In Tränen aufgelöst kam Sebastian jetzt von oben und riss sie aus ihren Gedanken. Er beklagte sich, dass Chase seine blaue Spielfigur rausgeworfen hatte und er den ganzen Weg zum Start hatte zurückgehen müssen.

»So spielt man dieses Spiel eben«, erklärte ihm Lu. »Wenn es umgekehrt gewesen wäre, hättest du Chase auch rausgeworfen.«

»Aber es hat mir nicht gefallen«, beharrte Sebastian. »Chase war gemein zu mir.«

Lu seufzte und riss sich von ihrem Maisbrot los. Vielleicht war das Spiel zu komplex für einen Vierjährigen, vielleicht war Sebastian noch zu klein, um zu verstehen, dass es dabei nur um Glück ging. Er sah richtig niedergeschlagen aus.

»Maggie!«, rief sie die Treppe hinauf. »Wollt ihr nicht mal was anderes spielen?«

»Ich will bei dir bleiben«, sagte Sebastian.

Lu zögerte und sah sich in der Küche um. »Na klar«, sagte sie dann. »Du kannst mir abmessen helfen.«

»Kein Problem!«, rief Maggie im gleichen Moment, und Lu hörte, wie sie mit Chase die Spielfiguren und Karten einsammelte und wieder in die Schachtel packte. Lu hätte die Sachen wahrscheinlich in der Gegend herumliegen lassen, wäre später darübergestolpert und hätte dabei vermutlich die Pappschachtel zermalmt.

»Sebastian, komm wieder zu uns!«, rief Maggie. »Das Spiel wird dir gefallen, ich hab es grade eben erfunden!«

Anscheinend erwachte Sebastians Interesse, jedenfalls ließ er den leeren Messbecher, den er in der Hand hielt, einfach fallen und ging wieder nach oben – ohne sich auch nur ein einziges Mal umzudrehen.

Konnte denn alle Welt besser mit ihren Kindern umgehen als Lu selbst?

Als sie Jeremy auf der Main Street in Hyannis zum ersten Mal begegnet war, hatte Lu gerade Semesterferien. Sie war mit dem Fahrrad gestürzt, weil ein Mann in einem geparkten Auto genau in dem Moment die Tür geöffnet hatte, als sie vorbeigesaust war. Zum Glück war sie nicht schlimm verletzt worden, aber der Schock war schrecklich, und sie lag eine Weile reglos auf der Straße und überlegte, ob ihr die Tränen kommen würden oder nicht.

Der Autofahrer kniete sich besorgt neben sie, aber Jeremy, der zum Zeitpunkt des Unfalls gerade eingeparkt hatte, schob ihn beinahe grob beiseite. »Ich bin Arzt«, verkündete er, eine glatte Lüge, denn in Wahrheit war er damals Medizinstudent im zweiten Jahr.

»Mach dir keine Sorgen«, sagte er zu Lu, als der Mann weg war,

»ich bin an der medizinischen Fakultät und kann alles wieder in Ordnung bringen.«

»Ich studiere Jura«, antwortete sie schlagfertig, »also sei vorsichtig, ich kann jeden vor Gericht ziehen.«

Er lachte, schaute sich ihr aufgeschürftes Knie an und tupfte es mit steriler Watte ab, die er aus einer Tasche hervorzauberte, und als er fertig war, trug Lus Knie einen perfekten Verband, und nirgends mehr war Blut. Er schob ihr Rad auf den Fußweg und sagte: »Du hattest echt Glück, dass du nicht auf die Birne geknallt bist, du hättest einen Helm tragen sollen.«

»Ich weiß«, gab sie sofort zu und fasste sich an ihren wunderbarerweise unverletzten Kopf, belustigt, dass dieser junge Mann ihn »Birne« genannt hatte.

Was, wenn Lu an diesem Tag nicht gestürzt wäre – was, wenn sie nicht auf ihr Rad gestiegen wäre oder überhaupt kein Rad besessen hätte? In Gedanken spulte Lu die Zeit zurück bis an den Punkt, als sie ein fünfjähriges Mädchen gewesen war, von dessen rosa Barbie-Fahrrad gerade die Stützräder entfernt worden waren. Eine scheinbar zufällige Folge von Ereignissen – bis eine Zukunft entstanden war, in der man an einen anderen Menschen gebunden war, für lange Zeit, vielleicht für immer.

Dann stellte sie sich ein Kochbuch vor, auf dem ihr Name stand. Sie stellte sich vor, was sich aus ihrem Blog alles entwickeln konnte, und wusste: So etwas wollte sie. Unbedingt.

»Was machst du da?«, fragte Maggie. »Riecht lecker!«

Lu hatte noch gar nicht mit dem Backen angefangen und musste grinsen – entweder hatte Maggie sehr viel Phantasie, oder sie war einfach sehr nett.

»Maisbrot.«

»Ich liebe Maisbrot!«

Auf einmal fiel ihr wieder ein, was Jeremy über Maggie gesagt hatte: »Für mich ist und bleibt sie eine Fremde.« Lu dachte wieder an das Kochbuch und an das Geld auf ihrem geheimen Konto.

»Übrigens wäre ich total dankbar, wenn du nächste Woche so oft kommen könntest, wie du kannst«, sagte sie.

Kapitel 30 | Joy

Das Dinner bei »Winfield's« war eine wahre Wonne. Joy schlug alle Vorsicht und Klugheit in den Wind und bestellte statt Schwertfisch oder Heilbutt die Spaghetti carbonara mit Enten-Confit. Anthony nahm das gegrillte Rinderfilet. Dazu Mineralwasser und zwei Gläser Prisma Sauvignon Blanc für Joy. Sie war bereit für den Fall, dass Anthony erneut ein »Ich liebe dich« herausbrachte.

Bei der Vorspeise – sie teilten sich die Jakobsmuscheln und die Narragansett-Bay-Miesmuscheln – gab Joy ein paar ihrer Lieblingsfamiliengeschichten zum Besten: wie ihre vier Brüder allesamt aus »Scotties Pub« geworfen worden waren, weil sie sich miteinander geprügelt hatten, wie ihre Schwägerin Tina die Familie nach einem Tag am Sandy Beach ins Auto gepackt und erst nach einer Viertelmeile bemerkt hatte, dass sie eines ihrer Kinder vergessen hatte, wie ein Pferd beim jährlichen Weihnachtsumzug ihrem Vater direkt auf den Schuh gekackt hatte. Als Nachtisch teilten sie sich eine unwiderstehliche Crème brûlée.

Da Maggie diesmal zu Hause war, trennten sich nach dem Essen ihre Wege, und Anthony platzierte ein derart keusches Küsschen auf Joys Lippen, dass sie sich fragte, ob ihre reichlich mit Knoblauch gewürzte Vorspeise schuld daran war.

Später im Bett wälzte Joy sich fast die ganze Nacht hin und her. Ihr war zu warm in ihrem Zimmer, aber wenn sie die Fenster öffnete, störte sie der Straßenlärm, und sie konnte nicht einschlafen. Sie ging nach oben, schaute nach Maggie, schaute nach Pickles. Beide schliefen friedlich in Maggies Bett. Sie trank ein Glas Wasser, dann kehrte sie in ihr Bett zurück und versuchte es mit sämtlichen Schlaf-Apps auf ihrem Smartphone – nichts funktionierte. Alles schien das Karussell in ihrem Hirn nur noch mehr anzukurbeln.

Kurz nach der Morgendämmerung gab sie auf und machte sich in der French Press einen Kaffee. Als sie in den Spiegel schaute, sah sie, dass ihre Augen geschwollen waren. Ihr Kopf und ihr Herz schmerzten. Es war lächerlich. Was war bloß los mit ihr? Lag ihr das reichhaltige Essen zu schwer im Magen? Oder war sie verliebt?

Sie setzte sich mit dem Kaffee auf die Terrasse und sah zu, wie die ersten Lichtstrahlen sich am Himmel ausbreiteten. Pickles kam aus Maggies Zimmer und ließ sich zu ihren Füßen nieder, und während sie ihren Kaffee schlürfte, konnte sie ihr Gefühl auf einmal ganz klar benennen.

Sie liebte Anthony.

So war es.

Es war idiotisch gewesen, so zugeknöpft zu reagieren, als er ihr gesagt hatte, er sei dabei, sich in sie zu verlieben. Sie hatte Angst gehabt, weiter nichts. Doch obwohl sie zu Recht stolz auf ihre Unabhängigkeit war und obwohl die Enttäuschungen ihrer Ehe einen schlechten Geschmack hinterlassen hatten, war es Zeit, einen neuen Versuch zu wagen. Sie war verliebt.

Sie sollte es Anthony sagen. Das Leben war kurz und der Sommer noch viel kürzer. Warum sollte sie darauf warten, bis er es noch einmal zu sagen wagte?

Da Olivia den Laden aufmachte, ging Joy mit Pickles vor der Arbeit bei Rodman's Hollow spazieren. Maggie, die ungewöhnlich früh wach geworden war, begleitete sie ausnahmsweise. Am Ende der Route nahmen sie den Mohegan Trail zurück in die Stadt, und Joys Magen verkrampfte sich ein wenig, als sie sah, dass die »Roving

Patisserie« neben dem Postamt stand, für ihren Geschmack viel zu dicht bei »Joy Bombs«. Schon jetzt hatte sich eine Schlange gebildet. Der Juli war bald zu Ende – der Sommer flog dahin.

Inzwischen war es kurz nach eins, und Joy merkte immer mehr, wie müde sie war. Sie machte sich einen Espresso und kippte ihn hinunter. Olivia war hinten in der Küche, wo gerade sechs Bleche mit Pies gefüllt wurden, und passte auf.

Die Tür öffnete sich, das Glöckchen bimmelte, und herein kam eine Frau, definitiv nicht aus der Gegend, aber auch nicht die typische Block-Island-Touristin. Sie trat an die Theke und schüttelte den Kopf, so dass ihre blond gefärbten Haarspitzen hin und her schwangen. Einen Moment beobachtete Joy den Effekt fasziniert, beinahe hypnotisiert.

»Hey«, sagte die Frau. »Ich suche Anthony. Angeblich könnte er hier zu finden sein.«

Die Frau trug ein etwas lächerliches Outfit, ein tailliertes Sommerkleid und Heels, bei denen sogar Joy, die keine Ahnung von Schuhen hatte, sicher war, dass sie teuer gewesen sein mussten. Jimmy Choo oder vielleicht dieser Italiener, Ferra-Irgendwas. Der Lidstrich der Frau war perfekt, ihre Arme glatt und gleichmäßig gebräunt. Den Duft, der von ihr ausging, hätte Joy ebenfalls im höheren Preissegment eingestuft.

Bestimmt war es Anthonys Noch-Ehefrau Cassie. Wer sonst sollte hier reich und teuer gekleidet auftauchen, um überheblich nach Anthony zu fragen? Mit diesen absurd langen Wimpern? Und Lippenstift? Tagsüber schminkte sich auf Block Island kein Mensch die Lippen. Hier trug man Flipflops, Strandshorts, Tanktops und vor allem eine hauchdünne Schicht Sand.

»Anthony?« Eine leichte Panik begann sich in Joys Brustkorb auszubreiten. Wollte Cassie ihn zurückhaben?

»Anthony Puckett.«

»Ich kenne keinen Anthony Puckett.« Also war es doch nicht Cassie. Trotzdem klang der Nachname irgendwie vertraut – wo hatte Joy ihn bloß vor Kurzem gehört? *Puckett*, überlegte sie. *Puckett, Puckett, Puckett*.

»Er ist den Sommer über hier«, sagte die Frau. »Oder vielleicht auch länger, ich weiß das nicht so genau. Hellbraune Haare, ungefähr so groß …« Sie zeigte es mit der Hand. »Supersüß.«

Ob es doch Cassie war? Die Beschreibung traf jedenfalls genau auf Anthony zu.

»Ich kenne einen Anthony Jones.« Irgendetwas fühlte sich total falsch an.

Die Frau seufzte. »Fein, wie auch immer. Ich bin sicher, das ist er. Er könnte inkognito hier sein.« Sie musterte Joy mit zusammengekniffenen Augen.

»Warum sollte er inkognito hier sein?«

»Kennen Sie nun einen Anthony oder nicht?«

Jetzt war Joy sicher, dass diese Frau tatsächlich Cassie war. Halb fühlte sie sich bedroht, halb war sie wütend. Was wollte die Frau überhaupt noch von Anthony?

Joy hob den Finger und antwortete: »Ja. Ich glaube schon. Brauchen Sie seine Nummer?«

»Ich habe seine Nummer. Die ganze Zeit, seit ich aus der Fähre gestiegen bin, versuche ich, ihn anzurufen. Aber er geht nicht dran.«

Joy angelte ihr Handy hinter der Theke hervor. »Lassen Sie mich mal probieren.«

Anthony antwortete nach dem ersten Klingeln. »Joy«, sagte er. »Ich bin so froh, dass du anrufst. Der Abend gestern war wundervoll, und ich weiß, er ist nur deshalb so seltsam zu Ende gegangen, weil Maggie bei dir übernachtet hat, deshalb bin ich nicht dazu gekommen, dir zu sagen …«

»Warte mal, nicht jetzt«, unterbrach ihn Joy. »Anthony, nicht jetzt. Ich muss dir was sagen. Cassie ist hier.«

»Im Ernst?«, fragte Anthony. »Cassie?«

Im gleichen Moment fuhr die Frau mit den hellen Haarspitzen dazwischen: »Was reden Sie da für einen Quatsch? Cassie?«

»Sind Sie nicht Cassie?«, fragte Joy. Jetzt war sie völlig verwirrt.

»Absolut nicht«, antwortete die Frau in aggressivem Ton.

»Nein?«

»Ich kenne Cassie, sie hat mich eingestellt. Sie – na, egal.« Sie seufzte und hielt Joy zwischen zwei Fingern eine Visitenkarte entgegen. Ihre Nägel waren ganz gerade geschnitten und in einem extravaganten Türkis lackiert, als wollten sie das Wasser am Scotch Beach imitieren.

»Es ist nicht Cassie«, sagte Joy ins Telefon. »Mein Fehler.« Sie nahm die Visitenkarte. »Es ist Shelly Salazar, PR-Agentin.«

»O Gott«, sagte Anthony. »Im Ernst?«

Mit einer raschen und entschlossenen Handbewegung riss Shelly Salazar das Telefon aus Joys Hand und drückte es ans Ohr. »Das hab ich gehört, Anthony«, sagte sie. »Und ich weiß nicht, wo auf dieser winzigen Insel du dich rumtreibst, aber du solltest dich dringend dorthin begeben, wo ich bin, nämlich in ein Café namens …« Sie blickte um sich. »Wie heißt das hier?«, fragte sie Joy.

»›Joy Bombs‹«, sagte Joy und reckte stolz das Kinn.

»›Joy Bombs‹«, sagte die Frau. »Kennst du das?«

»Er kennt es«, sagte Joy. »Garantiert.« Vor dem Fenster stieg Maggie vom Fahrrad. *Verstärkung, Gott sei Dank.* Sie sah zu, wie ihre Tochter das Fahrrad in den Fahrradständer stellte und es sorgfältig abschloss. Im Winter dachte niemand im Traum daran, irgendetwas abzuschließen, aber im Sommer konnte man nie wissen.

»Hübscher Titel«, sagte Shelly Salazar, als sie das Telefongespräch beendet hatte. »›Joy Bombs‹.«

»Das ist kein Titel«, meinte Joy. »Sondern ein Name. Titel sind doch nur für Bücher, oder?«

»Oder für Filme«, entgegnete Shelly. »Oder für Zeitschriftenartikel.«

»Aber nicht für Cafés. Und Bäckereien.«

»Verkauft ihr auch glutenfreie Chocolate Chips Cookies?«, wollte Shelly wissen und musterte die Auslage.

»Nein«, antwortete Joy. »Wir verkaufen nur ein einziges Gebäck, nämlich Whoopie-Pies. Hier, versuchen Sie mal.« Sie legte einen klassischen Chocolate Cream auf einen Teller und reichte ihn Shelly über die Theke. Normalerweise schnitt sie kleine Probehäppchen zurecht, aber Shelly bekam einen ganzen Whoopie-Pie.

Doch sie lehnte ab. »Oh, ich kann nicht«, erklärte sie knapp. »Gluten.«

»Allergie oder Präferenz?« Das musste man immer fragen.

Shelly blinzelte. »Beides.«

Am liebsten hätte Joy erwidert: *Für eines müssen Sie sich schon entscheiden*, doch sie hielt sich zurück.

Inzwischen war Maggie unbemerkt hereingekommen. Sie benutzte gern die Hintertür, die direkt in die Küche führte, weil sich das angeblich cooler für sie anfühlte. Plötzlich stand sie da und verkündete: »Wir haben auch glutenfreie Whoopie-Pies«, und als Joy sich umwandte, sah sie, dass Maggie sich bereits eine Schürze umgebunden und ihr bestes Verkäuferinnenlächeln aufgesetzt hatte. Die lila Strähne hatte sie heute in einem Pferdeschwanz zurückgebunden.

Shelly Salazar nickte und fragte: »Habt ihr auch welche ohne Gluten, ohne Zucker und ohne Milch?« Sie sah optimistisch aus, als erwarte sie tatsächlich, dass sie in einem Whoopie-Pie-Laden etwas so Unnötiges und Lächerliches bekommen würde.

»Auf keinen Fall«, brummte Joy.

»Nein«, antwortete Maggie freundlich, »tut mir leid. Versuchen Sie es doch vielleicht, äh – vielleicht gibt es so etwas auf dem Farmers' Market, ich kann Ihnen gern erklären, wie Sie hinkommen.« Dabei sah sie Shelly direkt an und lächelte.

Shelly gab Joy den Whoopie-Pie zurück, und für den Bruchteil einer Sekunde sah sie ehrlich enttäuscht aus. »Tut mir leid«, sagte sie. »Sieht echt lecker aus. Ich wünschte, ich könnte. Wirklich.«

Dann ging die Tür auf, und Anthony kam herein. Er trug ausgebleichte Jeans und ein schlichtes graues T-Shirt, das genauso aussah wie das T-Shirt, das er an dem Tag im »People's Pub« angehabt hatte und eigentlich an fast allen anderen Tagen dieses Sommers. Joy fing an zu schwitzen. Anthonys T-Shirts wirkten so schlicht und preiswert, kosteten aber in Wirklichkeit fünfundneunzig Dollar und waren aus Seide. Deshalb waren sie so angenehm weich, wenn man den Kopf darauflegte.

»Anthony«, sagte Shelly. Strahlendes Lächeln, ausgebreitete Arme.

»Shelly«, erwiderte Anthony etwas weniger strahlend.

Joy beobachtete, wie sie sich umarmten und sich New Yorker Wangenküsschen gaben. Doch sie konnte keinen Funken zwischen ihnen überspringen sehen, keine Chemie entfaltete sich.

Anthony sah zu ihr und – was war denn das? Eine Art Winken? Sofort wandte er sich wieder Shelly zu und sagte: »Nimm dich in Acht vor diesen Dingern. Wenn man eines davon isst, will man zehn. Kleine Bomben, wie der Name schon sagt.«

Ein kurzer Moment verstrich, dann sagte Shelly: »Ohhh!«, und lächelte. »›Joy Bombs‹. Verstehe.«

»Außerdem ist mein Name Joy. Ein Wortspiel, wissen Sie.«

»Ah, sogar eine doppelte Bedeutung, wenn man so will.«

»O ja, das will man.«

Shelly lachte ein bisschen, nicht gekünstelt, und sagte dann: »Anthony Puckett, du machst es einem echt nicht leicht, dich zu finden.«

Wieder warf Anthony Joy einen Blick zu und schaute dann zurück zu Shelly. Sah er nicht ein bisschen panisch aus? Und was war das mit seinem Nachnamen?

»Warte«, sagte Joy zu ihm. Wo hatte sie den Namen Puckett denn schon mal gehört? Sie kramte in ihrem Gedächtnis.

»Moment mal«, sagte Anthony zu Shelly.

»Mom?«, sagte Maggie zu Joy.

»Anthony?«, sagte Joy.

»Wir müssen miteinander reden«, sagte Shelly zu Anthony. »Ich bin den ganzen weiten Weg gekommen, um zu sehen, ob wir endlich diese Sache mit deinem Va...«

»Nicht jetzt«, fiel Anthony ihr ins Wort. Seit ihrer ersten gemeinsamen Autofahrt hatte Joy ihn nicht mehr erröten sehen, jetzt jedoch erkannte man sogar durch seine beeindruckende Sonnenbräune, wie rot er geworden war.

»Wie bitte?«, fragte Joy verärgert.

»Nein, ich hab nicht dich gemeint«, entgegnete Anthony und sah Joy an, dann wandte er sich an Shelly und ergänzte: »Lass uns später reden.«

»Ach, komm schon«, entgegnete Shelly. »Das ist doch lächerlich. Ich komme von weit her, die Fahrt mit der Fähre dauert fünfundfünfzig Minuten.«

»Warum nennt sie dich dauernd Anthony Puckett?«, fragte Joy.

Shelly ignorierte die Frage. »Meine Füße bringen mich um, Anthony, ich geh hier nicht weg, bevor wir uns nicht in eine Bar gesetzt und die Sache ein für alle Mal geregelt haben. Ich hab fünf verschiedene Publikationen an der Hand, die scharf darauf sind, es zu veröffentlichen.«

»Veröffentlichen?«, wiederholte Joy. »Was für Publikationen?«

»Ach nichts«, sagte Anthony. »Nichts wird veröffentlicht. Shelly, warte bitte, ich will erst mit Joy reden.«

»Kommt nicht infrage«, beharrte Shelly. »Den ganzen Sommer haben wir schon darüber gesprochen. Ich will das endlich unter Dach und Fach haben.«

»Den ganzen Sommer?«, fragte Joy.

Sie hatte eine Gänsehaut im Nacken und auf den Armen. »Wisst ihr was?«, sagte sie. »Geht doch in eine Bar, ihr zwei. Maggie, Olivia ist hinten. Ruf sie nach vorn, sobald es voll wird. Ich muss mal ein paar Minuten nach Hause.«

»Joy...«, sagte Anthony wieder.

»Was ist denn hier los?«, fragte Shelly. »Irgendwas stimmt doch nicht.«

»Joy«, wiederholte Anthony dringlicher.

Joy schüttelte den Kopf. »Nein. Nicht jetzt.«

Kapitel 31

Anthony

Es war noch heller Tag, aber im »Poor People's Pub« herrschte ewiges Zwielicht. Unterwegs wählte Anthony sechsmal Joys Nummer, aber sie ging nicht an ihr Handy. Sein Herz hämmerte, sein graues T-Shirt war durchgeschwitzt. Er empfand die gleiche schwelende Angst wie damals, als Huxley Wilder angerufen und gesagt hatte: *Puckett, wir haben ein Problem.*

»Welchen Tequila habt ihr?«, fragte Shelly den Barkeeper, den Anthony als Joys Freund Peter erkannte. Peter ratterte eine Liste von Namen herunter. Anthony war die Aktion mit der Limone und dem Salz schon immer sinnlos vorgekommen – nur ein Rätsel mehr, aus dem man in dieser ohnehin abstrusen Welt schlau werden musste. »O mein Gott, du hast Herradura?« Shelly packte Anthonys Arm. »Hast du jemals Herradura probiert?«

Anthony verneinte.

»Du wirst das Zeug lieben, das schwöre ich«, sagte Shelly zu Anthony, fügte an Peter gewandt hinzu: »Zwei davon.«

»Ah«, sagte sie, als der Barkeeper zwei Gläser vor sie stellte. »Gott, ich liebe den Geruch von Tequila, du nicht auch?«

In der Nacht vor seiner Hochzeit, als seine Trauzeugen ihn mit Jack Daniel's abgefüllt hatten, war Anthony der Geschmack auf hochprozentigen Alkohol ein für alle Mal vergangen. Trotzdem erwiderte er höflich: »Tequila. Wunderbar.«

Der Barkeeper brachte einen kleinen Teller mit zwei Limonenscheiben, einem Salzstreuer und zwei Cocktailservietten, aber

Shelly scheuchte ihn weg. »Die Chaser brauchen wir nicht«, sagte sie, »nicht bei Herradura.« Dann nahm sie eines der Shot-Gläser, kippte es blitzschnell hinunter und bedeutete Anthony mit der freien Hand, das Gleiche zu tun. Sofort bestellte sie Nachschub.

»Ich hab genug«, sagte Anthony, der auch den ersten Shot nicht angerührt hatte. Shelly zuckte die Achseln und korrigierte die Bestellung nicht.

»Also«, sagte sie. »Diese Insel. Block Island. Wie ist es hier denn so?« Sie schob die vollen Gläser dichter zu Anthony.

Er holte tief Luft und atmete sehr langsam wieder aus. »Es ist … toll«, sagte er schließlich. »Wirklich ein toller Ort.« *Toll.* Ein banales Wort, das dem blaugrünen Wasser, dem faszinierenden Nebeneinander von Ackerflächen und Meer, den im Wind wogenden Strandgräsern auf dem Weg zum Scotch Beach nicht ansatzweise gerecht wurde. Den Mohegan Bluffs bei Sonnenaufgang, dem North Lighthouse bei Sonnenuntergang.

»Ich meine«, sagte er etwas lahm, »es ist ein wirklich schöner Ort für eine Auszeit. Sagen wir es mal so.«

Eigentlich wollte er nur zurück zu Joy. Inzwischen hatte sie bestimmt seinen richtigen Namen bei Google eingegeben. Und wusste alles. Er hatte einen dicken Kloß im Hals, sein Magen grummelte. »Hör zu, Shelly«, setzte er an, »wenn du den ganzen Weg hierher gemacht hast, um über die Fotosession zu reden, weiß ich wirklich nicht, ob ich …«

»Ach, das«, unterbrach sie ihn. »Schon okay, das kommt erst später. Ich meine, ich denke wirklich, dass es eine Wende für dich sein könnte, daran zweifle ich keine Sekunde, trotzdem kann ich gut verstehen, wenn du dafür noch nicht bereit bist.«

»Okay«, sagte er, irritiert durch das *später*. Was glaubte Shelly denn, worüber sie sonst noch unbedingt sprechen mussten? »Richtig, ich bin noch nicht bereit.«

»Unterhalten wir uns einfach ein bisschen«, sagte Shelly, als hätte Anthony kein Wort gesagt. »Ich hab nie richtig mit dir geredet, Anthony Puckett. Ich meine, wir haben schon geredet, über das ganze Bücherzeug und so, aber wir haben nie richtig miteinander geredet, so als Menschen. Zum Beispiel hast du mir nie gesagt ...«, sie legte eine Pause ein und drehte an einem der riesigen Ringe an ihrer linken Hand, »... wie es ist, der Sohn des einzigartigen Leonard Puckett zu sein.«

»Meine Güte«, sagte Anthony. Die gleiche Frage hatte Lu ihm gestellt, wenn auch unter vollkommen anderen Umständen.

»Du bist so süß, Anthony Puckett. Ich kann nicht glauben, dass du grade ›Meine Güte‹ gesagt hast. Wir müssen dich endlich wieder unter die Leute kriegen, du brauchst Publikum. Also, jetzt erzähl mir doch mal, wie es ist, ein Puckett zu sein.«

»Das ist ... schwer zu erklären, Shelly. Und ehrlich gesagt auch nicht sonderlich interessant.«

»Wir müssen auch nicht unbedingt reden«, sagte Shelly etwas leiser. »Ich hab ein Zimmer im Spring House Hotel.«

O Gott, dachte Anthony. Er entschuldigte sich, ging zur Toilette und wählte noch einmal Joys Nummer. Keine Antwort. Als er zurückkam, fragte Peter: »Noch eine Runde?«

»Ja bitte«, antwortete Shelly.

»Für mich bitte ein Mineralwasser«, fügte Anthony schwächlich hinzu.

»Wenn du nicht ins Hotel gehen willst«, sagte Shelly, könnte ich auch einfach ...« Sie ließ eine ihrer manikürten Hände auf seinen Schoß sinken.

Anthony spürte, wie ihm heiß wurde, und sah besorgt zu Peter hinüber. Aber der trocknete mit einem dieser kleinen Bar-Geschirrtücher die Gläser ab und schien nichts bemerkt zu haben. An einem der Tische saß ein junges Pärchen, offensichtlich mitten in einem

Streit. Anthony hörte, wie das Mädchen sagte: »Das ist kompletter Blödsinn, Michael. So was kann ich gar nicht.« In ihrer Nähe trank eine Gruppe Frauen Frozen Daiquiris und lachte. Vorsichtig entfernte Anthony Shellys Hand von seinem Schoß, legte sie auf den Tresen und kippte dann sein Mineralwasser.

Shelly nahm seine Hand und zog mit ihrem manikürten Finger die Linien auf der Handfläche nach, schloss die Augen und holte tief Luft.

Anthony sah sich in der Bar um. »Was machst du denn, Shelly?«, flüsterte er unbehaglich. »Willst du mir aus der Hand lesen?«

»Schau dir meine an!« Sie öffnete ihre Hand. »Meine linke Linie ist höher, das bedeutet, dass ich es in der Liebe am liebsten leidenschaftlich und feurig mag. Lass mich deine anschauen. Leg die Hände nebeneinander, Anthony, die kleinen Finger aneinander.«

Anthony tat es. Stirnrunzelnd studierte Shelly seine Hände. Er konnte selbst nicht glauben, dass er mitmachte, er wollte gehen, Joy suchen, aber er war verunsichert, hilflos und gänzlich unfähig, dem Wirbelwind Shelly Salazar aus dem Weg zu gehen.

»Woher weißt du das alles?«, fragte er.

»Hab ich online gelesen. Anthony ...«, sagte Shelly. »Ich weiß, dass du dich von deiner Frau getrennt hast. Aber ich muss dir sagen, deine Liebeslinie ist echt kräftig. Sehr aktiv. Also ...« Sie sah ihm vielsagend in die Augen.

»Ich hab kein Interesse«, unterbrach er sie schnell. »Du bist ein echt hübsches Mädchen, Shelly.«

»Mädchen?« Sie lehnte sich zurück. »Ich bin achtundzwanzig, Anthony Puckett, praktisch eine alte Jungfer.«

»Ich finde, du bist eine sehr hübsche Frau«, korrigierte Anthony sich. »Nur suche ich so was zurzeit nicht.«

»So was?«, fragte Shelly, stützte das Kinn auf die Hand und musterte ihn.

»Du weißt doch, was ich gemeint habe.« Er machte eine Kopfbewegung zu ihrer anderen Hand, die auf seinem Schoß gelegen hatte. »So was suche ich nicht.«

»O mein Gott«, seufzte sie. »Ihr nehmt das alle so ernst.«

»Wen meinst du?«

»Deine Generation. Ich war mal mit einem Typen in deinem Alter zusammen – wie alt bist du noch mal, fünfundvierzig, oder was?«

»Neununddreißig!«

»Egal. Der Typ jedenfalls war fünfundvierzig. Geschieden. Genau wie du.«

»Ich bin nicht geschieden«, stellte er richtig. In diesem Aspekt war er Joy gegenüber ehrlich gewesen, nur alles andere hatte er für sich behalten. Shelly zuckte die Achseln.

»Er hatte Kinder, die hab ich aber nie kennengelernt. Jedenfalls wollte er ständig, dass wir darüber reden – *wo soll die Beziehung hingehen, Shelly, ich muss wissen, woran du denkst, Shelly.* Dermaßen anstrengend. Ich wollte nur guten Sex. Er hatte ein richtig geiles Apartment in der Upper West Side, und ich hab damals mit einer total Bekloppten unten im East Village zusammengewohnt, ich hätte mit jedem geschlafen, um da rauszukommen.«

Anthony zuckte zusammen.

»Ich hab ihn gefragt, warum er das alles so ernst nimmt«, fuhr Shelly fort. Entweder ignorierte sie Anthonys Reaktion oder hatte sie nicht bemerkt. »Ich hab ihn gefragt: *Warum können wir nicht einfach weiter in all diese tollen Restaurants gehen und ficken?*« Sie hielt inne. »Eigentlich«, fügte sie dann nachdenklich hinzu, »eigentlich war der Sex bestenfalls okay, wenn du meine ehrliche Meinung hören willst.«

»Das will ich gar nicht, danke.«

Einen Moment bekam sie einen gläsernen, verträumten Blick, aber gleich darauf wandte sie sich wieder Anthony zu. Er duckte sich. »Heutzutage nehmen die Leute alles viel zu ernst«, sagte sie. »Ich versteh das nicht. Da hast du ein paar Abschnitte bei einem toten Autor abgeschrieben, von dem nie einer gehört hat. Ist das vielleicht ein Weltuntergang?« Dann wanderte ihr Blick zu den Gläsern, die vor Anthony standen. »Trinkst du die jetzt oder nicht?«

»Nein«, antwortete Anthony. »Ganz sicher nicht.«

»Na ja, ich werde zwei Shots Herradura ganz bestimmt nicht stehen lassen.« Sie hob ein Glas nach dem anderen an die Lippen und kippte sie. Dann schmatzte sie ein wenig, streckte die Hand aus und sagte: »Leb wohl, Anthony Puckett, war mir ein Vergnügen, mit dir zu arbeiten.«

»Leb wohl, Shelly«, sagte Anthony. »Danke für alles.«

»Wenn du es dir wegen der Sache mit deinem Dad doch noch anders überlegst, ruf mich sofort an. Okay?«

»Ich bin ziemlich sicher, dass das nicht passieren wird«, erwiderte Anthony. »Aber dann würde ich Kontakt mit dir aufnehmen, ja.«

Damit glitt Shelly Salazar vom Barhocker, zupfte ihr Kleid zurecht und verließ die Bar. Anthony drehte sich um und sah ihr nach – ein leichtes Schwanken auf den superhohen Heels war das Einzige, woran man hätte erkennen können, wie viel Alkohol sie intus hatte. Und auch nur, wenn man es wusste.

Kapitel 32 | Lu

www.DinnerbyDad.com

Heute Abend serviere ich meinen Taco-Salat mit Gemüse aus meinem Garten. Vielleicht mache ich dazu noch einen Sommercocktail, etwas mit Tequila und Jalapeño (Rezepte folgen).

Ich habe kochen gelernt als Geschenk für Jacqui und für unsere Familie, um meinen Beitrag zu leisten und damit wir einen Grund haben, gemütlich zusammenzusitzen. Das könnt ihr auch, liebe Leserinnen und Leser. Es muss nicht kompliziert sein. Aber lecker und gesund.

Als Maggie bei »Joy Bombs« fertig war, radelte sie zu Lu und nahm die Jungs zum Strand mit, wobei sie sich gewissenhaft um Sonnenschutz für alle kümmerte. Wegen Sebastians Beinahe-Unfalls zu Anfang des Sommers hatte Lu ihren Söhnen verboten, ins Wasser zu gehen, wenn sie nicht dabei war. Aber sie konnten Sandburgen bauen und im Sand Wettläufe veranstalten.

Lu war gerade dabei auszuprobieren, wie sie den Tequila-Cocktail am besten fotografieren konnte, als es an der Tür klingelte. Sie erschrak und versteckte sich hinter dem Wohnzimmervorhang, von wo aus man die Auffahrt sehen konnte, ohne selbst entdeckt zu werden. Scheiße – es war Nancy.

»Lu! Juhu! Lu!« Nancy klingelte und klopfte gleichzeitig. Von all den Menschen, die Lu kannte, war Nancy die Einzige, die tatsächlich mit todernstem Gesicht »Juhu« rief.

Lu sah, wie sich der Türknauf langsam drehte, und verfluchte sich, weil sie nicht abgeschlossen hatte. Doch da Nancy außerdem einen Schlüssel besaß, hätte sie ohnehin keine Chance gehabt. Lu schnappte sich ihren Laptop und eilte auf Zehenspitzen die Treppe hinauf – sie musste alles speichern, woran sie gearbeitet hatte, ohne dass Nancy etwas davon zu Gesicht bekam.

Schon öffnete sich die Haustür.

»Sekunde!«, rief Lu. »Ich komm runter!« Unten stellte sie sich so an die Tür, dass Nancy nicht ohne Weiteres an ihr vorbeikam. Ein paar von den Cocktailzutaten standen auf der Anrichte, und es war kaum vorstellbar, dass Nancy Alkoholkonsum am helllichten Tag billigte. Vor allem, wenn Jeremy ihr von dem Streit erzählt hatte.

Nancy reckte den Hals und gab sich alle Mühe, in die Küche zu spähen. »Jeremy hat gesagt, du könntest ein bisschen Hilfe gebrauchen, da dachte ich, ich komme mal vorbei. Eigentlich wollte ich das schon gestern machen, aber da hatte ich einen Termin.«

»Hilfe?«, wiederholte Lu und überlegte, ob sie die Cocktailgläser irgendwie in die Spüle manövrieren könnte, ohne dass Nancy etwas mitbekam.

»Ja, er meinte, du wärst in letzter Zeit immer so erschöpft.« Er hatte ihr also etwas erzählt. Nancy lächelte verschwörerisch. »Vielleicht bist du ja schwanger!«

»Nein, ganz bestimmt nicht«, entgegnete Lu. Definitiv.

»Aber bestimmt bald.«

»Na hoffentlich.« Lu brachte ein Lächeln zustande und pflasterte es sich aufs Gesicht. »Chase hatte Alpträume, deshalb schlafe ich oft nicht besonders gut.«

Nancy machte ein enttäuschtes Gesicht. »Oh. Na ja, aber bestimmt klappt es bald.« Lu wusste nicht recht, wie sie in diese Schwangerschaftsverschwörung hineingezogen worden war. Sie fand zwei Kinder genau richtig – eines für jede Hand. Jeremy hatte zwei Brüder, und aus irgendeinem Grund war er wild entschlossen, diese Familiengröße zu reproduzieren – und er hatte leicht reden, denn wenn sie noch ein Kind bekämen, würde er auch nicht öfter zu Hause sein.

»Wo sind denn die Jungs?« Nancy tänzelte herum wie ein Boxer im Ring, und Lu dachte einen Moment, sie würde sich unter ihrem Arm durchducken, um an ihr vorbeizukommen.

»Oben.«

»Ich könnte ihnen ja kurz Hallo sagen.«

»Oh, das wäre sicher schön, aber sie machen Mittagsschlaf.«

Nancy sah sie an und sagte triumphierend: »Chase macht doch gar keinen Mittagsschlaf mehr.«

»Zu Hause nicht, nein«, räumte Lu ein. »Aber die Seeluft hier hat irgendwas in sich – die macht ihn total müde. Ich hab gerade nach ihnen geschaut, sie schlafen wie die Murmeltiere.«

»Ruf mich doch an, wenn sie aufwachen«, sagte Nancy. »Vielleicht komm ich dann noch mal vorbei.«

»Das wäre toll«, sagte Lu. »Die beiden würden sich freuen.«

Damit komplimentierte sie Nancy aus der Tür und eilte zurück in die Küche. Ehe sie sich wieder den Cocktails zuwandte, checkte sie noch ihre Mails. Sie hatte achtundsiebzig neue Nachrichten, von denen eine den Betreff *»Einladung!«* hatte. Lu spürte ein Flattern im Magen.

Sie las die Mail. Und las sie gleich noch einmal. Sie war eingeladen, an *Sapor!*, einer der größten Food-Blog-Konferenzen Amerikas, teilzunehmen – die Konferenz hatte schon Tausende Blogger lanciert, dauerte volle fünf Tage und fand in San Francisco statt. Obendrein war Lu nicht nur eingeladen, sie sollte als Podiumsgast auftreten, und zwar zum Thema: »Wie fülle ich meinen Blog mit Geschichten aus dem richtigen Leben?«

Ihr Vortrag war für den dritten Tag der Konferenz eingeplant, aber die Einladung galt für alle fünf Tage. Wie in aller Welt konnte sie einen fünftägigen Ausflug rechtfertigen? Ebenso schwierig war die Frage, wie sie sich vor einem Livepublikum als Mann präsentieren sollte. Aber es hieß ja nicht umsonst, dass Not erfinderisch machte, sie würde eine Lösung finden müssen. Später.

Das ist wundervoll, schrieb sie zurück. *Herzlichen Dank für die Einladung.*

Ihr Handy piepte – eine SMS von Jeremy.

Mom sagt, du hast dich komisch benommen. Alles in Ordnung?

Toll, dass Nancy sich mit ihrer Beobachtung direkt an Jeremy gewandt hatte. Sie hatte wahrscheinlich irgendeinen banalen Verdacht, beispielsweise dass Lu eine Affäre hatte. Normalerweise hätte Lu das geärgert, aber jetzt, mit dieser Einladung vor der Nase, war es ihr vollkommen egal.

Alles gut, schrieb sie zurück. *Könnte nicht besser sein.*

Kapitel 33 | Joy

Die Recherche war nicht schwierig, sie brauchte nur ein bisschen zu googeln. Als Erstes tauchte der Artikel aus der *Times* auf, gefolgt von Berichten in allen möglichen anderen Zeitungen. Für Joy hätte der erste genügt, das Foto von Anthony war unverkennbar.

Über ihre Facebook-Seite – eine öffentliche Seite, die sie und ihre Kunst mit einem Studio im South End von Boston verlinkte – fand sie auch Anthonys Frau. Lange, lange starrte sie das Foto von Cassie an: seidige Haare, seidiges Shirt. Sie sah aus wie ein Model für eine kostspielige Hautpflegeserie. Eine Frau, die schon beim Anblick eines Whoopie-Pies die Flucht ergreifen würde.

Noch nie hatte Joy sich so klein, zu lockig und kurvig gefühlt – und so völlig auf dem Holzweg.

Auf der Verlagswebsite war eine Autorenbiographie zu lesen – anscheinend hatte niemand den gesunden Impuls gehabt, sie zu löschen: *Anthony Puckett lebt mit seiner Frau und ihrem kleinen Sohn am Rand von Boston.*

Was denn für ein Sohn?, dachte Joy.

Am nächsten Morgen klingelte Joys Telefon sehr oft. Beim achten Klingeln ging sie ran. Sie war auf dem Fahrrad, war gefahren, so schnell sie konnte, so weit sie konnte.

»Was?«, fragte sie aggressiv.

»Hör zu, Joy, ich bin's.«

... mit seiner Frau und ihrem kleinen Sohn ...

»Ich weiß.«

»Können wir reden? Kann ich rüberkommen?«

Anthony hatte ihr kein Sterbenswörtchen von seinem kleinen Sohn erzählt.

»Ich bin nicht zu Hause.«

Er hatte neben Joy vor einem Poster seines eigenen Vaters gestanden und so getan, als würde er ihn nicht kennen.

»Wo bist du denn?«

»Draußen.«

»Wo draußen?«

Sie seufzte. »Das geht dich eigentlich überhaupt nichts an, Anthony Puckett, aber ich mache eine Radtour.«

»Wo? Ich komm zu dir.«

»Ich bin schon halb um die Insel rumgefahren. Du holst mich nicht ein.«

»Dann warte auf mich.«

Sie schnaubte und seufzte noch einmal. »Ich weiß nicht, ob ich dich sehen will. Eher nicht.«

»Aber ich möchte dir alles erklären. Wo bist du? Du kannst mir doch nicht für immer aus dem Weg gehen.«

»Ich wette, das kann ich.«

»Kannst du nicht.«

»Ich bin ganz am Ende der Corn Neck Road«, sagte sie schließlich.

»Beim Leuchtturm? Settler's Rock? Wo?«

»Na schön«, sagte sie. »Wir können es genauso gut gleich hinter uns bringen. Ich bin auf dem Parkplatz vor dem Leuchtturm.« Sie hatte ihr Fahrrad an das Schild *Welcome to the Block Island Wildlife Refuge* gelehnt, stand mit verschränkten Armen davor und sah auf die Bucht hinaus.

Der Parkplatz war fast voll, aber kein Mensch war in der Nähe. Vermutlich wanderten alle die Felsen entlang zum Leuchtturm.

Als sie den LeBaron die Straße herunterkommen sah, ging sie näher zum Wasser. Sollte er ihr doch nachlaufen.

»Hey«, sagte Anthony, als er über die Steine, die den Strand bedeckten, auf sie zukam. Sein graues T-Shirt hatte vorn einen Fleck, die Meeresbrise zerzauste seine Haare. Joy versuchte, sich auf das T-Shirt zu konzentrieren und nicht auf die Haare, denn auch in die hatte sie sich verliebt, vor allem, wenn sie so chaotisch aussahen wie in diesem Moment. Doch damit war es vorbei. Hoffentlich würde ihr Herz bald wieder heilen.

Sie deutete zum Leuchtturm und sagte: »Wusstest du, dass im Jahr 1831 ein Schoner hier am Sandy Point Schiffbruch erlitten hat?«

»Nein.« Falls Anthony sich über die unerwartete Geschichtslektion wunderte, ließ er es sich nicht anmerken. »Wusste ich nicht. Joy ...«

»Das Schiff hieß ›Warrior‹. Kannst du es dir vorstellen? Einundzwanzig Menschen sind damals ertrunken. Nicht weit von der Stelle, an der wir jetzt stehen.«

»Nein ...«

»Weißt du überhaupt, woher Block Island seinen Namen hat?«

»Ich glaube nicht.« Ihm schien nicht klar zu sein, wie wütend sie war.

»Typisch«, stieß sie hervor. »Die meisten Leute, die hierherkommen, machen sich nicht mal die Mühe, das zu recherchieren. Die Insel wurde von dem niederländischen Forscher Adriaen Block kartographiert. Wusstest du, dass man sie im Stamm der Narragansett ›Manisses‹ nannte?«

»Nein.«

»Der Name heißt übersetzt ›Insel des kleinen Gottes‹.«

»Schön. Und sehr interessant. Joy ...« Er streckte die Hand aus, als wolle er sie berühren, aber sie wich zurück.

»Und ja, die Sonnenuntergänge hier sind phantastisch und die

Strände herrlich und die Cocktails echt lecker, aber ihr Leute, die ihr kommt und geht, ihr merkt überhaupt nicht, dass hier alles voller Geschichte ist. Ihr merkt nicht, dass ihr euer Chaos hierlasst, damit wir es aufräumen und alles wieder in Ordnung bringen. Ihr kommt von draußen, und dann verschwindet ihr einfach wieder, als wäre nichts geschehen.«

Diesmal antwortete Anthony nicht, und Joy fuhr nach einer kurzen Pause fort: »Also, ich schau mal, ob ich es richtig verstehe. Nach den Angaben in der *New York Times* und vielen anderen Zeitungen hast du einen Sohn.«

Anthony nickte. »Er heißt Max.«

»Und dein Vater ist der Typ auf dem Riesenplakat im Schaufenster von ›Island Bound Books‹, ist das richtig? Leonard Puckett?« Als sie vor dem Poster gestanden hatten, hatte er sie gefragt, ob sie schon einmal etwas von ihm gelesen hatte.

»Richtig«, bestätigte Anthony.

»Und außerdem schreibst du selbst auch Bücher und bist keineswegs freischaffender Journalist. Dein zweites Buch, für das du eine irre Summe gekriegt hat, wurde kurz vor der Veröffentlichung zurückgezogen, weil du einen Teil davon irgendwo abgeschrieben hast. Und erwischt worden bist.«

Er nickte. »Es war aber nur ein winziger Teil«, sagte er. »Nicht mal ein ... es war so ein ... ich meine, der größte Teil des Buchs war ...«

»Aha.« Joy verschränkte wieder die Arme über der Brust. Ihr Herz pochte so heftig, dass sie es gegen ihre Hand schlagen spürte. »Ich hätte es wissen sollen«, sagte sie. »Das mit dir war einfach zu schön, um wahr zu sein.«

»Aber ich bin doch real«, sagte er, und es klang verzweifelt. Er fuhr sich mit den Händen durch die Haare. »Ich bin hier, ich bin ich, ich bin der Kerl, mit dem du fast den ganzen Sommer verbracht hast.

Der bin ich immer noch, Joy. Wenn ich es dir erklären könnte, wenn ich dir alles erzählen könnte … Es war ein Fehler, ein blöder Fehler, der total aufgebla …«

Doch sie fiel ihm ins Wort. »Du bist der größte Schwätzer, der mir in meinem Leben je begegnet ist, Anthony Jones.« Er zuckte zusammen. »Puckett, meine ich natürlich«, korrigierte sie sich. »Anthony Puckett. Praktisch alles, was du mir erzählt hast, war gelogen. Eine einzige dicke fette Lüge.«

»Nein! Nicht alles, es war nur ein Teil. Eigentlich auch keine Lüge, sondern eher, dass ich – dass ich einen Teil der Wahrheit für mich behalten habe.«

»Wie schön du das formulierst«, fauchte sie. »Man merkt gleich, dass du schreiben kannst!« Wütend hob sie einen Stein auf und schleuderte ihn in Richtung Wasser.

»Es tut mir leid. Es tut mir so leid! Ich weiß nicht, was ich sonst sagen soll, Joy. Ich bin Anfang des Sommers hergekommen und war total am Ende. Meine Exfrau wollte nicht …« Er setzte seine ganze Überzeugungskraft ein, doch Joy hatte nicht vor, sich überzeugen zu lassen.

»Von wegen Ex. Du bist nicht geschieden, erinnerst du dich?«

»Ja, stimmt. Noch nicht. Ich will mich scheiden lassen, aber ich bin noch nicht geschieden, richtig. Jedenfalls bin ich damals hergekommen, um mich zu verstecken, mich zu verkriechen, meine Wunden zu lecken und herauszufinden, wie ich weitermachen kann. Ich wollte niemanden treffen. Mit niemandem reden. Einfach nur verschwinden. Deshalb habe ich mir diese Insel ausgesucht, ich dachte, ich könnte eine Weile unsichtbar werden, bis ich wieder genug Kraft hätte, in die reale Welt zurückzukehren.«

Doch das machte Joy nur noch wütender. Sie schleuderte noch einen Stein. »Für manche Menschen ist das hier die reale Welt. Für mich zum Beispiel. Und für Maggie. Du kannst nicht einfach hier reinplatzen und …« Sie hielt sich die geballte Faust an den Mund und biss sich auf die Knöchel. Sie wollte auf keinen Fall weinen, aber sie war so … so enttäuscht. »Du kannst hier nicht einfach reinplatzen, ein bisschen rumspielen und dann wieder verschwinden, als wäre nichts passiert.«

Als Anthony antwortete, klang seine Stimme sanfter. Versöhnlich. Die Verzweiflung war verschwunden, er redete fast zärtlich. »Ich weiß, dass ich das nicht kann«, gab er zu. »Wenn ich dir nur klarmachen könnte, Joy, wie kaputt ich damals war. Mein Herz war gebrochen, ich war todunglücklich.«

»Gratuliere! Willkommen im Club.« Auf einmal konnte sie die Tränen nicht mehr zurückhalten, wandte das Gesicht ab und wischte sich mit dem Handrücken über die Augen.

Anthony kam ein Stückchen näher. »Aber du bist nicht so ein Mensch, du bist nicht todunglücklich.«

»Wie kommst du denn auf die Idee?«

»Du bist der stärkste Mensch, den ich kenne. Das wusste ich schon an dem Tag, als mein Auto die Panne hatte und du angefahren kamst – eine wunderschöne, lebensfrohe Frau, energisch, mit beiden Füßen fest auf dem Boden der Tatsachen. Wie du in deinem Jeep durch die Gegend saust, wie du deinen Laden führst, wie du deine köstlichen kleinen Whoopie-Pies backst …«

Nein. Sie würde nicht zulassen, dass er ihre Whoopie-Pies mit reinzog. Und es gab nach wie vor Momente, in denen Joys Herz sich anfühlte wie eine offene Wunde. Dustin hatte eine andere Frau gefunden, ein weiteres Kind gezeugt, als wäre Joy einfach nicht gut genug gewesen. Sie kannte den Herzschmerz genau wie alle anderen.

»Du kannst nicht bestimmen, was ein gebrochenes Herz ist und was nicht, du hast das Unglücklichsein nicht gepachtet«, unterbrach sie Anthony.

»Das habe ich nie behauptet!«

»Aber du benimmst dich so.«

Das ärgerte ihn, die Zärtlichkeit verpuffte.

»Das stimmt nicht«, entgegnete er scharf.

»O doch, Anthony Nicht-Jones. Du läufst hier rum mit deinem erbärmlichen Hundeblick, als hätte die ganze Welt es auf dich abgesehen. Und alle müssen wir Mitleid mit dir haben.«

In seinem Gesicht veränderte sich etwas, es wurde härter. »Ich tue nicht so, als wäre ich traurig. Vielleicht bin ich es wirklich. Vielleicht hab ich ein beschissenes Jahr hinter mir, und als ich hierhergekommen bin, war Shelly Salazar der einzige Mensch, der noch bereit war, mit mir zu reden, ausgerechnet Shelly Salazar …«

Joy schnaubte verächtlich.

»Ich habe die Beziehung zu meinem Vater zerstört, zu meiner Frau, zu meinem Sohn und wahrscheinlich auch zu meiner Mutter, die mich jeden Tag angerufen hat, bis sie mich irgendwann auch aufgegeben hat … Ich hab doch bloß einen einzigen dummen Fehler gemacht. Und deswegen muss ich alles verlieren? Alles?«

»Tut mir leid«, erwiderte Joy, »aber das, was hier passiert ist, setzt mir ganz schön zu.«

Er zog die Augenbrauen hoch. »Das ist ein schöner Satz«, sagte er und wiederholte ihn flüsternd. Er klopfte auf seine Taschen – suchte er vielleicht sein Notizbuch?

»Du darfst das nicht verwenden, ich gebe dir meine Erlaubnis nicht«, sagte sie. »Das ist ganz allein mein Satz.« Joy holte tief Luft. Es war eine Menge zu verdauen, auf einmal und so plötzlich. »Damit ich das richtig verstehe – deine Frau hat dich verlassen, als man dich wegen des Plagiats erwischt hat?«

»Nein.« Anthony rieb sich die Augen, auf einmal sah er sehr müde aus. »Meine Frau hat eine Affäre angefangen, lange bevor ich erwischt worden bin. Wahrscheinlich sogar, bevor ich abgeschrieben habe. Aber offiziell rausgeworfen hat sie mich, als ich erwischt worden bin, ja. Das Geld hörte auf zu fließen, alles hörte auf zu fließen. Ich sitze zwischen allen Stühlen. Ja.« Er schüttelte den Kopf. »Ich wusste, dass du es nicht verstehen würdest. Deshalb habe ich es nicht erzählt.«

»Wie bitte?«

»Ich hab gesagt, ich wusste, dass du es nicht verstehen würdest.«

»Und warum nicht?« Sie holte tief Luft. Ihre Wut verfestigte sich. »Warum nicht?«

»Ach nichts.« Er schüttelte den Kopf. »Es ist nur …«

»Was?«

»Deine Scheidung war freundschaftlich. Die Beziehung mit Dustin, wie ihr euch gemeinsam um Maggie kümmert – das ist anders. Es funktioniert irgendwie. Deshalb verstehst du nicht, wie es für mich ist, nicht wirklich. Für dich ist es leichter.«

Jetzt begann Joy zu kochen, ihr wurde ganz heiß. »Willst du mich auf den Arm nehmen? Das ist ja eine bodenlose Frechheit!« Sie dachte an all die einsamen Nächte, wenn Maggie schlief und der Winterwind heulte. »Glaubst du ernsthaft, dass bei mir alles die ganze Zeit glattgelaufen ist? Dass es für mich kein Problem war, allein für eine Zweijährige zu sorgen, ohne Geld, ohne Unterstützung, und hier ganz neu anzufangen? Es hat zehn Jahre gedauert, bis ich dort angekommen bin, wo ich jetzt bin, Anthony. Zehn Jahre! Und fast nichts davon war leicht.«

»Na ja, aber …« Er verzog das Gesicht auf eine Art, dass sie sah, wie er versuchte, die richtigen Worte zu finden. »Ich meine, du bist stark. Du weißt, was du willst, und du … du packst es an. Deshalb denke ich, dass es in gewisser Weise leichter für dich war. Weil du so bist, wie du bist. Das ist es, was ich an dir bewundere, Joy.«

Vielleicht versuchte er jetzt, ihr zu schmeicheln, aber jedes Wort machte Joys Wut nur noch größer. »Dann hast du gar nichts verstanden«, sagte sie. Dieser Mann war in wohlhabenden Verhältnissen aufgewachsen, er hatte einen berühmten Vater – ihm war praktisch alles in die Wiege gelegt worden, und er hatte es leichtfertig verspielt. Nein, er hatte Joys Mitgefühl nicht verdient. »Vielleicht solltest du endlich aufhören, dich als Opfer zu fühlen, und dein Leben wieder auf die Reihe kriegen. Das musste ich auch, und es hat verflucht wehgetan. Du bist nicht der einzige Mensch, der Probleme hat, Anthony Puckett. Du bist nicht der Einzige, der manchmal die Zähne zusammenbeißen muss.«

Eine Weile blieb er stumm, und Joy konnte sehen, wie ihre Worte bei ihm ankamen.

»Du hast recht«, sagte er schließlich. Jetzt klang seine Stimme wieder versöhnlich, und er kam einen Schritt näher. »Es tut mir leid, Joy, ehrlich. Es tut mir leid, dass ich dich enttäuscht habe. Es tut mir leid, dass ich dir nicht die ganze Geschichte erzählt habe. Es tut mir leid, dass ich das alles noch nicht so klar gesehen habe, als ich dir begegnet bin. Ich hatte ja nie vor, für irgendwas oder irgendwen auf dieser Insel Gefühle zu entwickeln. Mir erschien diese Möglichkeit nie – real.«

Konnte er denn nicht sehen, dass er sich mit jedem Satz tiefer in die Scheiße ritt? »Wie gesagt, diese Insel ist meine reale Welt, es ist mein und Maggies Zuhause, das ganze Jahr über. Du kannst nicht einfach hier reinplatzen und mich unter Vortäuschung falscher Tatsachen dazu bringen, mich in dich zu verlieben.«

Sein Mund zuckte, um ein Haar hätte er gelacht. Aber Joy hatte keine Geduld mehr. Warum hatte sie diesen Mann in ihr Herz, ihr Haus und ihr Bett gelassen? Sie hätte doch wissen müssen, dass es zu schön war, um wahr zu sein. Alles. Sie ging zurück zu dem Naturschutz-Schild und richtete ihr Fahrrad auf.

GEFÄHRLICHE STRÖMUNG!, stand auf dem Schild. *Ach wirklich*, dachte Joy.

Anthony folgte ihr und öffnete seine Autotür.

»Joy…«, begann er.

»Nein«, fiel sie ihm ins Wort, und ihr Herz zerbrach in tausend kleine Stücke. »Nein, Anthony. Es reicht. Wir sind fertig miteinander. Für immer.« Damit wandte sie ihm den Rücken zu, während er einstieg und mit seinem LeBaron den Parkplatz verließ.

Falls Anthony ihr etwas aus dem Fenster zurief, hörte sie nicht hin.

Doch sie hörte ein anderes Geräusch. Unter ihrem Fuß knirschte etwas – was war das? Ein Handy. Anthonys Smartphone, vermutlich war es ihm aus der Tasche gefallen. Tja, geschah ihm ganz recht. Sie hob es auf und steckte es ein. Dann schloss sie ihren Helm unter dem Kinn und radelte davon, den Sund auf der einen, den Atlantik auf der anderen Seite, die lange Corn Neck Road mit ihren gelegentlichen Steigungen vor sich.

Kapitel 34 | Lu

Der Flughafen von Block Island war ein graues Gebäude, das Lu an eine schicke Highway-Raststätte erinnerte. Sie hatte gehört, dass das Restaurant sehr gut sein sollte, mit preisgekrönter Fischsuppe und phantastischen Omeletts, doch sie wusste, dass Nancy die Jungs dorthin ausführen wollte, daher hielt sie sich zurück, obwohl sie direkt vorbeifuhren und alle Hunger hatten. Da Maggie ihrer Mutter im Laden helfen musste, hatte Lu die Jungen zum West Beach mitgenommen, um Meerglas zu suchen, aber sie hatten nichts gefunden, und Lu kam sich vor wie eine Versagerin.

Jetzt hoffte sie, dass sie die beiden Jungs zu Hause vor einen schönen langen Film setzen und selbst ein bisschen Arbeit erledigen konnte. Wieder einmal würde sie ihnen einschärfen, Jeremy nichts davon zu erzählen, denn er war kein Fan davon, wenn seine Söhne tagsüber Filme schauten. Seiner Meinung nach hätten sie in der Zeit lieber eine Fremdsprache lernen oder es mal mit Früh-Algebra versuchen sollen. Womöglich würde Chase einschlafen, er döste schon im Auto immer wieder kurz ein, so übermüdet war er. Lu selbst war auch müde.

Auf der Ablage neben ihr piepte ihr Handy – der Ton, den sie für Nachrichten von Jeremy eingestellt hatte. Doch sie widerstand dem Drang, nachzusehen, was er wollte. Die Jungs schimpften sie immer, wenn sie beim Fahren auf ihr Handy schaute.

Früher, zu Anfang ihrer Beziehung, bevor sie zusammengezogen waren, hatte Jeremy am Ende jeder Schicht angerufen, ganz gleich, wie spät es war, und Lu hatte sich immer auf diese Anrufe gefreut.

Jetzt gab es Momente, in denen ein Anruf von Jeremy sich anfühlte wie ein Eingriff in ihre Privatsphäre. Oder wie ein Vorwurf. Als wolle er sie überwachen.

In einem Moment, in dem sie sicher war, dass die Jungen sie gerade nicht beobachteten, checkte sie ihr Handy.

Wie kommst du klar?

Am liebsten hätte sie zurückgeschrieben: *Beschissen.*

Eigentlich war es ja eine nette Nachricht. Er fragte wegen Chase' Alpträumen letzte Nacht. Immerhin war Lu volle vier Stunden mit ihm wach gewesen, und sie wusste, dass sie für Jeremys Fürsorge dankbar sein sollte, aber stattdessen war sie gereizt – gereizt, weil Chase sich von niemand anderem als ihr beruhigen lassen wollte, gereizt, weil Chase überhaupt immer nur sie wollte, gereizt, weil Jeremy nur einen von etwa sieben Alpträumen mitbekommen hatte und deshalb, auch wenn er versuchte, nett zu sein, immer nur einen Teil des Problems wahrnahm.

Eigentlich hatte der Abend ziemlich entspannt angefangen. Abendessen, Bettzeit für die Jungen, ein bisschen fernsehen. Im Bett hatte Jeremy sie zu sich gezogen, ihren Rücken massiert, den Nacken, die Stelle hinter ihrem rechten Ohr. Lu erkannte die klassischen Verführungstaktiken, war aber nervös, weil sie mit ihrem Blog spät dran war. Wenn sie ehrlich war, hatte sie gehofft, Jeremy würde schnell einschlafen, damit sie sich aus dem Bett schleichen und arbeiten konnte.

Aber nichts dergleichen.

Lu hatte die Augen geschlossen und an Avocado-Gurken-Salat mit Balsamicodressing gedacht, an hausgemachte Lassi und Tikka Masala, an ihr Autorenfoto auf dem Cover ihres eigenen Kochbuchs.

Danach lag sie im Dunkeln, lauschte auf Jeremys Atem, wartete, dass er tief und gleichmäßig wurde, damit sie endlich nach unten zu ihrem Laptop konnte. Aber dann hörte sie aus heiterem Himmel den

Laut, der ankündigte, dass Chase einen Alptraum hatte. Es begann immer mit einem lang gezogenen Jammern, entwickelte sich dann zu einem Heulen und manchmal zu einem lauten Kreischen.

»Ich gehe«, sagte sie und war auch schon dabei, aufzustehen.

Jeremy griff nach ihrer Hand, seine Finger waren weich und warm. »Geh nicht«, sagte er leise und verschlafen. »Bleib hier bei mir, er beruhigt sich bestimmt gleich wieder.«

»Ganz sicher nicht, ich kenne das.« Wenn Chase richtig in Fahrt kam, würde auch Sebastian aufwachen, und niemand konnte mehr schlafen.

»Soll ich gehen?«, murmelte Jeremy – wie alle Mediziner, die das Studium überlebten, hatte er die Gabe, in jeder Situation einschlafen zu können.

»Schon okay«, flüsterte sie.

Tatsächlich konnte sie Chase rasch beruhigen, musste sich jedoch zu ihm ins Bett kuscheln, wo er einen Arm quer über ihre Brust legte und in dieser Position wieder fest einschlief. Lu dachte an ihren Laptop. Doch jedes Mal, wenn sie versuchte, sich unter Chase' Arm hervorzuschlängeln, verstärkte er seinen Griff, und sie war sicher, dass er aufwachen würde, wenn sie ihn allein ließ. Es fühlte sich genauso an wie vorhin, als sie sich von Jeremy hatte losmachen müssen, um zu Chase zu gehen. Würde sie von der nächsten Hand gepackt und festgehalten werden, sobald sie sich von Chase befreite?

Sie fühlte sich ausgetrickst. Nach Chase' Geburt war sie seinem Babyblick verfallen, seiner winzigen Hand, die ihren Daumen umklammerte. *Bleib bei mir*, hatte dieser Blick gesagt. *Lass uns für immer zusammenbleiben*. Sie hatte eingewilligt und sich in die Reihe der Frauen eingefügt, die ihre Arbeit aufgegeben und sich nur noch um ihre Kinder gekümmert hatten.

Sie überlegte, ob Sebastian wohl eines Tages seinem Therapeuten erzählen würde, dass seine Mutter, als er klein war, ihn und seinen

Bruder immer nur mit einem Auge angeschaut hatte, weil das andere auf ihren Laptop gerichtet war.

Am Ende war Lu neben Chase eingeschlafen und mit steifem Nacken aufgewacht. Jeremy war weg.

»Hey!«, sagte Sebastian jetzt und deutete auf den Flughafenparkplatz. »Da ist der Cookie-Truck! Können wir bitte anhalten?«

Lu warf einen Blick in die Richtung. Sebastian hatte recht, sie sah die verräterische französische Fahne und die übliche Menschenschlange.

»Nicht jetzt, Süßer, ja?« In den letzten drei Tagen hatte sie nur ein einziges Mal etwas gepostet und wusste, wenn sie nicht bald nachlegte, würden ihre Leser anfangen abzuwandern. Nur das unerbittliche Tempo machte die richtig guten Blogs so erfolgreich – Geschwindigkeit, die gleichzeitig mühelos wirkte. Ein bisschen wie das Muttersein. »Ich muss jetzt wirklich nach Hause«, erklärte Lu dem Rücksitz.

Auf einmal war Chase wieder hellwach. »Ich sehe Maggie!«

»Nein«, entgegnete Lu, »das kann nicht sein. Maggie hilft heute ihrer Mom bei ›Joy Bombs‹.«

»Aber ich seh sie doch. Sie ist direkt da drüben.«

»Stimmt«, bestätigte Sebastian. »Ich seh sie auch.«

Lu drosselte das Tempo und kniff die Augen zusammen. Neben dem Food-Truck stand eine Gruppe von Teenagern, und ja, mittendrin war Maggie. Auch der junge Franzose, der im Food-Truck arbeitete, war dabei, außerdem Maggies Freundin Riley. Um sie herum stiegen Rauchschwaden in die Luft, und Maggie reichte etwas Schwarzes an Riley weiter.

»Oh, Maggie«, murmelte Lu. »Was machst du denn?«

»Was machen die denn da?«, fragte nun auch Sebastian.

»Ach, gar nichts«, antwortete Lu.

Kapitel 35 | Joy

Joy war müde und miserabel gelaunt, als Lu in den Laden kam. Der Streit mit Anthony ging ihr ununterbrochen im Kopf herum. In romantischen Komödien führte ein Fehlstart immer zur großen Erleuchtung, zu grandiosen Liebesschwüren. Leider waren sie und Anthony beim Fehlstart steckengeblieben.

Das Leben war eben keine romantische Komödie. Im wirklichen Leben war ihr Fehlstart das Ende des Ganzen gewesen.

Sie setzten sich, und Joy hörte sich schweigend alles an, was Lu ihr erzählte. Dann schüttelte sie den Kopf und sagte: »Entschuldigung …« Ihr Kopf war wirr, vielleicht hatte sie etwas missverstanden. »Entschuldigung, aber wollen Sie mir sagen, dass Maggie eine E-Zigarette geraucht hat?«

»Ich weiß nicht, ob sie geraucht hat«, antwortete Lu. »Ich weiß nur, dass die Kids um sie herum gedampft haben.«

Joy hatte nicht vor zuzugeben, dass sie eigentlich überhaupt nichts über E-Zigaretten wusste, nahm sich jedoch fest vor, Bilder davon zu googeln, sobald sie wieder im Büro war. »Mit wem war sie denn zusammen?« Auf einmal merkte sie, dass sie panisch wurde. »Maggie kennt doch keine Kids, die e-dampfen.«

Lu lächelte. »Man nennt es tatsächlich nur dampfen«, erklärte sie. Joy fand ihr Lächeln eine Spur herablassend, obwohl sie ziemlich sicher war, dass Lu sich hauptsächlich bemühte, sie einzubeziehen. »Ich bin sicher, dass alles gut wird. Ich wollte Sie nicht beunruhigen. Nur, dass Sie Bescheid wissen.«

»Ich bin überhaupt nicht beunruhigt«, behauptete Joy lauter als nötig, denn in Wirklichkeit war sie sehr beunruhigt. In Gedanken hatte sie Holly schon eine Nachricht geschickt: *Ruf mich an. Sofort.*

»Es ist nur so …« Lu beugte sich zu Joy und legte die Hände auf den Tisch. »Wenn man jung ist, lässt man sich so leicht beeinflussen und rutscht in irgendwas rein. Ist Ihnen das damals nicht auch passiert? Vor allem, wenn Sie verliebt waren?«

Ha! Davon konnte Joy ein Lied singen. Als sie zweiundzwanzig war und Dustin der Leadsänger der Chiclets, hatte sie vierzehn Abende nacheinander in allen möglichen Etablissements überall in New England das Groupie gespielt. Für Dustin hätte sie alles getan. Leicht zu beeinflussen war die Untertreibung des Tages. Aber sie war immerhin zweiundzwanzig gewesen, nicht dreizehn!

Aus dem Augenwinkel sah Joy, wie Olivia Rossi beim Abwischen des Tresens innehielt und offensichtlich die Ohren spitzte. »Olivia«, sagte Joy mit leicht gekünstelter Stimme, »wärst du bitte so nett, ins Lager zu gehen und zu schauen, wie viele Kisten Rührstäbchen wir noch haben? Ich hab ganz vergessen, dass ich die Bestellung spätestens bis um vier fertig haben muss.«

Olivia verschwand etwas widerwillig, und Lu sagte: »Und vor allem, wenn man verliebt ist in jemand Älteren …«

»Richtig«, stimmte Joy zu, schließlich konnte sie doch nicht zugeben, dass sie kein Wort von dem verstand, was Lu ihr erzählte.

»Ich meine, er ist bezaubernd«, fuhr Lu fort. »Ich will ihr das überhaupt nicht vorwerfen, sie hat einen echt guten Geschmack. Trotzdem wollen wir doch nicht, dass er ihr das Herz bricht.«

»Natürlich nicht«, sagte Joy. Ihre Stimme klang normal, aber in ihrem Inneren herrschte Chaos. Sie hatte den SMS-Austausch völlig vergessen, den sie zu Anfang des Sommers gelesen hatte, aber jetzt überfiel sie die Erinnerung. Was hatte dringestanden? Etwas wie:

Meinst du wirklich, ich soll es versuchen? Wie konnte sie das nur vergessen haben?

Den Sommer über war Joy so abgelenkt gewesen, vom Geschäft, von Anthony, und jetzt erzählte ihre Tochter Lu Dinge, die sie ihrer eigenen Mutter nicht erzählte.

Mühsam schluckte sie ihren Stolz hinunter. »Tut mir leid«, sagte sie. »Aber ich fürchte, dass ich gar nicht genau weiß, wovon Sie sprechen.«

»Oh!« sagte Lu. »Nein, mir tut es leid, ich dachte natürlich, wenn ich Bescheid weiß, tun Sie es längst. Komisch.« Sie tat Lu leid, das sah Joy in ihrem Gesicht. Die arme alleinerziehende Joy schaffte es nicht, das einzige Kind im Auge zu behalten. »Es geht um Hugo, den Jungen, der in diesem Food-Truck arbeitet, in der ›Roving Patisserie‹. Ich glaube, der Wagen gehört seinen Eltern. Er hat dunkle wellige Haare, echt süß. Haben Sie die Salade niçoise schon probiert? Wirklich toll!«

Von hinten ertönte Geklapper, und beide Frauen drehten sich um – da stand Olivia Rossi mit zusammengekniffenen Augen, eine Hand in die Hüfte gestemmt. Auf dem Boden vor ihr lag ein kleiner Haufen Löffel, die von der Theke gefallen waren, und Olivia sah ernst und enttäuscht aus. Hatte sie das Gespräch belauscht?

»Keine einzige Ersatzkiste«, sagte sie, und ihre Miene war undurchschaubar. »Wir haben überhaupt keine Rührstäbchen mehr«, fügte sie hinzu.

Im gleichen Moment fiel ein Schatten über den Tisch. Als Joy aufblickte, sah sie Maggie, die sich allerdings schon wieder abwendete. Wo war sie denn so plötzlich hergekommen?

»Typisch«, sagte ihre Tochter im Weggehen. »Klar, dass du so was machen würdest. Ich wusste, dass ich dir nicht vertrauen kann.« Ein Aufblitzen gelber Chucks, und sie war verschwunden.

Einen Moment saßen Joy und Lu da wie versteinert. Die Ladentür fiel ins Schloss. Von hinten hörte man Bleche klappern, Olivia Rossi bereitete das nachmittägliche Backen vor.

»Ist sie sauer auf mich?«, fragte Lu schließlich.

»Oder auf mich?«, flüsterte Joy.

»Ich bin nicht sicher«, sagte Lu.

Kapitel 36 | Anthony

Anthony kehrte in sein Cottage zurück. Eine Weile tröstete er sich damit, die Schuld bei anderen zu suchen. War Joy am Ende doch zu sehr auf ihren Hund fixiert? Ging es nicht ein bisschen zu weit, dass sie Pickles mit einer Zahnbürste die Zähne putzte? Gleichzeitig kümmerte sie sich so wenig um ihre Tochter, war das nicht unverantwortlich? Maggie hatte alle Freiheiten der Welt, sie kam und ging, wie es ihr passte, gondelte mitten in der Nacht auf dem Fahrrad auf der Insel herum und benutzte beim Gemüseschnippeln extrem scharfe Messer. Außerdem – was dachte Joy sich eigentlich dabei, ihm ohne Ende immense Kalorienbomben vorzusetzen? Brauchte man wirklich jeden Abend einen Nachtisch? Deutete es womöglich auf einen psychischen Knacks hin, dass sie so lange auf den Fehlern ihres Exmanns und ihren eigenen Verletzungen herumritt? Und sich fast zwanghaft sorgte, die »Roving Patisserie« könnte ihr Konkurrenz machen?

Die Taktik funktionierte nicht. Er glaubte nicht, dass irgendeine von Joys Eigenarten ein Fehler war oder von Schwäche zeugte. Wenn überhaupt, liebte er sie deswegen nur noch mehr. Er sehnte sich danach, sein Gesicht in ihren Haaren, an ihrem Hals zu vergraben.

Zur gleichen Zeit beschäftigte Anthony der Gedanke an die zwanzigtausend Dollar, die er Huxley schuldete. Es war schon fast August, im September musste er das Geld zur Hand haben. In all den Wochen hatte er den Gedanken verdrängt, aber jetzt kam er hervorgekrochen und zeigte seine hässliche Fratze.

Wieder einmal zog die Flüssigkeit in der Kristallkaraffe seinen Blick auf sich. Bei Shelly Salazar hatte er es geschafft, dem Tequila zu widerstehen, aber jetzt lockte ihn der Inhalt der Karaffe mit sirenengleichem Gesang.

Zur Ablenkung überlegte er, Max anzurufen. Wie lange hatte er schon nicht mehr mit ihm gesprochen? Vier Tage? Länger? Er hatte den Überblick verloren.

Er klopfte seine Taschen ab. Kein Handy. Er sah in der Küche nach, im Bad, auf der Terrasse. Nichts. Er ging hinaus zu dem alten LeBaron und suchte unter allen Sitzen.

Plot-Twist, dachte Anthony niedergeschlagen. *Höchst unangenehme Wendung.*

Als er das nächste Mal an der Karaffe vorbeikam, griff er nach dem Stopfen und nach einem der Gläser, die auf dem Tablett standen und auf Gäste warteten, die nie kamen. Dann goss er ein. Schnupperte. Trank. Der Alkohol floss leicht durch seine Kehle und wärmte ihn von innen. Was konnte ein bisschen schon schaden? Eigentlich gar nichts. Er griff noch einmal nach der Flasche. Schließlich hatte er sich beim ersten Mal nur einen kleinen Schluck eingeschenkt.

Kapitel 37 | Joy

Als Maggie nach Hause kam, stand Joy wartend an der Tür, in der Hand die E-Zigarette, die sie in Maggies Rucksack gefunden hatte, so klein und harmlos wie ein USB-Stick. Ein Teil von Joy war neugierig zu sehen, wie Maggie reagieren würde, wenn sie ihr diesen Beweis präsentierte. Der Rest von ihr war einfach nur sauer.

Maggie wurde so bleich, dass ihre Sommersprossen vortraten. »Ich weiß nicht, was das ist«, lautete ihr erster Versuch.

»Natürlich weißt du das. Selbst ich weiß das.«

»Ach ja?«

»Allerdings.« Joy war nicht gewillt, Maggie zu erzählen, dass sie einen Artikel darüber gegoogelt hatte. »Ich weiß viel mehr, als du denkst. Das hier ist ein Vape Pen, ein Verdampfer, und ich möchte gern wissen, was er in deinem Rucksack zu suchen hat.«

Maggie blinzelte. »Ich glaube, er gehört Riley«, sagte sie nach einer langen Pause und beugte sich über das Gerät, als suche sie ein Namensschildchen. *Interessant*, dachte Joy. Sie hatte nicht erwartet, dass Maggie als erste Reaktion ihre beste Freundin beschuldigen würde. »Ja, das Ding gehört Riley, sie hat es sicher in meinen Rucksack gestopft.«

»Woher hat Riley es denn?«

Maggie zuckte die Achseln. »Keine Ahnung.« Sie runzelte die Stirn und machte ein nachdenkliches Gesicht. »Vielleicht von Hugo.«

»Wer ist Hugo?«

»Ein Junge.«

»Was für ein Junge? Ich kenne jeden auf dieser Insel, und ein Hugo ist mir noch nie untergekommen.«

»Er ist nur über den Sommer hier. Aus Frankreich.«

»Frankreich?«

»Ja«, sagte Maggie sehr leise.

»Fabelhaft«, erwiderte Joy. »Echt wunderbar.« Da hatte Maggie nicht nur eine Dampfausrüstung, sondern auch noch Kontakte zu Joys Erzfeind, dem Eigentümer der »Roving Patisserie«. Lu hatte also recht gehabt.

»Erzähl Holly nichts davon, Mom, bitte. Riley bringt mich um.«

»Was ich Holly erzähle, darüber mache ich mir später Gedanken.« Genau genommen wusste Holly bereits alles. »Momentan mache ich mir hauptsächlich Sorgen um dich. Hast du das Gerät benutzt?«

Maggie zögerte.

»Maggie! Antworte mir!« Joy hasste den Klang ihrer Stimme, laut und schrill, und sie hasste es, wie sie sich fühlte, an der Schwelle zu einer heftigen Panikattacke, erfüllt von unaufhaltsam anwachsender Wut.

»Ein-, zweimal vielleicht«, antwortete Maggie schließlich. »Okay, und jetzt flippst du aus.«

»Ich flippe überhaupt nicht aus!« Joy fühlte ihren Blutdruck sprunghaft ansteigen, vor Zorn konnte sie nicht mehr klar sehen. Ja, sie flippte aus, definitiv.

»Wohl! Du flippst total aus. Was soll denn das Theater? Alle dampfen! Die Sommerkids sowieso.«

»Das Theater? Dieses Zeug ist eine Einstiegsdroge, und ich bin sicher, dass nicht alle sie benutzen. Garantiert dampfen nicht alle.«

»Es ist überhaupt keine Droge. Bloß, na ja … aromatisierte Luft.«

»Von wegen! Das Zeug kann die Abwehrkräfte schwächen. Du

kannst eine Popcornlunge kriegen!« Auch das hatte sie aus dem Google-Artikel gelernt.

Maggie wurde noch bleicher. »Das hast du erfunden. Popcornlunge – so was gibt es doch gar nicht.«

»Und ob es das gibt.« Joy griff nach ihrem Smartphone, um es zu beweisen.

»Du musst es mir nicht zeigen. Ich will das gar nicht wissen.« Worauf Maggie ihrerseits ihrer Mutter Statistiken darüber auftischte, dass in Frankreich jeder rauchte, dass vierjährige Kinder Wein tranken und literweise Béchamelsoße verzehrten. »Die Franzosen sind so viel kultivierter«, schloss Maggie ihren Vortrag.

»Was die Franzosen tun, ist mir vollkommen egal«, erwiderte Joy. »Mir ist nur wichtig, was du tust.« Im gleichen Augenblick wurde ihr bewusst, wie unoriginell sie war und dass Mütter ihren Töchtern seit Menschengedenken genau das predigten – aber sie konnte nicht anders.

»Du reagierst total übertrieben«, sagte Maggie und verschränkte die Arme vor der Brust. »Dermaßen typisch.«

»Du bist dreizehn Jahre alt, Maggie! Wenn überhaupt, dann reagiere ich untertrieben.« Wie schaffte Maggie es, dass Joy sich plötzlich alt und spießig vorkam? Das war doch nicht fair. Sie war nicht spießig! Hatte sie nicht im ersten Jahr auf der Highschool jede Menge Gras geraucht, damals, als sie mit diesem Kiffer Marco Brotelho zusammen gewesen war? Aber da war sie sechzehn gewesen, fast siebzehn sogar.

Joy hatte ihr kleines Mädchen, ihr Allerliebstes, hierhergebracht, um auf dieser wunderschönen Insel zu leben und die reinste Luft zu atmen, die man finden konnte, inmitten der schönsten Natur, beschützt vom endlosen Ozean, umgeben von einer Menge seltener Tiere. Und nun ließ sich ihr kleines Mädchen von ein paar Sommer-Arschlöchern die Lunge vergiften. Und den Verstand womöglich auch. Nein, Joy fand ihre Reaktion kein bisschen übertrieben. Sie überlegte noch, was sie als Nächstes sagen wollte, als Maggie die großen Geschütze auffuhr.

»Du bist doch bloß sauer, weil Anthony nicht mehr dein Freund sein will. Weil du fies und langweilig bist und weil er das endlich bemerkt hat.«

Zwar sah Joy, dass Maggie sofort bereute, was sie gesagt hatte, aber der Stachel saß schon tief in der Wunde und raubte ihr den Atem. Unmöglich, ihn wieder herauszuziehen.

Sie hatte Maggie noch nie bestraft, aber das war auch nie nötig gewesen. Maggie war immer so gut klargekommen mit der Welt im Allgemeinen und der Insel im Besonderen. Maggie wusste, wie man die Reifen des Jeeps aufpumpte und wie man ein Käsesoufflé zubereitete. Mit zehn hatte sie gelernt, einen Fisch auszunehmen und zu filetieren. Sie wusste, wie man aus einer Rippströmung herauskam, und fand von überall auf der Insel den Weg nach Hause. Sie hatte immer gut für sich gesorgt.

Aber das jetzt war einfach zu viel.

»Du hast Hausarrest«, sagte Joy.

»Wie bitte?«

»Du hast mich genau gehört.«

»Für wie lange? Ich muss heute Abend babysitten.«

Joy zögerte. Da sie noch nie zu diesem Mittel gegriffen hatte, wusste sie auch nicht, wie lange Hausarreste in der Regel verhängt wurden.

»Wie wäre es mit dem Rest dieses Monats?«, schlug Maggie vor. Es war der einunddreißigste Juli.

Normalerweise hätte Joy ihren Humor zu schätzen gewusst, aber jetzt war sie viel zu wütend. Und sie hatte Angst.

»Unbegrenzt«, entgegnete sie. »Du kannst babysitten, aber ansonsten hast du Hausarrest. Vielleicht für immer.«

Kapitel 38 | Lu

Als Maggie an diesem Abend auftauchte, war jede Spur ihrer gestrigen schlechten Laune verschwunden. Lu hatte für sie und die Jungen ein Picknick am Strand vorbereitet.

Als ich ein kleiner Junge war, schrieb Lu auf ihrem Blog, *waren das andere Zeiten.*

> *Ich weiß, dass das eine ganz banale Feststellung ist. Jede Generation denkt, dass früher alles einfacher war. Das Wort Nostalgie stammt, wie jeder Don-Draper-Fan weiß (siehe Staffel 1 von »Mad Men«, Folge 13 »Das Karussell«), aus dem Griechischen und ist eine Zusammensetzung aus dem Wort für »Heimkommen« und »Schmerz«. Und wenn ich mich nostalgisch fühle, brauche ich Trostessen. Brathähnchen. Hackbraten. Mac and Cheese. Chicken Potpie. Essen, das vorhält und das Herz wärmt.*

Lu hielt inne. War das zu kitschig? Na ja, sie konnte es später ändern, wenn es nötig war. Außerdem reagierte die Leserschaft tendenziell positiv auf Kitsch, und sie war überzeugt, dass das hauptsächlich daran lag, dass man sie für einen Mann hielt. Ein Mann, der Gefühle zeigte, war natürlich bezaubernd. Auf attraktive Art verletzlich.

Sie arbeitete an einem Rezept für Mini-Chicken-Potpies. Ihre Söhne fanden es toll, wenn das Essen in kleinen Portionen serviert wurde. Wenn es ein Drittel der normalen Größe hatte, aßen sie doppelt so viel. Eine hübsche Gleichung.

Sie streckte die Arme und rollte den Kopf hin und her, um den Nacken zu entspannen. Seit Maggie ihr half, arbeitete Lu so viel mehr am Laptop, dass ihr Körper sich ständig verspannt anfühlte. Vielleicht sollte sie tatsächlich zu den Sportkursen gehen, an denen sie angeblich teilnahm.

Sie musste die richtigen Proportionen der Mini-Pies herausfinden und – oh, gab es in dieser Küche überhaupt kleine Auflaufförmchen? In der Garage hatte sie einen Topf gesehen, der groß genug zum Hummerkochen war. Sie suchte ganz hinten in allen Schränken und fand tatsächlich Förmchen unter einer halb aufgebrauchten Packung Hummerservietten, neben einem Wust von Crackern. Kurz eilten ihre Gedanken zu einem Hummer Potpie, doch sie pfiff sich zurück. Maggie war eine große Hilfe, aber Lu hatte ja nicht unendlich Zeit, also musste sie sich auf das konzentrieren, was jetzt anstand.

Als sie zu ihrem Computer zurückkam, sah sie eine neue Mail der Literaturagentin Abigail Knowles.

Ich liebe die Kochbuchseiten, die Sie geschickt haben, danke! Ich glaube, es wird ganz leicht sein, daraus ein Exposé für ein Buch zu basteln. Ich habe schon mit Huxley, meinem Boss, gesprochen, und er ist hundertprozentig mit an Bord. Zurzeit bin ich im Urlaub außer Landes (Italien), es kann also sein, dass wir eine Weile warten müssen, bis wir reden können. Aber sobald ich zurück bin, vereinbaren wir einen Telefontermin und diskutieren Strategie und Zeitplanung. Als ich Ihren Blog entdeckt habe, wusste ich sofort, dass ich etwas mit Ihnen zusammen machen möchte. Ist das okay für Sie?

Wie jedoch sollte Lu in der Zeit, die Abigail Knowles in Italien Urlaub machte, ein Mann werden? Eine Männerstimme entwickeln? Da sie momentan das Haus für sich allein hatte, probierte sie es aus.

»Hallo«, sagte sie mit tiefer Stimme, »kann ich bitte mit Abigail Knowles' Büro sprechen?« Es klang lächerlich. Was war noch mal der Grund gewesen, dass sie sich in diese Situation gebracht hatte?

Nach einem kurzen Blick zur Küchenuhr las sie sich ihren halbfertigen Post noch einmal durch, klickte auf Speichern und stand auf, um sich die Beine zu vertreten und nach der Wäsche zu schauen.

Sie war noch keine zwei Minuten im Wäscheraum, als Maggie und die Jungs vom Strand zurückkamen, und Lu staunte wieder einmal, wie rasch Trubel und Chaos das Haus erfüllen konnten. Am Eingang, direkt vor der Küche, wurde ein Sandeimer ausgeschüttet, Schuhe und Handtücher wurden abgeworfen und blieben einfach liegen. Sebastian hatte eine Schniefnase.

»Mommy, ich brauche dich«, rief Chase aus der unteren Toilette in einem Singsang, der Lu, sosehr sie sich auch zusammennahm, nervte. Er klang gekünstelt wie von einem Kind aus einem Werbespot, überhaupt nicht wie Chase selbst. Inzwischen imitierte auch Sebastian diesen Ton.

»Moment«, antwortete sie und musterte Maggie, die Lu ihrerseits anstarrte wie einen Geist.

»Hoffentlich macht es dir nichts aus ...«, sagte Maggie langsam, und weil Lu erraten konnte, was nun kommen würde, sagte sie in Gedanken: *Ich hab in deinen Computer geguckt.*

»Ich hab nämlich in deinen Computer geschaut«, fuhr Maggie fort, »obwohl ich genau weiß, dass ich das nicht hätte tun sollen.«

Lu hatte ein sehr seltsames Gefühl im Magen.

»Und ich kann nicht glauben ... du bist ... bist du ... bist du tatsächlich *Dinner by Dad?*« Sebastian war davongewandert, niemand war in Hörweite, aber Maggie senkte trotzdem die Stimme.

»Vielleicht«, sagte Lu vorsichtig. »Möglicherweise.« Ihr erster Instinkt war, Maggie anzuschreien. Weil sie geschnüffelt hatte. Das war gegen alle Regeln der Höflichkeit.

Aber irgendetwas hielt sie zurück, und später, als sie Zeit hatte, darüber nachzudenken, begriff sie auch, was es war. Es war die Vorstellung all der Mädchen, denen man seit Menschengedenken eingebläut hatte, die Regeln zu befolgen, still zu sein, kein Theater zu machen, nichts zu tun, was womöglich verboten war. Halt lieber den Mund, deine Meinung interessiert keinen, und wenn du trotzdem eine hast, dann sag sie ganz leise und so, dass sie niemandem wehtut. *Seid brav, meine Mädchen*, hatte ihre Mutter immer zu Lu und ihrer Schwester gesagt.

Als Lu noch studiert hatte, hatte sie einmal gehört, wie ihre Mutter einer Tante gegenüber die Sorge äußerte, dass Lu, sollte sie weiterhin so erfolgreich sein, womöglich schlechte Chancen hätte, einen Mann zu finden. »Männer mögen es nicht, wenn eine Frau klüger ist«, hatte sie der Tante zugewispert. Lu wäre damals vor Wut und Empörung fast geplatzt. Aber die Zeit war vergangen, und sie sah ihre Mutter immer mehr als ein Produkt ihrer Herkunft und Erziehung. Zwei Töchter, kein Ehemann – die Verantwortung für ihre kleine Welt hatte allein auf ihren Schultern gelastet. Lus Mutter hatte ihr Leben lang am Empfang in einer Zahnarztpraxis gearbeitet. Sie wusste es nicht besser – wer in aller Welt hätte es ihr auch beibringen können?

Aber da stand Maggie, die sie mit leuchtenden, hoffnungsvollen Augen ansah, so neugierig auf Lus Antwort, so jung und unverdorben, mit einem riesigen, noch ungenutzten Potenzial … Lu konnte nicht anders, als ihren Blick zu erwidern und zu sagen: »Ja. Du hast recht.«

»O mein Gott.« Lu beobachtete, wie Maggie auf einmal verstand, wieso sie Hilfe mit ihren Söhnen brauchte, wie viel Zeit sie am Computer verbrachte, beim Denken, Tippen, Zeichnen. Warum sie so unverhältnismäßig viel Zeit damit verbrachte, für eine Familie zu kochen, von der eine Person fast nie da war. »Das ist mein Lieblings-

Food-Blog! Und der von meiner Mom. Wir lesen ihn immer, wir probieren jedes Rezept! Du bist … du bist eine Berühmtheit, ich kann es nicht glauben.«

»Manchmal«, meinte Lu, »glaube ich es selbst nicht.«

»Mom!« Jetzt war es Sebastian, der von oben rief. »Mommy! Es ist wichtig.«

»Was denn?« Lu konnte nicht verhindern, dass ihre Stimme gereizt klang.

»Ich musste ganz viel Kacka, und jetzt ist das Klo verstopft!«

Um Himmels willen, dachte Lu und lächelte Maggie etwas kläglich an. »Aber erzähl bitte keinem davon, ja? Du darfst mich nicht auffliegen lassen.«

»Warte, aber … wie hast du das gemacht? Wie kannst du denn …?«

»Die lange Version erzähle ich dir ein andermal«, versprach Lu. »Aber die kurze lautet: Ich hab es einfach riskiert.«

Kapitel 39

Anthony

»Würdest du etwas lesen, was ich geschrieben habe?«

Das war Anthony mit zwanzig, der in den Winterferien seines ersten Semesters aus Dartmouth nach Hause gekommen und endlich ins Arbeitszimmer seines Vaters eingelassen worden war. In der Hand hielt er den Ausdruck einer Geschichte, die er für seinen Roman-Workshop verfasst hatte. Es war kurz vor fünf, der Himmel wurde allmählich grau. Anthony näherte sich seinem Vater unsicher.

Als Antwort gestikulierte Leonard zu dem Stuhl in der Ecke des Raums und machte dann, immer noch schweigend, mit dem Arm eine Bewegung, die Anthony bedeutete, den Stuhl heranzurücken. Dann streckte er die Hand nach der Geschichte aus, und Anthony reichte sie ihm, nervös, unruhig, fast panisch.

Die wertvolle Tischuhr schlug fünf, und pünktlich erschien Anthonys Mutter, klopfte leise und brachte den Scotch.

»Anthony hat mir eine Geschichte gebracht, die ich mir anschauen soll«, erklärte Leonard ihr bedeutsam, worauf Dorothy, die sofort verstand, auf dem Absatz kehrtmachte und mit einem zweiten Glas Scotch für Anthony zurückkam.

Anthony, dessen Erfahrung mit Alkohol sich damals auf Fassbier im Verbindungshaus und eine bei einem Date konsumierte Flasche Pinot Grigio beschränkte, nahm das Glas mit ernstem Blick entgegen und hielt es umklammert, während sein Vater die Geschichte las. Er war viel zu aufgeregt, um an dem Scotch auch nur zu nippen.

Es waren die längsten vierzehneinhalb Minuten in Anthonys bisherigem Leben. Die einzigen Geräusche im Zimmer waren das leise Ticken der Uhr und das Rascheln der ausgedruckten Seiten. Vorsichtig nahm Anthony irgendwann doch einen Schluck Scotch, nur um etwas zu tun zu haben, dann noch einen und einen dritten, wobei er sich alle Mühe gab, sich nicht zu schütteln wie ein Kind, das Hustensaft schlucken musste.

Schließlich – endlich! – legte Leonard die Geschichte auf seinen Schreibtisch und klopfte die Seiten gleichmäßig zusammen. Einen langen Augenblick blinzelte er schweigend auf das Papier hinunter.

»Möglicherweise bist du bei der Schreiberei besser als ich«, sagte Leonard Puckett nach einiger Zeit sehr langsam. Mit zusammengekniffenen Augen blickte er weiter auf die Seiten, dann musterte er Anthony mit einem zugleich bestürzten und stolzen Ausdruck im Gesicht, vielleicht gemischt mit einer gewissen Fassungslosigkeit. Anthony fühlte den Scotch warm in seiner Brust.

»Was du schreibst, ist so vielschichtig …« Leonard brach ab und trank ebenfalls einen großen Schluck Scotch. »Womöglich bist du ein echtes Ausnahmetalent.« Er sagte das leise, als könne er es selbst kaum glauben. »Hör zu, wir werden zusammen an deinem Manuskript arbeiten … es hier und dort ein bisschen polieren, und dann, nun ja …«

»Und was dann?«, fragte Anthony. Eigentlich hatte er das ganz leise fragen wollen, aber wegen des Scotch war seine Stimme lauter als beabsichtigt. Er konnte sich nicht erinnern, dass sein Vater ihm jemals vorgeschlagen hatte, sie könnten etwas zusammen machen.

»Dann solltest du die Geschichte wirklich einschicken«, antwortete Leonard. »Unbedingt.«

Mit diesen Worten brachte er Anthony zum Schreiben.

Die Geschichte war in einer Literaturzeitschrift abgedruckt worden, ein Literaturagent namens Huxley Wilder hatte sie gelesen und bei der Zeitschrift Anthonys Kontaktdaten in Erfahrung gebracht.

Nachdem Anthonys Betrug aufgedeckt worden war, hatte er als Erstes aufgehört zu joggen. Er hörte auf, Obst zu essen, er hörte auf, Gemüse zu essen. Er entwickelte einen Puddingbauch. Nachts konnte er nicht schlafen und schlich wie ein Einbrecher durchs Haus. *Es tut mir leid*, flüsterte er, wenn er vor dem Kinderbett stand, in dem Max seelenruhig schlief. *Es tut mir leid, es tut mir leid, es tut mir so leid*. Er sah sich alle fünf Staffeln von »Homeland« an. Wenn Cassie in ihrem Studio arbeitete und Max im Kindergarten war, schlief er stundenlang, vergrub sich tief in seinem Bett. *Es tut mir leid*, sagte er, wenn er aufwachte, zu Cassie, zu Max.

Manchmal wachte er in der Nacht schwitzend auf und fand Cassies Bettseite leer. Wenn er sie morgens darauf ansprach, sagte sie, sie habe lange gearbeitet. Trotzdem war sie immer frisch geduscht und duftete wie ein Sommergarten. Sie versorgte Max oder fuhr zwischen ihrem Zuhause und der Kunstgalerie im South End hin und her, wo sie Glen Manning dabei half, »eine Ausstellung zu organisieren«.

Anthony fragte sich, was sie wohl sonst noch alles taten, und goss sich noch einen Drink ein.

Mit Max gab er sich große Mühe. So gut er konnte. Ihm lag viel daran, ein guter Vater zu sein, und er wollte nicht, dass sein Sohn etwas von seinem Zusammenbruch mitbekam. Aber eines Abends, als er Max zum Einschlafen ein Bilderbuch vorlas, kamen ihm plötzlich die Tränen.

Max bekam Angst. »Warum weinst du, Daddy?«, fragte er, zupfte ein Taschentuch aus der Box auf seinem Nachttisch und begann Anthonys Gesicht abzuwischen, was ihn jedoch nur noch aufgelöster werden ließ.

»Es ist so eine traurige Geschichte«, sagte er.

»Nein, das ist nicht traurig«, widersprach Max sehr vernünftig. »Die Mama kann doch ihr kleines Häschen behalten, stimmt's?«

Was Anthony noch mehr zum Weinen brachte.

Eines Tages kam er nach Hause – er hatte Alkohol gekauft, hätte jedoch auf Nachfrage behauptet, er sei wegen seines Hustens in der Apotheke gewesen – und sah neben der Tür einen gepackten Koffer stehen. Zum ersten Mal seit langer Zeit empfand er etwas wie Freude. Vielleicht hatte Cassie eine kleine Reise geplant, einen Ausflug mit Übernachtung, so dass sie bei einer Flasche Sancerre miteinander reden konnten. Wie früher. Vielleicht auch nicht nur reden – vielleicht würden sie sich betrinken und in der Dusche Sex haben, auch wie früher. Er hätte darauf gewettet, dass Max bei den Großeltern übernachten würde.

Dann hörte er Cassies leise Schritte auf der Treppe. Sie hatte den anmutigen Gang einer Ballerina, beinahe schwebend.

»Du solltest dich wirklich zusammenreißen«, sagte sie und sah nicht aus wie jemand, der einen Wochenendausflug plante – sie war verschwitzt, trug Joggingshorts, ein Tanktop und eine Baseballkappe. Wie immer sah sie sehr hübsch aus.

»Ich weiß«, sagte er. »Ich gebe mir Mühe. Morgen werde ich …«

»Nicht mehr hier sein«, fiel Cassie ihm ins Wort. Ihre Stimme klang forsch.

»Aber …« Ihr Blick war wie ein Schlag in den Magen. »Aber ich wohne doch hier.«

»Ich kann das nicht mehr, Anthony.«

Zum ersten Mal in seinem Leben verstand er, wie es sich anfühlte, wenn es einem die Sprache verschlug. Er wartete eine Weile, bis er die richtigen Worte fand, dann fragte er: »Was genau kannst du nicht mehr?«

»Ich kann nicht mehr zuschauen, wie diese ganze Sache über

dir zusammenbricht. Es tut uns allen nicht gut. Vor allem Max nicht.«

»Wo soll ich denn hin?« Er zuckte zusammen, als er hörte, wie jämmerlich seine Stimme klang. »Wo soll ich hin, Cassie? Ich wohne hier. Mit dir und Max.«

»Nein, jetzt nicht mehr«, erwiderte sie.

Falls sich jemand je die Kante gegeben hatte, Anthony Puckett war einer von ihnen. Bei »Captain Nick's« kippte er irgendetwas mit Rum. Bei »Ballard's« zwei Narragansett IPAs. Einen Cocktail Crush im »Mahogany Shoals«.

Als er einige Zeit später nach Hause torkelte, ohne die geringste Ahnung, wie viel später es war, stolperte er direkt vor seiner Haustür über etwas. Um ein Haar wäre er einfach weitergetorkelt, doch dann sah er plötzlich, dass es sein Handy war. Er hatte schon völlig vergessen, dass er es gesucht hatte. Irgendwie war es sogar ganz erfrischend gewesen, nicht erreichbar zu sein und nicht darüber nachdenken zu müssen, ob Joy oder sonst jemand versucht hatte, ihn anzurufen.

Doch nun hatte er siebenundzwanzig verpasste Anrufe und dreizehn neue Nachrichten von Cassie, und sie alle enthielten unterschiedliche Versionen desselben Inhalts. Anthonys Herz geriet ins Schlingern, und sämtliche Alpträume, die er je gehabt hatte, schossen ihm durch den Kopf.

Max und Dorothy waren verschwunden.

Kapitel 40 | Lu

Nicht du schon wieder, Nancy, dachte Lu, als es klingelte, kurz nachdem Maggie gegangen war. Eigentlich war Nancy um diese Zeit auch nie unterwegs, denn wenn Henry ihr den ersten Gin Tonic gemixt hatte, blieb sie meistens auf ihrer Seite der Insel. War auch besser so.

Tatsächlich stand nicht Nancy vor der Tür, sondern Anthony, der roch wie eine Brauerei und aussah, als wäre er gerade aus einem Müllcontainer gestiegen. Seine Augen waren blutunterlaufen, seine Haare zerwühlt, sein graues T-Shirt hatte einen Fleck in Form einer Wolke.

»Entschuldige die Störung«, lallte er mit ziemlich schwerer Zunge. *Auweia*. Anthony hatte wieder angefangen zu trinken, und zwar nicht zu knapp.

»Kein Problem«, sagte Lu. »Komm rein.«

»Mein Sohn hat meine Mutter entführt und ist verschwunden.« Irritiert schüttelte er den Kopf und setzte erneut an. »Nein, das ist nicht richtig, meine Mutter hat meinen Sohn entführt. Jetzt werden beide vermisst. Und ich kann nicht nach Hause, weil keine Fähre mehr fährt.«

Lu blickte zur Uhr. Halb zehn am Abend. Dienstags ging die letzte Fähre um Viertel vor acht.

»Vermisst?«, fragte sie. »Wie meinst du das, vermisst?«

»Weg, verschwunden«, erklärte Anthony, wollte sich auf der Couch niederlassen, schätzte die Entfernung aber falsch ein und landete auf dem Boden. Lu half ihm beim Aufstehen und zog ihm die Schuhe aus. »Entführt«, fügte er noch hinzu.

»Entführt?«

»Womöglich.« Anthony runzelte die Stirn und sah verwirrt aus.

»Hat Cassie die Polizei alarmiert?«

»Das weiß ich nicht.«

»Hat sie eine Vermisstenmeldung aufgegeben?«

»Ich bin nicht sicher.« Anthony rieb sich das Gesicht. »Ich bin ...«

»Ich weiß«, unterbrach Lu ihn. »Betrunken. Das hab ich schon gemerkt. Lass mich mal dein Handy sehen, vielleicht kriege ich es raus.«

Gehorsam reichte Anthony ihr das Telefon, und Lu scrollte sich durch die Nachrichten. In der ersten stand: *Hast du was von deiner Mutter gehört?!!?!!* In der zweiten: *Sie und Max sind verschwunden.* Und in ähnlichem Stil ging es weiter. *Ich hab angerufen, um ihr zu sagen, dass ich Max abhole, und als ich hinkam, war niemand da.* Gegen Ende: *Gehst du irgendwann mal an dein Handy?* Und: *Deine Mutter ist durchgeknallt.*

»Junge, Junge«, sagte Lu und warf Anthony einen Blick zu. Er stand mitten im Zimmer und schwankte wie ein frisch gepflanzter Baum, der noch keine Wurzeln geschlagen hat. Also führte sie ihn zur Couch. »Setz dich«, sagte sie. »Ich bin gleich wieder da.«

Sie holte aus dem Kühlschrank zwei von den übrigen Bananen-Pancakes, die sie den Jungs vor zwei Tagen zum Abendessen aufgetischt hatte, und strich etwas von ihrer selbst gemachten Mandelbutter darauf. Dann schenkte sie ein Glas Milch ein – ein alter College-Trick, vielleicht auch nur das Ammenmärchen, dass Eiweiß den Alkohol aufsaugte – und setzte sich neben Anthony, während er aß und trank.

»Ich muss Cassie Bescheid geben«, sagte er. Jedenfalls schätzte sie, dass er das sagen wollte, aber es kam irgendwie verquer heraus und klang eher wie »Schmus kannste breitschlagen«. Obwohl er sich anstrengte, schienen die Wörter jedes Mal ein Eigenleben zu entwickeln.

»Das ergibt keinen Sinn«, erwiderte Lu.

»Nein?«

»Überhaupt keinen. Leg dich ein paar Minuten hin. Wenn du ein bisschen nüchterner bist, kannst du ja telefonieren. Gib mir dein Handy, ich behalte es im Auge, und wenn du einschläfst und es Neuigkeiten gibt, wecke ich dich sofort.«

Anthony tat, was sie sagte. Lu fand eine weiße Baumwolldecke mit blauem Muschelmuster und deckte ihn damit zu. Anthonys Handy legte sie auf den Tisch neben sich. Kurz überlegte sie, Cassie eine Nachricht zu schicken – aber was sollte sie schreiben? *Ich ruf dich an, wenn ich nicht mehr so besoffen bin?* Das klang nicht sehr vertrauenerweckend. Nein, sie würde einfach warten und hoffen müssen, dass Neuigkeiten per SMS eintreffen würden oder dass Anthony bald wieder fit war. Sie sah nach den beiden Jungs, die in verdrehter Körperhaltung tief und fest schliefen, schenkte sich dann ein Glas Wein ein, setzte sich neben die Couch und vergewisserte sich, dass Anthonys Atem tief und gleichmäßig ging.

Teil 4

August

Kapitel 41 | Anthony

Anthony träumte, aber der Traum war eher eine Erinnerung: ein Film seines Lebens, der über die Leinwand seines schlafenden Gehirns rollte.

»Glauben Sie mir«, sagte Huxley Wilder, »niemand bekommt diese Aufmerksamkeit beim ersten Mal. Niemand.«

Das war vor fünf Jahren, und Anthonys erstes Buch stand kurz vor der Veröffentlichung.

»Im Ernst – niemand«, wiederholte Huxley.

In der Sonntagsausgabe der *New York Times* war ein Porträt über ihn erschienen, ein Artikel im *Boston Globe*, ein Bericht in *Entertainment Weekly*. Jede Besprechung war eine Lobeshymne, jede Erwähnung strotzte vor Begeisterung.

Vor allem diejenige, die am meisten zählte.

»Das Buch ist exzellent«, sagte Leonard. Alle Zweifel, die Anthony an seinem Vater gehabt hatte, waren verschwunden, alles Unbehagen zwischen ihnen war weg. Leonard lud Anthony und seine Mutter zum Dinner im »Asta« in der Massachusetts Avenue ein, um zu feiern. Sie ließen die Champagnergläser klirren, die den Gästen zu Beginn serviert wurden, und stießen mit dem Brandy an, den es am Ende der Mahlzeit gab. Anthony konnte nicht glauben, wie sein Vater ihn ansah – die Anerkennung, die ihn überflutete, war unbegreiflich.

Eigentlich konnte er das Ganze nicht fassen.

Das Buch erschien.

»Es ist in der Liste«, verkündete Huxley. »Ich wusste es.«

»Ich kann es nicht glauben«, sagte Anthony. Und so war es. Er konnte nicht glauben, wie viele Menschen zu seinen Lesungen erschienen. Teilweise standen die Menschenschlangen bis vor die Tür. Studenten, ältere Frauen, Teenager. Männer mittleren Alters. Buchclubs mit jungen Frauen.

Und in Chicago erschien dann auch eine gewisse Cassie Fontaine aus Burlington, Vermont, eine wunderschöne Frau Mitte zwanzig mit vollen Lippen, einem geschmeidigen Yogakörper und einer himmlischen Stimme. Cassie besuchte eine ehemalige College-Mitbewohnerin und war erstaunt, Anthony ebenfalls in der Stadt vorzufinden. Als sie das Plakat entdeckt hatte, war sie sofort in den Buchladen gelaufen. Sie liebte das Buch, und als sie sich über Anthony beugte, um es sich von ihm signieren zu lassen, duftete sie wie ein Sommergarten. Und sie schob Anthony einen Zettel mit ihrer Telefonnummer zu.

Damals hatte Anthony eine Freundin in New York City, wo er wohnte. Aber allein der Gedanke, dass ihm diese atemberaubende Frau ihre Nummer zusteckte, war berauschend. Also nahm er den Zettel mit und vergaß ihn.

Cassie kam zu einer weiteren Lesung, diesmal in Boston. Seine Eltern waren ebenfalls gekommen, und sein Vater saß in der letzten Reihe und nickte gelegentlich anerkennend, während Anthony aus dem ersten Kapitel vorlas und Fragen beantwortete. Cassie hatte noch drei Exemplare des Buches dabei und ließ alle drei von Anthony signieren.

Anthonys Verlag hatte ihn im Lenox Hotel untergebracht, und Anthony lud Cassie zu einem Drink an der Hotelbar ein. Dann zu noch einem. Anthony trank Dark 'n' Stormys, Cassie Sangria. Ihre Finger waren lang und schmal wie die einer Pianistin. Schließlich gingen sie auf sein Zimmer.

Am nächsten Morgen konnte er wieder nur staunen. Im Licht, das von der Boylston Avenue hereinströmte, war Cassie noch schöner, buchstäblich makellos, einfach perfekt.

»Ich muss zur Arbeit«, sagte sie, als sie geduscht und sich angezogen hatte. Sie arbeitete als Assistentin in einer Galerie in der Harrison Avenue im South End und konzentrierte sich nach der Arbeit auf ihre eigene Malerei. Also war sie nicht nur schön, sondern auch noch kreativ. Anthony hatte das große Los gezogen.

»Geh nicht«, sagte er. Er lag noch im Bett und war glücklich. Sie beugte sich über ihn, und ihre langen, blonden Haare kitzelten seine nackte Brust. Sie hatte die kleine Zahnbürste benutzt, die das Hotel zur Verfügung stellte, und ihr Atem roch frisch nach Minze. Ihre Haut war blass wie Schnee und fühlte sich an wie Seide.

»Aber wir sehen uns bald wieder, Anthony Puckett.«

Anthonys Freundin rief ein paarmal an. Als er am Telefon eher ausweichend auf sie reagierte, erklärte sie, dass sie ohnehin kein Interesse an einer Fernbeziehung habe und dass er für ihren Geschmack viel zu oft unterwegs und außerdem in Gedanken ständig anderswo sei.

Anthony gab ihr recht und dachte an Cassies große, leicht schräg stehende Augen.

Huxley Wilder meldete sich. Der Verlag war sehr zufrieden mit den Verkaufszahlen.

Anthonys Presseagent war ein nervöser junger Mann mit einem Zucken in einem Auge. »Es läuft wirklich phänomenal«, erklärte er. »Wir würden Sie gern noch für ein paar zusätzliche Veranstaltungsorte buchen. Sie sind doch verfügbar, ja?«

Verfügbar? Natürlich war er verfügbar. Er war der König der Welt!

»Ich bin schwanger«, sagte Cassie sechs Wochen später.

In Anthony machte es »Klick«, und er hatte das Gefühl, dass jetzt alles genau richtig war. »Heirate mich«, sagte er und kniete sich vor sie, obwohl er keinen Ring hatte. Natürlich würde er noch einen besorgen, den allerschönsten. Das Buch verkaufte sich weiter, es lief und lief. Platz acht auf der Bestsellerliste, dann fünf, schließlich drei. Und dann eins.

Er rief seine Mutter an. »Ich werde Vater«, verkündete er. »Ich heirate und werde Vater.«

»Bist du sicher?«, fragte seine Mutter.

Nie im Leben war er sich so sicher gewesen.

Er heiratete Cassie unter einem Blumenbogen. Zusammen kauften sie das Haus in Newton, weil es dort exzellente Schulen gab und weil Cassie ihren Job bei der Galerie behalten und auch weiterhin für den visionären Glen Manning arbeiten wollte. Da Anthony überall arbeiten konnte, war er bereit, New York zu verlassen. Jetzt hatten sie eine Garage, Nachbarn und zahlten Grundsteuer.

Nach siebzehn Stunden Wehen kam Max im Kreißsaal des Newton-Wellesley-Hospital zur Welt. Er war etwas blau angelaufen, und Anthony drehte beinahe durch vor Sorge. Doch dann fing Max an zu schreien. Alles war perfekt. Noch nie hatte Anthony eine so heftige und unerschütterliche Liebe empfunden.

Anthony und Cassie brachten Max nach Hause in ein Kinderzimmer, das man in einer Zeitschrift hätte zeigen können: Alles war weiß. Aus Angst, etwas dreckig zu machen, wollte Anthony am liebsten nichts anfassen.

»Ich weiß, es ist schwer zu glauben«, sagte Huxley Wilder, »aber eines Tages wird dein Buch nicht mehr gekauft werden. Haben Sie schon eine Idee für das nächste Buch im Kopf?«

Aber Anthony konnte sich nicht vorstellen, dass das Buch nicht mehr gekauft wurde. Alle sechs Monate trudelte ein enormer Honorarscheck ein. Das Geld, das hereinkam, floss einfach wieder hinaus. Cassie gab nun doch ihren Job auf, um für das Baby da zu sein und sich aufs Malen zu konzentrieren. Nun zeigte sich, dass Cassies Stil nicht nur gut, sondern vor allem teuer war. Sie brauchte ein Studio, und sie bauten eines hinter dem Haus. Da war auch Platz für einen Pool, warum nicht? Und was war ein Pool ohne ein Pool-Haus? Das große Badezimmer war veraltet. Gute Schuhe kosteten eine Menge Geld.

»Jetzt ist ein guter Zeitpunkt, das nächste Buch zu pitchen«, sagte Huxley.

Also schrieb Anthony ein erstes Kapitel, einen Entwurf. »Es heißt ›Simons Fels‹«, erklärte er Huxley.

Man unterbreitete ihm ein Angebot. Die Summe war so hoch, dass Anthony nervös wurde. Was, wenn er das Buch nicht zu Ende brächte? Was, wenn er dazu nicht fähig wäre? Zwar versuchte er mehrmals, Huxley von seinen Zweifeln zu erzählen, aber der wollte nichts davon hören. »Wissen Sie, welche beiden Worte der Verlag am liebsten auf ein Buch schreibt?«

Anthony dachte kurz nach und antwortete: »›Stephen‹ und ›King‹?«

»Ha!«, sagte Huxley lachend. »Das ist echt witzig, Mann. Aber nein. ›Debüt‹ und ›Roman‹ heißen die Zauberworte.«

»Aber mein nächstes Buch ist kein Debüt.«

»Eben! Das letzte Mal standen diese beiden Wörter auf Ihrem Buch, aber sie kommen nie wieder, in Ihrer ganzen Karriere nicht.«

Jetzt war Anthony verwirrt. »Ich verstehe nicht, wie mir das helfen soll.«

»Es hilft auch nicht. Genau das will ich ja sagen. Debütromane sind das, was Verlage lieben. Die Aussicht darauf ist die beste Verkaufsmotivation. Wenn man Ihnen also diese irre Summe anbietet, wären Sie ein kompletter Idiot, nicht anzunehmen.«

»Ich bin bloß nervös«, sagte Anthony. »Etwas zu verkaufen, bevor ich es geschrieben habe. Macht Sie das nicht nervös?«

»Sie wären ein Idiot«, wiederholte Huxley, »wenn Sie nicht annehmen. Wir machen das, wir unterschreiben, und dann gehen wir das nächste sensationelle Puckett-Buch feiern. Unterschreiben Sie, nachdenken können Sie später, Mann. So spielt man in der Oberliga.«

»Wirklich?«

»Absolut.«

Anthony unterschrieb.

Als er ein paar weitere Kapitel an Huxley schickte, dauerte es eine Weile, bis der Agent zurückrief. »Es ist gut«, sagte er. Doch war in seiner Stimme ein »Aber« zu hören? »Schreiben Sie gefälligst weiter, Mann. Halten Sie sich ran.«

Sie feierten Max' ersten Geburtstag. Der Verlag legte eine Deadline fest.

»Ich brauche aber mehr Zeit«, sagte Anthony zu Huxley. Die Deadline wurde verschoben.

Max wurde zwei. Die Wörter flossen nicht mehr aus Anthonys Feder wie beim ersten Mal.

»Ein Raum im Inneren« verschwand von der Bestsellerliste.

»Wir wussten, dass es passieren würde«, sagte Huxley. »Deshalb haben wir den Deal angenommen.«

Max wurde drei. Allmählich fiel es Anthony immer schwerer, sich das Gefühl, der König der Welt zu sein, wieder ins Gedächtnis zu rufen.

Nachts wurde er von grausigen Träumen verfolgt. *Du bist einfach nicht gut genug*, donnerte sein Vater. *Du hattest nur ein Buch in dir, jetzt bist du leer. Du hast alles verbraucht!* Anthony würde als One-Hit-Wonder enden: das *Tainted Love*, das *Come On Eileen* der Literatur.

Max wurde vier.

»Die wollen ein Konzept sehen«, sagte Huxley. »Allmählich werden sie nervös. Wir sollten alles losschicken, was einigermaßen fertig ist.«

Wie viele Bücher hat man denn in sich?, fragte Traum-Anthony seinen Vater.

Der lachte und sagte: *Ich habe unendlich viele in mir. Ich bin unerschöpflich.*

Aber du hast doch gesagt, ich bin gut genug, an jenem Abend. Weißt du noch? Als ich dir meine Geschichte gezeigt habe?

Das habe ich nie gesagt! Jetzt hob Leonard Puckett die Stimme, wurde laut und immer lauter. *Das habe ich nie und nimmer gesagt. Würde ich nie tun. Diese Geschichte war nichts Besonderes. Und du bist nicht gut genug.*

Von Huxley kam eine Mail: *Wie geht's voran?*

Großartig!, mailte Anthony zurück.

Er fing an zu trinken – es war schon immer eine lockere Gewohnheit gewesen, meistens am Wochenende, aber jetzt fühlte es sich an wie ein zweiter Job. Der Alkohol milderte den Druck, der auf ihm lastete.

Nur wenn er mit Max zusammen war, fühlte Anthony sich okay. Max schlang ihm die Arme um den Hals und hielt ihn fest.

»Ich hab dich lieb, Max«, sagte Anthony. »Du kannst alles, was du dir vornimmst, erreichen«, fügte er hinzu.

»Ich weiß«, antwortete Max leichthin. »Ich weiß, Daddy.«

Die Deadline rückte näher. Anthony dachte an nichts anderes mehr als an sein Buch. Die Handlung rollte sich um seine Gedanken.

Huxley meldete sich: »Der Verlag ist supergespannt.«

»Großartig«, erwiderte Anthony. »Ich auch.« Seine Stimme klang fremd.

»Wir schaffen die Deadline, ja?«

»Natürlich.«

Anthonys Lektorin schickte ihm einen Werbetext für Amazon, obwohl sie kein Wort von seinem Buch gelesen hatte. *Der lang erwartete Nachfolger von »Ein Raum im Inneren« – noch besser als sein grandioser Vorgänger!*

Anthony probierte es mit Energydrinks und Koffeintabletten. Sie machten ihn viel zu aufgeregt, also dämpfte er sie mit Alkohol.

Der Entwurf war fast fertig. Aber Anthony war nicht zufrieden damit.

Huxley schickte eine Mail: *Wir müssen alles an den Verlag schicken, was wir haben.*

Eines Abends ging Cassie aus. »Mädchentreffen«, verkündete sie kurz angebunden. »Ganz locker, Dinner und Drinks.« Aber ihr Kleid sah alles andere als locker aus, und sie trug die Schuhe mit den extrem hohen Absätzen. Anthony hatte nicht einmal mehr die Energie herauszufinden, ob sie log. An das Buch zu denken verbrauchte seine ganze Kraft.

Anthony brachte Max ins Bett, dann setzte er sich mit seinem unvollständigen Manuskript und einem Glas Scotch an den Schreibtisch. Als der Scotch ausgetrunken war, öffnete er eine Flasche guten Cabernet – warum auch nicht? Er würde nichts Neues schreiben, er würde sich darauf konzentrieren, alle unfertigen Teile miteinander zu verknüpfen. Ein Gläschen Wein oder auch zwei würden ihm helfen, die Verbindungen zu finden, die noch fehlten.

Doch mit einer der entscheidenden Szenen kam er nicht zurecht, sie wollte einfach nicht gelingen. Der Schluss fühlte sich nicht richtig an, nicht wie sich sein erstes Buch beim Schreiben angefühlt hatte. Nichts fühlte sich richtig an.

Ein Glas Cabernet verschwand, dann zwei, dann drei. Anthony tigerte durchs Haus und dachte nach. Er sah nach Max, der tief und fest schlief. Wieder unten, in seinem Büro, fiel sein Blick auf ein altes Exemplar von »Die Zeit wird kommen«, das ihm seine Mutter auf dem College geschenkt hatte, ihr eigenes Exemplar, eselsohrig, und Anthony hatte weitere Eselsohren hinzugefügt.

Anthony holte es aus dem Regal und blätterte darin. Was für ein perfektes Buch. Wie hatte O'Dwyer das gemacht? Beneidenswert. Der Dialog klang echt, die Übergänge funktionierten nahtlos, die Kapitelenden waren vollkommen.

Die Kapitelenden waren vollkommen.

Nein, Anthony.

Der Cabernet war leer. Er verstaute die Flasche in der Recyclingtonne in der Garage.

Die Kapitelenden waren vollkommen.

Nur dieses eine Mal, dachte er, *nur dieser eine Absatz. Mehr brauche ich nicht, dann ist das Kapitel fertig.*

Ich nehme mir die Stelle später noch mal vor, sagte er sich, während er sich an O'Dwyers Worten bediente. Er borgte sie sich nur für den Augenblick. *Sobald ich ein bisschen mehr Zeit zum Nachdenken hatte, nehme ich den Absatz raus und schreibe ihn um, mit meinen eigenen Worten. Ich muss ja jetzt nur irgendwas abgeben.*

So gab er ab, was er hatte.

Doch direkt neben O'Dwyers Worten stand, als er die redigierte Version seiner Lektorin zurückbekam: *Das ist wunderbar, bitte genau so lassen! Mehr davon!*

Ein paar der anderen Kapitel mussten in der nächsten Fassung überarbeitet werden. Und so kam es, dass Anthony nicht nur diesen einen Absatz entlieh, sondern – wie es in dem *Times*-Artikel stand – ungefähr zwölfhundert Wörter. *Unglaublich!*, schrieb seine Lektorin. *Ich bin buchstäblich zu Tränen gerührt, der Stil ist traumhaft.*

Sie reichte das Manuskript im Verlag herum. »Meine Kollegen sind begeistert«, erzählte sie ihm am Telefon. »Vor allem von der Szene auf dem Totenbett, die mit der Schwester. Brillant, Anthony, wirklich brillant. Eine Weile habe ich mir wirklich Sorgen gemacht, aber Sie haben es durchgezogen.«

»Okay«, sagte Anthony, und sein Herz raste, er bekam kaum Luft.

»Im Verlag spricht man über eine sehr hohe Auflage«, erklärte ihm Huxley Wilder. »Viele reden auch schon von Literaturpreisen.«

Anthony trank noch mehr. Er goss Wodka in seinen Frühstücks-Smoothie. Kopfschüttelnd stand Cassie an der Tür seines Büros. In der Zeit, die Max im Kindergarten verbrachte, wollte sie sich mit Glen Manning treffen.

»Aber du arbeitest doch gar nicht mehr für ihn«, wandte Anthony ein.

»Jetzt ist es andersherum«, entgegnete Cassie. »Er interessiert sich für ein paar von meinen Sachen.«

Anthony war zu benebelt, um genauer nachzufragen.

»Woran arbeitest du eigentlich?«, fragte sie. »Ich dachte, das Buch ist fertig.«

»Überarbeitungen«, antwortete er und fing an zu schwitzen.

Druckfahnen wurden in Umlauf gebracht. Cassie fand, sie sollten einen freiberuflichen PR-Manager anheuern, um die bereits erheblichen Bemühungen des Verlags noch zu verstärken.

»Ich glaube nicht, dass das nötig ist«, sagte Anthony.

»Ich finde schon«, widersprach Cassie. »Ich finde, wir sollten sofort in das Buch investieren.«

Die PR-Frau hieß Shelly Salazar, sie hatte schon mit großen Namen zusammengearbeitet. »Ich werde dich aufs nächste Level bringen«, versprach sie und nannte eine sehr hohe Honorarvorstellung. Cassie stimmte sofort zu.

»Na gut«, sagte Anthony. Er hatte nicht die Kraft zu argumentieren. Stattdessen versteckte er eine Flasche Whisky in seiner Sockenschublade und eine im Keller in der Nähe des Boilers.

Eines Tages rief Huxley Wilder an. »Puckett«, sagte er. »Wir haben ein Problem.«

Anthonys Lektorin mailte. *Es ist was Seltsames passiert*, schrieb sie. *Wir sollten mit dem Anwalt darüber sprechen.* Eine anonyme Quelle, die eine der frühen Druckfahnen gelesen hatte, habe einen ziemlich ernsten Vorwurf geäußert.

»Wer denn?«, fragte Anthony.

»Könnte jeder gewesen sein«, antwortete Huxley. »Wenn die Fahnen erst mal da sind, kann jeder sie lesen. Sie wissen doch, wie das läuft.«

Es tut mir leid, das sagte Anthony von nun an ständig – zu seiner Lektorin, zu Huxley, zu Cassie. Doch Cassie wollte es nicht hören. Genau genommen wollte niemand es hören.

Anthony rief seine Mutter an. »Wahrscheinlich wird es ziemlich schlimm«, sagte er. »Unschön.«

Der Vorwurf wurde bestätigt. Der Artikel in der *Times* erschien. »Jeder weiß davon«, sagte Cassie. »Jeder. Du hast alles kaputtgemacht, Anthony, alles.«

Er spürte, dass er etwas getan hatte, was er nie mehr würde wiedergutmachen können.

Kapitel 42 | Lu

In den frühen Morgenstunden klingelte Anthonys Handy, und Lu fuhr erschrocken auf. Cassies Name erschien auf dem Display. Lu wartete den Bruchteil einer Sekunde, unsicher, ob sie drangehen sollte oder nicht. Aber da die einzige Alternative war, den betrunkenen Anthony zu wecken, nahm sie das Gespräch an.

»Hallo?«

»Ich muss mit Anthony sprechen«, sagte eine Frauenstimme.

»Tut mir leid«, sagte Lu. »Er schläft.«

»Er schläft?«

»Er, äh… es ging ihm nicht so gut.«

»Tut mir leid, das zu hören«, sagte Cassie in einem Ton, der vor Sarkasmus triefte.

»Aber ich richte ihm gern etwas aus«, fügte Lu hastig hinzu. Sie hatte ein Kissen unter Anthonys Kopf geschoben, seine Wange quetschte sich dagegen, ein wenig Sabber war an seinem Mundwinkel zu sehen.

»Wer sind Sie überhaupt?«

»Ich bin Lu. Eine Freundin.«

»Anthony hat keine Freundinnen.« Das klang wie eine Regel, die Cassie aufgestellt hatte. Aber Anthony war nun mal ein Freund.

»Jetzt hat er welche«, sagte Lu.

»Falls es ihn interessiert, können Sie ihm ja sagen, dass die Polizei eine Nachricht gefunden hat«, sagte Cassie.

»Natürlich interessiert ihn das«, fauchte Lu. »Wie lautet die

Nachricht? Ich meine, wenn Sie möchten, dass ich ihm etwas ausrichte.«

Cassie seufzte. »Da stand: *Keine Sorge, wir machen einen kleinen Ausflug.*«

»Einen kleinen Ausflug!«, rief Lu. »Was für eine Erleichterung. Dann brauchen wir uns also keine Sorgen mehr zu machen?«

»Sie mussten sich sowieso nie Sorgen machen, Lu – wer immer Sie sein mögen«, sagte Cassie. »Weil es Sie nicht das Geringste angeht.«

Kapitel 43

Joy

Wie jede Frau über vierzig auf der Insel trug Bridezillas Mutter Linda die silbernen Zehentrenner-Sandalen von Birkenstock, dazu einen in Pink und Blau bedruckten Maxirock und ein Strickoberteil im gleichen Pink. Alles in allem ein sehr rosiges Outfit. Doch ihr Gesicht wirkte heute ziemlich abgespannt und nervös. Na ja, kein Wunder – Brautmutter zu sein war ohnehin anstrengend, und bei Bridezilla hatte man bestimmt nichts zu lachen. Hoffentlich würde Maggie, falls sie überhaupt heiraten wollte, so nett sein durchzubrennen, dann blieb Joy die Mühe erspart.

»Linda! So eine nette Überraschung, dich hier im Laden zu sehen. Was darf ich dir bringen? Einen Kaffee? Whoopie-Pie?«, begrüßte Joy ihre Bekannte. »Gestern haben Maggie und ich mit einer Double-Chocolate-Fudge-Version experimentiert, und es sind noch ein paar davon übrig. Wenn du möchtest, kann ich dir gern welche zum Probieren bringen.«

»Nein danke«, antwortete Linda und seufzte, als mache sie schon der Gedanke an einen Whoopie-Pie müde. »Wir haben gestern Abend im Spring House Hotel gegessen, und ich bin immer noch voll.«

»Das glaube ich gern!«, rief Joy. »Die Speisekarte ist phantastisch diesen Sommer. Was hast du gegessen? Hast du das Kabeljau-Special schon versucht?«

»Ich hatte ein bisschen von allem«, erzählte Linda. »Dort findet ja das Probe-Dinner statt, du weißt schon, in der Barn, und wir haben eigentlich das ganze Programm gekostet.« Sie legte die Hand auf ihr kleines Bäuchlein. »Aber wie dem auch sei, ich bin nicht hier, um darüber zu reden, sondern um mich zu entschuldigen.« Sie zog einen Stuhl unter einem leeren Tisch hervor und setzte sich.

Joys wurde flau im Magen. »Warum? Wofür denn?«

Linda senkte den Blick.

»Linda?«, sagte Joy. »Wofür willst du dich entschuldigen?«

»Kimberly hat es sich anders überlegt«, flüsterte Linda dem Boden zu.

»Was hat sie sich anders überlegt? Will sie Michael doch nicht heiraten?« Nach Joys Ansicht wäre es wesentlich wahrscheinlicher, dass Michael es sich anders überlegte. Man hätte es ihm nicht verdenken können. Aber für Joy war diese Hochzeit so wichtig, sie musste einfach stattfinden.

»Nein, nichts dergleichen«, antwortete Linda, und Joy atmete erleichtert aus. »Obwohl ich mir nicht vorstellen kann, wie Michael es Tag für Tag mit meiner Tochter aushält. Er ist ein Heiliger, ganz ehrlich. Ich erinnere Kimberly ständig daran, dass sie eines Tages Falten kriegen und Gewicht zulegen wird – und dann kann sie sich nicht mehr so benehmen. Aber sie hört nicht auf mich. Wer bin ich denn schon? Bloß die Frau, die jede einzelne ihrer Windeln gewechselt hat. Die sie im Arm gehalten hat, als sie wegen dieser gemeinen Gören in der siebten Klasse so oft geweint hat.«

»Ja, das ist ein schwieriges Alter«, pflichtete Joy ihr bei und achtete darauf, mitfühlend zu klingen, obwohl sie immer nervöser wurde. Wenn die Hochzeit nicht abgeblasen worden war, wofür wollte Linda sich dann entschuldigen?

»Sie war in der siebten Klasse nicht mal bei der Tanzparty! Es war schrecklich, wir sind zu Hause geblieben und haben ›50 erste Dates‹ angeschaut.« Linda hielt inne. »So ein alberner Film.« Sie trommelte mit den Fingern auf den Tisch.

»Linda?«, fragte Joy. Auf einmal kam ein sehr schlechtes Gefühl in ihr auf. »Was hat Kimberly sich anders überlegt?«

»Das mit den Whoopie-Pies!«, sagte Linda und warf die Hände in die Luft. »Ich kann es nicht fassen, aber sie will keine Whoopie-Pies mehr, sondern stattdessen diese Macarons von der ›Roving Patisserie‹!« Linda sprach es falsch aus, sie sagte Macaruuuns. Doch Joy war viel zu sehr damit beschäftigt, nicht vor ihr zusammenzubrechen, um sie zu verbessern. »Ich hab ihr gesagt, wir können doch beides nehmen, aber da hat Robert sein Veto eingelegt und gemeint, das wäre Verschwendung. Jetzt auf einmal macht er sich Sorgen wegen des Geldes. Nachdem er Kimberly zwei Jahrzehnte lang alles gekauft hat, was sie wollte! Aber so ist es, und deshalb bin ich hier, um die Bestellung zu stornieren, Joy. Ich wollte es nicht am Telefon machen, nach allem, was du für uns getan hast.«

»Das tut mir alles wirklich leid«, sagte Joy. Innerlich kochte sie, aber sie hoffte, wenn sie es fertigbrachte, gefasst zu bleiben, könnte Linda sich vielleicht doch noch anders entscheiden. »Ich meine, die Macarons sind ja ganz okay, aber …«

»Also, ich mag sie überhaupt nicht«, sagte Linda. »Für mich schmecken sie wie Pappe. Aber Kimberly ist total verrückt nach dem Zeug. Anscheinend sind sie derzeit total hip, diese Macaruuns. Und du weißt ja, wie die jungen Leute sind – immer hinter den neuesten Trends her.«

»Vielleicht sind sie hip«, räumte Joy ein, »aber die Leute von der ›Roving Patisserie‹ sind nicht von der Insel. Die haben hier keine Wurzeln. Die kommen aus New York! Wenn du wirklich eine echte Insel-Hochzeit möchtest, dann brauchst du doch auch richtiges Insel-Essen.« Also hatte Holly tatsächlich recht gehabt mit ihrer Sorge. Wie sprunghaft die Leute doch waren! Dass sie so schnell auf jeden neuen Zug aufsprangen. Es musste nur glitzern und neu sein. Oder ein Sonderangebot.

»Es tut mir total leid, Joy. Ganz ehrlich.«

Leider bezahlt das Leidtun aber nicht meine Mieterhöhung, dachte Joy. *Oder Maggies College.* Sie versuchte, den dicken Kloß in ihrem Hals hinunterzuschlucken. »Linda«, sagte sie, »was muss ich tun, damit du es dir anders überlegst?«

Linda hielt resignierend die Handflächen hoch. »Du kennst doch Kimberly, oder nicht?« Offensichtlich eine rein rhetorische Frage. »Ich wüsste nicht, wie wir sie umstimmen könnten. Sosehr ich es mir wünschen würde.«

Wie es aussah, musste sie sich der Tatsache stellen, dass sie verloren hatte. Joy seufzte. »Wir verschicken die Whoopie-Pies in ganz Amerika. Wenn du also zufälligerweise irgendwann in der Zukunft mal hörst, dass jemand eine große Bestellung machen möchte, dann hoffe ich, dass du meinen Namen weitergibst.« Nebenbei überlegte sie, ob es sehr verdächtig wirken würde, wenn ein gewisser Imbisswagen in der Nacht ausbrannte.

Linda stand auf und ergriff Joys Hände. »Natürlich mache ich das«, sagte sie. »Und es tut mir wirklich furchtbar leid.«

»Ich versteh das ja«, sagte Joy, obwohl es nicht stimmte. Wo war die Loyalität geblieben, die Wertschätzung für die harte Arbeit eines anderen?

»Aber ich möchte, dass du die Anzahlung behältst«, sagte Linda. »Darauf bestehe ich.«

Nur hatte Joy leider keine Anzahlung verlangt. Sie kannte Linda seit Jahren, und eine Woche vor dem Event war der Gesamtbetrag fällig, damit sie ihre Lieferanten bezahlen konnte. »Du hast doch nie …«

»Oh, ich bestehe darauf«, fiel Linda ihr ins Wort. »Wirklich, das ist das Mindeste, was ich tun kann.« Und mit rauschendem Maxirock verschwand sie hinaus in den Sommermorgen.

Kapitel 44 | Anthony

Als Anthony aufwachte, sah er als Erstes ganz dicht vor seiner Nase zwei kleine Gesichter. So nah, dass er sie nicht sofort identifizieren konnte, sondern nur ihren warmen Atem spürte und ihre süßliche Zahncreme roch.

Dann hörte er Lus Stimme. »Macht mal Platz, Jungs.« Und: »Guten Morgen, Sonnenschein.« Die Gesichter verschwanden, und Anthony erkannte Chase und Sebastian.

Er blickte um sich. Er war auf einer Couch in Lus Wohnzimmer, Sonnenlicht strömte durch die Fenster. Er brauchte einen Moment, bis er die Ereignisse der letzten Nacht wieder parat hatte und verarbeiten konnte. Max und Dorothy waren verschwunden? Er hatte auf Lus Couch geschlafen?

Lu hielt ihm sein Smartphone hin. »Ich hab es aufgeladen. Ich wollte dich nicht wecken. Deshalb habe ich kurz mit Cassie gesprochen, als sie heute Nacht angerufen hat.« Zögernd fügte sie hinzu: »Deine Mutter hat eine Nachricht hinterlassen.«

»Eine Nachricht?« Bestimmt sah er genauso fertig aus, wie er sich fühlte. »Was denn für eine?«

»Das soll Cassie dir selbst sagen, sie ruft bestimmt gleich an. Hier, trink das erst mal.« Sie stellte einen Becher dampfenden Kaffee vor ihn auf den Tisch.

Anthonys Kopf schmerzte, sein Mund fühlte sich pelzig an, ihm war flau im Magen. Vorsichtig trank er einen Schluck Kaffee. Er war schwarz und sehr aromatisch. Eine Spur von…

»Kokosöl«, sagte Lu, die ihn beobachtet hatte, und nickte. »Und ein bisschen Weidebutter. Alles vermischt mit Kaffee. Angeblich wird man davon unbesiegbar.«

Im nächsten Moment klingelte das Telefon. Anthony konnte gar nicht schnell genug auf »Annehmen« klicken. »Cassie!«

»Tut mir leid, dass ich das Zusammensein mit deiner neuen Freundin stören muss«, sagte Cassie energisch und geschäftsmäßig. »Ich dachte nur, es könnte dich interessieren, dass deine Mutter mit unserem Sohn verschwunden ist. Für den Fall, dass du meine Nachrichten nicht bekommen hast.«

Lu scheuchte Chase und Sebastian in die Küche und folgte ihnen. »Meine neue Freundin?«, flüsterte Anthony. »Nein, Cassie, sie ist nicht …« Er brach ab, das war nicht das dringendste Thema, über das er sprechen wollte. »Meine Mutter hat eine Nachricht hinterlassen, richtig?«, fragte er. »Lu hat gesagt, alles ist okay.«

Cassie ignorierte seine Frage. »Deine Mutter konnte mich nie leiden.«

Wenn sie sich über Dorothy beklagen konnte, war sie garantiert nicht allzu besorgt um Max. »Was stand denn nun in dieser Nachricht, Cassie?«

»Sie lautet: *Keine Sorge, wir machen einen kleinen Ausflug.*«

»Und wo hast du sie gefunden?«, fragte Anthony weiter.

»In ihrem Haus. Ich wollte Max abholen, und da war nur dieser Zettel. Der, nebenbei bemerkt, nicht leicht zu finden war.«

Auch diese Information schob Anthony erst einmal beiseite. »Wohin sind sie denn ausgeflogen?«, fragte er.

Cassie seufzte. »Das stand da nicht. Aber ich hoffe, sie ruft einen von uns an. Deine Mutter hat das nur getan, um mir eins auszuwischen, das weiß ich genau.«

Mit einem hatte Cassie recht. Dorothy hatte sie nie gemocht und ihr nie vertraut. Dorothy verstand weder Cassies Bilder noch ihre

Einkaufsgewohnheiten noch ihre Abneigung gegen Zucker und Weizen noch ihren Einrichtungsgeschmack – ein weißes Kinderzimmer! Sie verstand Cassie einfach überhaupt nicht.

Weil Anthony nicht sofort antwortete, wiederholte Cassie: »Sie mag mich nicht, das kannst du mir ruhig glauben.«

Anthony trank noch einen Schluck Kaffee. Er schmeckte, als hätte man zusammen mit dem Kokosöl und der Weidebutter auch ein bisschen Himmel hineingemischt. Und da er sich tatsächlich unbesiegbar vorkam, fragte er kühn: »Warum war Max denn überhaupt bei meiner Mutter, so dass sie ihn mitnehmen konnte?«

»Sie hat ihn entführt«, korrigierte Cassie.

»Wo warst du?«, fragte Anthony.

Er konnte sich vorstellen, dass Cassie ein Gesicht machte wie immer, wenn sie mit einer Frage konfrontiert war, die sie nicht beantworten wollte. Sie neigte den Kopf etwas zur Seite, als hätte sie etwas nicht richtig gehört, runzelte die Stirn, die dank einer präventiven Botoxbehandlung eigentlich nicht mehr runzelbar war. »Dein Vater ist auf Lesereise, ich dachte, es wäre schön für Dorothy, ein bisschen Gesellschaft zu haben …«

Anthony konnte sich ein leises Schnauben nicht verkneifen. »Du hast Max also aus reiner Herzensgüte von Newton nach Marblehead gefahren? Weil du dachtest, es wäre nett für meine Mutter, von ihm besucht zu werden?«

»Ja«, behauptete Cassie eisern.

»Und kurz nachdem du ihn dort abgesetzt hast, bist du umgekehrt, und er war nicht mehr da?«

»Nicht direkt«, antwortete sie. »Es war ein bisschen anders.«

»Wie denn?«

»Als ich deine Mutter am zweiten Abend angerufen ha–«

»Am zweiten Abend?«, unterbrach Anthony. Jetzt hörte sich das schon ganz anders an.

»Wir hatten abgemacht, dass Max zweimal bei ihr übernachtet. Aber ich habe es mir anders überlegt und deine Mutter angerufen, um ihr zu sagen, dass ich ihn am Abend des zweiten Tages abhole, also gestern, und da ist sie mit ihm abgehauen.«

»Ah«, sagte Anthony. »Und du selbst hattest nichts Besonderes vor, nichts, bei dem Max dich vielleicht gestört hätte?«

Sie zögerte. »Nein.« Inzwischen klang ihre Stimme irgendwie seltsam. »Ich dachte, zwei Nächte wären schöner für deine Mutter.«

»Quatsch. Warst du bei Glen?«

Wieder ein Zögern. »Vielleicht«, flüsterte Cassie.

»Hab ich mir gedacht.« Es machte ihm weniger aus, als er noch vor zwei Monaten gedacht hätte.

»Aber es ist nicht so, wie du denkst – wir haben uns gestritten und uns getrennt. Es ist vorbei, Anthony. Ich schwöre, mit Glen und mir ist es einmalig vorbei.«

»Meinst du vielleicht ein für alle Mal?«, verbesserte Anthony sie. Er konnte nicht anders, es war ein Reflex.

Jetzt war sie in der Defensive. »Ich habe mir vieles von dir gewünscht, Anthony, aber ganz sicher nicht, dass du meine Wortwahl korrigierst. Wie kannst du so mit mir reden, nach allem, was ich für dich getan habe?«

»Nach allem, was du für mich getan hast?«, wiederholte Anthony fassungslos. »Cassie, du hast für mich nichts weiter getan, als hunderttausend Dollar in Kreditkartenrechnungen einzusammeln. Und mich aus dem Haus zu werfen, das wir von meinem Geld bezahlt haben!«

»Viele von den Sachen, die ich gekauft habe, waren für dich! Für dein Image! Einen Teil des Geldes hab ich beispielsweise für Shelly Salazar ausgegeben, zur Förderung deiner Karriere.«

»Shelly Salazar ist ein opportunistischer Alptraum«, entgegnete er.

»Sie hätte Wunder für dich vollbracht, wenn du nicht alles vergeigt hättest.« Cassie seufzte. »Aber darüber möchte ich nicht mit dir streiten. Was machen wir denn jetzt? Sollen wir die Polizei rufen? Die beiden als vermisst melden?«

»Natürlich nicht«, sagte Anthony. »Sie sind nicht in Gefahr.«

»Von deiner Mutter kriegt Max wahrscheinlich Eiscreme zum Frühstück.«

»Das ist vielleicht die falsche Ernährung, aber keine Gefahr. Außerdem würde sie das sowieso nicht machen.«

»Oh, doch, genau das hat sie gemacht, sie hat es den Verkehrtrum-Tag genannt. Sie haben Pancakes zum Abendessen gegessen, und Max musste sich vor dem Schlafengehen zweimal übergeben.«

»Cassie, meine Mom würde niemals zulassen, dass Max etwas passiert, das weißt du so gut wie ich. Die beiden tauchen demnächst wieder auf. Cassie?«, fragte er dann, weil er im Hintergrund Sirenen zu hören meinte, etwas beunruhigt. »Cassie? Ist alles okay bei dir?«

»Oh, das hat mir gerade noch gefehlt«, stöhnte sie. »Verfluchter Mist, ich muss aufhören. Ich bin im Auto und muss rechts ranfahren. Ich ruf dich später noch mal an.«

Als sie aufgelegt hatte, leerte Anthony den letzten Schluck seines Kaffees. Er musste zurück in sein Cottage, duschen, den Kopf klarkriegen, die katastrophale Nacht abschütteln. Er rief Lu und ihren Söhnen, die noch in der Küche waren, ein schnelles »Auf Wiedersehen und vielen Dank!« zu und verließ das Haus durch die Vordertür.

Vor der Haustür seines Cottage empfing ihn ein Anblick, der eine Wohltat für seine Augen, seinen schmerzenden Kopf und seine mitgenommene Seele war: Dort stand nicht nur Dorothy Puckett, sondern neben ihr das größte fehlende Puzzleteil für Anthonys Herz. Max.

Anthony konnte kaum glauben, dass Max nach der langen Zeit wirklich vor ihm stand. Mit ausgebreiteten Armen kauerte er sich nieder, und Max rannte ohne Zögern zu ihm und fiel ihm um den Hals. Nach einer Weile flüsterte er: »Daddy, ich krieg keine Luft!«, so dass Anthony ihn freiließ, ihn anschaute und strahlte, bis ihm das Gesicht wehtat.

Max war ein ganzes Stück gewachsen. Er war kräftiger geworden und offenbar kürzlich beim Friseur gewesen, wodurch er ein bisschen älter und ernster aussah – obwohl die Haare an seinem Wirbel immer noch vom Kopf abstanden. Er roch nach frisch gemähtem Gras, Sonnencreme und Kinderschweiß, genau so, wie ein kleiner Junge im Sommer riechen sollte. Er war perfekt.

Auch Dorothy wirkte ausgeruht. Sie trug ein geschmackvolles braungraues Kleid, die Sonnenbrille hatte sie in ihren silbergrauen Bob geschoben.

»Mom«, sagte Anthony. »Ich freue mich sehr, euch zu sehen. Aber was habt ihr euch bloß dabei gedacht?«

»Ich dachte, es ist an der Zeit, dass wir dich besuchen«, antwortete Dorothy ungerührt. »Den ganzen Sommer liege ich dir damit schon in den Ohren! Wir müssen wirklich miteinander reden, Anthony. Außerdem hast du mir selbst gesagt, dass Cassie versucht, Max von dir fernzuhalten. Ich fand, es wäre an der Zeit, das in Ordnung zu bringen.«

»Aber warum hast du Cassie nicht zuerst gefragt? Sie war außer sich.«

Dorothy kicherte. »Cassie hätte unseren Ausflug niemals zugelassen. Deshalb habe ich eine meiner alten Lieblingsregeln befolgt: Manchmal ist es besser, um Verzeihung zu bitten als um Erlaubnis. Außerdem habe ich ja eine Nachricht hinterlassen, sie hatte also überhaupt keinen Grund, sich aufzuregen. Können wir reinkommen? Ich hab dir einen Kaffee mitgebracht.« Sie bückte sich und hob ein Papptablett mit zwei Bechern hoch, auf denen im Schriftzug des Cafés »Joy Bombs« stand. Natürlich. Wo sonst hätte Dorothy Kaffee holen sollen?

Anthony öffnete die Tür, und sie gingen hinein. Dorothy stellte das Tablett auf den Couchtisch und sah sich erfreut um.

»Geh ruhig auf Entdeckungsreise, Max«, sagte Anthony zu seinem Sohn und fügte an seine Mutter gewandt hinzu: »Wie hast du mich überhaupt gefunden?«

Dorothy strahlte und hielt ihr Smartphone hoch. »Ich hab die ganze Zeit gewusst, wo du bist, ich benutze doch die Find-My-Friends-App. Übrigens auch für deinen Vater, damit ich mit seinem Terminplan zurechtkomme. Er war seit drei Wochen nicht mehr zu Hause, die Lesereise ist endlos. Gestern war er bei ›Books Inc.‹.«

»Ich liebe den Laden«, sagte Anthony und konnte nicht verhindern, dass es sich wehmütig anhörte. »Wo denn?«

»In Alameda, glaube ich. Nein, Laurel Village. Ach, wer soll sich das denn alles merken? Aber Anthony, deshalb habe ich Max auch hergebracht – dein Vater ist nächste Woche auf Block Island.«

»Ich weiß.«

»Ich dachte, wir könnten zusammen ein bisschen Urlaub machen – so eine Art Familientreffen.«

Langwierige Verhandlungen waren erforderlich, aber am Ende stimmte Cassie zu, dass Max bleiben konnte. Die nächsten Tage hatte sie Verpflichtungen in der Galerie, aber am sechsten August würde sie auf die Insel kommen, eine Nacht im Hotel bleiben – vorausgesetzt, es gab ein Zimmer für sie – und mit Max am nächsten Tag die schnelle Nachmittagsfähre nehmen und zurückfahren.

»Grundregeln«, sagte sie.

»Alles, was du willst«, antwortete Anthony. Max hatte seinen Erkundungsgang durchs Haus beendet und sich dann neben ihn gekuschelt.

»Pass aber bitte in Wassernähe auf ihn auf, er kann noch nicht ohne Schwimmflügel schwimmen. Und gib ihm nach fünfzehn Uhr nichts mehr mit Zucker zu essen. Wenn er Wasser in die Ohren kriegt, musst du ihm diese Ohrentropfen verpassen, damit sich der Gehörgang nicht entzündet. Spätestens um halb neun sollte er schlafen. Und Sonnencreme! Jede Menge. Und einen Sonnenhut.«

»Sonnenschutz«, wiederholte Anthony. »Alles klar.« Er war so glücklich, Max ein paar Tage bei sich zu haben, dass er mit Freuden ein ganzes Rhinozeros mit Sonnenschutz eingerieben hätte, einschließlich aller Falten und Wülste. Unter der Dusche konnte er nur daran denken, wie er Max die Insel zeigen würde. Er wollte ihm die Alpakas in Manisses Animal Farm zeigen, die Mohegan Bluffs und die bunten Steine am Pebbly Beach. Er wollte ihm bei »Mia's« ein Eis kaufen und bei »Finn's« gebratene Muscheln.

Als er erfrischt ins Wohnzimmer zurückkam, hielt Max die Fernbedienung auf den Fernseher gerichtet. Dorothy stand in der Küche und schaute hinaus auf das kleine Stück Ozean, das man vom Fenster aus sehen konnte. »So ein hübsches kleines Cottage!«, rief sie. »So herrlich altmodisch.« Sie kam zurück ins Wohnzimmer und ließ sich auf der Couch nieder. Dann sah sie Anthony an und sagte: »Und du hast auch schon lange Zeit nicht mehr so gut ausgesehen. Braun gebrannt, neuer Haarschnitt, richtig fit und gepflegt.«

»Gepflegt?«, wiederholte Anthony.

»O ja, sehr gepflegt. Und dein Bierbauch ist auch weg.«

Es stimmte. Zwar hatte Anthony seit seiner Ankunft keine Waage mehr benutzt – Fitzys Onkel besaß keine –, aber er wusste, dass er durch die Wanderungen mit Joy, das Schwimmen und das Radfahren schlanker und fitter geworden war. In der salzigen Seeluft, ohne Alkohol – ausgenommen die gestrige Kneipentour – war sein Körper definierter und kräftiger geworden. »Es ist wirklich schön hier«, fuhr Dorothy fort. »Eigentlich unglaublich, dass ich noch nie auf Block Island war. Und das Wasser ist ja dermaßen blau! Sieht aus wie…«

In der Karibik, dachte Anthony.

»… in der Karibik!«, sagte seine Mutter. »Und als ich angehalten habe, um unseren Kaffee zu holen, da hat mich ein sehr süßes Mädchen bedient, ungefähr zwölf Jahre alt oder so.«

»Dreizehn«, verbesserte Anthony sie leise.

»Und sie hatte ein echt witziges T-Shirt an, Anthony, du hättest es geliebt. Du mochtest Wortspiele ja schon immer. Da stand – lass mich nachdenken. Also, ein Bär war darauf abgebildet und ein Hirsch oder ein Reh, und der Bär sagt… ach, ich weiß es nicht mehr.«

Maggie hatte das T-Shirt angehabt, das er ihr gekauft hatte! Das machte ihn unermesslich glücklich und gleichzeitig abgrundtief traurig. Der Streit mit Joy belastete ihn sehr, der Gedanke an all das Glück, das sie fast miteinander gehabt hätten. Und dass sie seinetwegen gescheitert waren.

Er bedauerte es zutiefst, dass er Joy nicht die Wahrheit gesagt hatte. Er wünschte sich, Max könnte sie kennenlernen, er wollte ihm die Insel so gern zusammen mit Joy und Maggie zeigen. Aber Joys Worte waren wie ein Felsbrocken, den er nicht aus dem Weg räumen konnte.

Es reicht. Wir sind fertig miteinander. Für immer.

Kapitel 45

Maggie

Maggie arbeitet weiter bei Lu, denn ihre Mutter weiß den Wert von Verpflichtungen zu schätzen und erinnert sich noch gut daran, wie sie selbst als Mutter eines Kleinkinds gelegentlich auf Hilfe angewiesen war. Außerdem darf Maggie auch im Café helfen. Aber ansonsten sitzt sie zu Hause fest. Kein Strand, kein Muschelsuchen, nichts. Kein Handy in der Freizeit, obwohl ihre Mutter bisher nicht sonderlich gut aufgepasst hat. Sie vergisst dauernd, das Handy einzukassieren.

Aber als Joy heute Abend aus dem Café kommt, verschwindet sie sofort im Bad, rauscht dann in ihr Schlafzimmer, taucht in einem türkisgrünen Sommerkleid, das Maggie noch nie an ihr gesehen hat, wieder auf und verkündet, dass sie und Holly zusammen essen gehen. »Holly?«, hakt Maggie nach. »Nicht Anthony?« Trotz der blöden Streiterei hat sie die Hoffnung nicht aufgegeben, dass er und ihre Mutter wieder zusammenkommen. Sie mag Anthony: Er ist lustig und interessant und neugierig. Er hat sich von Maggie das Muschelsuchen beibringen lassen, ihm scheint der seltsame, manchmal ziemlich lahme Humor ihrer Mutter zu gefallen, und er hat Maggie sogar ein T-Shirt geschenkt, das gar nicht übel ist.

Ihre Mutter seufzt und sagt: »Nein, nicht Anthony. Das weißt du doch, Mags. Kein Anthony mehr.«

Irgendwie sieht ihre Mutter traurig aus und tut Maggie beinahe leid, bis ihr einfällt, dass Joy schuld ist an dem blöden Hausarrest. Also sagt sie bloß: »Okay.«

Dann schaut Maggie aus dem Fenster zu, wie das türkisgrüne Kleid ihrer Mutter im Fußgängergewimmel des Sommerabends verschwindet. Sich selbst überlassen geht sie durchs Haus, stellt den Fernseher an und gleich wieder aus, weil sie merkt, dass es nichts gibt, was sie sehen möchte. Es ist bereits der vierte Tag Hausarrest. Auf gar keinen Fall bleibt sie allein und die ganze Nacht hier. Sie checkt ihr Handy: keine Nachricht, nichts.

Sie überlegt, Pickles auf ein Abenteuer mitzunehmen, aber am Ende steigt sie auf ihr Fahrrad und fährt die Spring Street hoch. Vielleicht könnte sie einmal um die Insel herumradeln. Das Handy lässt sie lieber im Cottage, weil sie weiß, dass ihre Mutter sie orten kann, wenn sie es dabeihat.

Maggies Wut über die Ungerechtigkeit des Ganzen ist ein schwelendes Feuer, das jederzeit ausbrechen kann. Riley hat keinen Hausarrest, was mal wieder zeigt, dass deren Mutter netter ist als ihre. Riley war nicht gerade erfreut, dass Maggie sie wegen der E-Zigaretten-Sache angeschwärzt hat, und sie hat ihr Handy verloren, deshalb spricht sie derzeit nicht mit Maggie. Wenn sie sich vor Ende der Schulferien nicht versöhnen, wird es ein grässlich langes und ödes Schuljahr. Von den fünf Mädchen in Maggies Klasse ist Riley die Einzige, die sie mag.

Riley findet Hugo auch toll, aber die bei Ladenschluss übrig gebliebenen Macarons hat er Maggie geschenkt, und Maggie hat er auch die E-Zigarette angeboten. *Ich hab jedes Mal abgelehnt, nur ein einziges Mal nicht, Mom*, denkt sie, und die Ungerechtigkeit des Hausarrests tritt wieder in den Vordergrund. Es würde Riley ähnlich sehen, wenn sie Maggies Gefangenschaft dafür nutzt, sich an Hugo ranzuschmeißen.

Maggie weiß, dass um kurz nach acht Uhr die Sonne untergeht und es eine halbe Stunde später dunkel sein wird, denn das schaut sie als Inselkind fast jeden Morgen nach, wenn sie die Info nicht schon irgendwo in der Stadt gesehen hat. Die Dunkelheit macht ihr keine Angst, weil ihr Fahrrad sowohl am Lenker als auch an der Sattelstütze ein Licht hat. Allerdings hat sie schon Angst, was passiert, wenn ihre Mutter von ihrem Essen mit Holly heimkommt und Maggie nicht vorfindet. Aber die beiden sind im »Spring House«, das nicht gerade für seinen schnellen Service bekannt ist. Da gehen Paare hin, wenn sie bei ein paar Cocktails aufs Meer hinausblicken wollen, bevor sie auch nur die Vorspeise bestellen.

Es ist ein kleines Risiko, das sie mit der Wahl dieser Route eingeht, denn sie führt direkt am »Spring House« vorbei. Aber Maggie hält die Luft an und fährt extraschnell um die Kurve beim Restaurant, das leicht erhöht an der Straße liegt, und niemand ruft nach ihr. Vielleicht haben Holly und ihre Mom das Auf-den-Ozean-Starren schon erledigt und es sich an einem der hinteren Tische im Speisesaal gemütlich gemacht.

Alle Gedanken an ihre Mutter rücken in den Hintergrund, als Hugos kleiner roter Sportwagen sie überholt und dabei rücksichtsvoll auf die Gegenfahrbahn ausschert, damit sie genügend Platz hat. Sie folgt ihm – warum nicht? Wenn er in seinem Auto sitzt und in diese Richtung fährt, ist er wenigstens nicht in Rileys Nähe.

An der Steigung der Spring Street muss Maggie kräftig in die Pedale treten, und nach gut einer Meile sieht sie Hugos Auto in einer der Parkbuchten an den Mohegan Bluffs stehen. Sie hält ebenfalls und stellt ihr Rad ab. Von hier führt ein schmaler Weg zur Treppe an den Strand. Die Sonne wird bald untergehen.

Wie jedes Kind auf Block Island kennt Maggie die Geschichte der Klippen, die wie große Monster auf beiden Seiten der Treppe aufragen. Sie weiß, dass Mitte eines längst vergangenen Jahrhunderts – war es das sechzehnte oder das siebzehnte? – die beiden Stämme der Niantic und der Mohegan hier um die Herrschaft der Insel gekämpft und dass die Niantics die Mohegans über die Klippen in den

Tod getrieben haben. Sie weiß, dass man an klaren Tagen bis nach Montauk an der Spitze von Long Island sehen kann. Sie weiß, dass man unten am Strand alle fünf Offshorewindräder sehen kann und dass im Sommer haufenweise kleine weiße Blumen rechts und links von der Treppe blühen. Doch sie weiß nicht, warum Hugo hierhergekommen ist. Allein. Sie lässt ihm Zeit, unten am Strand anzukommen, dann macht sie sich ebenfalls auf den Weg.

Aber dann wird es ihr schlagartig klar.

Denn unten am Strand, der sich halbmondförmig am Ende der Stufen ausbreitet, steht Olivia Rossi bei Hugo. Ihre Hand ruht in seinem Nacken, er umfasst ihr Gesicht, und sie küssen sich leidenschaftlich im Licht des Sonnenuntergangs, der so schön ist, dass Maggie einen stechenden Schmerz in ihrer Mitte fühlt. Sie weiß nicht, ob sie weitergeht, um den Kuss zu unterbrechen oder um mehr davon zu sehen – oder nur, um sich einzuprägen, wie sehr sie sich in Hugo als Menschen und hinsichtlich seiner Absichten getäuscht hat.

Sie hat auch nicht die Zeit, das herauszufinden, denn sie bleibt mit dem Sneaker hängen und stürzt die letzten fünf Stufen hinunter. Sie gibt einen kurzen Jammerlaut von sich. Hugo und Olivia fahren auseinander und wenden sich zu ihr um.

»Maggie!«, ruft Olivia und läuft über den steinigen Strand, so anmutig, wie niemand außer ihr das könnte.

»Olivia!«, krächzt Maggie.

»Was zur Hölle soll das denn?«, fragt Hugo. Allem Anschein nach ist er nicht erfreut, sie hier zu sehen, und sein französischer Akzent hat deutlich weniger Charme als sonst. Er ist derselbe junge Mann, der meisterhaft den Crêpes-Maker bedient, aber heute Abend wirkt er älter, anders, härter.

»Was machst du denn hier, Maggie?«, fragt Olivia.

Maggie überprüft, ob sie sich verletzt hat, aber wie durch ein Wunder ist sie nicht auf den Felsen gelandet, sondern im weichen Sand –

nur ein kleiner Stein klemmt unter ihrem Knie. »Ich bin Fahrrad gefahren und hab gesehen – gesehen, wie …« Die Worte kommen ihr nicht über die Lippen. Schließlich stößt sie hervor: »Ach, vergiss es.«

Olivia Rossi fixiert Maggie mit ihren schokoladenkaramellbraunen Augen, und Maggie erkennt in ihnen eine Mischung aus Verständnis und Mitleid, und auf einmal fühlt sie sich sehr, sehr jung und sehr, sehr dumm. Einen Moment schließt sie die Augen, und als sie sie wieder öffnet, mustert Olivia sie immer noch. Sie trägt ein sehr hübsches weißes Sommerkleid mit Spaghettiträgern und hat sich eine echte Blume hinters Ohr gesteckt. Mit ihrer braun gebrannten Haut und den perfekten langen Haaren sieht sie aus wie Vaiana aus dem gleichnamigen Disneyfilm.

»Komm mit, Mags«, sagt Olivia. »Wir verschwinden von hier.«

Zusammen steigen alle drei die Stufen hinauf. Maggie bemerkt, dass Hugo schnauft und nachhängt, und überlegt, ob er sich mit dem Dampfen und Zigarettenrauchen vielleicht keinen großen Gefallen getan hat. Immer mal wieder tritt er gegen eine Stufe.

»Hugo«, sagt Olivia, als sie oben angekommen sind. »Pack Maggies Rad hinten in dein Auto. Wir fahren sie nach Hause.«

»Hier drin?«, sagt Hugo und blickt zweifelnd auf das kleine rote Auto. »Was soll der Quatsch?« Inzwischen klingt sein charmanter Akzent schon beinahe finster, findet Maggie.

»Ja«, antwortet Olivia mit fester Stimme. »Wir packen das Rad hinten rein und lassen die Heckklappe offen.« Das ist schnell erledigt, und Maggie ist sehr dankbar, dass Olivia nichts sagt, als sie sich von einem Pedal einen Fettfleck auf dem Saum ihres hübschen Kleids holt.

»Okay«, sagt Olivia schließlich. Sie hat alles unter Kontrolle, sehr effizient und erwachsen, und Maggie kann kaum glauben, dass sie nur drei Jahre älter ist. Dann sieht sie Maggie mit ihrem strahlenden

Lächeln an – kein Wunder, dass Hugo auf sie steht – und fragt: »Wohin? Nach Hause?«

Maggies Scham brennt wie Sonnenbrand. Jedes Mal, wenn Hugo sie anschaut, scheint sein Blick fieser zu werden. Und ihr Handgelenk schmerzt echt.

»Maggie?«, wiederholt Olivia. »Wir bringen dich nach Hause, ja?«

Maggie ist nicht sicher, ob ihre Mutter schon vom Essen zurück ist, aber sie möchte nicht das Risiko eingehen, es auf diese Weise zu erfahren. Vermutlich würde sie dann doppelten Hausarrest kriegen. Ist das überhaupt möglich? Es kommt ihr jedenfalls nicht ausgeschlossen vor.

»Eigentlich müsste ich babysitten«, antwortet sie deshalb. »Könnt ihr mich bitte in die Corn Neck Road bringen?«

Kapitel 46 | Lu

Lu konnte Maggie nicht heimfahren, weil die Jungs oben schliefen. Ihr wäre es lieber gewesen, wenn Maggie ihre Mutter angerufen hätte, aber Maggie wollte unbedingt das Fahrrad nehmen.

»Nein«, entgegnete Lu. »Tut mir leid, aber ich lasse dich nicht mit dem Fahrrad nach Hause fahren. Nicht bevor du mein Schokoriegeleis probiert und mir erzählt hast, was los ist.«

Zuerst kam es stoßweise, aber nach einer Weile brach es aus Maggie heraus.

»Ach Maggie«, sagte Lu. »Das tut mir leid.«

»Glaubst du – ich meine, ist es möglich ...«

»Ja?«, versuchte Lu nachzuhelfen. »Glaube ich was?« Sie löffelte Eis in Maggies Schüssel.

»Ach, vergiss es«, sagte das Mädchen abwehrend. »Es ist einfach dumm.«

»Nichts daran ist dumm«, erwiderte Lu. »Nichts, was du jetzt, in dieser Minute, in diesem Haus sagen kannst, ist dumm.«

»Glaubst du, ich hab ein gebrochenes Herz?«

Dieses seltsame Übergangsalter. Für Maggie war es schmerzhaft, für Außenstehende jedoch einfach wunderbar – es war, als sehe man einer Raupe zu, die sich aus ihrem Kokon befreite und zum Schmetterling wurde. Lu beobachtete Maggie beim Essen. Ihre Zahnspange. Den letzten Rest Babyspeck auf ihren Wangen. Ihr absolut hinreißendes T-Shirt.

Lu wählte ihre Worte mit Bedacht, als sie Maggies Frage beantwortete. »Nein, ich glaube eigentlich nicht, dass du ein gebrochenes Herz hast. Aber ich verstehe, wie du darauf kommst.«

Lu wusste, dass der Vorfall bei den Mohegan Bluffs ihr vielleicht witzig vorkommen mochte, für Maggie aber möglicherweise das wichtigste Erlebnis des ganzen Sommers war.

»Ich fühle mich wie eine totale Idiotin«, sagte Maggie. »Was soll ich denn jetzt machen?«

»Ich denke, du solltest heimgehen und mit deiner Mutter reden.«

Maggie verdrehte die Augen.

»Du weißt, dass ich dich sehr gernhabe, und die Jungs sowieso – du gehörst praktisch zur Familie. Aber deine Mom kennt dich am besten. Sie sollte diejenige sein, die das mit dir bespricht. Die mit dir darüber sprechen möchte.«

»Das bezweifle ich stark«, schnaubte Maggie. »Sie wird sauer auf mich werden. Sie wartet doch nur darauf, dass ich einen Fehler mache, und sei er noch so klein, damit sie über mich herfallen kann.«

»Ich garantiere dir, dass sie das nicht tut.«

Maggie schob ihr Eis weg und ließ den Kopf hängen.

»Maggie?«, fragte Lu. »Was ist los?«

»Ach nichts«, antwortete sie ausweichend. »Ich hab mir nur das Handgelenk angeschlagen.«

»Lass mich mal sehen.« Mit gerunzelter Stirn sah Lu sich Maggies Arm an. »Warte«, sagte sie. »Tut das weh?«

»Autsch.«

»Und hier?«

»Ja! Und wie.«

»Ich glaube, es könnte gebrochen sein. Wir müssen wirklich deine Mom anrufen, Maggie.«

Kapitel 47 | Joy

Zuerst verliere ich die einzige Beziehung zu einem Mann, die ich seit Jahren hatte, dachte Joy. *Dann verliere ich Bridezillas Auftrag. Und jetzt verliere ich auch noch meine Tochter.*

Maggies Fahrrad lehnte an Lus Cottage. Joy stampfte die Treppe hinauf, vermied es aber sorgfältig, zu Anthonys Cottage hinüberzuschauen. Einen Augenblick stand sie vor der Tür. Dann klopfte sie leise, um Lus Söhne, die sicher schon schliefen, nicht zu wecken.

Als Lu mit ihrem munter hüpfenden Pferdeschwanz und ihrer süßen Stupsnase erschien, hätte Joy sie am liebsten an der Gurgel gepackt und geknurrt: *Gib mir meine Tochter zurück!* Zum Glück hatte sie sich beim Dinner nur einen einzigen Cocktail genehmigt, einen Moscow Mule.

»Kommen Sie rein«, sagte Lu.

»Was ist eigentlich los?«, fragte Joy sofort. »Ich hab Sie am Telefon nicht ganz verstanden.«

Lu hatte nur gesagt: »Alles in Ordnung, Joy, keine Sorge. Maggie ist hier, aber ich glaube, Sie sollten herkommen und sie abholen.« Rückblickend wusste Joy das durchaus zu schätzen. Mütter, gut ausgebildete Babysitter und Krankenschwestern wussten genau, dass man einen Anruf immer mit »Alles in Ordnung« beginnen musste, vorausgesetzt natürlich, es war wirklich so.

»Kommen Sie doch in die Küche«, sagte Lu fast flüsternd. »Die Jungs schlafen«, fügte sie als Erklärung hinzu und deutete zur Treppe, wo das Licht gedimmt war.

Als Erstes fiel Joy auf, wie natürlich Maggie sich in dieser Umgebung benahm. Dabei saß sie in einer fremden Küche, vor sich eine leere schokoladenverschmierte Schale mit einem Löffel.

»Es tut mir leid, Mom«, sagte sie sofort.

»Du hast eigentlich Hausarrest«, sagte Joy und hasste den angespannten Klang ihrer Stimme. »Was ist los, Maggie? Warum bist du verschwunden, ohne mir Bescheid zu sagen?«

»Es tut mir leid«, wiederholte Maggie, ohne auf die Fragen einzugehen.

»Ein bisschen Eis?«, meldete Lu sich freundlich zu Wort. Jetzt erst sah Joy, dass auf der Anrichte eine zweite Schale stand.

»Nein danke«, erwiderte sie kurz angebunden.

»Das Eis hat Lu selbst gemacht«, verkündete Maggie viel zu eifrig für Joys Geschmack.

Natürlich, dachte Joy. *Sie hat ja auch Zeit dafür, weil sie keinen Job braucht und mit einem Arzt verheiratet ist und eine hilfsbereite Schwiegermutter hat, die sie* – das hatte Maggie ihr erzählt – *aufdringlich findet, und dazu noch eine Babysitterin.*

»Klingt echt gut«, sagte sie. *Bestimmt macht sie die Butter auch selbst.* »Aber ich hab grade gegessen und bin pappsatt.«

Maggie hatte einen seltsamen Ausdruck im Gesicht. Auf einmal musste Joy daran denken, wie sie im Ball O'Brien Park einmal von der Schaukel gefallen war und einen Moment keine Luft bekommen hatte – es waren ein paar fürchterliche Sekunden gewesen, in denen Joy geglaubt hatte, sie sei tot. Aber dann hatte sie die Augen wieder aufgemacht. »Maggie?«, fragte sie und hörte, wie ihre Stimme sich überschlug. »Was ist passiert?«

»Ich bin aufs Handgelenk gefallen«, antwortete Maggie, und Lu erklärte fast gleichzeitig: »Ich glaube, sie hat sich womöglich das Handgelenk gebrochen.«

Auf einmal sah Joy die ungeweinten Tränen in den Augen ihrer

Tochter. Vorher war ihr gar nicht aufgefallen, wie sie dasaß, die rechte Handfläche irgendwie verkrampft über dem linken Handgelenk. Sie war wohl zu sehr damit beschäftigt gewesen, sich bissige Gedanken über das Eis zu machen.

»Jemand sollte es sich anschauen«, fuhr Lu fort.

»Lass mich mal sehen«, sagte Joy, viel sanfter. Maggie nahm die Hand vom Handgelenk, und Joy beugte sich darüber. Lu hatte recht, die Schwellung war deutlich zu erkennen. »Oh, Liebes, wie ist das denn passiert?«

»Ich bin mit dem Rad gestürzt«, antwortete Maggie, doch Lu sagte gleichzeitig: »Sie ist die Treppe bei den Mohegan Bluffs runtergestürzt.«

»Was? All die Stufen?«

»Nein, nur die letzten paar.«

Kein großer Trost. »Was hast du da denn gemacht?«

»Das ist eine lange Geschichte«, sagte Maggie.

»Ich wünschte, Jeremy wäre hier«, sagte Lu schnell. »Er könnte sich das Handgelenk anschauen. Man sieht ja, wie sich hier ein Bluterguss ausbreitet, direkt am Knochen. Ich wollte sie nicht ausprobieren lassen, ob sie das Gelenk beugen kann, aber ich bezweifle es ehrlich gesagt.«

»Nein, das geht nicht«, flüsterte Maggie.

»Oh Süße«, sagte Joy und kam sich vor wie eine schrecklich schlechte Mutter, weil sie nicht sofort bemerkt hatte, dass etwas nicht stimmte. »Wir müssen das untersuchen lassen. Ab ins Auto.«

»Aber mein Fahrrad …«

»Das hole ich morgen. Ab ins Auto, okay?«

Als Maggie trotzdem unentschlossen sitzen blieb, schaltete sich Lu ein: »Bitte lass mich doch einen Moment unter vier Augen mit deiner Mom reden«, worauf Maggie tatsächlich aufstand und zum Auto ging.

Als Maggie weg war, wandte Joy sich an Lu. »Ich verstehe immer noch nicht ganz, was passiert ist, warum Maggie ... Ach, vergessen Sie's. Ist nicht so wichtig. Wichtig ist, dass sie möglichst schnell wieder in Ordnung kommt. Danke für den Anruf.«

»Gern geschehen.« Lu zögerte. »Darf ich noch was sagen?«

Lieber nicht, dachte Joy, antwortete jedoch: »Ja, klar.«

»Seien Sie nicht zu streng mit ihr.«

Joy biss die Zähne zusammen.

»Wegen des Hausarrests«, fügte Lu hinzu. »Sie hat einen aufregenden Abend hinter sich und wird bestimmt noch alles erzählen.«

Bestimmt wird sie das nicht, dachte Joy grimmig.

Und als Lu ihr die Hand auf die Schulter legte, brachte etwas an dieser leichten Berührung das Fass zum Überlaufen, und die ganzen Enttäuschungen dieses Sommers kamen an die Oberfläche. Die Sache mit Anthony. Die Angst davor, dass Maggie sie eines Tages verlassen würde. Die Sorge um den Laden, die Geldprobleme, die verdammten Macarons.

Es erforderte Joys gesamte Selbstkontrolle, um Lus Hand nicht einfach abzuschütteln. »Wenn meine Tochter in Zukunft hier auftaucht«, sagte sie kühl, »wäre ich dankbar, wenn Sie mich sofort benachrichtigen würden und das Eisessen vielleicht ausnahmsweise mal überspringen.«

»Tut mir leid«, stammelte Lu. »Ich dachte nur ...«

Aber Joy ließ sie nicht ausreden, sondern eilte mit wütenden Schritten zu ihrem Jeep, wo Maggie bereits angeschnallt saß, den Blick starr nach vorn gerichtet. Hätte Anthony aus dem Fenster geschaut, hätte er den Jeep zurücksetzen und die Corn Neck Road in Richtung Block Island Medical Center hinunterfahren sehen. Joy wusste, dass Olivia Rossis Mutter, eine im John Hopkins Hospital in Baltimore ausgebildete Notfallschwester, heute Nachtschicht hatte.

Kapitel 48
Lu

Während des Gesprächs hatte Lu einen Anruf von Jeremy verpasst, doch sie musste ein paar Minuten verschnaufen, bevor sie ihn zurückrief. Sie fragte sich, ob sie das Richtige für Maggie getan hatte, denn es fühlte sich für sie an wie ein Vertrauensbeweis und zugleich eine große Verantwortung, dass ein Mädchen in Maggies Alter, ein Mädchen an der Schwelle zum Erwachsenwerden, ihr so viel von sich erzählte. Hoffentlich hatte sie es nicht vermasselt.

Beim Grübeln checkte sie ihre Mails. Abigail Knowles war zurück.

Sono tornato dall'Italia. Mit einem fürchterlichen Jetlag, aber bereit, an die Arbeit zu gehen. Rufen Sie mich an, wenn Sie Zeit für ein Schwätzchen haben, ich bin super gespannt auf dieses Projekt!

Sie konnte den Anruf nicht länger hinausschieben. Abigail Knowles' Urlaubsreise war eine willkommene Verschnaufpause gewesen, aber jetzt war sie vorüber. Sie loggte sich auf der Website der Literaturagentur ein und klickte sich durch Abigails Lebenslauf. Es gab ein Foto von ihr: eine sehr junge Frau mit einem breiten Lächeln und langen, braunen Haaren. Sie lebte in Manhattan und hatte einen Schäferhund namens Mogley. Ihr größter Verkaufserfolg war ein Sachbuch mit dem Titel »Der neue Feminismus«. Lu war nicht sicher, was das bedeutete, es interessierte sie jedoch.

Feminismus sei ein Luxus, hatte Lus Mutter immer gesagt. *Ein Luxus für Frauen, die Zeit haben, sich über so etwas Gedanken zu machen.* Lus Vater hatte sie sitzenlassen, als Lu sieben und ihre Schwester acht gewesen war, und von da an waren sie auf sich allein gestellt und mussten sich anstrengen, irgendwie durchzukommen. Eigentlich war fast alles ein Luxus gewesen.

Lu räumte die Eisschälchen in die Spülmaschine und setzte sich wieder. Sie überlegte, ob der neue Feminismus der heutigen Frauen und Mütter womöglich schwieriger zu artikulieren war und sich deshalb oft in albernen Spitzfindigkeiten Ausdruck verschaffte, wer zuletzt die Spülmaschine ausgeräumt hatte und wer an der Reihe war, den Müll wegzubringen. Lu erledigte Spülmaschine und Müll, weil Jeremy schlicht nie da war. Eigentlich hatte sie die unsichtbaren Fesseln erst wahrgenommen, als sie Mutter geworden war.

Lu fühlte, dass ihre Fesseln immer enger wurden, sah es an Jeremys entschlossenem Unterkiefer, an Nancys zusammengekniffenen Augen, wenn sie etwas missbilligte, was Lu getan beziehungsweise nicht getan hatte.

Vielleicht konnte sie, wenn sie Jeremy von ihrem Blog erzählte, als Hobby weiter daran arbeiten, vielleicht wäre das für ihn akzeptabel. Aber sie wollte Vorträge halten, wollte gute Rezepte entwickeln, wollte das sensationellste Kochbuch aller Zeiten schreiben und die Erfolgsleiter emporklettern. Sie wollte die Beste sein. Und um die Beste zu sein, musste sie ihren Blog als Beruf betreiben, nicht als Hobby.

»Freu dich an den Kindern, solange sie klein sind«, würde ihre Mutter sagen. Sie würden nicht für immer klein bleiben, die Zeit verging so schnell.

Aber für mich selbst vergeht die Zeit doch genauso schnell, wollte Lu schreien. *Die Zeit für eine Karriere ist begrenzt. Alles geht viel zu schnell, das ganze Leben.* Wenn Chase aufs College kam, würde sie – na ja, sie würde alt sein. Müde. Sie fühlte, wie die Fesseln sich zusammenzurrten. Und mit einem dritten Baby würde sie nie in die Gänge kommen.

Als Joy sah, dass Lu in den Laden kam, erstarrte sie. »Hallo«, sagte Lu. So fröhlich und gelassen sie konnte, bestellte sie zwölf Whoopie-Pies, die sie Nancy mitbringen wollte, die heute mit den Jungs zum Lunch ausgegangen war. Morgen würde Maggie wieder kommen – sie hatte ihr getextet, dass sie eine Haarfraktur am Handgelenk hatte, der Gips aber wasserfest war. Für sich selbst bestellte Lu einen dreifachen koffeinfreien Cappuccino mit Mandelsirup und einen Himbeer-Whoopie zum Gleichessen. Auf den Sirup legte sie eigentlich keinen Wert, aber er kostete fünfundsiebzig Cent extra, und sie wollte so viel Geld wie möglich ausgeben, weil ihr aufgefallen war, dass das Café in letzter Zeit nicht mehr richtig voll wurde. Anscheinend war die »Roving Patisserie« tatsächlich eine Bedrohung.

Als die Pies eingepackt waren und sie ihren Kaffee bekommen hatte, bat sie Joy, sich kurz zu ihr zu setzen.

»Ich weiß nicht«, sagte Joy, »ich hab viel zu tun.«

»Ja, sicher«, sagte Lu und schaute zu den leeren Tischen. »Das sehe ich. Aber ich werde Sie nicht lange aufhalten. Versprochen.«

»Okay«, sagte Joy und nahm ihr gegenüber Platz. »Schießen Sie los.«

Sie spielte mit einem Löffel, ihre Haare waren zu einem chaotischen Knoten zurückgebunden, sie sah müde aus.

»Hören Sie«, begann Lu. »Ich möchte mich entschuldigen wegen neulich. Dafür, dass ich nicht früher angerufen habe, als Maggie mit ihrem kaputten Handgelenk zu mir gekommen ist. Dafür, dass ich mir ihre Geschichte als Erste angehört habe. Hat sie Ihnen erzählt, was passiert ist?«

»Ja«, antwortete Joy. »Hat allerdings eine Weile gedauert, bis sie dazu bereit war. Und ich kam mir vor wie eine Idiotin, weil ich zu Anfang des Sommers einen SMS-Austausch zwischen ihr und ihrer Freundin gelesen habe, in dem es darum ging … Aber dann war bei mir selbst so viel los, dass ich die Geschichte total vergessen habe. Womöglich hätte ich das alles verhindern können.«

»Aber nein«, widersprach Lu entschieden. Doch sie hatte noch etwas anderes auf dem Herzen. »Es tut mir leid, dass ich Maggie diesen Sommer so oft in Anspruch genommen habe. Es tut mir leid, wenn ich etwas getan habe, womit ich Sie verletzt habe.«

Auf einmal veränderte sich Joys Gesicht, ihr verkniffener Mund lockerte sich, ihre Augen wurden matt, ihre Schultern sackten nach vorn. Sie sah aus wie eine Aufblaspuppe, der man die Luft abgelassen hat. »Nein«, sagte sie. »Sie haben nichts falsch gemacht. Ich muss mich entschuldigen. Ich habe überreagiert. Ich glaube …« Sie wischte sich die Augen. »Ich hatte Angst, Maggie könnte Sie lieber mögen als mich, und deshalb war ich so wütend.« Sie fing an zu weinen und sah dabei genau aus wie Maggie.

»Aber nein!«, rief Lu. »Das stimmt überhaupt nicht. Sie mag mich nicht lieber als dich, auf gar keinen Fall.« Siezen passt jetzt nicht mehr, fand Lu.

»O doch«, beharrte Joy.

»Das ist es nicht, es liegt nicht an dir, sondern in der natürlichen Beziehung von Müttern und Töchtern, das ist alles.«

»Woher willst du das denn wissen?«, fragte Joy. Offenbar war sie einverstanden mit dem Du. »Du hast zwei Söhne. Süße kleine anhängliche Söhne.« Jetzt griff sie zur Serviette, um die Tränen wegzuwischen.

Lu ließ sich den Einwand durch den Kopf gehen. »Da hast du recht«, sagte sie. »Ich habe keine Tochter. Aber ich war selbst eine Tochter, ein Teenager, vergiss das nicht.«

Lus Mutter wäre überglücklich gewesen, wenn Lu sich ihr anvertraut hätte, aber sie hatte sich geweigert, ihr zu erzählen, was sie beschäftigte.

»Hast du deiner Mutter immer alles erzählt?«, fragte sie Joy und nippte an ihrem Kaffee. Der Mandelsirup stellte sich als eine richtig leckere Beigabe heraus, die jeden zusätzlichen Cent wert war.

»Ganz bestimmt nicht. Meine Mutter war viel zu sehr mit meinen Brüdern beschäftigt, sie hat mir nie viel Aufmerksamkeit geschenkt. Ich war so eine Art wildes Kind auf den Straßen von Fall River.«

»Siehst du?«, rief Lu triumphierend. »Da haben wir's – es ist gar nicht so anders.«

»Ich weiß nicht. Es war schon anders, mit meinen Brüdern und meinem Vater – das war Chaos, die ganze Zeit. Niemand hatte mich auf dem Schirm, keiner fühlte sich für mich verantwortlich. Und das war auch in Ordnung. Aber für Maggie fühle ich mich verantwortlich. Sicher, Dustin ist auch noch da, aber er ist …« Sie brach ab. Ihre Augen blitzten.

»Unerheblich?«, schlug Lu vor.

Joy grinste ein bisschen. Ein Fortschritt. »Genau. Sein Einfluss ist ziemlich unerheblich. Bei Licht betrachtet hängt alles an mir. Und ich habe nicht das Gefühl, dass ich meine Sache besonders gut mache. Ich war unachtsam. Einen Teil des Sommers war ich total auf Anthony konzentriert, der sich als verlogener Idiot herausgestellt hat …«

Lu zuckte zusammen. Anthony hatte ihr erzählt, was zwischen ihm und Joy vorgefallen war. Sie verstand, dass Joy wütend war, aber sie war der Meinung, dass Anthony eine zweite Chance verdient hatte.

»Sorry, ich weiß, dass du mit ihm befreundet bist. Aber so war das mit ihm. Und gleichzeitig war ich so mit meinem Laden beschäftigt und obendrein mit dieser ›Roving Patisserie‹. Da ist Maggie durchs Raster gefallen, zum ersten Mal in ihrem Leben. Ist mir noch nie passiert.« Ihre Stimme versagte. »Echt nicht.«

Lu dachte an ihre erste Verliebtheit, ihren ersten Kuss, ihren ersten Sex mit Sean Townsend auf seiner vergammelten braunen Kellercouch mit einer kaputten Feder, die sich ihr die ganze Zeit in den Rücken gebohrt hatte.

»Hältst du es nicht vielleicht für möglich, dass sie von sich aus durch das Raster geschlüpft ist?«, fragte sie. »Absichtlich? Weil sie erwachsen wird?«

»Ich weiß nicht, ich denke eher, dass ich schuld bin. Ich hab mich übernommen, meine Erwartungen zu hoch gesteckt. Mir zu viel vorgenommen. Da ist es kein Wunder, wenn alles in die Binsen geht.« Joy zog eine Grimasse. »Ist das nicht im Grund die Diskussion, die wir Frauen seit Anbeginn der Zeiten führen? Ob wir nicht doch alles gleichzeitig haben können? Eigentlich dachte ich ja, wir hätten die Frage hinter uns gelassen, ich jedenfalls hab die Nase voll davon.«

»Ich auch«, sagte Lu leise.

»Und inzwischen kenne ich auch die Antwort: Wir können nicht alles haben, es geht einfach nicht.«

»Nein«, sagte Lu, und plötzlich brannten ihr Tränen in den Augen. »Bitte sag das nicht.«

»Wer immer behauptet hat, wir könnten es doch, war garantiert keine alleinerziehende Mutter oder hatte eine tolle Nanny oder brauchte nur vier Stunden Schlaf. Denn der Rest von uns, die mit den Kreditkartenschulden und Bridezillas, die mit den Tierarztrechnungen, mit den Sparplänen fürs College und den Saisongeschäften, die jeden Winter Verlust machen, wir können nicht alles haben. Wir müssen Prioritäten setzen.« Joy sah so traurig und erledigt aus, dass Lu plötzlich zornig wurde.

»Du liegst falsch«, sagte sie.

Aber Joy schüttelte nur den Kopf. »Was weißt du denn schon?«, sagte sie. »Du hast doch keine Ahnung.«

Lu hatte ein Gefühl, als hätte Joy sie geohrfeigt. »Du liegst falsch«, beharrte sie dennoch und versuchte vergeblich, nicht so forsch zu klingen. Für Lu war Joy ein Vorbild, eine Erfolgsgeschichte. Eine sehr bodenständige Frau, die ihren Weg gegangen war und es zu etwas gebracht hatte. Wenn sich jetzt herausstellte, dass es gar nicht so war – was bedeutete das für all jene, die noch dabei waren, den Mut dafür zu finden?

»Und jetzt hab ich in einem einzigen Sommer alles vermasselt – Tochter, Job, Beziehung.«

Lu machte eine angemessene Pause, dann sagte sie: »Um ehrlich zu sein: Ich glaube nicht, dass Anthony ein verlogener Idiot ist.«

Joy sah sie an. »Was ist er dann?«

Lu lehnte sich zurück, trank einen Schluck Cappuccino und betrachtete den Himbeer-Whoopie auf ihrem Teller. Ziemlich lange dachte sie über diese Frage nach und antwortete erst, als sie glaubte, die richtigen Worte gefunden zu haben: »Er ist ein Typ, der von seinen Fehlern aus der Bahn geworfen wurde. Der gelegentlich panisch reagiert und das Falsche tut. Wie wir alle.« Achselzuckend stopfte sie dann den ganzen Whoopie-Pie in den Mund.

Joy schnaubte, aber irgendetwas funkelte in ihren Augen. Vielleicht Ärger oder Zorn, aber es hätte auch Hoffnung sein können.

Kapitel 49 | Joy

Maggie und Joy machten den thailändischen Mangosalat mit Erdnussdressing nach dem Rezept von *Dinner by Dad*. Seit sie den neongrünen Gips an ihrem Handgelenk trug, schien Maggie ihre Strafe fast mit Gleichmut hinzunehmen.

Joy versuchte, sich auf ihren Laden und ihre Mutterrolle zu konzentrieren. Vor Kurzem hatte sie sich einen Podcast über Teenager angehört und beschlossen, einige der Tipps zum richtigen Umgang mit ihnen zu befolgen. Natürlich bewegten sie sich immer noch auf dünnem Eis – zwischen ihnen herrschte vorläufige Entspannung, doch ein Friedensvertrag war noch nicht unterzeichnet worden.

Dinner by Dad hatte das Thai-Rezept schon vor mehreren Wochen gepostet, und Joy hatte es zu ihren Lesezeichen hinzugefügt, aber noch nicht ausprobiert.

»Gut gemacht mit der Paprika«, sagte Joy nach ein paar Minuten. Maggie konnte selbst mit Gips hervorragend mit dem Messer umgehen. Zum Teil rechnete Joy sich das sogar selbst als Verdienst an, weil sie Maggie schon mit sechs Jahren den Umgang mit echten scharfen Messern beigebracht hatte. Aber das meiste war Maggies Instinkt und Selbstvertrauen zu verdanken, und so etwas konnte man niemandem beibringen. »Ich mach das Dressing«, fügte Joy hinzu, »und du kümmerst dich um die Jalapeños. Vergiss nicht …«

»Die Samen und Membrane«, sagte Maggie. »Weiß ich doch.« Konzentriert machte sie sich ans Werk und fing kurz darauf an, ihren Lieblingssong vor sich hin zu summen. Ein gutes Zeichen.

Maggie wusch den Salat, Joy würzte das Hähnchen.

»Lass uns nach draußen gehen und uns setzen, während das Hähnchen auf dem Grill ist«, schlug Joy vor.

Sie schenkte sich ein Glas Wein und für Maggie ein Mineralwasser ein, und sie setzten sich auf die Terrasse mit Blick auf die Old Town Road. Es war ein herrlicher Sommerabend. Fußgänger, Fahrräder und Autos, alle waren unterwegs. Joy hörte eine Kinderstimme nach Eiscreme betteln, hörte ein Auto hupen. Vorsichtig wie ein Teenager beim ersten Date legte sie den Arm auf die Rückenlehne und wartete, ob Maggie erstarren und wegrücken würde. Aber sie lehnte sich wie früher, als sie noch klein gewesen war, an ihre Mutter. Joy traute sich kaum zu atmen.

Nach einer Weile stand Maggie auf, um nach dem Hähnchen auf dem Grill zu schauen. Ihre Beine waren so braun gebrannt und schlank in den Jeansshorts, und ihre schwarzen Chucks waren so … Na ja, es sah alles so nach *Maggie* aus. Joys Herz krampfte sich vor Liebe zusammen.

»Hör mal«, wagte sie sich vor. »Möchtest du mir eigentlich noch von diesem Hugo erzählen?«

Maggie zuckte zusammen. »Nein«, stieß sie hervor.

Offensichtlich war es wieder mal genau das Falsche gewesen. »Ich möchte nur nicht, dass du dich schämst wegen … wegen dem, was passiert ist.«

»Es ist nichts *passiert.*« Maggies Gesicht wirkte plötzlich wieder verschlossen.

»Na ja, was du dir vielleicht …«, preschte Joy trotzdem weiter vor und suchte verzweifelt nach den richtigen Worten. »Was du dir vielleicht erhofft, was du von ihm erwartet hast.« Was hatte Maggie sich wohl genau erhofft?

»Ich hab doch gesagt, dass ich nicht darüber sprechen möchte«, sagte Maggie. »Himmel, ich wusste, dass du mich in die Mangel nehmen würdest, nur um mich in Verlegenheit zu bringen. Ich *wusste* es. Ich geh zu Riley. Es sei denn, ich hab immer noch Hausarrest. Hab ich das?«

Joy musterte sie.

»Nein«, antwortete sie schließlich. Es war so schwer, all diese Dinge allein zu entscheiden. War der Hausarrest, den sie über Maggie verhängt hatte, übertrieben gewesen? Oder genau richtig? »Aber wir haben noch nicht mal gegessen.«

»Ich hab keinen Hunger«, knurrte Maggie.

»Aber wir haben uns die ganze Arbeit gemacht«, wandte Joy ein. »Und das Hähnchen ist gleich fertig!«

»Ich hab gesagt, ich hab keinen Hunger«, fauchte Maggie. »Und du kannst das nicht ändern.« Und im Handumdrehen hatte sie sich abgewandt und war verschwunden.

Joy goss sich Wein nach und zog ernsthaft die Möglichkeit in Erwägung, dass sie ein Talent hatte, Leute zu vergraulen. In kürzester Zeit hatte sie Anthony, Maggie und sogar Bridezilla in die Flucht geschlagen. Auf dem Weg in die Küche, wo sie ihr Handy holen wollte, stolperte sie über Pickles, der sie von unten herauf anschaute. »Nein, du nicht auch noch, Pickles«, flehte sie ihn an. »Sei du jetzt nicht auch noch böse auf mich. Du bist meine letzte Hoffnung.« Pickles spitzte ein Ohr. Vermutlich wünschte er sich, ein Fahrrad zu haben, auf dem er mit Maggie zu Riley fahren könnte.

Das Telefon in der Autowerkstatt klingelte sechsmal, bevor Joy auf die Uhr sah. Es war schon Feierabend, natürlich hatten sie geschlossen. Aber schließlich hob ihre Mutter doch ab, und Joy stellte ihre Frage.

»Du warst fies zu mir«, antwortete ihre Mutter fröhlich. »Natürlich hatte ich die Jungs, das hat geholfen. Solange ich ihnen was zu essen gegeben habe, waren sie immer nett zu mir.«

»Aber was genau hab ich denn getan?«, fragte Joy gequält.

»Womit soll ich anfangen? Einmal hast du dich mitten in der Nacht rausgeschlichen und den Autoalarm ausgelöst, als du den Motor anlassen wolltest. Dann hast du den guten Whiskey, den meine Schwester mir aus Irland mitgebracht hatte, mit zu einer Party genommen. Oh! Und vier Tage nacheinander hast du behauptet, du würdest bei Lisa Costa schwimmen gehen, aber dein Badeanzug war immer trocken, wenn du heimkamst. Ich weiß bis heute nicht, wo du wirklich warst.«

»Also, dann sag ich es dir jetzt lieber auch nicht«, sagte Joy, die sich überhaupt nicht mehr an den Vorfall erinnern konnte. »Habe ich mich wenigstens entschuldigt? Für irgendetwas davon? Bitte sag, dass ich mich entschuldigt habe.«

»Natürlich nicht«, antwortete ihre Mutter lachend. »Du warst ein Teenager! Die Welt hat sich um dich gedreht, um dich und um nichts anderes. Das ist ganz normal. Aber es bedeutet nicht, dass es einen nicht zur Weißglut bringt. Moment mal, Schätzchen.« Sie legte das Telefon weg und rief: »Zweite Schublade von oben!« Dann, wieder zu Joy: »Sorry, ich bin noch in der Werkstatt. Na ja, du hast ja selbst die Nummer hier gewählt.«

»Wie hast du mir dann verzeihen können? Wie hast du mich überhaupt ertragen?«

»Ich hab gesagt, die zweite Schublade von oben!«, brüllte ihre Mutter. »Ehrlich, der Mann ist der absolute Blindfisch. Und dein Bruder genauso.«

»Welcher Bruder?«

»Eigentlich alle, wenn ich recht darüber nachdenke. Wie ich dir verziehen habe? Wie ich dich ertragen habe? Das war mein Job. Und ich hab dir verziehen, weil Eltern das eben tun.«

Joy war hin- und hergerissen zwischen Erleichterung und Verzweiflung. »Aber was mach ich denn jetzt, Mom? Ich hab das Gefühl, ich muss total aufpassen, aber ich weiß nie genau, worauf eigentlich.«

»Du musst einfach für sie da sein, bis es vorbei ist«, antwortete Joys Mutter. »Dann kommt sie zurück, du wirst sehen.«

Kapitel 50 | Anthony

Cassie trug blassrosa Lipgloss und eine Spur Lidschatten, als Anthony und Max sie am sechsten August von der Fähre abholten. Irgendwie hatte sie für die eine Nacht ein Zimmer im »1661 Inn« ergattert – unglaublich. Welche Strippen hatte sie da wohl gezogen? Max sollte dort mit ihr übernachten. Sie trug ein braungraues, makellos gebügeltes Tanktop und hatte eine Weekender-Tasche dabei, die sie sich selbst zu ihrem vorletzten Geburtstag geschenkt hatte.

Anthony nahm ihr die Tasche ab. Cassie bückte sich, um Max zu umarmen und zu küssen. »Alles okay, mein Süßer?«, fragte sie. »Es muss doch schrecklich für dich gewesen sein.«

»Was?«, fragte Max etwas verwirrt.

»Einfach so mitgenommen zu werden.«

»Auf einen tollen Ausflug«, ergänzte Anthony und warf Cassie einen warnenden Blick zu.

»Ich fand es nicht schrecklich«, erklärte Max entschieden. »Ich war ja bei Grandma.«

Cassie ließ den Blick über den Menschenschwarm bei der Fähre, die voll besetzte Terrasse des National Hotel und den Fred Benson Town Beach wandern. Es war ein schöner Sommertag, einer der schönsten der Saison. Langsam nickte sie, aber ihr Lächeln wirkte verkniffen und aufgesetzt. »Ich sehe schon«, sagte sie, »du hast dir einen schönen Urlaub gemacht, während Max und ich allein zu Hause rumsaßen.«

»Es war kein Urlaub«, erwiderte Anthony knapp.

»Sogar das Wetter ist besser als zu Hause. Du weißt ja, dass ein großer Sturm kommen soll, oder? Zu Hause. Ein Hurrikan praktisch. Ich musste sämtliche Kissen von den Gartenmöbeln allein ins Haus räumen.«

Anthony war sicher, dass Cassie übertrieb. »Von einem Sturm habe ich nichts gehört, nein.«

»Natürlich nicht. Du warst ja hier, in deinem kleinen Inselparadies, und hast dir keine Sorgen um den Rest der Welt gemacht, du Glückspilz. Tja, nur zu deiner Information – die Küste von Massachusetts soll es ziemlich übel erwischen.«

»Es war der einzige Platz, wo ich umsonst wohnen konnte, Cassie. Fitzys Onkel hat ein Cottage …«

Cassie richtete sich auf. »Oh, *Fitzy*.« Es klang wie ein Schimpfwort. Fitzy war bei ihrer Hochzeit gewesen und hatte bei der Gelegenheit einer von Cassies Freundinnen das Herz gebrochen.

»Ich hatte keine andere Wahl«, erklärte Anthony noch einmal.

»Na ja«, erwiderte Cassie und wandte sich dann an Max. »Hast du Hunger, mein Süßer?« Max nickte, ohne Anthonys Hand loszulassen, die er mit seiner kleinen, warmen, angenehm klebrigen Kinderhand fest umklammerte. »Gibt es in der Nähe irgendetwas, wo man einen Lunch bekommt?

»Ja«, antwortete Anthony. »Selbstverständlich.« Mitten im Sommer gab es auf Block Island Dutzende von Möglichkeiten, Lunch zu bekommen.

Sie gingen zu »Dead Eye Dick's« und setzten sich auf die Terrasse mit Blick auf den Great Salt Pond. Im Hafen wimmelte es von Booten und Kajaks und Jet Skis und Muschelfischern und Schwimmern. Eigentlich ein Wunder, dass sich auf einem relativ kleinen Raum so viele Schiffe gleichzeitig bewegen konnten, ohne zusammenzustoßen, aber sie hatten ja Übung darin – wie Tänzer in einer guten Choreographie.

»Wollen wir uns als Vorspeise die Calamares mit Salz und Pfeffer teilen?«, schlug Anthony vor.

Cassie schüttelte den Kopf. »Ich esse nichts Gebratenes.«

So bestellte Anthony das gegrillte Fischsandwich mit Pommes, Cassie einen Sommer-Krabbensalat ohne Zwiebeln und Max Käsetoast und eine Schokomilch. »Nicht lieber weiße Milch?«, fragte Cassie, und als Max antwortete: »Nein, Schoko«, seufzte sie und winkte ab, als wolle sie sagen: *Was spielt das jetzt noch für eine Rolle?*

»Einen Cocktail vielleicht?«, schlug sie vor, während sie mit dem Zeigefinger die Getränkekarte durchsuchte. »Der Summer Sunrise klingt gut, finde ich.«

»Ich trinke in letzter Zeit keinen Alkohol«, sagte Anthony. Die bernsteinfarbene Flüssigkeit und all die Drinks danach hatten ihm tagelang Kopfschmerzen beschert.

»Na gut«, sagte Cassie und seufzte wieder. »Dann nehme ich eben ein Mineralwasser.«

»Kann ich mir von da drüben die Boote anschauen?«, fragte Max.

»Ja, aber bleib bitte auf der Terrasse«, sagte Cassie. Als Max weg war, legte sie die Fingerspitzen aneinander und sagte: »Also.«

»Also?«, echote Anthony.

»Nach dem, was deine Mutter da angestellt hat, hab ich mir ehrlich große Sorgen gemacht. Wegen dieser psychischen Labilität in eurer Familie. Und deiner Gene, Anthony.«

»Über die musst du dir keine Sorgen machen, ich lebe schon eine ganze Weile ganz gut mit ihnen.«

»Ich meine es ernst, Anthony. Deine Mutter hat deinen Sohn gekidnappt, das ist kein Witz.«

»Sie hat ihn nicht gekidnappt, sie hat mit ihm einen Ferienausflug gemacht! Und dir sogar eine Nachricht hinterlassen. Von dieser Erinnerung wird er den Rest seines Lebens zehren können, und sie hat ihm garantiert nicht geschadet.«

Cassie kniff die Augen zusammen. »Da bin ich ganz anderer Meinung. Eiscreme zum Frühstück. Das ist fürchterlich. Frühstück sollte Protein sein, frisches Obst oder Gemüse und für ein Kind noch eine Portion Vollkorn.« Sie rieb sich die Augen und fügte dann hinzu. »Erwachsene kommen im Allgemeinen ja ohne die Körner aus.«

»In den Ferien ist es doch okay, auch mal verrückte Sachen zu machen und über die Stränge zu schlagen!«

Mit einem Ruck öffneten sich Cassies Augen wieder. »Es war Kindesentführung, keine Urlaubsreise.«

Von einem der in der Nähe festgemachten Boote sprang eine Frau in einem blauen Bikini ins Wasser. Bevor sie eintauchte, stieß sie ein Jauchzen aus, und die anderen drei Leute auf dem Deck jubelten und applaudierten.

»Wie dem auch sei«, fuhr Cassie fort und klopfte mit dem Salzstreuer auf den Tisch. »Ich bin nicht hergekommen, um über deine Mutter zu sprechen, sondern um Max abzuholen. Und ich wollte dich informieren …« Sie hielt kurz inne und richtete ihren ohnehin geraden Rücken weiter auf. »… dass es mit Glen aus ist. Wie ich schon am Telefon gesagt habe – es ist vorbei.«

Plötzlich konnte Anthony nur noch an Joy denken, wie sie an ihrem kleinen Grill herumwerkelte und sich, die Greifzange in der Hand, zu ihm umwandte, um etwas zu sagen. *Und dann will dieser Typ vier Iced Lattes*, hörte er sie erzählen. *Da hab ich ihm gesagt …*

»Anthony?«, sagte Cassie. »Hast du mich gehört?«

»Ja, hab ich.«

Cassie streckte die Hand über den Tisch und legte sie auf Anthonys. Ihre Nägel waren frisch manikürt und stahlgrau lackiert, ihre Hände makellos. Die von Joy waren häufig mit kleinen Kratzern und Brandwunden bedeckt.

»Und?« Als Anthony nichts sagte, drückte sie seine Hand ein wenig. »Und ich dachte, da wir beide Fehler gemacht haben, du und ich, na ja, ich dachte, du könntest jetzt doch wieder nach Hause kommen. Max braucht einen Vater.«

Anthony breitete die Arme aus. »Er hat einen Vater. Ich bin hier.«

»Aber er braucht dich zu Hause. Wir brauchen dich.« Erneut stieß Cassie einen Seufzer aus und wickelte das Besteck aus der Serviette. Schließlich fügte sie, widerwillig, hinzu: »Ich brauche dich.«

Ihm war klar, wie sehr sie sich hatte überwinden müssen, das zu sagen. Und trotzdem. »Was ist mit all den Sachen, die du zu mir gesagt hast, bevor ich gegangen bin? Du hast mir ziemlich üble Dinge an den Kopf geworfen, Cassie.«

»Ja, ich weiß.« Sie senkte den Blick, damit er ihre langen, dichten Wimpern bewundern konnte. Es hatte eine Zeit gegeben, in der dieser Anblick einen Sehnsuchtsanfall in ihm ausgelöst hätte.

Dann hob sie den Kopf. »Ich weiß das, und es tut mir leid. Wirklich, Anthony. Das war zu hart, ich hätte dich unterstützen sollen. Und ich hätte nie …« Sie stockte.

»Du hättest nie mit Glen Manning schlafen sollen?«, half Anthony ihr weiter.

Einen Moment wurde sie rot, ihre zarte Porzellanhaut hatte sie schon immer verraten.

»Du hast recht«, brachte sie schließlich heraus. »Du hast vollkommen recht. Das hätte ich nicht tun sollen. Ich wünschte, ich hätte es sein lassen. Ich wünschte, ich hätte das, was wir hatten, Anthony, nicht einfach weggeworfen für dieses …«

»… dieses arrogante Arschloch?«

Wieder seufzte sie. »Ja. Für dieses arrogante Arschloch. Aber noch mehr wünsche ich mir, ich hätte dich nicht verletzt.«

So lange hatte er darauf gewartet, das zu hören. Und jetzt, wo es so weit war, geschah etwas sehr Seltsames – er begriff, dass er es gar nicht mehr brauchte.

»Ja, das wünschte ich auch, Cassie, aber Tatsache ist, dass du es getan hast. Nicht nur durch die Geschichte mit Glen Manning. Aber schlimmer noch war, dass du mich aufgegeben hast. Als diese ganze Scheiße mit ›Simons Fels‹ passiert ist. Da hast du mich aufgegeben und aufgehört, mich zu lieben.«

Sie schüttelte entschieden den Kopf. »Ich hab nie aufgehört, dich zu lieben.«

»Jedenfalls hast du es nicht mehr gezeigt.«

Jetzt nickte sie. »Ja, ich glaube, das habe ich tatsächlich. Aber es wird nicht mehr passieren, Anthony. Ganz bestimmt, du wirst sehen.«

Er fühlte sich nicht so bestätigt, wie er es erwartet hatte, eigentlich fühlte er nur eine große Traurigkeit, eine Enge in der Brust. Die Erkenntnis traf ihn wie ein Schlag in den Magen. Anthony und Cassie waren in keiner Hinsicht perfekt, aber jeder für sich war ein besserer Mensch, als sie es zusammen waren.

Er schüttelte den Kopf und sagte: »Tut mir leid, Cassie.«

»Du willst nicht zurückkommen?«, fragte sie mit halb erstickter Stimme.

»Nein, ich glaube nicht.«

»Nicht mal für Max?«

Anthony dachte an Joy. Sie hatte ihm gezeigt, dass eine bestimmte Art zwischenmenschlicher Nähe möglich und so lebensnotwendig war wie Nahrung und Luft. Er hatte Cassie nie so geliebt, wie er Joy liebte, er war von der glitzernden Aura angezogen worden, die sie umgab, und als sie Risse bekommen hatte, war er so in seine eigenen Probleme verwickelt gewesen, dass er es nicht gemerkt hatte.

»Vor allem nicht für Max. Weil ich glaube, mit unglücklichen Eltern leben zu müssen, wäre das Schlimmste für ihn, schlimmer noch, als geschiedene Eltern zu haben.«

»Geschieden.« Cassie sagte es, als wollte sie das Wort wirken lassen. Ein komisches Wort, wenn man es so oft wiederholte. Andererseits war das ja bei allen Wörtern so.

»Meinst du, wir sollten uns scheiden lassen?«, fragte sie schließlich.

»Ja«, antwortete er. »Letzten Endes vermutlich schon.«

»Und was dann?«

»Vielleicht fange ich dann wieder an zu schreiben. Keine Ahnung.«

Cassie stieß ein scharfes, gemeines Lachen aus. »Ach ja? Na, träum weiter.« Aber auch das tat Anthony nicht weh, nicht wie noch vor ein paar Monaten.

»Könnte wahr werden, der Traum«, meinte er. »Ich bin viel am Strand spazieren gegangen und habe nachgedacht.«

»Allein?«

»Nicht immer. Ich hab angefangen ... ich war ...« Er räusperte sich. »Ich wollte sagen, ich war mit jemandem zusammen.«

»Jemandem von hier?«

»Ja, jemandem von hier.«

»Moment mal. Du hast eine Freundin?«

Irgendwie fand er, dass das Wort nicht passte – das Wort Freundin implizierte Jugend, Unbeständigkeit. Aber Joy hatte ein anderes Wort verdient. »Ja«, antwortete er, zögerte und verbesserte sich: »Nein.«

»Was jetzt?«

»Es ist kompliziert.«

»Du musst dich von ihr trennen. Wie ich von Glen.«

»Hast du dich von ihm getrennt oder er sich von dir?«

Cassie antwortete nicht, was auch eine Antwort war. »Ich glaube nicht, dass es das Richtige ist, uns zu trennen«, sagte sie stattdessen. »Wir müssen wieder eine Familie sein.«

»Das sind wir aber nicht, Cassie. Das ist unmöglich.« Er fand, dass sie beide gute Eltern waren – die Gewissheit, dass Cassie ihren Sohn gut behandeln würde, hatte ihn in der Zeit, in der er von Max getrennt gewesen war, aufrechtgehalten. Aber zusammen waren sie nicht besser als allein, wie es bei Eltern eigentlich der Fall sein sollte. Im Gegenteil.

Wieder dachte er an Joy in ihrem Büro, über die Rechnungsbücher gebeugt. Er dachte an Maggie, die ihm das Muschelsuchen beigebracht hatte. Das Leben, das sie sich geschaffen hatten, aus dem Nichts, aus Sand und Meer, aus Durchhaltevermögen und Entschlossenheit, dieses Leben war so ungewöhnlich, so anders, und trotzdem genau das, was er wollte. Mehr als alles auf der Welt.

»Hast du vor, bei ihr zu bleiben? Bei dieser Freundin? Auf dieser … dieser Insel?« Sie spie das Wort mit solcher Abscheu aus, dass Anthony sofort das Bedürfnis verspürte, Block Island zu verteidigen. »Und was ist mit uns? Was sollen Max und ich jetzt tun?«

»Das werden wir schon rausfinden«, sagte Anthony. »Max hat erste Priorität. Alles andere wird sich ergeben.«

In genau diesem Augenblick kam die Kellnerin zurück, drei Teller gekonnt auf dem Arm balancierend, und Cassies Gesicht verschwand wieder hinter der glatten Maske, keine Spur mehr von Sorge und Kummer. In der Öffentlichkeit zeigte Cassie ihre Gefühle nie. Sie lächelte und rief dann laut: »Max! Schätzchen, komm essen! Komm essen!«

Kapitel 51 | Lu

Lu hatte sich dazu durchgerungen, Anthony für den Anruf bei Abigail Knowles um Hilfe zu bitten, und da Cassie noch mit Max im »1661 Inn« war, kam er am frühen Vormittag vorbei. »Abigail Knowles? Warum kommt mir dieser Name so bekannt vor?«, überlegte er laut.

»Ich weiß es nicht«, antwortete Lu. »Sie arbeitet in einer größeren Agentur und ist hauptsächlich für den Sachbuchbereich zuständig. ›Der neue Feminismus‹? Schon mal von dem Buch gehört?«

Anthony schüttelte den Kopf.

»Ich kannte es auch nicht«, sagte Lu. »Angeblich steht sie erst am Anfang. Ihr Chef ist ein Typ namens Huxley.«

Anthony wurde blass. »Huxley?«

»Ja, ich weiß, bekloppter Name. So was gibt es nur in New York, oder?« Ein aufgeregtes Kribbeln überflog Lu. Sie hatte eine Agentin! In New York! Sie würde ein Kochbuch veröffentlichen! Alles fühlte sich ziemlich irreal an.

»Ist sein voller Name womöglich Huxley Wilder?«

»Ja, ich glaube schon. Er leitet die Agentur.«

»Ach du liebe Zeit«, sagte Anthony.

»Was denn?«

»Ach nichts«, wiegelte er ab und schaute noch einmal auf Lus Notizblock, wo sie die wichtigsten Informationen stichwortartig für ihn aufgeschrieben hatte. Am liebsten wäre es Lu gewesen, nur Abigails Mailbox zu erreichen, aber sollte das nicht der Fall sein, wollten sie das Telefon auf Lautsprecher stellen, und wenn Anthony auf eine Frage keine Antwort wusste, konnte Lu sie ihm blitzschnell auf den Block kritzeln. Außerdem war Anthony sicher, dass die Agentur Anrufe immer von einer Assistentin entgegennehmen ließ und sie dadurch ein paar Sekunden Zeit hatten, sich auf die Situation einzustellen.

Lu stellte sich das schicke Agenturbüro samt schicker Assistentin in Manhattan vor – eine taffe junge Singlefrau in einem Sommerkleid, eine junge Frau, die dabei war, die Erfolgsleiter emporzuklettern. Sicher, sie könnte ebenso gut eine gestresste Mutter dreier Kinder sein, die jeden Tag mit dem Zug aus New Jersey pendelte. Doch in Gedanken wollte Lu ihr wünschen: *Alles Gute, geh deinen Weg! Du wirst ihn finden.*

»Okay«, sagte Anthony schließlich. »Ich bin bereit.«

»Sicher?«, fragte Lu.

»Sicher. Alles klar.«

Dann sah er auf einmal gar nicht mehr danach aus. Etwas in seinem Gesicht veränderte sich. »Anthony?«, fragte Lu. »Ist alles in Ordnung?«

Er setzte sich an die Kücheninsel und trommelte mit den Fingern auf die Granitplatte. »Ich bin nicht sicher, ob wir das machen sollten. Den Anruf, meine ich.«

Lus Puls begann zu rasen. »Warum nicht? Findest du es nicht richtig? Tut mir leid, wenn ich dich in eine blöde Situation gebracht habe.«

»Nein, nein, das ist es nicht. Ich hab nichts dagegen, den Anruf für dich zu machen. Das ist nicht das Problem.« Er lachte bedrückt. »Ich bilde mir bestimmt nicht ein, der moralisch Überlegene zu sein – wir wissen ja beide Bescheid.«

»Was ist es dann?« Alles hatte sich so greifbar nah angefühlt … aber vielleicht hatte sie sich geirrt.

»Es ist nur …« Anthony zögerte. Lu goss ein Glas Wasser ein und stellte es vor ihn. Er nickte dankbar und fuhr fort: »Ich möchte es richtig formulieren. Es ist so: Ich glaube, du brauchst einen richtigen Plan. Ich weiß nicht, wie lange du das Problem noch aussitzen kannst, selbst wenn wir heute den Anruf machen und es funktioniert. Was dann?«

Was dann? Gute Frage. Lu hatte es lieber vermieden, so weit in die Zukunft zu denken.

»Es gibt eine Menge Dinge, die ich gern anders gemacht hätte, und an erster Stelle steht immer, dass ich mir wünschte, ich hätte nie angefangen, die Unwahrheit zu sagen«, sagte er.

»Anthony«, entgegnete Lu. »Irgendwann musst du endlich aufhören, dich deswegen fertigzumachen.«

»Ich hab ja noch nicht mal richtig damit angefangen«, widersprach er. »Ich habe einen Riesenfehler gemacht und mich nie wirklich dazu bekannt. Der ganze Schlamassel hat mich derart runtergezogen, dass ich es bis jetzt nicht geschafft habe, mich richtig damit auseinanderzusetzen. Stattdessen habe ich mich hier versteckt.«

Lu überlegte. Vielleicht hatte Anthony recht. Aber sie war in einer ganz anderen Situation. Oder etwa nicht?

»Ich glaube«, fuhr Anthony fort, »du musst irgendwann rausfinden, ob du dieses Kochbuch nicht doch als Lu Trusdale machen kannst. Als ehemaliger *Dinner by Dad*. Oder vielleicht als Lu Trusdale alias *Dinner by Dad*. Oder so.« Er trank das Wasser und beobachtete sie über den Rand seines Glases hinweg.

Sie dachte eine Weile nach.

»Ich habe Angst«, sagte sie dann langsam. »Und trotzdem glaube ich, du hast recht. Ich glaube, ich muss mir genau überlegen, welchen Schritt ich als Nächstes mache.«

Auf einmal war sie so dankbar dafür, jemanden an ihrer Seite zu haben, der ihr zuhörte, ohne ein Urteil zu fällen, der die Komplexität ihrer Situation verstand, sich ehrlich um sie sorgte und sie zurückhielt, wenn sie dabei war, schlechten Instinkten zu folgen, dass sie Anthony spontan in die Arme schloss.

»Danke«, flüsterte sie in sein weiches graues T-Shirt.

Im gleichen Moment hörten sie ein hartes Klopfen an der Tür des Cottage. Lu beendete die Umarmung, und sie sahen einander an.

»Wer könnte das denn sein?«, fragte er.

Wieder das Klopfen. Dann öffnete sich die Tür, und Lus Schwiegermutter stürmte herein.

»Nancy!«, rief Lu erstaunt. »Was machst du denn hier? Die Jungs sind im Ferienlager!«

»Ich weiß ganz genau, wo die Jungs sind«, fauchte Nancy. »Und außerdem weiß ich jetzt, was du im Schilde führst. Du irrst dich gewaltig, wenn du glaubst, dass du damit durchkommst.«

»Bei allem Respekt«, sagte Lu, obwohl sie persönlich nicht fand, dass Respekt erforderlich war, »ich glaube, du hast keine Ahnung, wovon du redest.«

»Ach nein?« Nancy deutete mit ausgestrecktem Zeigefinger auf Anthony. »Glaubst du vielleicht, ich weiß nicht, dass du mit ihm schläfst? Ich hab ihn doch neulich morgens aus dem Haus schleichen sehen. Wahrscheinlich geht das schon den ganzen Sommer so. In dem Haus, das Henry und ich für euch bezahlen! Du vernachlässigst deine Kinder, wahrscheinlich setzt du sie vor irgendwelche Bildschirme, während Jeremy sich die Finger wund schuftet, um euch alle zu ernähren!«

»Ich schlafe mit niemandem!«, schrie Lu sie an. Sie schlief ja kaum einmal mit ihrem eigenen Ehemann. »Anthony hat mir nur geholfen.«

»Na klar«, erwiderte Nancy. »Ich werde Jeremy informieren, was hier vorgeht.«

»Was geht hier denn vor?«, fragte Lu und fing an zu lachen. Das Ganze war einfach zu absurd.

»Ich werde ihm sagen, dass du ihn hintergehst. Er ist schon auf dem Weg hierher.«

Lu hörte auf zu lachen. »Woher weißt du das denn?«

»Weil er es mir gesagt hat.«

»Warum hat er es mir nicht gesagt?« Verwirrt sah Lu zu Anthony.

»Vielleicht hat er dich nicht erreicht. Vielleicht warst du … anderweitig beschäftigt.«

Lu wurde flau im Magen. Das war dann wohl das Ende ihrer Scharade. Wenn sie nicht wollte, dass Jeremy das Schlimmste von ihr dachte, nämlich das, was ihre Ehe beenden würde, musste sie ihm erklären, was wirklich los war. Sie würde ihm von ihrem Blog erzählen müssen, von dem Kochbuch, von der Konferenz, von der imaginären Familie. Kurz gesagt – sie musste auspacken.

KAPITEL 52 | ANTHONY

Cassie hatte gefragt, ob sie allein mit Max frühstücken gehen könnte, und Anthony hatte ihr sein Okay gegeben. Nachdem er Lu mit ihrer tyrannischen Schwiegermutter allein gelassen hatte – was er nicht gewollt hatte, aber sowohl Lu als auch Nancy hatten ihm auf ihre eigene Art zu verstehen gegeben, er solle verschwinden –, versuchte er sich davon abzulenken, dass sein Vater an diesem Nachmittag zu einer Lesung ins »Island Bound Books« kommen würde. Sosehr er sich anstrengte, er würde nicht umhinkönnen, den ganzen Tag an ihn zu denken. *Jetzt steigt mein Vater aus dem Flugzeug. Jetzt ist er unterwegs zum Hotel. Jetzt isst er zu Mittag.*

»Was möchtest du heute machen, Mom?«, fragte er seine Mutter, um sich abzulenken. Dorothy saß auf der kleinen Terrasse und starrte mit gerunzelter Stirn auf ihr iPad. »Was ist los? Was siehst du dir da an?«

»Nur den Wetterbericht«, antwortete sie. »Anscheinend sollen wir ziemlich viel Regen kriegen.«

»Wann?«

»Heute Nachmittag.« Sie sah wieder auf den Bildschirm. »Himmel, das sieht echt schlimm aus. Sturm, Starkregen.«

Auf einmal erinnerte er sich, was Cassie tags zuvor vom Wetter erzählt hatte.

»Ich hoffe, dein Vater schafft es wohlbehalten hierher. Ich schicke ihm eine SMS, er soll Bescheid geben, wenn er ankommt.« Sie tippte auf den Bildschirm und blickte dann zu ihrem Sohn auf.

»Anthony? Ich dachte, wir könnten jetzt miteinander reden. Vielleicht im Haus?« Sie trug ihren Kaffee ins Wohnzimmer und setzte sich auf die Couch.

Etwas verwirrt folgte Anthony ihr. Seine Mutter wohnte inzwischen fast eine Woche bei ihm im Cottage. Sie hatten fast alle Sehenswürdigkeiten von Block Island abgeklappert und alle ihre Gesprächsthemen ausgeschöpft.

»Worüber denn reden?«, fragte er.

»Über deinen Vater«, erklärte sie. »Wir haben noch nicht richtig über deinen Vater geredet.«

Was gab es da zu sagen? Anthony durchkämmte sein Gedächtnis. Seit dem *Times*-Artikel hatte sein Vater nicht mehr mit ihm gesprochen. Er war so enttäuscht, dass er nicht einmal ein kurzes Gespräch mit seinem einzigen Sohn ertrug. Dann fiel Anthony etwas ein, was er seiner Mutter noch nicht erzählt hatte.

»Shelly Salazar meint, ich könnte meine Karriere wieder in Schwung bringen, wenn ich ein Fotoshooting mit Dad mache.«

»Wer in aller Welt ist Shelly Salazar?«, fragte Dorothy und zupfte an einem losen Faden im Sofabezug.

»Die PR-Agentin, die Cassie damals angeheuert hat. Bevor – bevor alles losging. Wie gesagt, sie möchte, dass ich ein Fotoshooting mit Dad mache, große Sache, irgendwas Spritziges.«

»Himmel.« Dorothy kaute auf der Unterlippe. »Meinst du, wir sollten deinen Vater fragen, ob er Interesse hat? Meinst du, es würde dir tatsächlich helfen?«

»Möglicherweise. Aber er wird nicht daran interessiert sein, Mom. Er will nichts mit mir zu tun haben. Wahrscheinlich hasst er mich.«

»Ach Unsinn! Natürlich hasst er dich nicht.«

»Warum hat er dann seit Februar kein Wort mit mir gewechselt? Warum hat er nicht versucht, Kontakt mit mir aufzunehmen? Du hast mich angerufen, du hast nach mir gefragt, du gingst ans Telefon, wenn ich angerufen habe. Aber er nie.«

Eine ziemlich lange Zeit verstrich, bis Dorothy antwortete. »Für deinen Vater war es viel komplizierter als für mich«, sagte sie schließlich mit klarer, fester Stimme, als spreche sie zu einem großen Publikum.

»Warum?«

»Weil er neidisch auf dich ist, Anthony. Seit er das erste Mal etwas von dir gelesen hat. Ich mag diese Eigenschaft an ihm nicht – dass er seinen eigenen Sohn beneiden kann. Aber das Gefühl ist da, und zwar ziemlich hartnäckig.«

»Nein ...«

»Doch, Anthony. Doch.«

»Seit wann denn?«

»Na ja, ich glaube wie gesagt, dass es angefangen hat, als du damals diese Geschichte aus Dartmouth mit nach Hause gebracht hast.« Sie nickte bekräftigend. »Ja, da hat es angefangen, ganz bestimmt. Es hat ihm richtig zugesetzt, wie gut deine Geschichte war.«

»Aber er hat mir Mut gemacht ...«

»Ja, natürlich. Aber er war immer hin und her gerissen, was deine Karriere anging.«

Eine Weile saß Anthony einfach nur da und versuchte, zu verdauen, was seine Mutter da sagte. Lu hatte recht gehabt. Anthony war für Leonard Puckett das, was Katherine Mansfield für Virginia Woolf gewesen war.

»Habt ihr über ... über das, was passiert ist, geredet?« Er senkte die Stimme, als würde er vor einem Kind ein schlimmes Wort sagen. »Das Plagiat?«

»Nur ein einziges Mal. Wir hatten einen Riesenkrach.« Dorothy hielt lange inne. »Wir sind beide nicht so, wie wir zu sein vorgeben«, erklärte sie endlich.

Wie passte das denn jetzt zusammen? Anthony sah seine Mutter an, die ihm so vertraut war mit ihrem modischen Bob, ihrem Lippenstift und ihrer eleganten Körperhaltung. »Du schon«, widersprach Anthony. »Du bist doch absolut authentisch.«

Dorothy nippte an ihrem Kaffee. »Ich möchte dir etwas erzählen«, sagte sie so energisch, dass es fast aggressiv klang. »Den ganzen Sommer schon versuche ich es.« Sie stand auf, durchquerte das Wohnzimmer, untersuchte die Kristallkaraffe, fuhr mit dem Finger über die bereitstehenden Gläser. »In gewisser Weise wollte ich dir das schon dein ganzes erwachsenes Leben lang erzählen. Aber im letzten Moment hat mich immer der Mumm verlassen.« Abrupt drehte sie sich wieder zu Anthony um, und etwas an der Art, wie sie ihn ansah, ließ ihn aufhorchen, ihr Blick war so eindringlich und klar.

»Was denn?«

»Ich dachte, du würdest vielleicht selbst dahinterkommen«, antwortete sie, setzte sich dann wieder und faltete die Hände wie eine Theaterbesucherin, die wartet, dass der Vorhang sich hebt. »Denk doch mal nach, Anthony«, sagte sie leise. »Ich weiß, du schreibst keine Thriller, aber es gab überall Hinweise, die ganze Zeit schon, über deinen Vater und mich.«

Anthony schnappte nach Luft. »Bin ich etwa adoptiert?«, fragte er, obwohl es ihm höchst unwahrscheinlich erschien. Er hatte die kleinen Ohren seiner Mutter, die Nase seines Vaters.

»Nein«, antwortete Dorothy. »Überleg weiter.« Aufmunternd sah sie ihn an und nickte auf die gleiche Art, wie sie manchmal Max zunickte, wenn sie ihm half, ein Wort in seinen Bilderbüchern auszusprechen.

»Wo war dein Vater denn, wenn er geschrieben hat?«

»In seinem Arbeitszimmer.«

»Und wo war ich?«

In der Küche. Im Garten. Im Auto. »An verschiedenen Orten.«

»Und wo, wenn ich nicht an verschiedenen Orten war?«

Jeden Tag um fünf Uhr nachmittags brachte Dorothy ihrem Mann einen Scotch. Manchmal stellte sie ihn auf den Schreibtisch und ging zurück in die Küche, um Abendessen zu machen, manchmal auch nicht. Manchmal brachte sie ein Glas Weißwein mit und schloss die Tür hinter sich. Als Anthony auf der Highschool gewesen war, hatte sie angefangen zu stricken, hatte fünfzehn verschiedene Decken gestrickt und einem Obdachlosenheim geschenkt, Babymützen für ein Krankenhaus, einen Pullover für Anthony, den er nie getragen hatte – er war auf der Highschool! –, und einen für Leonard, der ihn anzog, wenn auch nicht in der Öffentlichkeit. Wo hatte sie all das gestrickt? Nicht im Wohnzimmer, nicht auf dem Sessel in ihrem Zimmer, nicht auf der gepolsterten Bank in der Frühstücksecke der Küche. Nein, sie hatte immer auf dem Ledersofa im Arbeitszimmer ihres Mannes gesessen.

»Im Arbeitszimmer«, antwortete Anthony also.

Den Urlaub verbrachten sie immer an Orten, die Leonard als Schauplätze in seinen Büchern verwendete. In Manitoba. In Deutschland. Auf den Bahamas, in Rumänien.

Als Anthony alt genug war, ging er allein im Hotel auf Entdeckungsreise, schwamm im Pool, schlenderte durch die Shops. Meistens blieb seine Mutter bei seinem Vater. Und was machte sie da?

»Du kommst gleich darauf«, sagte sie. »Ich merke es.«

»Du …«, hauchte er.

»Ja«, sagte sie.

Man hörte fast, wie in Anthonys Kopf die Puzzleteile an die richtige Stelle rutschten. »Du hast die Bücher geschrieben«, sagte er. »Du bist Leonard Puckett! Richtig?«

Dorothy senkte den Kopf zu einem kaum merklichen Nicken. Ein Geständnis. »Nicht alle«, räumte sie ein. »Aber es besteht seit langer Zeit eine Partnerschaft. Deshalb haben wir gestritten, Anthony. Dein Vater hat sich maßlos aufgeregt über das, was du getan hast. Und ich habe ihm gesagt, dass er übertreibt. Dass es letzten Endes nicht so viel anders ist als das, was er tut, wenn er unsere Arbeit unter seinem Namen veröffentlicht. Meine Arbeit.«

»Ich kann das nicht glauben«, sagte Anthony. »Ich kann es einfach nicht glauben.«

»Und da ist noch etwas, Anthony …«

»Moment mal«, fiel Anthony ihr ins Wort. »Ich muss erst mal Luft holen.« Er ging durch die Küche hinaus auf die Terrasse.

Am Strand lief ein Mann entlang, ein Mann in blauer OP-Kleidung. Jeremy. In seiner OP-Kleidung wirkte er hier am Strand ungefähr so deplatziert wie ein Dschungeltier auf einem Gletscher.

»Jeremy!«, rief Anthony, ging die Terrassenstufen hinunter und eilte in Richtung Strand. Unglaublich, dass seine Stimme so normal klang, wo doch in Wirklichkeit nichts normal war.

Ob Nancy schon mit ihm gesprochen hatte? Vielleicht konnte er Lu retten, wenn er Jeremy als Erster erklärte, was Lu und ihn miteinander verband.

»Hey!«, antwortete Jeremy und winkte freundlich, nachbarschaftlich – dann hatte Nancy ihm also wahrscheinlich noch nichts erzählt.

»Wohin des Wegs?«, fragte Anthony in dem Versuch, weiter ganz normal Konversation zu machen, obwohl ihm der Kopf schwirrte.

»Nach Hause«, antwortete Jeremy. »Hast du nicht gehört? Ich bin mit der letzten Fähre gekommen, der Verkehr wurde eingestellt wegen des Sturms.« Der Sturm, der auch auf Massachusetts zusteuerte.

»Die lila Fahne ist oben!«, erklärte Jeremy.

Die lila Fahne? Anthony hatte noch nie gehört, dass sie aufgezogen worden war, und gesehen hatte er sie schon gar nicht. Das Wasser war so ruhig. Andererseits waren Stürme ja bekannt dafür, dass sie sich langsam steigerten.

»Wie kann ein Sturm hier denn so schlimm werden, dass die Fähren nicht mehr fahren?«

»Ich hab mitgehört, wie ein Typ auf der Fähre es erklärt hat«, sagte Jeremy. »Es hat mit den Küstenwinden zu tun und damit, wie das Muster in der Karibik aussieht und in welchem Winkel der Sturm auf die Insel trifft. Ich kriege nicht mehr alles zusammen, aber es kommt wohl vor, dass es hier total ruhig ist, während draußen auf dem Meer Chaos herrscht, und dann – zack – dreht sich alles um, und ein Hurrikan schlägt zu.«

»Ein Hurrikan?«

»Das sagen sie.«

»Himmel«, sagte Anthony. Er musste Cassie finden und sich vergewissern, dass sie und Max in Sicherheit waren. Waren sie schon wieder im Hotel? Hatte jemand ihnen gesagt, dass ein Sturm bevorstand?

Dann vibrierte wohl Jeremys Handy, denn er bedeutete Anthony zu warten, hielt sich das Telefon ans Ohr und ging ein Stück in Richtung Wasser. Als er sich wieder umwandte, hatten sein Gesicht und seine Haltung sich komplett verändert. Nancy.

Lu war diesen Sommer für Anthony eine gute Freundin gewesen, eine Vertraute in der Nachbarschaft.

Anthony wappnete sich und rief: »Deine Mutter hat unrecht.«

»Wie bitte?«

»Deine Mutter. Sie hat keine Ahnung. Was immer sie dir über Lu erzählt hat, es stimmt überhaupt nicht.«

»Ich weiß überhaupt nicht mehr, was stimmt«, antwortete Jeremy. »Aber ich werde es herausfinden.«

Plot-Twist, dachte Anthony grimmig und ging zurück ins Cottage.

Seine Mutter saß noch auf der Couch, mit gefalteten Händen, den Blick in vage Ferne gerichtet.

»Ich verstehe das nicht«, sagte Anthony. »Wie meinst du das

denn mit dem Schreiben? Wie ist das genau abgelaufen? Sprechen wir über ein paar Vorschläge hier und dort ... das Entwirren einer schwierigen Handlungsstelle? Das ist nicht wirklich Schreiben, bei allem Respekt, Mom. Das ist Lektorat. Helfen. Wie du es auch nennen möchtest. Viele Autoren müssen ihre Ideen an jemandem ausprobieren ... du weißt schon, um zu sehen, ob das, was sie geschrieben haben, einen Sinn ergibt.«

»Ich hab mir schon das richtige Wort ausgesucht«, erwiderte Dorothy. »Es heißt Schreiben.«

»Du hast die ganzen Bücher für ihn geschrieben? Willst du mir das damit sagen, Mom?«

Dorothy nickte. »Hier und dort war es ein bisschen anders. Manchmal haben wir zusammengearbeitet – er auf seinem Notizblock, ich auf meinem. Jeder hat ein Kapitel geschrieben oder eine Szene. Vielleicht aus unterschiedlicher Perspektive. Zum Beispiel ...« Sie rieb sich die Stirn. »Ah ja! Zum Beispiel bei der Krimi-Reihe, die gezielt aus mehreren Perspektiven erzählt wurde, aus der des Detective und der des Mörders.«

»Ja.« Die Bücher verkauften sich wie verrückt. Eine Goldgrube. Die Serie hatte nicht nur Anthonys College-Ausbildung bezahlt, es war sogar einiges übrig geblieben.

»Tja, dein Vater war der Detective. Und ich ...« Dorothy schwang ein imaginäres Messer. »... ich war der Killer.«

»Heilige Scheiße«, flüsterte Anthony. Er war tief beeindruckt.

»Es gibt noch viele andere Beispiele«, sagte Dorothy. »Ich müsste in der Bibliographie all seiner Werke nachschauen, um dir alles genau sagen zu können.«

»Nicht all *seiner* Werke«, verbesserte Anthony. »Eurer Werke. Mom, ich kapiere das immer noch nicht ganz. Kannst du es mir so erklären, dass ich es verstehe? Wie ihr das die ganze Zeit über durchgezogen habt?«

»Ich weiß nicht, ob ich es vollständig erklären kann, Anthony. Eine Ehe ist kompliziert.« Sie verstummte, blickte ein paar Sekunden schweigend zur Decke hinauf und antwortete dann: »Ich habe deinen Vater immer geliebt, Anthony. Immer. Lange bevor Leggings als Hosen durchgingen, lange bevor die Beatles sich getrennt haben, lange vor dem Fall der Berliner Mauer.«

»Und es hat dir nichts ausgemacht«, sagte Anthony. »Es hat dir nie etwas ausgemacht.«

»Wer behauptet das?« So hatte Anthony seine Mutter noch nie gesehen. »Vielleicht ist das einer der Gründe, weshalb ich jetzt hier bin, Anthony, weshalb ich Max auf einen Ausflug mitgenommen habe. Vielleicht tue ich das alles, weil es mir plötzlich etwas ausmacht. Vielleicht bin ich einfach müde. Vielleicht will ich einfach nur unseren laufenden Vertrag erfüllen und fertig.«

»Ja?«

»Ja. Ich möchte aufhören.«

»Dann solltest du auch aufhören, Mom.«

»Ich bin bereit. Mir wäre es recht, wenn der laufende Vertrag unser letzter ist. Aber er will das nicht. Und weißt du, was, Anthony?«

Die lila Flagge war aufgezogen worden, ein Sturm stand bevor. Leonard Puckett war vielleicht schon auf der Insel. Anthony musste dafür sorgen, dass Cassie und Max in Sicherheit waren. Und es gab nur eine einzige Person, mit der er über all das sprechen wollte.

»Anthony?«, wiederholte seine Mutter. »Da ist noch etwas. Etwas ganz Wichtiges …«

Seine Gedanken rasten, ein Adrenalinstoß raste durch seinen Körper. Die Flagge. Der Sturm. Sein Vater. Joy.

»Mom, lass uns später darüber reden, okay? Ich muss etwas erledigen. Aber ich bin zurück, sobald ich kann.«

Kapitel 53 | Lu

»Wo sind die Jungs?«, fragte Jeremy. Nancy war wieder nach Hause gegangen, sie hatte mit ihrem Sohn gesprochen, sie hatte es Lu gesagt, jetzt mussten die beiden mit dem Problem umgehen.

Lu war zu nervös, um still zu sitzen, also werkelte sie in der Küche herum. »Sie sind rüber zum Club«, antwortete sie. »Da wird heute Malen mit geschmolzenen Wachsmalstiften veranstaltet.« Sie gab sich alle Mühe, es wie ein großes Ereignis klingen zu lassen.

»Aha«, sagte Jeremy. »Sind sie etwa allein in den Club rübergegangen?«

Lu schüttelte den Kopf.

»Meine Mutter kann sie aber nicht begleitet haben, weil sie mich angerufen hat, als sie hier war, und nicht bei den Jungs.«

»Stimmt«, flüsterte Lu.

»Also … mit wem sind sie gegangen?«

»Mit Maggie.« Sie beobachtete, wie in Jeremys Unterkiefer ein kleiner Muskel zuckte.

»Maggie, die du angeblich rausgeschmissen hast?«

»Es ist nicht, wie du denkst«, sagte Lu. »Es ist nicht mal annähernd so, wie du denkst. Und auch nicht so, wie deine Mutter denkt.« Dann holte sie tief Luft und begann zu erzählen: »Es hat schon vor einer Weile angefangen, als die Jungs noch klein waren.« Ihr fiel ein, dass das auch eine Erklärung für eine Affäre sein könnte. Mit einer Stimme, die so zittrig und unsicher war, dass sie nicht wie ihre eigene klang, erzählte sie Jeremy alles.

KAPITEL 54

ANTHONY

Er hatte das Gefühl, dass alles einen Sinn ergeben würde, wenn er mit Joy reden könnte – dass er dann dieses Gefühl von Ruhe und Frieden zurückerlangen würde, das er in den Wochen mit ihr erlebt hatte. Aber er konnte sie nicht finden. Auch Maggie nicht. Der Jeep stand nicht vor dem Cottage, niemand kam an die Tür, als er klingelte. Aber weil er Pickles dahinter schnaufen hörte, trat er ein. der Hund begrüßte ihn begeistert – als wäre er ein Matrose, der nach sechs Monaten auf hoher See endlich zurückkehrte. Überschwänglich leckte er Anthonys Gesicht.

»Na, dann hab ich wenigstens schon einen von euch gefunden«, erzählte er, und der Hund wackelte so mit dem Hinterteil, dass man Angst haben konnte, der Schwanz würde abfallen.

»Joy!«, rief Anthony. »Maggie!« Doch niemand antwortete.

Er rief Cassie an – sie ging nicht ans Telefon. Wahrscheinlich wollte sie nicht mit ihm reden, weil sie verletzt und wütend war. Er schrieb ihr eine Nachricht. *Sturm im Anmarsch. Seid ihr an einem sicheren Ort?* Keine Antwort.

Schließlich versuchte er es bei »Joy Bombs« – nur Olivia Rossi war da. Sie erklärte ihm, dass das Café wegen des Sturms früher zumachen würde. Zwar hatte Joy sie vorhin angerufen, ihr aber nicht gesagt, wo sie war. Anthony suchte den Jeep am Mansion Beach und am Scotch Beach. Er fuhr die Spring Street hinauf. An den Mohegan Bluffs hatte er Glück, denn er kam an, als ein anderes Auto gerade eine Parklücke verließ. Er rannte die Stufen hinunter. Nichts.

Er joggte die Treppe wieder hinauf. Zwar musste er nicht ein einziges Mal zum Luftschnappen innehalten, aber darüber konnte er sich im Moment auch nicht freuen.

Er fuhr die ganze Corn Neck Road durch bis Settlers' Rock. Dort fand er nur eine fünfköpfige Familie, die sich von einem Jugendlichen in einem blauen Sweatshirt fotografieren ließ.

Wo war Joy nur? In seinem Kopf drehte sich alles. Einen Moment blieb er stehen, schaute aufs Meer hinaus und dachte daran, dass er ein anderer Mensch gewesen war, als er diese Straße im Juni zum ersten Mal entlanggefahren war und geglaubt hatte, die Insel sei zu klein für seinen Kummer und all das, was er bereute. Wie gründlich er sich geirrt hatte.

Tatsache war, dass es ihm an Selbstvertrauen mangelte. Damit hatte alles angefangen. Der Erfolg seines ersten Romans war ihm vorgekommen wie ein Zufall, nicht wie ein Anfang. Deshalb hatte er sein zweites Buch zwar verkauft, jedoch nie daran geglaubt, es schreiben zu können. Er hatte sich in eine Karriere begeben, der er sich nicht gewachsen fühlte. Deshalb war er in Panik verfallen und hatte einen großen Fehler begangen. Dass er nun vorhatte, diesen Fehler wiedergutzumachen, änderte nichts an dem, was passiert war.

Den ganzen Sommer hatte er nach einer Möglichkeit gesucht, jemand anderem die Schuld zu geben: den Medien, der anonymen Quelle, Cassie, der Berühmtheit seines Vaters und dem daraus entstehenden Druck. Selbst als Dorothy ihm vorhin vom Betrug seines Vaters erzählt hatte, war sein erster Wunsch gewesen, das würde seinen eigenen entschuldigen. So war es aber nicht. Dass sein Vater Dorothys Arbeit unter seinem Namen veröffentlichte, befreite Anthony nicht von seiner eigenen Verantwortung. Das hatte er bei Lu heute Vormittag ansprechen wollen, als sie von Nancy unterbrochen worden waren. Er hatte sich all die Zeit versteckt und sich nie wirklich zu dem Plagiat bekannt. Doch jetzt war er dazu fähig. Kein anderer trug die Verantwortung für das, was er getan hatte. Nur er selbst.

Er schaute auf sein Telefon. Keine Antwort von Cassie. *Bitte melde dich!*, tippte er. I*ch mache mir Sorgen!*

Kapitel 55 | Lu

»Damit ich das richtig verstehe – du hast einen heimlichen Food-Blog, in dem du vorgibst, ein Mann zu sein?«

So ausgedrückt klang es nach einem seltsamen kleinen Hobby, nicht nach einer Karriere. Natürlich hatte Jeremy keine Ahnung von Food-Blogs – Rezepte interessierten ihn nicht, und wie und warum jemand sich welche ausdachte, noch viel weniger.

»Einen erfolgreichen Food-Blog«, antwortete Lu. »Einen sehr erfolgreichen sogar. Meine Seite wird pro Monat zweihundertfünfzigtausendmal angeklickt.« Im Lauf des Sommers und selbst mit dem begrenzten Kochzubehör im Cottage war die Zahl der Aufrufe deutlich gestiegen. Alles klappte hervorragend.

»Aber ein Geheimnis.«

Lu schwieg lange, ehe sie antwortete. Endlich sagte sie: »Ja. Ein Geheimnis.«

Selbst in diesem Moment noch war ein Teil von ihr stolz auf das, was sie erreicht hatte. Aber von Jeremy zu erwarten, dass er stolz auf sie wäre, war idiotisch. Er würde ihren Elan und ihre Kreativität sicher nicht zu schätzen wissen. Ihre charakteristischen Kohlezeichnungen und das Leben, das sie für ihre imaginäre Familie erschaffen hatte, würden ihn nicht beeindrucken, er würde sich nur hintergangen fühlen, weil er nichts davon gewusst hatte. Und ihr vorwerfen, dass sie den Jungs deshalb ihre Zuwendung entzogen hätte. Vor allem aber würde es ihm zu schaffen machen, dass sie so viel vor ihm geheim gehalten hatte.

Sie waren in der Küche. Als Anthony gekommen war, um den Anruf bei Abigail Knowles zu machen, hatte sie gerade die Zutaten für einen Erdbeer-Rucola-Salat bereitgelegt. Sie wollte Jalapeños und Radieschen hinzufügen, war aber noch nicht ganz sicher, welcher Käse sich am besten eignete – Ziege oder Feta. Sie hatte überlegt, ob der scharfe Geschmack des Rucola den der Radieschen ergänzen oder mit ihm konkurrieren würde ...

Aber all diese Fragen hatten nun keinen Sinn mehr. Jeremy öffnete die Tür zur hinteren Terrasse.

»Wo willst du hin, Jeremy?«, fragte Lu. Würde er versuchen, zurück aufs Festland zu kommen? Wollte er im Krankenhaus übernachten, sich ein Hotel suchen? Lu fühlte drückende Anspannung. »Du verlässt die Insel nicht, oder? Bitte verlass die Insel nicht.«

»Ich kann die Insel nicht verlassen.« Wie er sprach, machte ihr eine Gänsehaut. Sie hatte ihn schon öfter wütend erlebt – natürlich brüllte er, jeder Mensch brüllte manchmal, auch Lu –, aber die Wut jetzt war vollkommen ruhig, vollkommen kontrolliert. »Ein Sturm zieht auf.«

»Sturm?« Lu spähte durchs Fenster. Kein Sturm in Sicht.

»Vor der Küste nimmt der Wind anscheinend mächtig zu. Hurrikanstärke. Heute Nachmittag soll er die Insel erreichen, der Fährbetrieb ist eingestellt.«

»Sie fährt nicht mehr?« Lu war fassungslos. »Sollte ich Maggie und die Jungs nicht zurückrufen?«

Jeremy zuckte die Achseln. »Du weißt doch sonst so genau, was für die Jungs das Beste ist, da wirst du diese einfache Frage doch sicher selbst beantworten können.«

Die Worte taten weh, was Jeremy natürlich beabsichtigte, und auf einmal wurde Lu klar, dass er etwas anderes hören wollte – er erwartete, dass sie sich entschuldigte! Sie suchte nach den richtigen Worten, aber sie blieben ihr im Hals stecken. Es wäre gelogen, wenn sie sich entschuldigte, es tat ihr nicht leid. Sie hob das Kinn und wartete.

»Ich mache einen Spaziergang«, sagte er schließlich mit seltsam kalter Stimme. »Am Strand.« Er streckte ihr sein Handy entgegen. »Aber bevor ich gehe, möchte ich, dass du mir sagst, wie ich diesen Blog finde.«

Lu nahm sein Telefon, aber ihre Hände zitterten so, dass sie den Browser erst nicht öffnen konnte. Schließlich schaffte sie es, die Adresse einzutippen, und reichte Jeremy das Handy zurück.

Jetzt würde er alles lesen. Alle Posts, die sie in den letzten zwei Jahren geschrieben hatte, und er würde alles falsch verstehen. Er würde nichts von der Kunst ihres Kochens erkennen und auch nichts von der Schönheit ihrer Kohlezeichnungen.

»Okay«, sagte er, streifte die Schuhe ab und ließ sie an der Tür stehen. Dann verschwand er, ohne seine OP-Kleidung abzulegen.

Über eine Stunde blieb er weg. Als er wiederkam, ging er wortlos direkt ins Schlafzimmer, vorbei an Maggie, die Chase und Sebastian gerade vom Club zurückgebracht hatte, ohne sie eines Blickes zu würdigen.

»Würdest du noch ein bisschen bleiben, Maggie?«, fragte Lu. »Nur ein paar Minuten?« Sie musste das Gespräch mit Jeremy jetzt führen. Jetzt sofort.

Sie klopfte an die Schlafzimmertür. Als keine Antwort kam, öffnete sie trotzdem und ging hinein. Jeremy saß auf dem Stuhl am Fenster. Soweit Lu sich erinnerte, hatte den ganzen Sommer über nie jemand auf diesem Stuhl gesessen.

»Ich kann nicht glauben, dass du das alles hinter meinem Rücken gemacht hast«, sagte er ohne Einleitung. »Du hattest praktisch einen Job! Einen heimlichen Job, von dem du mir nie etwas erzählt hast.«

Er sagte »hattest«, und die Vergangenheitsform machte Lu etwas nervös. »Ich dachte, du würdest sauer werden«, sagte sie sehr leise. »Ich dachte, du würdest mich darin bestimmt nicht unterstützen.«

»Das tue ich auch nicht, Lu. Nicht im Geringsten. Ich bin wütend darüber.«

Wut flammte in Lu auf. »Ich wusste es.«

»Willst du mir das etwa vorwerfen? Wir hatten eine Abmachung. Seit vier Jahren, seit Sebastian ein Baby war, hatten wir diese Abmachung. Ich mache das hier« – er gestikulierte auf seine OP-Kleidung und in die Ferne zum Krankenhaus und seinen Patienten – »und du den anderen Teil.«

»Mit dem anderen Teil meinst du vermutlich alles, was mit der Erziehung der Jungs zu tun hat?«

Jeremy seufzte, gab sich erschöpft. »Ja, das war unser Deal, Lu. Tut mir leid, wenn du unzufrieden bist, weil dein Leben nicht die perfekte Phantasie ist, die du in deinem Blog erschaffen hast, aber kein Mensch hat ein perfektes Leben. Wir hatten eine Abmachung. Wir sind übereingekommen, dass es für die Jungs das Beste ist, wenn einer von uns bei ihnen bleibt. Glaubst du denn, ich würde nicht auch gern mehr Zeit mit den beiden verbringen? Meinst du, ich würde nicht auch lieber den Sommer mit meinen Kindern am Strand verbringen, als von früh bis spät im Krankenhaus zu schuften?«

Lu richtete sich zu ihrer vollen Größe auf und wünschte, sie wäre größer als die durchschnittliche Amerikanerin, gerade mal eins achtundsechzig. »Nein«, entgegnete sie entschieden. »Da bin ich überhaupt nicht sicher.« Vollzeit-Familie mochte im ersten Moment wundervoll klingen, aber das änderte sich in der Praxis meist schnell. Beispielsweise, wenn Chase auf eine Muschelschale trat und nach Hause getragen werden musste, weil Sand in die Wunde geraten war. Oder wenn Sebastian nach zu vielen Cupcakes und Capri-Sun völlig überdreht von einer Geburtstagsparty nach Hause kam und sich dort prompt in ein erschöpftes Häufchen Elend verwandelte.

Jeremy legte die Fingerspitzen aneinander. »Ich mache meine Arbeit, um meine Familie zu ernähren. Ich dachte, wir würden gemeinsam an etwas arbeiten – du erledigst deinen Teil, ich meinen. Außerdem dachte ich, wir bekommen noch ein Baby, Lu.«

Plötzlich hatte sie das Gefühl, auf dem Dreimeterbrett im Freibad zu stehen, in dem sie als Kind gewesen war. Und nun schloss sie die Augen und sprang.

»Mein Teil reicht mir nicht, Jeremy«, erklärte sie. »Ich wünschte, es wäre genug, wirklich. Aber das ist es einfach nicht.« Sie holte tief Luft und atmete langsam wieder aus. »Von dir erwartet niemand, dass du dich ohne deine Arbeit vollständig und zufrieden fühlst, jeder versteht, dass du ohne sie nicht du selbst wärst. Du hast mir einmal gesagt, dass es wie eine Droge für dich ist, im Krankenhaus zu arbeiten – dass du dich manchmal völlig euphorisch fühlst. Ich kann nicht …« Sie hielt inne und suchte die richtigen Worte. »Ich kann nicht die ganze Zeit nur mit den Jungs zusammen sein, das reicht nicht. Dieser Blog ist mir sehr wichtig.«

Offensichtlich verstand Jeremy nicht, was sie sagte, denn er schüttelte den Kopf und erwiderte: »Vielleicht kannst du später, wenn die beiden älter sind, wieder damit anfangen.« Er rieb sich die Augen und sah dabei aus wie Sebastian, wenn er müde war. »Ich möchte, dass du die Seite schließt«, fuhr er fort. »Wir haben nie davon geredet, Geld für einen Babysitter auszugeben, solange wir immer noch Schulden und große Ausgaben haben, Lu. Wir hatten eine Abmachung, nach der momentan ich das Geld verdiene und du dich um die Kinder kümmerst. Du kannst nicht einfach aussteigen.«

»Aber diese Abmachung ist vier Jahre alt, die Dinge ändern sich!«

»Ich möchte nicht, dass ein fremder Mensch unsere Kinder erzieht«, entgegnete Jeremy. »Du wolltest das auch nicht, damals, als wir uns nach einer Nanny für Sebastian hätten umsehen müssen. Und wie soll es erst mit einem neuen Baby werden? Ich möchte nicht, dass wir es von jemand anderem versorgen lassen. Also musst du den Blog fürs Erste schließen.«

Lu dachte an die Sponsoren, die sie gewonnen hatte, an das Kochbuch, an die Einladung zur Konferenz, die Dynamik. All das würde sie nie wieder bekommen, nicht wenn sie jetzt alles absagte. In ein paar Jahren würde es keinen mehr kümmern. Sie musste an ihrer Karriere arbeiten, sie konnte nicht in zehn Jahren oder noch später wieder auftauchen und sagen: *Wo ist meine Karriere geblieben? Ich hab sie doch hier stehen lassen!*

»Das geht nicht«, sagte sie. »Ich kann den Blog jetzt nicht schließen, Jeremy. Ich habe der Familie viel gegeben, aber ich kann ihr nicht alles geben. Und das werde ich auch nicht.«

Damit verließ sie den Raum und schloss die Tür hinter sich.

Kapitel 56 | Anthony

Die Eventmanagerin bei »Island Bound Books« war eine zierliche, braun gebrannte junge Frau mit einem breiten Lächeln und strahlenden Augen. Sie trug Jeans und ein T-Shirt, auf dem stand *I'm a Bad Girl, I Read Past My Bedtime,* sowie ein Namensschildchen mit der Aufschrift *BRIDGET.* Natürlich musste Anthony beim Anblick des T-Shirts sofort an Maggie denken.

»Oh, tut mir leid! Wir mussten den Termin leider verschieben«, sagte Bridget, als Anthony an die Tür klopfte. Den Buchladen zu erreichen war anstrengend gewesen, denn inzwischen peitschten wilde Böen vom Wasser her. In der Water Street war Anthony an einer Stelle eine Weile gar nicht vorwärtsgekommen. Bridget deutete auf das handgeschriebene Schild: *Autorenevent abgesagt.* »Jetzt, wo die Fähre den Betrieb eingestellt hat, wäre es albern, den Termin durchzuziehen«, erklärte Bridget und beugte sich zu Anthony, als verriete sie ihm ein großes Geheimnis. »Wir haben hier nicht oft so große Namen, wissen Sie, und der Eigentümer möchte die Lesung lieber verschieben, damit wir das Haus richtig vollkriegen.«

»Und wahrscheinlich noch ein paar Zuhörer vor der Tür stehen müssen«, sagte Anthony. »Ich meine, Leonard Puckett! Das wird wirklich eine große Sache.« Zwar versuchte er, freundlich zu klingen, aber in Wirklichkeit dachte er: *Betrüger. Lügner!*

»Er ist einer meiner Lieblingsautoren«, bestätigte Bridget. »Ich hatte gerade das Vergnügen, ein paar Minuten mit ihm zu sprechen. Er ist ein richtiger Gentleman.«

»Ist er hier?«, fragte Anthony, und sein Herz begann zu pochen.

»O ja«, antwortete Bridget. »Er ist heute Morgen mit dem letzten Flieger angekommen. Deshalb finde ich es ja auch so schade, dass wir die Lesung verschieben. Aber er war so verständnisvoll – eine Koryphäe wie Leonard Puckett! Ich kenne Autoren, die wesentlich weniger erfolgreich sind und nie bereit wären, so flexibel zu reagieren.«

»Großartig«, meinte Anthony. Er schwitzte. Sein Vater war hier.

»Na so was«, ertönte eine Stimme, und aus dem Aufenthaltsraum der Buchhandlung erschien Leonard persönlich.

»Hallo«, antwortete Anthony vorsichtig und verbiss sich ein *Hallo, Dad.*

»Oh«, rief Bridget. »Sie kennen sich! Ich wusste ja gar nicht …«

»Ja, wir kennen uns«, bestätigte Leonard, und Anthony sagte gleichzeitig: »Nur flüchtig.« *I Don't Want to Taco About It*, sagte Anthony sich im Stillen. *It's Nacho Problem.*

Etwas unsicher trat Bridget von einem Fuß auf den anderen. »Na dann«, sagte sie schließlich. »Vermutlich kommt keiner wegen des Sturms, und ich habe den Zettel an die Tür geklebt – warum machen Sie es sich nicht gemütlich hier und unterhalten sich ein bisschen, während ich den Laden schließe?« Obwohl außer ihnen niemand in der Nähe war, senkte sie die Stimme. »Für unseren kleinen Empfang nach der Lesung haben wir zwölf Flaschen Cabernet gekauft, den ich zwar nicht kalt gestellt habe, weil ja alles abgesagt wurde – aber bedienen Sie sich ruhig. Man hat mir versichert, dass es ein gutes Tröpfchen ist!«

Außer einem kleinen Tisch standen zwei Sitzgelegenheiten im Hinterzimmer: ein Sessel mit Blümchenbezug und ein Bürodrehstuhl. Da Leonard auf Letzterem Platz nahm, hatte Anthony keine andere Wahl, als im Sessel zu versinken und zu Leonard aufzublicken, was ihm nicht angenehm war.

»So!«, sagte Leonard. »Hier hast du dich also die ganze Zeit verkrochen.« Er benutzte fast dieselbe Formulierung wie Cassie, und Anthony ärgerte sich genauso darüber.

»Mom hat es mir erzählt«, platzte Anthony heraus. »Alles.«

Leonards Miene blieb unergründlich. »Was meinst du denn mit ›alles‹?«, fragte er, wobei er in aller Ruhe den Wein öffnete und zwei der Gläser, die auf dem Tisch standen, großzügig füllte. Zuerst nahm Anthony sich vor, nichts davon zu trinken, weil er sich nicht zum Komplizen seines Vaters machen wollte, doch am Ende brauchte er den Wein, um das Zittern in seinen Händen und seinen Nerven zu unterdrücken.

»Alles über deine Karriere. Über eure *gemeinsame* Karriere. Dass Mom genauso viel geschrieben hat wie du. In manchen Fällen auch mehr.«

»Ah«, sagte Leonard, lehnte sich auf dem Bürostuhl zurück und musterte Anthony nachdenklich.

»Und? Sagt sie die Wahrheit?«

»Nachdem du diese kleine Pikanterie gehört hast, meinst du also, dass du über alles Bescheid weißt«, antwortete Leonard. »Du denkst, jetzt kennst du die ganze Geschichte.«

»Ich denke, das meiste davon weiß ich darüber, ja«, sagte Anthony. Plötzlich hatte er das Gefühl, dass sie etwas Männlicheres trinken sollten – Bourbon, Scotch –, aber der Wein rann ihm angenehm durch die Kehle, und allmählich entspannte er sich etwas.

»Ganz sicher nicht«, widersprach Leonard. »Wie wäre es, wenn ich dir erst einmal erzähle, wie es angefangen hat?«

»Okay«, sagte Anthony und ärgerte sich über seinen gefügigen Ton.

»Ich hatte Grippe«, begann Leonard. »Ich war richtig krank, fast einen ganzen Monat lang. Ich weiß nicht, ob du dich daran erinnerst, du gingst noch zur Schule. Meine beiden letzten Bücher hatten sich extrem gut verkauft.«

»Ich erinnere mich nicht«, behauptete Anthony. In Wirklichkeit erinnerte er sich sehr gut an das Jahr der Grippe, er war in der siebten Klasse gewesen. Ein besonders gemeines Virus hatte sich verbreitet, die halbe Schule war betroffen. Dann wurde sein Vater krank. Anthony und Dorothy blieben aus irgendeinem Grund verschont, und Dorothy verbrachte sehr viel Zeit im großen Elternschlafzimmer. Damals hatte Anthony natürlich angenommen, dass sie ihren kranken Mann pflegte.

»Krank oder nicht, es gab nun mal eine Deadline. Ohne Spielraum. Du verstehst das nicht, du hast ja nie so gearbeitet wie ich, so ein Autor bist du nicht. Bisher gibt es ja nur einen einzigen Roman unter deinem Namen.«

»Zwei«, verbesserte Anthony sofort. »Und die Kurzgeschichten.«

Leonard zog eine Augenbraue hoch. »Der zweite ist nicht vollständig, oder? Und Kurzgeschichten zähle ich nicht mit. Kurzgeschichten verkaufen sich nicht.«

»Na ja, ich weiß trotzdem ziemlich genau, was eine Deadline ist«, sagte Anthony ruhig und trank einen Schluck Wein.

»Der Druck, zu produzieren, immer weiter zu produzieren, nach dem Terminplan, den der Verlag aufgestellt hatte, war enorm. Doch es kam nicht infrage, aufzuhören, wo ich gerade in Schwung gekommen war. Ich wäre niemals das geworden, was ich jetzt bin, wenn ich damals aufgegeben hätte. Selbst als ich so krank war, habe ich an meinem Buch zu arbeiten versucht, aber ich konnte nicht klar denken. Die Gedanken sind immer wieder Karussell gefahren …« Er machte eine kreisende Handbewegung über seinem Kopf. »Sie haben sich gedreht und gedreht. Wenn du morgens zur Schule gingst, hat sich deine Mutter mit einem Notizblock zu mir gesetzt und sich Notizen gemacht. Meine Hände waren zu zittrig dafür. Ich habe ihr Dialogzeilen diktiert, die hat sie aufgeschrieben und gelegentlich auch einen eigenen Vorschlag gemacht. Was, wenn der Killer dieses sagt anstelle von jenem? Was, wenn das Kind in die Szene im Restaurant reinplatzt oder wenn der Streit auf einem Schiff stattfindet? Solche Dinge. Auf diese Weise haben wir weitergemacht, Tag für Tag, und als es mir besser ging und ich wieder in meinem Arbeitszimmer sitzen konnte, wurde mir klar, wie viel sie mir geholfen hatte. Da fing ich an, sie jedes Mal, wenn ich eine Frage oder einen Zweifel hatte, zu mir zu rufen. Ihre Vorschläge wurden immer wesentlicher für das Buch, das sich dann noch besser verkaufte als die vorigen. Als es dann Zeit war, das nächste zu beginnen, schien es uns das Natürlichste der Welt, gemeinsam daran zu arbeiten. Und genau das haben wir dann getan.« Er blickte auf seine Hände hinunter und trank dann einen großen Schluck Cabernet. »Und diese Arbeitsweise haben wir beibehalten.«

»Weil sie die ganze Zeit deine Sklavin war.«

»Nein.« Leonard setzte sich auf. »Nein, nicht meine Sklavin.«

»Deine Marionette?«

Ein halbes Lächeln erschien in Leonards Mundwinkeln, aber er verschluckte es schnell.

»Das ist doch lächerlich.«

»Finde ich nicht.«

Es war seltsam, mit seinem Vater über all das zu sprechen und dabei von einer großen Auswahl seiner (ihrer?) Bücher umgeben zu sein. Natürlich hatte der Laden mächtig aufgestockt.

Er erinnerte sich, dass Dorothy gesagt hatte, sie wolle aufhören, aber Leonard sei nicht dazu bereit.

»Warum hörst du nicht auf?«, fragte Anthony.

»Aufhören?« Leonard, der Wortkünstler, schien dieses einfache Wort nicht zu verstehen. »Womit?«

»Mit dem Schreiben natürlich, Dad. Warum hörst du nicht auf? Mom hat gesagt, sie möchte, dass endlich Schluss ist, aber du willst es nicht.«

»Wir können nicht einfach aufhören. Wir stehen unter Vertrag.« Anthony fiel auf, dass er plötzlich »wir« sagte, nun, da die Katze aus dem Sack war.

»Für wie viele noch?«

»Zwei. Nach diesem hier.«

»Warum hörst du dann nicht einfach danach auf? Mom sagt, sie möchte nicht mehr. Du könntest mit ihr eine Weltreise machen.«

»Deine Mutter ist doch schon quer durch die Welt gereist.«

»Immer nur stückchenweise. Und anscheinend nie als Urlaub. Die ganze Zeit, in der ich dachte, sie würde sich in Ruhe die Mona Lisa anschauen oder sich durch Schloss Kronborg führen lassen, hat sie in Wirklichkeit gearbeitet. Ihr habt beide gearbeitet. Und du hast die Lorbeeren eingeheimst.«

»Ach, von wegen Lorbeeren«, erwiderte Leonard ungehalten und schlug mit der flachen Hand auf den Tisch. »Das hat überhaupt nichts mit Lorbeeren zu tun. Warum musst du mir Vorwürfe machen?«

»Ich werde auch nicht damit aufhören«, drängte Anthony weiter. »Ich tue es für Mom, für deren Interessen nie jemand eintritt. Warum lässt du ihren Namen nicht wenigstens auf die letzten beiden Bücher setzen? Warum willst du gegen ihren Willen weitermachen, wenn der Vertrag ausläuft? Du hast mehr Geld, als du jemals ausgeben kannst. Wie viel mehr brauchst du denn noch, Dad? Damit du glücklich bist?« Er erinnerte sich an die Zwanzigtausend, die er Huxley schuldete.

»Was ich noch brauche?« Tatsächlich schien Leonard Puckett über die Frage nachzudenken. Eine Weile schaute er sich im Hinterzimmer um, spähte in sein Weinglas und sagte dann: »Na ja, vermutlich nichts mehr. Aber es geht auch nicht ums Glücklichsein.«

»Sondern?«

»Ich weiß nicht, was ich machen würde, wenn ich aufhöre.« Auf einmal schien er in sich zusammenzusacken. »Sterben wahrscheinlich.«

»Oh, Dad«, sagte Anthony. »Jetzt mach aber mal halblang.«

Zum ersten Mal in seinem Leben, im Alter von zweiundsiebzig Jahren, sah sein Vater schwach und alt aus. Nicht nur wegen der schlaffen Haut, nicht nur wegen der Venen, die an seiner Schläfe pulsierten. Es war etwas in seinem Inneren, das nach außen drang: die Offenbarung eines lang gehüteten Geheimnisses.

Leonard trank sein Glas leer und füllte es wieder auf. Anthony tat es ihm nach. Leonard Puckett musterte ihn. »Du hast keine Ahnung, wie es läuft, mein Sohn.« Anthony konnte sich nicht erinnern, dass sein Vater ihn je »Sohn« genannt hatte.

»Das hast du mir oft genug gesagt«, erwiderte Anthony. »Natürlich habe ich keine Ahnung, wie es ist, so erfolgreich zu sein wie du. Das weiß ich, Dad, ich hab es kapiert. Ich weiß, dass ich nicht bin wie du, dass ich gar nicht das Zeug dazu habe.«

Leonard blickte immer noch in sein Glas, und als er endlich den Kopf hob, waren seine Augen feucht. Was war das – musste Leonard Puckett etwa weinen?

»Das meine ich nicht«, sagte er. »Vermutlich weißt du, wie es ist, dein Talent zu haben – dein immenses, beneidenswertes Talent –, ohne die große Karriere. Aber du wirst niemals wissen, wie es ist, die Karriere zu haben ohne das Talent. Nur ein mittelmäßiger Schreiberling zu sein, der seine Frau braucht, die ihm bei der Arbeit hilft, weil er selbst nicht damit klarkommt.«

Anthony nahm das Bedauern in Leonards Stimme wahr. Eine tiefe Traurigkeit. Auf einmal spürte er etwas wie Mitgefühl. »Du hast mehr Bücher geschrieben als irgendein anderer Autor in diesem ganzen Laden«, sagte Anthony und gestikulierte zu den Regalen. »In jedem Buchladen eigentlich. Du bist praktisch *unsterblich!*«

»Aber die Wahrheit …«, begann Leonard, brach aber ab, ehe er fortfuhr: »Was ich sagen will – *du* hast die Wahrheit im Blick, Anthony … Bei allem, was du geschrieben hast, von Anfang an, hattest du die Fähigkeit, der Wahrheit auf den Leib zu rücken. Die Fähigkeit, sie einfach – zu erfassen. Zu durchdringen. Ich dagegen habe das in all den Jahren, in denen ich geschrieben habe, nie geschafft.« Er seufzte und drückte die Hände an die Schläfen. »Wie ich dich darum beneidet habe, Sohn – die ganze Zeit. Die Qualität, die Meisterschaft, die Schönheit, die Erkenntnis. Und du musstest dich nicht mal dafür anstrengen.«

»O doch. Ich habe mich angestrengt.« Anthony würde nicht zulassen, dass sein Vater seinen Schweiß und seine Tränen infrage stellte. »Ich habe mich höllisch angestrengt.«

»Nicht so wie ich«, beharrte Leonard kopfschüttelnd, »nicht so wie ich.«

Warum begann sich in Anthony plötzlich dieses Gefühl drohenden Unheils auszubreiten?

»Deshalb habe ich getan, was ich getan habe«, sagte Leonard so leise, dass Anthony die Ohren spitzen musste, um ihn zu verstehen.

»Was meinst du damit? Was hast du getan?«

»Ich bin nicht stolz darauf.«

»Worauf denn? Dad?«

Kapitel 57 | Lu

Lu bezahlte Maggie und schickte sie nach Hause, ehe sie wieder hinauf ins Schlafzimmer ging.

»Ich muss mal weg und nachdenken, Jeremy«, sagte sie. »Du bist eine Weile mit Chase und Sebastian allein.« Dann verließ sie das Haus und wanderte hinunter zum Strand.

An dem Tag, an dem Lu den anderen Partnern in der Kanzlei gesagt hatte, dass sie nach dem Mutterschaftsurlaub nicht zurückkommen würde, hatte es einen fürchterlichen Gewitterregen gegeben. Sie hatte sich einen Tag ausgesucht, an dem Jeremy – damals noch Assistenzarzt mit unendlich vielen Arbeitsstunden pro Woche – frei hatte, so dass er Lu fahren und bei den beiden Jungen im Auto bleiben konnte. Sebastian musste so oft gestillt werden, dass er es nicht lange ohne Lu aushielt, doch ihr war es wichtig gewesen, die Kündigung persönlich zu überbringen. Obwohl sie im Rückblick fand, dass ein Anruf auch völlig genügt hätte. Bei Chase hatten sie gerade damit begonnen, ihn ans Töpfchen zu gewöhnen, und entweder hatten sie ihn oder das Timing falsch eingeschätzt, jedenfalls hatte er das Haus ohne Windel verlassen.

Die Kollegen in der Kanzlei nahmen Lus Entscheidung mit großem Bedauern auf, denn sie war in ihrem Job sehr gut gewesen. Man versuchte, sie mit flexiblen Arbeitszeiten und Homeoffice an den Freitagen zum Bleiben zu bewegen, doch Lu blieb standhaft. Sie wusste, dass solche Versprechungen schnell vergessen waren und dass es in der Firma in Wahrheit sowieso keine flexiblen Arbeitszeiten gab.

Als Lu die Kanzlei verließ, begegnete sie einer neuen Partnerin, die gerade im Gebäude herumgeführt wurde. Wahrscheinlich war sie nur ein paar Jahre jünger, aber Lu kam sich mit ihren Augenringen, ihren noch nicht ganz abgebauten Schwangerschaftspfunden, den geschwollenen Brüsten vor wie eine biedere Ehefrau und Mutter. Der Neid auf diese junge Frau raubte ihr fast den Atem.

»Tja, jetzt ist es erledigt«, sagte sie, als sie wieder ins Auto stieg, und versuchte dabei, munter und entspannt zu klingen.

»Und wie geht es dir damit?«, fragte Jeremy, der noch müder und erledigter aussah, als Lu sich fühlte.

»Großartig«, log sie und blickte zu Sebastian, der in seinem Autositz schlief. »Erleichtert. Ging wirklich gut.« Doch dann schnupperte sie. »Ist irgendwas …«

»Hier lief es nicht so ideal«, erklärte Jeremy im selben Moment.

»Ich hab ein ganz großes Geschäft gemacht«, sagte Chase mit einem stolzen Grinsen. »In meine Unterhose.«

Wie aufs Stichwort rekelte Sebastian sich im Autositz, öffnete die Augen und begann fieberhaft an seiner Faust zu saugen. Dann durchlief ein kurzes Zucken seinen kleinen Körper, und er begann zu brüllen. Simultan erschütterte ein lauter Donnerschlag die Luft, und der Himmel öffnete seine Schleusen.

Jetzt am Strand dachte Lu an diesen Tag und blickte zum Himmel empor. Der Wind war stärker geworden, anscheinend zog tatsächlich ein Sturm auf.

Sie hatte Jeremy noch nie so sitzenlassen. Das passte überhaupt nicht zu ihr, sie war keine passive Kämpferin, sondern stand einen Streit immer bis zum bitteren Ende durch. Man brauchte nur ihre Mutter zu fragen, ihre Schwester oder einen ihrer Exfreunde. Jeremy war immer eher ein Kopfmensch gewesen, überlegter, eher bereit, einen Schritt zurückzutreten und nachzudenken, bevor er sprach.

War jetzt Schluss? Würde ihre Ehe zu Ende gehen, nicht mit einem Knall, sondern einem Wimmern? Nicht wegen leidenschaftlichen Ehebruchs und Lippenstift am Kragen, sondern wegen Rucolasalat?

Leute trennten sich aus unbedeutenderen Gründen. Und manche blieben zusammen, obwohl viel mehr passiert war.

Und hier stand Lu, fast ein Jahrhundert nachdem Virginia Woolf den Frauen eingeschärft hatte, Geld zu verdienen und sich ein eigenes Zimmer zu besorgen. Aber wozu hatte man ein Zimmer, wenn man es nicht nutzen konnte? Wenn man jedes Mal ein halbfertiges Legoset wegräumen musste, bevor man es in Anspruch nehmen konnte? Lu war clever und natürlich auch privilegiert genug, um zu begreifen, dass es nicht um Leben und Tod ging, wenn Jeremy verlangte, dass sie ihren Blog dichtmachte. Aber es würden Hunderte kleiner Tode daraus entstehen, die ganze Zeit, jeden Tag ein Messerstich. Verpasste Gelegenheiten, ein verkümmerndes Gehirn. Vergangene Zeit. Zusammengenommen hinterließen all diese kleinen Stiche eine große Wunde.

Warum muss ich mich wehren?, überlegte Lu. Das implizierte, dass sie einen Gegner hatte. *Warum um Himmels willen können wir denn nicht zusammenarbeiten?* Lu beobachtete einen einzelnen Surfer, der aufs Wasser zuging – entweder war er mutig oder dumm. Außer ihm war niemand mehr im grauen, aufgewühlten Wasser. Auch der Himmel hatte eine sonderbare Farbe angenommen. Nicht richtig dunkel, eher ein kränkliches Gelb.

Auf einmal wusste sie, dass sie das Gespräch mit Jeremy zu Ende führen musste. Als sie zum Haus zurückging, konnte sie es fühlen. Es war der nahende Sturm, aber es war auch noch etwas anderes, überall um sie herum – eine Neuordnung der Moleküle. Alles veränderte sich.

Kapitel 58 | Joy

Komm in den Laden, schrieb Joy an Maggie. *Ein Sturm braut sich zusammen.*

Joy hatte gehört, dass die Offshorewinde inzwischen annähernd Hurrikanstärke erreicht hatten und alle Flüge nach Block Island bis auf weiteres gecancelt waren. Sie war draußen bei Stevens Cove gewesen, daraufhin jedoch in den Laden zurückgekommen und hatte Olivia heimgeschickt.

Joy kauerte hinter der Theke auf dem Boden und packte Kaffeebecher in Kisten, weil das Regal selbst unter freundlichen Wetterbedingungen labil war, als jemand an der Tür rüttelte.

»Sorry!«, rief sie. »Wir haben geschlossen!« Hatte sie etwas das Schild vergessen? Das Rütteln hörte nicht auf, sondern wurde stärker. Joy spähte über die Theke, ob sie den Besucher womöglich kannte – vielleicht war es ein anderer Ladenbesitzer, der etwas brauchte oder sich über die Sturmvorbereitungen austauschen wollte. Aber nein, es war eine Frau mit einem kleinen Jungen, niemand von der Insel.

»Touristen«, seufzte Joy. Wahrscheinlich wollten sie eine heiße Schokolade und einen Platz in der ersten Reihe, um den Sturm gut beobachten zu können. Sie warf einen Blick auf ihr Handy. Maggie hatte nicht geantwortet.

Bitte antworte mir, schrieb sie schnell. Keine Antwort. Na wunderbar. Ihre Tochter ignorierte sie.

Das Klopfen hörte nicht auf. »Na gut«, knurrte Joy, machte sich auf den Weg zur Tür, öffnete sie einen Spaltbreit und sagte noch einmal: »Tut mir leid, wir haben geschlossen.« Sie blickte aufs Display, auf dem jetzt die drei kleinen Punkte erschienen waren, die anzeigten, dass die angeschriebene Person gerade antwortete.

»Oh, ich will nichts kaufen«, erklärte die Frau. »Ich suche Anthony Puckett und dachte, Sie wissen vielleicht, wo er ist.«

Die Pünktchen verschwanden wieder.

Joy blickte auf und wandte ihre Aufmerksamkeit der Frau zu, und ihr Herz machte einen kleinen Sprung, als sie begriff, dass Cassie vor ihr stand, Anthonys Noch-Ehefrau. Sie sah dem Bild auf ihrer Facebook-Seite sehr ähnlich: volle Lippen, perfekte blonde Haare, ein Seidenkleid. Neben ihr stand eine Miniaturausgabe von Anthony. Das musste wohl Max sein, und er war genauso süß, wie seine Mutter hübsch war, mit einem roten T-Shirt, auf dem ein Dinosaurier zu sehen war und darunter die Aufschrift *Max-o-Saurus*. Er hatte einen lustigen Wirbel in den Haaren. Sein Anblick brachte Joy unwillkürlich zum Grinsen, und Max grinste zurück.

»Kenne ich Sie?« Joy fand es sicherer, Ahnungslosigkeit vorzutäuschen und mit ihren Stalkinggewohnheiten auf Facebook lieber hinterm Berg zu halten.

»Nein«, antwortete Cassie – ziemlich hochnäsig, fand Joy. »Aber mein Ehemann kennt Sie.«

Joy gab sich verwirrt.

»Mein Ehemann kennt Sie, definitiv.«

»Hmm …« Joy versuchte auszusehen, als würde sie in ihrem Gedächtnis zahllose Namen und Gesichter Revue passieren lassen.

»Ich hab Hunger«, sagte Max und zupfte an der Hand seiner Mutter.

»Hier ist geschlossen, Süßer. Wir gehen gleich wieder.«

»Ja, das Café ist geschlossen«, bestätigte Joy, »aber vielleicht finde ich ja was für den kleinen Mann. Hat er irgendwelche Allergien?«

»Nein«, antwortete Max.

»Wir vermeiden weißen Industriezucker so weit wie möglich«, antwortete Cassie.

»Na dann viel Glück«, sagte Joy. »Sie befinden sich hier in einer Bäckerei.« Auf einmal musste sie an den fatalen Besuch von Shelly Salazar denken, ging nach hinten in die Backstube und kam mit einem Teller übrig gebliebener Pies verschiedener Geschmacksrichtungen zurück – eigentlich hatte sie sie für Maggie mit nach Hause nehmen wollen. Aber Maggie hatte immer noch nicht geantwortet.

Sie legte die Hälfte der Pies für Max und die andere für Cassie und sich selbst auf einen Teller. Dann zog sie drei Stühle an einem Vierertisch heraus. Aber Cassie hatte Einwände: »Ich möchte, dass er an einem anderen Tisch sitzt. Wenn das okay ist.«

Joy zuckte die Achseln. »Ganz wie Sie wollen.« Sie deutete zu dem Kindertisch, neben dem ein Korb mit Spielzeug stand. »Er kann sich gern auch dorthin setzen«, sagte sie. Sie musterte Cassie verstohlen. Sie war außerordentlich hübsch.

Cassie führte Max zu dem kleinen Tisch. »Darf ich dein Handy haben?«, fragte er.

»Nein«, antwortete sie, sagte aber einen Moment später: »Ach, warum eigentlich nicht?«, wandte sich dann an Joy und erklärte: »Normalerweise bin ich total streng mit elektronischen Geräten, aber diesen Sommer hab ich das Gefühl, dass sowieso alles den Bach runtergeht.«

»Ich kenne das Gefühl«, antwortete Joy.

Cassie wühlte in ihrer Handtasche und sagte: »Ach Mist, ich hab es wohl im Hotel vergessen. Spiel doch einfach mit den Spielsachen hier, Max.« Sie wühlte weiter. »O nein, da ist es ja. Aber ich hab die Nase voll davon, ich mache es aus.«

Joy deutete auf den Teller. »Greifen Sie zu.«

»Nein danke.«

Joy nahm zwei Pies und biss demonstrativ hinein. Einen Augenblick starrten die beiden Frauen einander an. Cassies Augen waren eisblau, ziemlich hell. Sie so anzustarren fühlte sich für Joy irgendwie gefährlich an, wie wenn man bei einer Sonnenfinsternis in die Sonne starrte.

»Ich weiß, wer Sie sind«, sagte Joy. »Und es ist vorbei zwischen Anthony und mir, Sie haben also nichts zu befürchten.«

»Darüber mache ich mir auch keine Sorgen«, entgegnete Cassie. »Deshalb bin ich nicht hier. Wissen Sie was? Scheiß drauf.« Schuldbewusst sah sie zu Max, aber er war in ein Bilderbuch aus der Spielzeugkiste vertieft und reagierte nicht. Cassie nahm sich einen Peanut-Butter-Surprise-Pie – mit Schokoriegelstückchen in der Füllung – und gestattete sich einen winzigen Bissen. »O mein Gott«, stöhnte sie. »Die sind ja sensationell.«

Augenblicklich mochte Joy sie ein bisschen lieber. »Weshalb sind Sie denn dann hier?«, fragte sie.

»Ich war fünf Jahre mit Anthony verheiratet«, antwortete Cassie, blinzelte mit ihren langen Wimpern und verzog ihre Lipgloss-Lippen zu einem Schmollmund. »Und ich hasse es zwar, das zuzugeben, aber ich habe ihn schon lange nicht mehr so glücklich erlebt wie hier. Vielleicht überhaupt noch nie.«

»Na ja, ich habe ihn seit Juli nicht mehr gesehen. Vielleicht ist er so glücklich, seit wir uns getrennt haben.« Joy stand auf. Erschrocken blickte Max von seinem Tischchen auf und zog den Teller schnell dichter zu sich.

»Nein, bestimmt nicht«, beharrte Cassie. »Setzen Sie sich doch bitte wieder. Ich kann gar nicht glauben, dass ich das sage. Ich meine Anthony insgesamt – seine Gesundheit, sein Stresslevel, seine Bereitschaft, glücklich zu sein … in jeder Hinsicht geht es ihm so viel besser, als es ihm jemals ging, als er mit mir zusammen war. Da war er immer so … besorgt. Als müsse er eine riesige Last mit sich rumschleppen, wegen des Buchs und so. Bestimmt hab ich es ihm auch nicht gerade leichter gemacht, ich wollte den Erfolg mindestens so sehr wie er. Vielleicht sogar noch mehr.«

Joy musterte sie.

»Ich sage das ganz bestimmt nicht noch einmal«, fuhr Cassie fort, das Gesicht eine glatte Maske, ohne die kleinste Falte, ohne Makel, ohne Emotion. »Ich werde Sie nicht anbetteln, Kontakt mit dem Mann aufzunehmen, den ich geheiratet habe. Aber für uns, für ihn und mich, ist es zu spät, so viel ist klar. Vielleicht habe ich mich ihm gegenüber nicht anständig verhalten, und vielleicht denke ich, dass ich es so wiedergutmachen kann.« Sie warf einen Blick zu Max hinüber und senkte ihre Stimme. »Anthony will nicht mich«, sagte sie. »Er will Sie, Joy.« Dann stand sie auf und fügte noch hinzu: »Und Sie wissen wirklich nicht, wo er ist?«

Anthony will mich?, dachte Joy und spürte, wie ihr das Blut ins Gesicht stieg. Sie freute sich viel mehr darüber, als sie sich eingestehen wollte. »Nein, ich weiß wirklich nicht, wo er ist«, antwortete sie.

»In Ordnung«, sagte Cassie. »Komm, Max.«

Max blickte von seinem Buch auf, einen Klacks Pie-Füllung auf der Wange, das Schuhband am linken Sneaker offen. Etwas an seinem Gesichtsausdruck erinnerte Joy so sehr an Anthony: hoffnungsvoll und liebenswert, aber pfiffig.

Kapitel 59

Lu

Nervös schlich Lu sich zurück ins Haus. Die Jungs saßen vor dem Fernseher, Jeremy war noch immer im Schlafzimmer. Immerhin hatte er sich vom Stuhl aufs Bett bewegt, lag, die Hände unter dem Hinterkopf verschränkt, die langen Beine ausgestreckt, auf dem Rücken und starrte zur Decke hinauf.

»Erinnerst du dich an die Zeit, als ich in der Kanzlei gearbeitet habe?«, fragte Lu. »Bevor wir Kinder hatten?«

»Natürlich.« Seine Stimme klang weicher als vorhin, freundlicher.

»Du hattest gerade mit deiner Assistenzarztzeit angefangen, weißt du noch?«

»Klar.«

»Und hattest total irre Arbeitszeiten.«

»Total irre, ja.«

»Und unsere Stundenpläne haben fast nie zusammengepasst.«

»Stimmt. Du warst viel allein.«

»Das hat mir nichts ausgemacht.« Es hatte sie wirklich nie gestört, allein zu sein, wenn Jeremy im Krankenhaus war. Sie hatte einen neuen Job, sie hatte Freunde, sie hatte Pläne, und wenn sie wollte, konnte sie an jedem Abend der Woche ausgehen. Manchmal hatte sie keine Lust. Manchmal schenkte sie sich ein Glas Wein ein und schlüpfte um halb neun in ihren Schlafanzug. Nach der Arbeit war sie immer müde – die jungen Anwälte in der Kanzlei mussten hart arbeiten –, aber es war eine gute Müdigkeit, eine befriedigende emotionale und intellektuelle Erschöpfung.

»Aber immer mal wieder hat es samstags perfekt geklappt mit unseren Zeiten, und wir haben ziemlich wild miteinander geschlafen. Weißt du noch? Erinnerst du dich an diese Samstage?«

In Jeremys Augen war ein fast entrückter Ausdruck getreten. »Ja, ich erinnere mich.«

»Jeremy?« Vorsichtig setzte Lu sich auf den Bettrand.

»Ja?«

»Damals mochte ich mich lieber.«

Er musterte sie mit zusammengekniffenen Augen. »Ich mochte dich damals auch.«

»Lieber?«, fragte sie und hatte Angst vor seiner Antwort.

»Nein …«, antwortete er bedächtig. »Nicht *lieber*. Aber du warst glücklich. Ich mochte dich glücklich.« Er zögerte. »Weißt du, was ich gedacht habe, als ich deinen Blog gelesen habe?«

Lu lehnte sich zurück, so dass ihr Rücken seine Beine berührte. »Was?«

»Ich dachte, du kannst uns nicht mehr leiden. Wie du über diese andere Familie schreibst – als wolltest du, dass wir werden wie sie. Als würdest du sie lieber mögen.«

Lu verstand, dass man es so sehen konnte. Auch dass es Jeremy verletzte. »Natürlich liebe ich euch. Ich liebe euch so, wie ihr seid, ich will nicht, dass ihr euch in Jacqui und Charlie und Sammy verwandelt. Aber ich kann nicht nur euch lieben, das reicht nicht.«

Jeremy setzte sich auf und lehnte den Rücken ans Kopfbrett. »Lu …«

»Nein. Du musst mir zuhören. Von dir hat das nie jemand verlangt, Jeremy – dass du nur deine Familie liebst, nicht deine Arbeit und nicht all die Dinge, die dich interessieren und die nichts mit dieser Familie zu tun haben. Du weißt nicht, wie das ist. Du kannst versuchen, es dir vorzustellen, aber du kannst es nicht wissen. Ich weiß es aber.« Sie sah ihn an und fragte sich, was er dachte, sprach aber weiter. »Es reicht nicht, Jeremy. Ich kann das nicht … für immer nur das. Aber ich kann das andere auch nicht machen, wenn du mir bei jedem Schritt Steine in den Weg legst. Wenn du …«

»Wenn ich was?«

»Wenn du nicht stolz auf mich bist.« Nein, das traf die Sache auch nicht ganz. »Wenn du es nicht ernst nimmst. Um es richtig zu machen, braucht man viel Zeit.«

»Okay«, sagte er. »Das habe ich verstanden.«

»Wirklich?«

»Ja, ich versuche es. Vielleicht kannst du ja jemanden zwei Vormittage pro Woche einstellen, Maggie oder so. Und während die Kinder Mittagsschlaf machen, noch zusätzlich an dem Blog arbeiten. Wenn du das wirklich machen willst, können wir uns das Geld fürs Babysitten schon erlauben, denke ich.«

Tränen der Enttäuschung traten Lu in die Augen. Sicher, es war ein Zugeständnis, aber es war völlig falsch. Er verstand sie immer noch nicht richtig. »Chase schläft seit zweieinhalb Jahren mittags nicht mehr, Jeremy, und Sebastian auch bald nicht mehr. Wenn du jemals länger Zeit allein mit ihnen verbracht hättest und für sie verantwortlich gewesen wärst, wüsstest du das.« Ihre Stimme klang schärfer, als sie es beabsichtigt hatte. »Diesen Blog richtig aufzuziehen ist ein Vollzeitjob, nur die Leute, die der Sache wirklich Zeit widmen, haben Erfolg. Ich kann diese Arbeit nur machen, wenn ich sie ernst nehme. Und du auch.«

Und dann erzählte sie Jeremy von ihrem geheimen Konto: Wie viel Geld sie schon angespart hatte, wie viel sie durch die Partner-Links zusätzlich bekam, wie viele potenzielle Anzeigenkunden sich allein in diesem Sommer gemeldet hatten, wie viel ein Buchvertrag nach Ansicht ihrer Agentin einbringen würde. Tatsächlich veränderte sich etwas in Jeremys Gesicht. War es Hoffnung? Oder glaubte er ihr nicht?

Dann wusste sie es plötzlich. Es war Respekt. Das Geld veränderte seine Sichtweise.

»Das war mir nicht klar«, räumte Jeremy ein.

»Natürlich nicht. Ich hab es dir ja auch nie gesagt. Auch das habe ich vor dir geheimgehalten. Aber mit so viel Geld können wir eine Menge erreichen. Wir können unsere Schulden bei deinen Eltern abbezahlen. Wir können eine Nanny einstellen. Wir können die grässliche Tapete im unteren Bad erneuern.«

Jeremy grinste. »Ja, die ist echt scheußlich.« Sie wartete. Die Tapete war ihr geringstes Anliegen. »Das Geld ist eine große Sache, Lu. Das kapiere ich jetzt. Echt beeindruckend. Aber eine Nanny kann nicht deine volle Zuwendung ersetzen. Trotz allem, was du sagst, glaube ich immer noch, dass einer von uns bei ihnen sein sollte. Sie sind noch so klein. Daran glauben wir doch auch, da waren wir uns immer einig. Verstehst du das denn nicht?«

Wieder das Dreimeterbrett, das Augenschließen, der Sprung. »Ich glaube nicht mehr daran. Tut mir leid, Jeremy.« Sie zuckte die Achseln. »Ich bin anderer Ansicht.«

»Wie meinst du das?«

Lu stand auf und ging zum Fenster hinüber, das zu Anthonys Cottage hinausging. »Wenn du wirklich glaubst, dass einer von uns Vollzeit bei Chase und Sebastian sein sollte, dann musst du deinen Job aufgeben und zu Hause bei ihnen bleiben.«

»Meinen Job aufgeben? Das kann ich nicht! Das kannst du doch unmöglich ernst meinen, Lu. Einen Job wie meinen gibt man nicht einfach auf.«

Sie drehte sich um. »Natürlich möchte ich nicht, dass du kein Arzt mehr bist. Natürlich nicht. Ich versuche nur, dir klarzumachen, wie lächerlich es wäre, wenn ich dich darum bäte, das zu tun. Die Prioritäten ändern sich, Jeremy, Bedürfnisse verändern sich, und unsere Prioritäten sind nicht mehr dieselben wie damals.« Jetzt konnte Lu den Gedanken, der den ganzen Sommer über nicht greifbar gewesen war, endlich artikulieren: Ihr Bedürfnis, mehr zu sein als nur Mutter, wog mehr als ihr Glaube daran, dass ein Kind vorrangig von einem Elternteil betreut werden musste. »Was ich mir wünsche, ist nicht identisch mit dem, was ich mir deiner Meinung nach wünschen sollte.«

Da – sie hatte es ausgesprochen. Alles außer der anderen großen Sache.

Jeremy stand vom Bett auf und stellte sich neben sie.

»Aber das wird nicht funktionieren, Lu. Ein Vollzeitjob für dich? Ich sehe nicht, wie wir das im Moment schaffen sollen, ohne ein großes Chaos anzurichten. Wenn wir noch ein Baby bekommen …« Seine Stimme klang fast flehend.

Also war der Zeitpunkt gekommen. Sie war zum dritten Mal aufs Sprungbrett gestiegen, und sie sprang noch einmal. »Ich möchte kein Kind mehr, Jeremy.«

»Lu! Bitte sag das nicht.«

»Ich muss es sagen, es ist die Wahrheit. Ich möchte kein Kind mehr. Und ich werde auch keines bekommen.«

»Lulu.« Jeremys Stimme versagte. »Ich möchte so gern drei Kinder, das wollte ich schon immer. Das habe ich immer klar und deutlich gesagt. Und du auch! Du wolltest doch selbst drei Kinder haben!«

Das stimmte, vor langer Zeit hatte Lu das wirklich gedacht. »Aber das war davor.«

»Vor was?«

»Bevor die ganze Last der Kinderbetreuung auf meine Schultern geladen wurde. Ich bin nicht gewillt, weiterhin so viel aufzugeben, Jeremy.«

Seine Augen flehten sie an. »Wenn ich das Baby für uns kriegen könnte, würde ich es tun.«

»Und ich würde sagen, meinetwegen, mach das.« Lu glaubte ihm. Aber sie glaubte auch, dass sich seine Meinung ändern würde, sobald er mit der Realität konfrontiert wäre. Wenn er erst hochschwanger mit geschwollenen Knöcheln und dicken Venen im Operationssaal stehen und dann zwölf Wochen zu Hause bleiben müsste, um den Neuankömmling zu stillen.

Er nahm ihre Hände in seine. Seine langfingrigen sexy Chirurgenhände, die wussten, wie man Menschen ins Leben zurückholen konnte. »Ich möchte doch nur, dass wir denselben Wunsch haben, weiter nichts.«

Aber Lu schüttelte den Kopf. »Nein, das willst du nicht. Du möchtest nicht, dass wir dasselbe wollen, du möchtest, dass ich will, was du willst. Das ist nicht das Gleiche.« Er ließ ihre Hände los, und Lu spürte, wie der Augenblick über sich selbst hinauswuchs. »Aber bedeutet das für dich, dass wir nicht mehr verheiratet sein können?«

»Nein, das glaube ich nicht«, antwortete Jeremy. Doch er sah aus, als hätte er Angst. »Und was meinst du?«

Was, wenn es so war? Auf einmal kamen ihr die Tränen, und sie schlug die Hände vors Gesicht.

»Schsch«, sagte Jeremy leise, seine Arme umschlossen sie, wie sie es früher getan hatten. Aber Lu konnte nicht aufhören zu weinen. »Schsch«, wiederholte Jeremy. Lu schloss die Augen und gestattete sich nur für eine Minute, zu glauben, dass sie wieder das Paar von damals werden konnten. Sie sah sich, wie sie auf der Main Street in Hyannis saß und ihr Knie blutete. Ihre Zukunft sah rosig aus. Es lag alles noch vor ihnen, aber es war da. Sie griffen danach, streckten die Arme aus und wollten alles.

Kapitel 60

Maggie

Im Stadtzentrum ist es gespenstisch still. Maggie schiebt ihr Fahrrad mit ihrem gesunden Arm die Water Street entlang. Die Straße ist so gut wie menschenleer, die Leute, die noch unterwegs sind, haben alle ein Ziel und schauen immer wieder zum Himmel oder aufs Meer hinaus. Tatsächlich sitzen aber auch Gäste auf der langen weißen Terrasse des National Hotel, unter den amerikanischen Flaggen, fast so, als würde im Hafen ein Film gezeigt.

Maggie ist ganz am Ende der Water Street, beim Postamt, in der Nähe des Buchladens und der Statue von Rebecca. Wie alle Inselkids weiß Maggie, dass Rebecca Ende der 1880er Jahre errichtet worden ist, um die Menschen daran zu erinnern, den Alkoholkonsum einzuschränken. Wie alle Inselkids weiß Maggie außerdem, dass es für Rebecca im Sommer echt schwer ist, dieser Aufgabe nachzukommen. Wenn die Patriots den Superbowl gewinnen (was oft vorkommt), trägt Rebecca deren Trikot.

Maggies Handgelenk ziert der neongrüne Gips, den Olivia Rossis Mutter ihr im Block Island Medical Center angelegt hat. Mit ihm ist das Radfahren zwar nicht einfach, aber auch nicht unmöglich. Wenigstens ist das Ding wasserdicht.

Maggie checkt ihr Handy. Sie hat drei Nachrichten. Seit mehreren Tagen wieder eine von Riley. Die SMS ist, obwohl nur *»Hey«* drinsteht, ein Zeichen, dass ihre Freundschaft sich langsam erholt. Die zweite Nachricht ist von Olivia Rossi, die bestätigt, dass Maggie nächste Woche eine von Olivias Schichten arbeiten soll, und die dritte ist von Maggies Vater, der fragt, ob sie den geplanten Wochenendbesuch auf das darauffolgende Wochenende verschieben können.

Hey, schreibt Maggie an Riley zurück. An Olivia schickt sie ein Daumen-hoch-Emoji, und an ihren Vater schreibt sie nur *KP – Kein Problem*. Im Sommer verlässt sie die Insel ungern öfter als nötig, deshalb ist ihr die Planänderung nur recht. Allerdings fragt sie sich, was wohl dahintersteckt. Wahrscheinlich ihre Stiefmutter Sandy.

Bei ihrem letzten Besuch hat Maggie zufällig gehört, wie ihr Vater und Sandy darüber geredet haben, vielleicht nach Laguna Beach in Kalifornien umzuziehen. Sandy kommt von dort und hat nie ein Hehl daraus gemacht, dass sie New England hasst. Ihrer Mutter hat Maggie noch nichts von den Plänen erzählt, weil sie nicht sicher ist, ob es wirklich ein Plan ist oder zu den Dingen gehört, die Sandy sagt, wenn sie sauer ist. Und sie ist oft sauer. Im Vergleich zu ihr ist Maggies Vater, dessen Temperament ihre Mutter immer – mit theatralisch in die Luft gezeichneten Anführungszeichen – als »musisch« bezeichnet hat, die Ruhe selbst.

Wenn ihr Vater nach Kalifornien zieht, wird Maggie ihn zwar auch ein wenig, ihre kleine Schwester Tiki jedoch sehr vermissen. Tiki ist unglaublich süß, und jetzt, wo sie gelernt hat, Maggies Namen zu sagen, mehr denn je. Wenn sie dabei auch noch die speckigen Ärmchen nach ihr ausstreckt, hat Maggie das Gefühl, vor Glück dahinzuschmelzen.

Ihre Stiefmutter Sandy wird Maggie ganz bestimmt nicht vermissen, sollte der Umzug zustande kommen. Sandy schaut Maggie manchmal an, als wäre sie ein exotisches und möglicherweise gefährliches Zootier – man weiß, es kann einem nicht wehtun, aber man sollte es im Auge behalten. Außerdem kann Sandy es nicht leiden, wenn Maggie kocht, und lässt sie auch keine scharfen Messer benutzen. Dabei ist Maggie dreizehn und weiß, wie man Fisch filetiert!

Obendrein darf Tiki nichts Würziges essen, weil Sandy glaubt, es könnte ihren kindlichen Gaumen ruinieren. Tiki isst hauptsächlich Karottenstäbchen und Chicken Nuggets in Dinoform.

Während Maggie die Nachrichten beantwortet, erhält sie noch eine. Von ihrer Mutter, die sie noch einmal bittet, sich im Laden zu melden, doch Maggie ignoriert sie weiterhin, denn sie ist immer noch wütend auf sie – wegen des Hausarrests und weil sie den wunden Punkt berührt hat, den die Demütigung an den Mohegan Bluffs bei Maggie hinterlassen hat. Wahrscheinlich braucht ihre Mutter sie für irgendeine Arbeit und schreibt ihr deshalb. Dabei ist Kinderarbeit doch bekanntlich abgeschafft.

Maggie überlegt, ob Pickles, der schreckliche Angst vor Stürmen hat, schon seinen Platz in der Mitte der Badewanne bezogen hat – Pickles ist zuverlässiger als ein Barometer, was das Wetter angeht. Beinahe tut er ihr so leid, dass sie nach Hause möchte, aber der wütende Teil in ihr möchte ihre Mutter noch ein bisschen zappeln lassen. Ob Joy wohl ihr Kokosöl-Popcorn auf dem Herd machen würde, wenn Maggie nach Hause käme? Es ist so viel besser als das Mikrowellenzeug, das Rileys Mutter immer serviert. Inzwischen ist Maggie klargeworden, dass sie es diesen Sommer echt vermisst hat, mit ihrer Mutter abzuhängen.

In letzter Zeit hat Maggie ernsthaft in Erwägung gezogen, all ihre T-Shirts wegzupacken und sie durch schlichtere Tops zu ersetzen. Wenn sie sich entschlossen hat, ihrer Mutter hundertprozentig zu vergeben, können sie vor Schulbeginn, der nur noch knapp drei Wochen entfernt ist, vielleicht mal zusammen zum Shoppen aufs Festland fahren. Dieser Sommer war eindeutig der kürzeste in Maggies bisherigem Leben.

»Entschuldigung!«

Maggie blickt auf. Eine sehr hübsche blonde Frau kommt eilig auf sie zu und wedelt fieberhaft mit den Armen. »Entschuldigung!«, ruft sie noch einmal. »Entschuldigung, aber hast du vielleicht einen kleinen Jungen in einem roten T-Shirt gesehen? Vier Jahre, dunkle Haare?«

»Nein«, sagt Maggie und sieht sich um. »Nein, tut mir leid.«

»Ich war nur kurz am Telefon«, fährt die Frau aufgeregt fort. »Bestimmt nicht mal eine Minute. Und jetzt ist er weg…«

Das Handy der Frau klingelt. Sie geht dran. »Nicht jetzt, Glen«, sagt sie scharf, hört eine halbe Sekunde zu und blafft: »Jetzt willst du darüber reden? Ich kann nicht, ich bin fix und fertig, Max ist verschwunden. Was? Ja, stimmt, schon wieder, aber das erste Mal war nicht meine… Ach, vergiss es! Ich muss Schluss machen.« Sie beendet den Anruf, schnaubt wütend und sucht hektisch den Horizont mit den Augen ab.

»Ich kann Ihnen beim Suchen helfen«, bietet Maggie ihr an.

»Ich frage mich, ob er die Straße runtergelaufen ist… obwohl ich nicht glaube, dass er das machen würde…«, überlegt die Frau.

»So was weiß man nie«, sagt Maggie. Bevor sie für Lu gearbeitet hat, ist Sebastian mal direkt zum Strand runtergelaufen, direkt ins Wasser, und wer weiß, was passiert wäre, wenn Anthony ihn nicht gerettet hätte. »Hier«, sagt sie kurz entschlossen. »Nehmen Sie doch mein Rad und fahren Sie kurz da runter. Ich kann hier warten und mich umsehen. Aber Sie sollten unbedingt auch die Polizei rufen.« Vor zwei Jahren ist ein siebenjähriges Mädchen im Meer ertrunken. Sogar hier auf der idyllischen Insel passieren schreckliche Dinge. Im Handumdrehen kann man jemanden verlieren.

»Okay«, sagte die Frau zögernd. »Ja. Okay.« Sie sieht Maggies Fahrrad an, als könnte es sie womöglich beißen. Sie trägt ein Sommerkleid mit Spaghettiträgern, und ihre Haare sind an den Enden lockig – Maggie und Riley haben so eine Frisur immer Prinzessinnenhaare genannt –, und eine Sekunde glaubt Maggie, dass sie das Angebot ablehnen wird. Aber dann sagt die Frau: »Danke«, nimmt das Rad, steigt einigermaßen professionell auf und fährt los, die Water Street rauf. »Max! Max! Max!«, brüllt sie dabei.

Der Wind wird immer stärker, die grauen Wolken, die am Horizont hingen, jagen jetzt über den ganzen Himmel. Die Szene erinnert Maggie an den »Zauberer von Oz«, als Miss Gulch auf dem Rad durch den Zyklon fährt. Und was passiert in dem Film? Natürlich verwandelt Miss Gulch sich in eine böse Hexe.

KAPITEL 61 | ANTHONY

»Worauf bist du nicht stolz, Dad?«

»Anfang des Jahres«, flüsterte Leonard, »wann war es – im Februar?«

Es war im Februar passiert, natürlich, das wusste Anthony. Die Tage waren kurz gewesen, es wurde früh dunkel. Es gab keinen Grund, aufzustehen, wenn man nur drei Stunden Tageslicht hatte. Die Veröffentlichung war für September angesetzt, die Druckfahnen waren im Umlauf.

Auf einmal ergab alles einen Sinn. Auf einmal rutschte das letzte Puzzleteil an die richtige Stelle.

»Du warst das«, sagte Anthony langsam. Der Verlagsanwalt hatte von einer anonymen Quelle gesprochen. Er sah seinem Vater ins Gesicht. »Das war keine anonyme Quelle, richtig? Die Quelle warst du.«

Leonard machte nur eine winzige Bewegung mit dem Kinn. Ein kaum merkliches Nicken. Dennoch eine Bestätigung, ein Geständnis.

»Ich habe mir eingeredet, es wäre irgendein belesener Lektoratsassistent«, sagte Anthony. »Oder vielleicht sogar ein lange verschollener Verwandter O'Dwyers, der ein bisschen Geld für den Nachlass wollte.« Er wartete. Vielleicht würde Leonard ihm sagen, dass es so gewesen war. Nichts dergleichen. »Du kanntest O'Dwyer doch gar nicht, Dad. Mom fand ihn toll. Und ich.«

Leonard zuckte die Achseln. »Du hast etwas sehr Unredliches

getan.« Seine Miene war hart. »Das musste aufgedeckt werden, mein Sohn. Geahndet und in Ordnung gebracht.«

»Hat Mom dich dazu gebracht?« Vorhin im Cottage hatte seine Mutter ihm etwas sagen wollen. Eine wichtige Sache noch. Seine eigene Mutter – konnte das sein?

»Nein. Natürlich nicht. Sie hat mich darauf aufmerksam gemacht, als sie die Fahnen gelesen hat. Mehr nicht. Sie war … na ja, sie war besorgt. Sie wollte mit dir darüber reden, Sohn.«

»Nenn mich nicht so«, stieß Anthony hervor.

»Aber bevor sie mit dir geredet hat, habe ich die Sache in die Hand genommen.«

Heiße Wut erfüllte Anthony. »Du bist mein Vater, du solltest doch mein Bestes wollen und hast das Gegenteil getan. Du hast mich ans Messer geliefert, weil du es nicht ertragen konntest, dass ich noch etwas veröffentlichen würde, das besser ist als das, was du selbst schreibst. Also hast du mich bloßgestellt. Mich ruiniert. Wo du die ganze Zeit nicht mal deine eigenen Bücher selbst geschrieben hast.« Anthony stand auf und schlug mit der Hand auf den Tisch.

Bridgets Stimme wehte von der anderen Seite des Ladens herüber: »Alles in Ordnung da drin?«

»Ja, alles gut«, antwortete Anthony mit erstickter Stimme. »Ich hab nur einen Bücherstapel umgeworfen, sorry.«

»Kein Problem – wollte nur sichergehen!«

Anthony wandte sich wieder seinem Vater zu. »Die ganze Zeit hast du die Lorbeeren für Moms Arbeit eingeheimst«, stieß er wütend hervor. »Und du nennst mich unredlich?«

»Es war nicht ihre Arbeit, wir haben die Bücher gemeinsam geschrieben. Und wir haben darüber schon gesprochen, es ging nie um die Lorbeeren. Die sind deiner Mutter vollkommen gleichgültig. Es hat sie nie gestört.«

»Woher willst du das wissen? Ich glaube nämlich, dass es sie sehr wohl gestört hat. Sie hat es mir selbst gesagt.«

»Hat sie nicht.«

»O doch!«

»Das nehme ich dir nicht ab. Wir waren – wir sind ein Team. Nur weil wir beide unsere Rollen erfüllt haben, hatten wir so viel Erfolg.«

Anthony schnaubte verächtlich, aber Leonard hob gebieterisch die Hand, und Anthony sah sich gezwungen, ihm zuzuhören. »Ich habe deine Mutter nicht dazu gebracht, etwas zu tun, was sie nicht wollte. Sie wollte dazugehören, sie war gut, und ich konnte ihre Hilfe brauchen. Also haben wir zusammengearbeitet. Bis heute.«

»Warum ist dann nur dein Foto auf dem Cover und nicht auch ihres? Warum bist du immer derjenige, der sich vors Publikum stellt? Warum trittst du im Fernsehen auf?«

»Weil wir beide in unterschiedlichen Bereichen gut sind. Sie ist eine Meisterin in der Handlungsführung, eine echte Meisterin. Aber sie wollte nie im Frühstücksfernsehen erscheinen! Mit dem Gehirn deiner Mutter und meinem Gesicht haben wir gewonnen. Gemeinsam. Wir haben uns ein Leben aufgebaut. Wir sind gereist. Wir haben dich großgezogen. Wir haben für den Rest unseres Lebens genug Geld, um zu tun, was wir wollen.«

»Ich finde, dieses Argument ist Unsinn.«

»Du kannst denken, was du willst, Sohn.«

»Hör auf, mich so zu nennen.« Einen Augenblick saß Anthony stumm da. Seine Wut war wie ein Monster, das vor seinen Augen immer größer wurde. Auf einmal war ihm klar, was er zu tun hatte. »Wenn du dachtest, es wäre okay, mich bloßzustellen, dann könnte ich jetzt doch das Gleiche mit dir machen. Ich sehe die Schlagzeilen vor mir: ›Leonard Puckett hat Millionen von Büchern verkauft. Aber wer hat sie geschrieben?‹«

Anthony kannte seinen Vater in vielen Lebenslagen: wütend, selbstbewusst, arrogant, zufrieden, unzufrieden, ungeduldig, freundlich, müde, energisch. Aber bis zu diesem Moment war er nicht sicher, ob er ihm Angst einjagen könnte.

Leonard füllte ihre beiden Gläser. »Mir gegenüber würde dir das sicher nicht schwerfallen«, sagte er leise. »Aber ich glaube nicht, dass du es deiner Mutter antun würdest.«

Tief im Innern wusste Anthony, dass sein Vater recht hatte. Seine Mutter würde das nicht wollen, sie wäre nicht dankbar dafür. Sie würde sich schämen.

Einen Augenblick schwiegen sie. Dann sagte Leonard: »Stell nicht Dinge infrage, die du nicht verstehst, Anthony. Diesen Rat gebe ich dir. Als dein Vater.«

»Hör endlich auf mit diesem Vater-Sohn-Quatsch. Denk doch endlich auch mal an Mom.«

»Ich denke an sie. Langjährige Ehen sind kompliziert. Davon hast du keine Ahnung, deine Ehe hat ja nicht gehalten. Sie hatte auch nicht das Zeug dazu.«

Anthony dachte an all die Dinge, die er verloren hatte. Viel Geld. Seine Ehe. Zeit mit seinem Sohn. Seine literarische Zukunft. Selbst wenn er irgendwann einmal wieder ein Buch schrieb, war sein Name für immer mit dieser unschönen Geschichte verbunden. Er hatte das verschuldet, und jetzt war er endlich fähig, dazu zu stehen. Doch dass sein Vater es gewesen war, der ihn denunziert hatte, verschlimmerte die Situation um ein Vielfaches. Niemals konnte er sich vorstellen, Max auf diese Art zu verletzen, wie sein Vater ihn damit verletzt hatte. Er wandte sich Leonard zu, bereit …

Aber irgendetwas stimmte nicht. »Dad?«, fragte er. »Dad? Ist alles in Ordnung?«

»Ich …«, stammelte Leonard. »Mein Herz schlägt schrecklich schnell.«

»Dad?«, sagte Anthony noch einmal.

»Ich kann nicht …«, stieß Leonard hervor. Draußen heulte der Wind. »Ich konnte es nie …«, sagte er leise. »Nicht wie du.«

Und im nächsten Augenblick brach der große Mann zusammen.

»Ach du liebe Zeit«, rief Bridget von draußen. »Das klang jetzt aber nach einer großen Bücherlawine! Wir stapeln ja auch immer ziemlich hoch. Brauchen Sie Hilfe?«

Draußen tobte und brüllte inzwischen der Sturm. Drei Boote, die ungenügend gesichert im New Harbor lagen, wurden hinaus aufs Meer gewirbelt. Andere Boote zerrten an ihren Leinen.

Dann erlosch überall auf der Insel das Licht.

Kapitel 62

Maggie

Das »Inn at Old Habor« stammt wie viele der Gebäude auf Block Island aus viktorianischer Zeit und sieht aus wie ein altmodisches Lebkuchenhaus. Eine Seite geht auf die Water Street, die andere auf den Old Harbor hinaus, wo die Fähren anlegen. Eine Treppe führt vom Erdgeschoss in den ersten Stock, und hinter dieser Treppe meint Maggie etwas rot aufblitzen zu sehen. Sie geht näher heran. Das Rot ist Teil eines Shirts, und in dem Shirt steckt ein kleiner dunkelhaariger Junge, die Knie an die Brust gezogen, das Kinn auf die Knie gestützt. Anscheinend wendet er das gleiche Prinzip an wie Pickles: Wenn ich niemanden sehe, sieht mich auch keiner. Er sitzt ganz in der Nähe der Stelle, wo Maggie und die blonde Frau sich vorhin unterhalten haben, und muss eigentlich gehört haben, wie seine Mutter ihn gerufen hat. Deshalb kommt Maggie zu dem Schluss, dass er sich nicht verirrt, sondern versteckt hat.

»Ist das dein Versteck?«, fragt sie. Der Junge blickt auf und nickt bedächtig.

Bevor Maggie im Sommer so viel Zeit mit Chase und Sebastian verbracht hat, war sie völlig ahnungslos, was Kinder angeht. Inzwischen sind sie ihr vertraut geworden: ihr Geruch, ihre Marotten, ihre nach dem Schlafen zerwühlten Haare. Sie ist ziemlich sicher, wenn sie dem Jungen jetzt einen Furzwitz erzählen würde, hätte er gute Erfolgschancen. »Wovor versteckst du dich denn?«, fragt sie ihn.

Er schüttelt nur stumm den Kopf.

»Lass mich raten. Du versteckst dich vor einem riesigen grünen Monster mit pelzigen Zähnen. Vor einem lila Hai, der an Land rumlaufen kann. Oder womöglich vor einem superbösen Hündchen?« Letzteres erntet ein zögerndes Kichern, und der Junge schüttelt den Kopf.

»Nein?«, fragt Maggie. »Bin ich nicht auf der richtigen Spur? Hm.« Sie stützt das Kinn in die Hand und tut, als würde sie scharf nachdenken.

»Vor meiner Mommy!«, platzt der Junge heraus.

»Vor deiner Mommy?« Maggie tut schockiert. »Ach du liebe Güte. Was hat deine Mommy denn gemacht, dass man sich vor ihr verstecken möchte?«

Auf einmal fällt Maggie ein, dass sie gar keine Möglichkeit hat, der blonden Frau Bescheid zu sagen. Sie hätte sich ihre Handynummer geben lassen sollen. Sie wird mit Max hier warten, bis seine Mutter zurückkehrt. Am besten sollten sie hinter der Treppe hervorkommen und sich auf die Terrasse vor dem Hotel setzen, wo sie von Max' Mutter gut gesehen werden können und trotzdem in Sicherheit sind.

»Hast du dich jetzt lange genug versteckt, Max? Magst du rauskommen?«

Er nickt finster.

»Wir könnten uns doch da drüben hinsetzen, findest du nicht?«, fragt Maggie. »Und auf deine Mommy warten. Sie ist losgegangen, um dich zu suchen. Aber sie kommt bestimmt gleich zurück.«

Hinter der Treppe waren sie windgeschützt, aber als sie herauskriechen, merken sie sofort, wie heftig der Sturm geworden ist. Maggie schaut zum Himmel empor – er hat eine gelbliche Färbung angenommen – und fröstelt. Sie hat den Himmel über Block Island schon in sehr unterschiedlichen Versionen gesehen, aber noch nie in einem solchen Gelb.

Sie nimmt Max mit zur obersten Stufe der kurzen Treppe, die zum Schuhladen führt, und setzt sich neben ihn. Von Chase und Sebastian weiß sie, dass es am besten ist, wenn sie weiterredet.

»Du wohnst nicht hier, oder?«, fragt sie. »Ich kenne nämlich alle Leute auf der Insel, und ich glaube, dich habe ich hier noch nie gesehen. Bestimmt bist du ein sehr wichtiger Besuch. Bist du ein sehr wichtiger Besucher, Max?«

Unsicher schaut er sie an. »Wir besuchen Daddy. Ich glaube, er wohnt jetzt hier.« Er seufzt müde. »Aber ich weiß es nicht.«

»Wie heißen deine Eltern denn?« Vielleicht sollte sie bei der Polizei anrufen, und wenn die Mutter dann auf dem Revier anruft, haben sie gleich Maggies Nummer bei der Hand.

»Mommy heißt Cassie. Und Daddy heißt Anthony.«

»Oh!«, sagt Maggie. Kann das sein? Natürlich wusste sie, dass Anthony einen Sohn hat, von dem er ihrer Mutter nichts erzählt hat, und auch, dass sie sich deshalb gestritten haben. »Heißt du mit Nachnamen vielleicht Puckett, Max?«

Er nickt und scheint nicht überrascht zu sein, dass Maggie es weiß.

»Max«, fährt sie fort, »ist dein Dad Schriftsteller? Schreibt er Bücher?«

Wieder nickt Max. »Nur ein paar. Aber mein Grandpa schreibt ganz viele.« Zur Veranschaulichung breitet er die Arme weit aus. Maggies Mom hat Maggie auch alles über das andere Geheimnis in Anthonys Leben erzählt – dass sein Vater nämlich ein berühmter Thriller-Autor ist. »Daddy wohnt aber nicht mehr bei uns«, erzählt Max weiter.

Maggie hält es für durchaus plausibel, dass Anthonys Frau und sein Sohn im Lauf des Sommers auf die Insel gekommen sind. Vielleicht wollen sie Anthony zurücklocken? Was Maggie nicht hofft.

»Das tut mir leid«, sagt Maggie. »Macht dich das traurig?«

Auch dazu nickt Max. »Aber davor gab es immer Streit«, sagt er. »Das hat mir überhaupt nicht gefallen.«

Maggie war noch zu klein, als ihre Eltern sich getrennt haben, sie erinnert sich nicht an ihre Streitereien.

»Das kann ich gut verstehen«, sagt sie leise. Sie denkt daran, wie sehr sie sich wünscht, dass ihre Mutter wieder so glücklich ist, wie sie es mit Anthony war. Doch wenn das passiert, sieht dieser kleine Junge seinen Vater weniger. Und wenn Sandy glücklich ist, wird Tiki ihre große Schwester Maggie bald kaum noch erkennen. Die Erkenntnis, dass es im Universum offenbar nur einen begrenzten Vorrat an Glück gibt und dass man, wenn man sich nimmt, was man für seinen fairen Anteil hält, ganz leicht einem anderen etwas weggrapscht, trifft Maggie wie ein Schlag.

Weit unten in der Water Street sieht sie eine Gestalt auf einem Fahrrad. Dicht neben dem Rad fährt ein Polizeiauto, und als das Auto näherkommt, erkennt Maggie, dass Bret Holyman am Steuer sitzt, einer der vier Vollzeitpolizisten der Insel.

»Alles wird gut, Max«, sagt sie und fühlt sich auf einmal sehr alt und sehr weise. »Ich verspreche dir, dass alles gut wird, selbst wenn es manchmal so aussieht, als wäre das unmöglich.«

Er nickt ernsthaft. Wegen seines Wirbels hat er eine kleine Schmachtlocke über der Stirn – ganz bezaubernd. Sie streichelt ihm freundlich über die Schulter. Max schmiegt sich sofort an sie – genau wie Pickles, wenn man die perfekte Stelle auf seinem Rücken krault.

»Hast du was dagegen, wenn ich dich auf den Arm nehme, Max, nur für einen Moment?« Max schüttelt den Kopf.

Maggie hebt ihn hoch, was mit dem Gips nicht leicht ist. Er ist schwer in ihren Armen, wie ungefähr drei Tikis auf einmal oder ein Sebastian oder ein halber Chase.

»Hier!«, ruft sie, als das Fahrrad und der Polizeiwagen näherkommen. Sie würde auch winken, wenn sie könnte, aber sie braucht beide Arme, um Max festzuhalten, deshalb sagt sie ihm, er solle winken. Was er sofort tut.

»Ich hab ihn gefunden!«, ruft Maggie. Der Wind wird immer noch stärker, der Himmel verfärbt sich innerhalb weniger Augenblicke von Gelb zu Dunkelgrau. Ein Haufen Abfall fegt die Water Street herunter. Dann bricht der Regen los.

Kapitel 63

Block Island

Wie an jedem anderen Freitag standen die Leute Schlange, als die Fähre die *Block Island Times* frisch von der Druckerei in Springfield, Massachusetts, brachte. In dieser Ausgabe waren Fotos von den beschädigten Booten im New Harbor und ein Artikel über die Aufräumarbeiten bei »Ballard's« abgedruckt, außerdem ein Interview mit einem Meteorologen, der erklärte, welcher Witterungsverlauf dazu geführt hatte, dass ein solch heftiger Sturm die Insel heimsuchen konnte. Unter der Rubrik »Todesfälle« war zu lesen:

Helen Simmons, 84, entschlief am 7. August friedlich in ihrem Haus. Damit gesellt sie sich nun zu ihrem geliebten Ehemann, dem verstorbenen Jack Simmons. Sie hinterlässt zwei Söhne und eine Tochter. Helen wurde am 8. September 1934 in Woonsocket, Rhode Island, geboren und machte an der Salve Regina University ihren Abschluss in Krankenpflege. Die meiste Zeit ihres Erwachsenenlebens verbrachte sie auf Block Island. Der Termin der Trauerfeier wird in Kürze bekanntgegeben.

Und darunter:

BERÜHMTER ROMANAUTOR STIRBT WÄHREND DES STURMS
Bestsellerautor Leonard Puckett war zu einer Lesung im Buchladen »Island Bound Books« auf die Insel gekommen, als er zusammenbrach und ins Block Island Medical Center gebracht wurde, wo man nur noch seinen Tod feststellen konnte.

Leonard Pucketts Sohn Anthony, bis zu einem Plagiatsskandal Anfang dieses Jahres ebenfalls gefeierter Romanautor, war bei dem Zusammenbruch seines Vaters zugegen; Mr Pucketts Lesung war wegen des Sturms verschoben worden.

»Er war so ein netter Mann«, sagte uns Bridget Fletcher, eine Angestellte des Buchladens. »So freundlich, so liebenswürdig.«

Mr Pucketts letztes Buch »Der Reiz der Jagd« steht seit diesem Frühjahr auf der Bestsellerliste der New York Times.

Kapitel 64 | Joy

Alles in allem hatten sie Glück gehabt, ihr Cottage hatte keine Schäden davongetragen. Bei »Joy Bombs« war ein Schaufenster von einer herumfliegenden Fahrradpumpe zerschmettert worden, aber es hätte wirklich schlimmer sein können. Bis zum frühen Nachmittag sollte die Stromversorgung wieder funktionieren, momentan war der Laden geschlossen, weil Joy im Gegensatz zu den größeren Restaurants nie in einen Generator investiert hatte. Jetzt versuchte sie, nicht daran zu denken, wie viel Geld sie mit jeder Stunde ohne Kundschaft verlor. Kurz vor dem Sturm hatte Harlan Nichols ihr eine schriftliche Erinnerung an die Mieterhöhung geschickt.

Nun, am Freitag nach dem Sturm, klaubten Joy und Maggie mit Handschuhen die größeren Glasscherben vom Boden auf, ehe sie die kleineren mit dem Ladenstaubsauger entfernten. Tags zuvor hatte Joy Pappe über das Loch geklebt, wollte aber mit der gründlichen Reinigung warten, bis sie wieder Strom hatten. Maggie hatte angeboten, zusammen mit Riley die Pappe zu dekorieren. Riley konnte ziemlich gut malen, also würde Joy wahrscheinlich auf das Angebot zurückkommen. Sie hoffte, dass sie später am Tag »Joy Bombs« wieder öffnen konnten und wieder Normalität einkehrte. Mehr oder weniger jedenfalls.

»Wenn wir hier fertig sind, Mags, könntest du dann bitte runtersausen zur Fähre und eine Zeitung holen?« In der ganzen Hektik hatte Joy es vergessen, aber sie wollte unbedingt die Sturmfotos sehen.

»Klar«, antwortete Maggie. Überhaupt wirkte sie sehr freundlich und entgegenkommend. Bestimmt hatte der Sturm ihr mehr Angst gemacht, als sie zugeben wollte.

Als zum ersten Mal das Licht ausgegangen war, der Wind richtig losgelegt hatte und die ganze Insel zu jammern und zu kreischen schien, war es auch Joy angst und bange geworden. Sie hatte den Laden dichtgemacht und zu Hause Zuflucht gesucht, hatte Maggie noch eine Nachricht geschrieben, sie solle bitte sofort nach Hause kommen oder sich von ihr abholen zu lassen, wo immer sie sein mochte. Volle zwanzig Minuten hatte sie sich vorgestellt, Maggie sei ins Meer gespült worden.

Als Bret Holyman Maggie dann nach Hause gebracht hatte und Joy erzählte, dass sie geholfen hatte, einen kleinen Jungen zu finden, wurde Joy vor Erleichterung so schwindlig, dass sie sich setzen musste. In ihrem Kopf drehte sich alles. Als sie dann auch noch erfuhr, dass es Max war, wurde ihr noch schwindliger, und sie brach in ein Schluchzen aus, das Maggie unendlich peinlich war.

»Du hast alles genau richtig gemacht mit dem kleinen Jungen«, sagte sie jetzt zu Maggie, um das Gespräch in Gang zu halten. »Mit Max. Ihn zu beruhigen war genau das Richtige.«

Maggie zuckte nur die Achseln, aber ihr Lächeln sagte »Danke«. Die Widersprüchlichkeit eines Teenagers.

»Worüber hast du eigentlich mit ihm geredet?«, fragte Joy.

»Ach, über nichts.« Maggie sah Joy nicht in die Augen, und Joy überlegte, ob es um sie gegangen war. Dann fragte Maggie: »War Dad eigentlich ein guter Sänger?«

Joy hielt inne, um über diesen unlogischen Anschluss nachzudenken.

»Nicht gut genug, um richtig Karriere zu machen«, antwortete sie schließlich.

»Das hat er mir auch erzählt«, sagte Maggie.

»Ach ja?«

Maggie nickte. »Als ich ihn das letzte Mal besucht habe. Es macht ihn traurig.«

»Ach ja?«

»Jepp.«

Irgendwo in Joys Herz keimte Mitgefühl auf, das sie nicht unterdrücken konnte. Die ganzen Jahre hatte sie Dustin die Pest an den Hals gewünscht und Rachepläne geschmiedet. *Siehst du, was du angerichtet hast?* Tausendmal wollte sie ihm das in der Zeit nach der Trennung an den Kopf werfen. Aber das war vorbei. Jetzt wollte sie sich am liebsten bei ihm bedanken, denn wenn Dustin sie nicht verlassen hätte, wäre ihr Leben ganz anders gelaufen, und sie hätte nie erfahren, wie stark sie sein konnte.

»Er war gut«, sagte sie jetzt, und sie wusste, dass Maggie sich genau das wünschte. »Er war sehr gut, wirklich, Mags. Aber das Musikbusiness ist hart, man braucht nicht nur Talent, sondern immer auch eine ordentliche Portion Glück. Man muss zur richtigen Zeit am richtigen Ort sein, all so was. Und wenn es an einem bestimmten Punkt nicht klappt, muss man das irgendwie akzeptieren.«

»Ja«, sagte Maggie. »Okay.«

»Tut mir leid, dass ihn das immer noch traurig macht«, sagte sie.

»Wirklich?«

»Ein bisschen.«

Eine Weile schwiegen sie, dann sagte Maggie: »Ich vermisse Anthony.«

»Ja?«

Maggie warf ihrer Mutter einen Seitenblick zu. »Du nicht?«

»Manchmal schon«, sagte Joy, so locker sie konnte, und dachte dabei aber: *Die ganze Zeit*. Nicht nur den Sex. (Obwohl der mindestens achtunddreißig Prozent ausmachte.) Gerade gestern erst hatte sie daran gedacht, wie Anthony sich von Maggie das Muschelsuchen hatte beibringen lassen, obwohl er doch gar keine Muscheln mochte. Und sie hatte auch daran gedacht, wie sich seine Hand in ihrem Nacken anfühlte, wenn er sie küsste. Als würde sie wegfliegen, wenn er sie nicht festhielte. Sie dachte daran, wie Pickles sich eine Zecke eingefangen hatte, als sie in Rodman's Hollow waren, und wie Anthony losgezogen war, um eine Lupe zu kaufen, um sicherzugehen, dass sie auch alle zehn Beine rausgezogen hatten.

»Ich finde, es geht uns allein auch sehr gut, Mags.«

»Das finde ich nicht«, entgegnete Maggie. »Nicht wirklich.«

Vielleicht lag es daran, dass Joy das Thema wechseln und lieber über etwas reden wollte, was ihr weniger am Herzen lag, vielleicht auch daran, dass Maggie offener und redebereiter war als sonst, jedenfalls sagte Joy: »Bridezilla hat es sich übrigens anders überlegt, Mags. Sie will Macarons für ihre Hochzeit, keine Whoopie-Pies.«

Maggie sah hoch. »Nein! Echt? Das ist ja furchtbar. Von der ›Roving Patisserie‹?«

»Natürlich.«

»Igitt«, sagte Maggie. »Das ist eine richtig blöde Idee.«

»Vielleicht auch nicht«, sagte Joy.

»Doch, die schmecken scheußlich.« Maggie stand auf und klopfte sich die Hände an ihren Shorts ab. »Du musst etwas dagegen unternehmen! Das kannst du ihr doch nicht durchgehen lassen!«

»Ich kann aber nicht viel tun. Ich hab nur einen verbalen Vertrag, also keinen Regressanspruch. So einen Fehler werde ich jedenfalls nicht noch mal machen, einer mündlichen Abmachung sollte man nie vertrauen.«

»Aber irgendwas musst du tun.« Maggie streckte die Hand aus und drückte ein Stück Klebeband fest, das den Karton am Fenster hielt, während Joy die Papiertüte mit den Scherben zuknotete. »Tu das, was du mir immer sagst.«

»Was ich dir immer sage?«

»Du sagst in solchen Fällen immer, ich soll mir was einfallen lassen!«

»Ah«, erwiderte Joy lachend. »Hervorragender Tipp von Joy, der staatlich anerkannten Erziehungsberaterin.«

»Das ist ein echt guter Tipp!«, beharrte Maggie. »Jedenfalls bin ich sicher, dass dir was einfällt. Du bist taff.«

»Ich?« Joy sah sich um, als wolle sie sich vergewissern, dass nicht noch jemand anderes im Laden war.

»Du bist der taffste Mensch, den ich kenne.«

»Vorsicht«, sagte Joy. »Das klang beinahe wie ein Kompliment.«

Maggie rollte die Augen und sagte: »Tja, war es aber nicht.«

»Was war es dann?«

»Bloß eine Tatsache.« Maggie bückte sich und inspizierte etwas auf dem Fußboden, aber obwohl sie das Gesicht nach unten hielt, konnte Joy sehen, dass sie grinste. »Bloß eine Tatsache.«

Wahrscheinlich war das unter den momentanen Bedingungen genug.

Kapitel 65 | Lu

Zwei Tage nach dem Sturm war das Meer noch immer wild und aufgewühlt, als hege es einen tiefen Groll. In einiger Entfernung sah man ein paar Surfer, die in ihren Wetsuits im Rhythmus der Wellen auftauchten und verschwanden. Es war Flut – eine ziemlich starke Flut. Riesige Seetangklumpen lagen am Strand, auf dem die Familie Trusdale entlangwanderte, Treibholz und gelegentlich eine Vogelfeder. Der Tang sah aus, als hätten die Meerjungfrauen ihre Perücken ans Ufer geworfen.

Chase und Sebastian rannten mal vorneweg, mal liefen sie zu Lu und Jeremy zurück. Nach eineinhalb Tagen Regen und ohne Strom hatten sie eine Menge Energie aufgestaut.

Nach dem Strandspaziergang wollten sie in der Stadt nachsehen, welche Cafés wieder geöffnet hatten und Frühstück servierten. Noch war die Insel dabei, langsam wieder auf die Beine zu kommen, aber sie hofften, irgendwo wenigstens ein paar Bagels zu ergattern.

Chase und Sebastian hatten am Strand ein paar lange Stöcke entdeckt und stocherten damit in den Seetanghaufen herum.

»Ich wette, irgendwo ist da ein Seehund drin!«, rief Sebastian und wühlte voller Optimismus weiter.

»Vielleicht«, sagte Jeremy. »Wenn du lang genug suchst, findest du womöglich etwas.«

»Ich suche einen Wal«, verkündete Chase mit Nachdruck. »Manchmal bekommt man nach einem Sturm Besuch von einem freundlichen Wal.«

»Ich glaube nicht …«, begann Lu, unterbrach sich dann aber selbst. Eigentlich hatte sie die Kinder darauf hinweisen wollen, dass ein an den Strand gespülter Wal höchstwahrscheinlich nicht mehr leben würde, aber vielleicht hatte Chase ja recht – vielleicht bekam man nach einem Sturm ja tatsächlich Besuch von einem freundlichen Wal – und wem würde das nicht gefallen?

Über den blassblauen Himmel zogen weiße Wolkenstreifen, die aussahen, als hätte jemand Linien gemalt. Sebastian fand ein Stück Treibholz, das aussah wie ein Geweih. »Das hat vielleicht ein Elch verloren«, erklärte er und hielt das Holz in die Höhe.

»Könnte gut sein«, bestätigte Lu.

Als Sebastian wieder ein Stück von ihnen wegrannte, um seinen Fund Chase zu zeigen, sagte Jeremy: »Also.«

»Also?«

»Ich hab nachgedacht.«

Lu fand nicht den Mut, ihn zu fragen, was er gedacht hatte.

»Ich glaube, wir sollten es anpacken …«

Lu hielt die Luft an. »Was sollten wir anpacken?«, flüsterte sie schließlich so leise, dass die Wellen sie fast übertönten.

»Uns so zu organisieren, dass du dein Ding machen kannst.«

»Meinst du das ernst?«

Ein wilder Geruch lag in der Luft – ein rauer, salziger, lebendiger Geruch, in dem man den Sturm noch spürte.

Jeremy nahm ihre Hand und drückte sie. »Ja. Wenn du es wirklich willst.«

Lu ließ seine Hand los, blieb stehen und wandte das Gesicht zum Meer. Sie hatte Angst. Jetzt war es so weit – sie hatte die Chance, zu sagen: *Nein, ich will es doch lieber nicht. Nein, ich habe zu viel Angst, lass uns zurückgehen. Kehrtmachen. Die Dinge lassen, wie sie sind. Nichts ändern.*

Stumm sah sie zu, wie Welle um Welle ans Ufer rollte und sich zurückzog, ehe die nächste anrückte. Immer wieder das Gleiche, endlos – und doch jedes Mal anders. Beständig und wechselhaft zugleich.

Eine Möwe kreischte und ließ sich kurz neben Lu nieder, ehe sie weiterflog. Wenn eine Welle auf den Sand traf, sah es aus, als atme sie tief ein und wieder aus. Auch Lu holte tief Luft.

»Okay«, sagte sie und wandte sich erneut Jeremy zu, der sich neben sie gestellt hatte. *Man kann nicht um etwas bitten und es dann, wenn man es bekommt, nicht annehmen, Lu*, ermahnte sie sich. *Du kannst nicht warten, bis alles perfekt ist. Manchmal muss man erst springen und später nachdenken*. Es war Zeit. Sie war bereit.

»Okay?«

»Ja. Okay.«

Kapitel 66

Joy

Um zu tun, was Joy sich vorgenommen hatte, musste sie in einer Schlange von fünfzehn Leuten warten und mindestens siebzig Dollar ausgeben. Maggie war währenddessen unterwegs, holte die Zeitung von der Fähre und führte Pickles aus. Verrückt, wie viele Leute immer noch vor der »Roving Patisserie« standen. Na ja, der Sommer war noch nicht vorüber – er hatte nur eine kleine Pause gemacht. Mit einer gewissen Befriedigung stellte Joy fest, dass der Junge, der die Bestellungen entgegennahm – das war garantiert Hugo –, nervös wirkte. Überarbeitet. Vielleicht auch verkatert.

Endlich war sie an der Reihe. »Hallo!«, sagte sie freundlich, »ich hätte gern … sehen wir mal … eine Salade niçoise.« Hugo tippte auf seinem iPad herum und blickte dann halb erwartungsvoll, halb genervt, wieder zu Joy auf. Gut. Beides war ihr recht. »Oh, und auch ein Macaron«, fuhr sie fort und gab dem Wort einen kleinen französischen Dreh, nur so zum Spaß. Sie hatte auf der Highschool in Fall River zwei Jahre Französisch gelernt, aber selten Gelegenheit, es zu präsentieren.

Doch Hugo schien davon nicht beeindruckt zu sein. »Welche Sorte?«, sagte er mit einem unterdrückten Gähnen.

Hinter Joy wurde es unruhig. »Welche Sorten gibt es denn?«, fragte sie.

»Sind alle hier aufgelistet«, brummte Hugo und deutete auf das Schild mit den vierundzwanzig Sorten.

»Hmm«, meinte Joy nachdenklich. »Himbeere. Ooh, das klingt

gut. Mokka, lecker.« So machte sie weiter, ohne darauf zu achten, dass ein Kunde hinter ihr sich über den Stau beschwerte. »Orangensahne«, las sie. »Boysenbeere. Wow.« Ein irritierter Ausdruck erschien auf Hugos Gesicht, verschwand jedoch blitzschnell wieder. Schließlich sagte Joy: »Wissen Sie was? Ich nehme eines von jeder Sorte.« Natürlich war das schon die ganze Zeit ihre Absicht gewesen. »Und kann ich bitte mit Ihrem Chef sprechen?«

Hugo sah sich kurz um. »Er ist … beschäftigt«, antwortete er dann. »Viel zu tun.«

Joy hielt ihm Hollys Handelskammerausweis unter die Nase. »Tut mir leid, aber ich muss ihn trotzdem sprechen. Ich arbeite bei der Stadt. Es geht um eine wichtige Verwaltungssache.« Während sie das sagte, fühlte sie sich lächerlich wichtig.

»Moment bitte«, sagte Hugo, stand auf, ging zu dem kleinen Fenster in der Seite des Imbisswagens und stieß eine rasche Abfolge französischer Wörter hervor, zu schnell, als dass Joy sie hätte verstehen können. »Warten Sie da drüben«, sagte er, als er zurückkam.

Als Joy ihre Bestellung erhalten hatte – sie musste zweiundsiebzig Dollar und fünfzig Cent dafür bezahlen –, stellte sie sich auf die Seite und wartete, bis nach kurzer Zeit ein kleiner Mann mit schütterem Haar und einer weißen Schürze erschien – ein solches Stereotyp von einem französischen Koch, dass es an eine Karikatur grenzte.

Sein Name war Luca. Joy musste die Tüte mit ihrem ganzen Essen auf dem Boden abstellen, um ihm die Hand zu schütteln. Wieder zeigte sie Hollys ID vor. Zuerst dachte Luca, sie sei da, um eventuelle Sturmschäden festzustellen, und versicherte ihr, der Truck sei vollkommen unbeschädigt, so dass er risikolos sein Geschäft betreiben könne.

Joy gab ein freundliches und sehr professionelles Lachen von sich. »Deshalb bin ich auch nicht hier«, wehrte sie ab und erklärte Luca, sie habe die Aufgabe, den korrekten Gebrauch der Sommerlizenzen zu überprüfen. Mit einem bedauernden Kopfschütteln fügte sie hinzu, es sei leider festgestellt worden, dass die »Roving Patisserie« sich nicht an die Vorgaben halte.

»Aber warum?«, fragte Luca und sah dabei so perplex aus, dass er Joy beinahe leidtat. Doch dann dachte sie an ihr Café, in dem sie sich seit einem Jahrzehnt die Finger wund arbeitete, sie dachte daran, wie der Kompressor am Kühlraum versagt hatte und dass die Reparatur so teuer gewesen war, dass sie Harlan um einen dreimonatigen Aufschub der Mietzahlungen hatte bitten müssen, um wieder auf die Beine zu kommen. Sie dachte an Harlans Mutter, die jetzt in ein Pflegeheim zog.

»Ja«, antwortete sie mit fester Stimme. »Sie haben eine Lizenz. Aber Ihren Unterlagen zufolge nicht für den mobilen Verkauf.«

»Wie bitte?« Lucas Miene verdüsterte sich.

Joy blickte auf ihr geliehenes Klemmbrett. »Meine Unterlagen zeigen, dass Ihre Lizenz lediglich für den ortsfesten Verkauf ausgestellt wurde, und jedes Mal, wenn Sie den Wagen bewegen, verstoßen Sie dagegen.«

Luca blinzelte sie an und verlagerte sein Gewicht von einem Fuß auf den anderen. »Was ist die …« Er hielt inne, als suche er nach dem richtigen Wort. Dabei sah er so besorgt aus, dass Joy sich erneut gegen ein gewisses Mitgefühl wehren musste. Doch dann dachte sie an Bridezilla, an Harlan, an Dustin, der ihr nicht helfen wollte, und machte weiter.

»Die Strafe?«

»Ja, richtig, die Strafe. Wie viel wollen Sie?«

»Hmm«, sagte Joy. Darauf war sie nicht vorbereitet. Ihr war klar, dass Luca seine Frage wörtlich meinte, aber in Gedanken antwortete sie auf ihre Art. *Ich möchte meine Insel zurück*, wollte sie sagen. *Ich möchte, dass Sie Ihren Sohn und Ihre vierundzwanzig Macaron-Sorten nehmen und samt Ihrem Edel-Imbisswagen und Ihren New Yorker Geld-*

gebern dorthin verschwinden, wo Sie hergekommen sind. Denn wenn Sie nicht hierbleiben und Ihren Jungen in die hiesige Schule und Ihre Steuerdollars in die Stadtkasse stecken, wenn Sie Ihren Hintern bei den Basketballspielen, zu denen unsere Kids stundenlang mit der Fähre fahren, nicht auf der Tribüne platzieren, dann verdienen Sie es nicht, auf dieser Insel zu sein.

»Wir sind hier sowieso fast fertig«, sagte Luca. »Es war – wie sagt man das? – ein Scheißsommer für das Geschäft. Und das ist für uns … äh, wie sagt man, das letzte Stroh.«

Jetzt war Joy perplex. »Aber wie können Sie denn so was behaupten? Ich fahre dauernd an ihrem Wagen vorbei. Und immer steht eine Schlange davor.«

»Schlange, ja. Aber die Fixkosten sind hoch und der Profit niedrig. So viele Ausgaben! Sie können sich nicht vorstellen, was es kostet, sich hier die Zutaten zu besorgen.«

Oh, dachte Joy, *da irren Sie sich gewaltig.*

»All die Fährzeiten, die verpassten Lieferungen, die Planung, und dann verdirbt alles so schnell.« Er wedelte mit der Hand zu der Schlange hinüber, die inzwischen nur noch aus fünf Menschen bestand. »Die Leute warten und warten, und dann kaufen sie ein oder zwei Macarons – das reicht nicht, um uns über Wasser zu halten. Diesen Sommer hat mein Boss viel Geld mit uns verloren. Ich habe in seinen Augen das Geld verloren.« Wieder begann sich Joys Mitgefühl zu regen – Luca sah so enttäuscht aus.

»Wir sind nur, wie nennt man es, angestellt, mein Sohn und ich«, fuhr er mit einem traurigen Kopfschütteln fort. »Ein Mann in New York hat das Geld, ihm gehört der Truck, er hat den Plan gemacht. Wenn dieses Jahr kein Erfolg ist« – er machte eine wegwerfende Handbewegung und ein kleines Explosionsgeräusch – »dann kommen wir im nächsten nicht zurück. Das wussten wir von Anfang an. Und es wird kein Erfolg, auf keinen Fall.«

»Was haben Sie denn dann vor?«, fragte Joy.

»Dann gehen wir zurück nach Hause.«

»Nach New York?«

»Nein, nein. Nach Hause. Paris. Frankreich. Also die Strafe für diese … diese Lizenzsache. Können Sie mir mehr sagen? Ich werde es meinem Boss mitteilen müssen. Ich wusste nicht …«

In diesem Moment spürte Joy, wie sich etwas veränderte. »Wissen Sie was?«, sagte sie. »Ich bin hier nur die Botin. Lassen Sie mich bei meinem Boss ein gutes Wort einlegen, dann sehe ich, was ich tun kann, damit für Sie nur eine Verwarnung dabei herauskommt. Da Sie sowieso bald weggehen, kommt es mir nicht richtig vor, Ihnen auch noch Geld abzuknöpfen.«

Seine Erleichterung war fast greifbar. »Wirklich?«, fragte er. »Ich wäre so dankbar. Das würden Sie wirklich für mich tun?«

Joy nickte großmütig. Vielleicht sollte sie sich gelegentlich um ein öffentliches Amt bewerben. »Ja, das werde ich, Luca.«

Als Luca wieder ins Innere des Trucks zurückgekehrt war, öffnete Joy ihren Behälter und spähte hinein.

Statt eines komponierten Salats, wie man die Niçoise kannte, hatte die Patisserie die Bohnen in mundgerechte Stücke geschnitten, die Kartoffeln in der Pfanne geröstet, so dass sie kleine knusprige Häppchen bildeten, und die Eier nicht ganz hartgekocht, so dass das Eigelb noch fast flüssig war. Neben den üblichen Verdächtigen – Oliven, Kirschtomaten – meinte Joy auch frische Kräuter zu entdecken. Estragon? Kerbel? Sardellen konnte sie nirgends entdecken, aber als sie mit dem Zeigefinger in ein zugegebenermaßen wunderschön zerkleinertes Salatblatt pikte und es dann an die Lippen führte, glaubte sie, tatsächlich welche zu schmecken. Die Mistkerle hatten die Fischchen wahrscheinlich fein gehackt und ins Dressing gemischt.

Obwohl Joy es äußerst ungern zugab, musste es sein – dieser Imbisswagen hatte ihr einen genialen Salat vorgesetzt.

Kapitel 67

Anthony

Als Anthony die Water Street hinunterging, hörte er jemanden seinen Namen rufen – Joy! Sein Herz begann heftig zu klopfen. Langsam wandte er sich um. Er hatte sie so sehr vermisst, aber jetzt war sein Herz noch so mit dem Tod seines Vaters beschäftigt, dass es ihm schwerfiel, Platz für etwas anderes zu schaffen.

»Ich habe gerade erfahren, was mit deinem Vater passiert ist, Anthony. Es tut mir leid. Es tut mir so leid.« Sie hielt die *Block Island Times* in die Höhe. Auf der Titelseite prangte das Autorenfoto von Leonard Puckett. »Ich wollte, ich hätte es früher gewusst, aber ich habe es erst heute gelesen. Anthony…« Sie hob einen Arm, als wolle sie ihn umarmen, aber irgendetwas in seinem Gesicht hielt sie wohl zurück, und sie ließ den Arm wieder sinken.

Wenn Anthony für ein paar Sekunden vergaß, dass sein Vater tot war, traf ihn die Erkenntnis jedes Mal von Neuem wie ein Schlag. »Danke«, sagte er förmlich.

»Magst du kurz mit ins Café kommen? Ich würde dir gern einen Kaffee machen.«

Anthony zögerte. »Ich will meine Mutter nicht zu lang allein lassen. Und ich möchte eigentlich auch niemandem begegnen.« Anthony wollte niemanden sehen.

»Nur fünf Minuten? Wir haben gerade eben wiedereröffnet.«

»Okay. Fünf Minuten.« Schweigend legten sie den kurzen Weg zu »Joy Bombs« zurück. Hinter der Theke stand Olivia, an der Verkaufstheke hatte sich eine kleine Schlange gebildet.

»Geh einfach nach hinten ins Büro«, sagte Joy. »Ich bringe dir den Kaffee.«

Also setzte Anthony sich in der Ecke der Backstube an Joys Schreibtisch, auf dem sich Papiere und Bestellformulare stapelten. Obendrauf lag ein Ordner, auf dem in Joys schöner schräger Handschrift *Rechnungen* stand.

Als sie mit dem Kaffee zurückkam, sagte Joy als Erstes: »Deine Mutter konnte also kommen, das ist ja großartig.« Sie drückte Anthonys Hand.

»Meine Mutter war schon seit ein paar Tagen da«, erklärte er. »Noch vor … Ach, es ist eine lange Geschichte. Cassie und Max waren auch da. Meine Mutter und ich nehmen heute die letzte Fähre von der Insel, am Sonntag ist die Beerdigung.«

In der Backstube roch es nicht nur nach Bäckerei – Schokolade, Zitrone – und Basilikum? –, sondern zusätzlich nach etwas ganz Joy-Spezifischem, nach etwas, das wild und beunruhigend war wie das Meer. Wie das Licht auf Joys Gesicht und in ihren Haaren spielte – Anthonys Herz geriet wieder ins Schlingern. Womöglich würde er nie wieder die Gelegenheit haben zu sagen, was er sagen wollte.

»Hör zu«, begann er. »Gib mir noch eine Chance zu sagen, dass mir dieses ganze Chaos schrecklich leidtut. Meine geheim gehaltene Vergangenheit tut mir leid. Das muss ich loswerden, bevor ich gehe.«

»Und ich muss dir auch etwas sagen: Mir ist dieses Plagiat vollkommen gleichgültig.« Joys Stimme klang sehr sanft. »Das hat mir nie etwas ausgemacht. Aber dass du mich angelogen hast, Anthony, das hat mir etwas ausgemacht. Dass du mir nicht mal von deinem Sohn erzählt hast.«

»Ich weiß«, sagte Anthony kopfschüttelnd. »Ich weiß. Es ist schrecklich. Dabei liebe ich meinen Sohn doch so sehr, und du wusstest nichts von ihm.«

»Aber jetzt weiß ich es. Schließlich habe ich selbst eine Tochter. Und eine Scheidung hinter mir. Du hättest mir alles sagen können und dich für nichts davon schämen müssen.«

Anthony schaute sich in der Küche um. Die riesige Küchenmaschine, die Arbeitstische, der Rollwagen mit den Tabletts, Dutzende von ihnen, die darauf warteten, gefüllt zu werden – alles war so vertraut. Er fühlte einen Schmerz im Hals.

»Ich habe mich für alles geschämt, Joy. Für mein ganzes Leben. Als ich hierhergekommen bin, wollte ich mich nur verstecken. Ich wollte mit keinem Menschen sprechen, geschweige denn, mich in jemanden verlieben. Ich habe überhaupt nicht damit gerechnet – ich habe nicht mir *dir* gerechnet, Joy Sousa. Und als ich dich kennengelernt habe, dich und Maggie und Pickles, und ihr mich so gemocht habt, wie ich war – ein Typ ohne Vergangenheit –, wollte ich einfach nicht der Typ mit dieser schrecklichen Vergangenheit werden.«

Joy lächelte. »Ich bin ziemlich hart im Nehmen, Anthony. Mit einer schrecklichen Vergangenheit kann ich umgehen. Außerdem wäre es mir wie gesagt egal gewesen.«

»Jetzt weiß ich das«, antwortete er. »Eigentlich wusste ich es schon nach den ersten Tagen mit dir. Aber da kam es mir vor, als hätte ich den richtigen Zeitpunkt verpasst.«

»Stimmt aber nicht.«

Einen Augenblick schwiegen sie beide.

»Ich hatte eine ganze Harry-und-Sally-Liste für dich vorbereitet. Am Tag des Sturms. Da hab ich dich gesucht, aber nicht gefunden. Und dann ist mein Vater …« Seine Stimme versagte.

Wieder drückte sie seine Hand. »Eine Harry-und-Sally-Liste? Wie im Film bei der Silvesterparty?« Ein winziges Lächeln erschien auf ihrem Gesicht. Er nickte. »Ich würde sie gern hören.«

»Jetzt?«

»Ja, jetzt. Wenn es für dich okay ist. Wenn du dich aber nicht dazu in der Lage fühlst ...«

»Na gut.« Er holte tief Luft. Die Liste hatte er seit ihrem Streit bei Settlers' Rock fertig. »Es geht los. Ich liebe es, wie taff du bist. Ich liebe es, dass deine Tochter wild und unabhängig ist, denn du bist genauso, Joy. Himmel, ich liebe es, dass du Joy heißt und dass dieser Name Programm ist. Ich liebe es, dass du dir von allen Plätzen der Welt diese Insel ausgesucht und gesagt hast: *Hier will ich mein Geschäft aufbauen*. Dass du es dann auch gemacht hast. Ich liebe es, wie du in deiner Unterwäsche aussiehst. Ich liebe es, dass du dich über die Touristen lustig machst, obwohl sie diejenigen sind, die die meisten Whoopie-Pies kaufen. Ich liebe es, dass du deinen alten Nachbarn mal zum Arzt gefahren und ihm gesagt hast, dass er sein Shirt verkehrt herum anhat, statt so zu tun, als hättest du es nicht bemerkt. Apropos Shirts: Ich liebe Maggies T-Shirts, und ich liebe es, dass du auch manchmal welche für sie aussuchst. Ich liebe es, dass du Pickles die Zähne putzt.« Er musste noch einmal Luft holen, obwohl er sich wunderte, wie leicht alles herausgekommen war. Vielleicht hatte die Trauer diesen Effekt, sie öffnete die Poren, und alle Emotionen brachen heraus, nicht nur die traurigen. »Ich liebe es übrigens auch, wie du dir selbst die Zähne putzt, ganz ernst, als wäre es das Wichtigste der Welt.«

Joy grinste. »Aber das Zahnfleisch behandle ich sehr zart«, sagte sie. »Das ist eine sehr anständige Liste.«

»Jetzt musst du antworten: ›Du sagst solche Sachen, und damit machst du es mir unmöglich, dich unendlich zu hassen‹.«

»Nein, das tu ich nicht«, erwiderte sie im Brustton der Überzeugung.

»Weil es nicht stimmt?«

»Nein, weil ich stattdessen lieber das hier mache.« Sie küsste ihn, lang und leidenschaftlich. Nach einer Weile zog er sich zurück –

und dann küsste er sie. *Das* war es, was er brauchte. Das war wahrer Trost.

»Glaubst du, du könntest auch kommen?«, fragte er, als sie innehielten. »Zu der Beerdigung?«

Joy zögerte. »Wenn du mich dabeihaben willst. Willst du?«

»Ja, ich will.«

»Na gut, dann bin ich dabei.«

»Max wird nicht da sein«, erklärte Anthony. »Er ist noch zu klein. Aber Cassie – möglicherweise ist es seltsam für dich, sie kennenzulernen. Vielleicht aber auch nicht.«

»Genau genommen habe ich die beiden schon kennengelernt. Irgendwie zufällig.«

»Ehrlich?«

»Ehrlich. Ich erzähle dir gern die ganze Geschichte, aber lieber ein andermal.«

»Okay.«

Ihr Lächeln war nun ganz offen. In ihren Augen sah er eine Mischung aus Zuneigung und womöglich – wagte er es auszusprechen? – womöglich Liebe. Joy wusste nichts über Dorothy und nichts von dem, was er über die Karriere seines Vaters herausgefunden hatte. Sie wusste nicht alles, was in der Buchhandlung passiert war. Es gab noch so viel zu erzählen, so viel zu sagen.

»Unbedingt. Aber ein andermal.«

Wie viel Hoffnung dieses Wort in sich barg – ein andermal.

Epilog

Fünf Tage nach dem Sturm war Helen Simmons neben ihrem Ehemann auf dem Island Cemetery beerdigt worden, und jedes Jahr Ende Juni staunten die Besucher des Friedhofs über den wunderschönen Blumenschmuck beider Gräber.

Später sagte man, dass es für Leonard Puckett vielleicht anders ausgegangen wäre, wenn der Sturm nicht die Stromversorgung lahmgelegt hätte. Wenn der Rettungsdienst früher eingetroffen wäre. Wenn, wenn, wenn.

»Es war nur so … gerade hatte er noch gelebt, und im nächsten Augenblick war das Leben weg, einfach weg«, erzählte die Buchhändlerin Bridget Fletcher noch lange Zeit jedem, der es hören wollte. Als sie im Herbst ihr Studium begann, war die erste Geschichte, an der sie sich versuchte, ein Bericht über den Tod eines berühmten Mannes. Die meisten Seminarteilnehmer taten sie als rührselig, flach oder geistlos ab. Bridget, die nicht an die Härte eines Schreibseminars gewöhnt war, kämpfte mit den Tränen. »Aber es ist wirklich passiert«, beharrte sie – was sie, wie sie jedem in ihrem Semester später erklärte, keineswegs als Verteidigung einer schlecht geschriebenen Geschichte meinte. Für lange Zeit versteckte sie ihr Werk in einer Schublade. Erst Jahre später las man in der neuesten Entdeckung der Literaturwelt, von einer Autorin namens Bridget Fletcher, eine kleine, für die Handlung nicht maßgebliche Szene mitten in einem Kapitel, in der eine junge Ladenbesitzerin einen Kunden reanimiert und ihm dadurch das Leben rettet.

Lu Trusdales Agentin Abigail Knowles war zunächst enttäuscht, als sie erfuhr, dass *Dinner by Dad* von einer Frau erfunden worden war. »Ich weiß nicht recht«, sagte sie. »Da muss ich erst mit meinem Chef sprechen.« Sie redete sehr leise am Telefon, als wäre sie es, die ein Geheimnis hatte. »Ich bin echt noch ganz am Anfang und muss mit Huxley sprechen, er hat hier das Sagen.«

Bereits fünfundvierzig Minuten später rief sie zurück. »Huxley hat mich an die Geschichte mit Elena Ferrante erinnert«, sagte sie. »Dass niemand wusste, wer sie ist, hat nicht verhindert, dass sich die Bücher millionenfach verkauft haben. Wie dem auch sei, Huxley sagt, wir organisieren eine PR-Kampagne um den Geheimnis-Dad. Wir behalten die Kohlezeichnungen bei. Und wenn Sie dann mal richtig groß sind, organisieren wir eine Enthüllung.«

Abigail nannte Lu die Namen von ein paar PR-Leuten, die vielleicht interessiert waren, zu helfen. »Die erste ist recht teuer«, sagte sie. »Aber wir hatten schon ein paar Autoren, die mit ihr äußerst zufrieden waren. Sie heißt – Moment, ich schaue mal nach. Okay, hier ist sie ja. Haben Sie was zu schreiben? Shelly Salazar.«

Allerdings dauerte es recht lange, bis die Trusdales eine gute Nanny gefunden hatten. Sebastian biss die ersten beiden, Chase vergraulte die dritte, indem er ihr den Hamster in den Schuh setzte. Solange sie warteten, musste Lu immer wieder Nancy um Hilfe bitten. Als Lu gerade in New York war und sich mit dem Illustrator ihres Kochbuchs traf, musste Sebastian zum ersten Mal in seinem Leben in die Notaufnahme gebracht werden. Chase' Fußballfinalspiel fand am gleichen Tag statt, an dem Lu zusammen mit drei anderen aufstrebenden Food-Bloggern zu einem Fotoshooting der *New York Times* eingeladen war, was Teil der großen Enthüllung werden sollte. Als Chase ein Tor schoss, sah er sich vergeblich nach seiner Mutter um. Lu verpasste auch Sebastians Schulaufführung, weil sie am gleichen Tag in San Francisco einen Vortrag hielt.

Manchmal sah Lu in den Spiegel und sagte sich: *Du wolltest das so. Also los!* Rezepte für ein Kochbuch zu testen war mühsam und zeitaufwendig, sie musste einen Platz in einer Großküche mieten und eine Assistentin anheuern, weil es zu Hause schwierig gewesen wäre und alles durcheinandergebracht hätte. Den Blog zu führen und gleichzeitig Anzeigenkunden und Sponsoren zu managen, ohne sich von ihnen das Heft aus der Hand nehmen zu lassen, war sehr anstrengend. Im gleichen Maß, in dem *Dinner by Dad* sichtbarer wurde, wuchs auch Lus Verantwortung. Allein die Präsenz in den sozialen Medien fühlte sich manchmal schon an wie ein Vollzeitjob. Natürlich half das Geld, aber alle Probleme löste es nicht. In ihrer Ehe gab es bessere und schlechtere Tage, aber insgesamt waren die guten in der Überzahl. Auch im ärgsten Getümmel – wenn sie kochte, schrieb, tweetete, grübelte, lernte und auch noch auf Kommentare und Fragen der Leser eingehen musste –, hatte Lu das Gefühl, auf dem richtigen Weg zu sein.

Im März erlebte man auf Block Island nach einer Reihe von Regentagen manchmal einen regelrechten Frühlingsschub – Sonne satt, die Krokusse streckten die Köpfe aus der Erde. Tags darauf nahm dann der Südostwind Fahrt auf und bremste die Fähre.

Von den Saisongeschäften hatte kaum eines offen. Na ja, »Joy Bombs« schon – jeden Morgen von sieben bis zehn, damit die Einheimischen hier ihren Kaffee trinken konnten, bevor sie ihre Hunde am Strand ausführten oder die Fähre zum Festland bestiegen, um einzukaufen, oder ihren Platz in einem der ganzjährigen Inselbetriebe einnahmen – in der Schule, auf dem Polizeirevier, im medizinischen Zentrum. Auch die Post war ganztags geöffnet, ebenso der Imbiss am Flughafen, und der Buchladen hatte immerhin genug Kundschaft für drei geöffnete Tage pro Woche.

Maggies Schulzeiten waren regelmäßig, und mit Sport und anderen außerschulischen Aktivitäten war sie ziemlich ausgelastet. In den Wochen, in denen Anthony Max auf dem Festland bei Cassie abholte und auf die Insel brachte, fühlten sich die vier wie eine richtige Familie. Sie gingen Schlitten fahren am Spring House Hotel und eissegeln.

Nach dem Tod seines Vaters verging einige Zeit, bis Anthony seine Mutter überzeugen konnte, dass ihre gemeinsame Geschichte es wert war, erzählt zu werden. Ihre Trauer war gigantisch, allumfassend, spürbar und kompliziert – wie Trauer eben ist. Dann zeigte Anthony ihr bei einem Besuch die ersten drei Kapitel. Dorothy goss sich einen Scotch ein, verschwand in Leonards Arbeitszimmer und drehte den Puccini auf. Ungefähr eine Stunde später kam sie zu Anthony in die Küche zurück und drückte ihm das Manuskript in die Hand.

»Tu es«, sagte sie, und ihre Augen waren feucht. »Mach weiter. Schreib alles auf.«

Genau das machte er auch. Nachdem er es so lange versucht hatte und gescheitert war, hatte er nun wirklich etwas zu sagen.

Anthony fand »Ruhm und Schande: Memoiren von Vater und Sohn« schwieriger zu schreiben als seine beiden Romane. Einen frühen Entwurf zeigte er Huxley Wilder, dessen Glaube an Anthony zurückkehrte, sobald er die zwanzigtausend Dollar und ein vielversprechendes neues Manuskript in Händen hielt. Als er den Entwurf gelesen hatte, geriet er förmlich in Verzückung und brannte darauf, das Buch breitflächig vorzustellen. Bei diversen Geschäftsessen mit Lektoren streute er Andeutungen, so dass sich, noch bevor das Manuskript abgabebereit war, neun Lektoren von sechs verschiedenen Verlagen die Finger danach leckten. Und nicht nur Huxley, sondern auch Anthony wusste, dass frühzeitige Aufmerksamkeit einem Buch eine Menge Auftrieb geben konnte – höher und immer höher, bis hinauf in die Wolken.

Chococoa Baking Company

Schoko-Whoopie-Pies mit Vanille-Buttercreme-Füllung

½ Tasse weiche Butter (113g), ungesalzen
1 Tasse braunen Zucker
1 Teelöffel Vanilleextrakt
1 großes Ei
2 Tassen Mehl
½ Tasse Kakaopulver
1 ¼ Teelöffel Backpulver
Prise Salz
1 Tasse Buttermilch

Backofen auf 190 Grad vorheizen. 3–4 große Bleche mit Backpapier auslegen.

Butter, Zucker, Vanilleextrakt und Ei in eine große Schüssel geben und schaumig schlagen.

Mehl, Kakao, Backpulver und Salz in eine Schüssel sieben und vermischen.

Buttermilch dazugeben und gut verrühren.

Mit einem flachen Eisportionierer oder zwei Esslöffeln 24 Kugeln formen, die nicht unbedingt genau gleich groß sein müssen. Der Abstand zwischen den Kugeln sollte mindestens 7,5 Zentimeter betragen.

10–12 Minuten backen oder bis sich das Gebäck beim Anfassen fest anfühlt. Auf dem Kuchengitter abkühlen lassen.

Vanille-Buttercreme-Füllung

¾ Tasse (170 g) weiche Butter, ungesalzen
¾ Teelöffel Vanilleextrakt
3 ½ Tassen weißer Zucker
1 Esslöffel Milch oder Sahne

Butter und Vanilleextrakt in eine große Schüssel geben und mit einem Holzlöffel schlagen, bis alles gut vermischt ist (oder einen Mixer auf niedriger Stufe verwenden).

Zucker hineinstreuen. Milch oder Sahne hinzufügen und schaumig schlagen. Sofort benutzen oder im Kühlschrank aufbewahren.

Zwei abgekühlte Whoopie-Pie-Deckel ungefähr gleicher Größe aussuchen mit der flachen Seite nach oben legen. Mit einem kleinen Eisportionierer oder Löffel eine Portion Vanillefüllung auf einen der Deckel geben. Den anderen sanft darauf drücken.

Ergibt 12 Whoopie-Pies.

Nach dem preisgekrönten Rezept der Chococoa Baking Company.

Dank

Ich habe weder die Höhen von Leonard Pucketts Karriere noch die Tiefen von Anthony Pucketts Laufbahn erlebt, aber ich bin lange genug in der Branche unterwegs, um zu wissen, wie viel Glück ich habe. Elizabeth Weed von The Book Group war von Anfang an für mich eine unermüdlich optimistische, hart arbeitende und clevere Agentin, und ich bin ihr dafür sehr dankbar. Die brillante Handschrift meiner neuen Lektorin Kate Nintzel ist überall in diesem Buch zu sehen – zum Glück! Durch ihr Fingerspitzengefühl ist es enorm viel besser geworden. Danke an Vedika Khanna, die mich durch alle maßgeblichen Details geführt hat. Ich bin noch dabei, die anderen Kollegen bei William Morrow kennenzulernen, aber ich fühle mich jetzt schon herzlich aufgenommen.

Ein großes Dankeschön an Jenny Meyer für die Abwicklung der Auslandsrechte.

Pam Gasner von der Block Island Historical Society war so nett, mich über die Insel zu führen und einige Anekdoten mit mir zu teilen. Kate Butcher, Molly Fitzpatrick und Vincent Carlone haben eine Menge unterschiedlichster Fragen über die Insel beantwortet. Michael Oppenheimer von der Princeton University hat mir geholfen, die Details des Wettergeschehens auf Block Island zu verstehen.

Block Island ist wirklich ein ganz besonderer Ort und ein sehr lohnender Schauplatz für ein Buch. Obwohl ich nicht dort lebe, habe ich mein Bestes getan, um die Insel zu verstehen und ihr gerecht zu werden. Geographische Freiheiten habe ich auf ein Minimum beschränkt, mir jedoch ein paar erlaubt – vor allem die, für die Geschichte ein Paar in ein fiktives Cottage in Meernähe zu platzieren. Ich hoffe, die Insel wird es mir verzeihen.

Kathryne Taylor von *Cookie and Kate*, einem meiner liebsten Food-Blogs, hat meine endlosen Fragen zum Food-Blogging beantwortet, und viele ihrer Rezepte haben meiner fiktiven Bloggerin als Inspiration gedient. Auch Diane Jacob hat mir geholfen, die Branche zu verstehen.

Die Inspiration für »Joy Bombs« dagegen stammt von einem Whoopie-Pie-Shop in meinem Wohnort Newburyport, Massachusetts. Julie Ganong und Alan Mons von der Chococoa Baking Company and Café, die den Whoopie-Pie schon lange vor Joy neu erfunden haben, verschafften mir höchst interessante Einblicke in ihr fabelhaft erfolgreiches Geschäft. Wenn Sie Newburyport besuchen, sollten Sie unbedingt vorbeikommen.

Meine Freunde und Nachbarn Marc und Cindy Burkhardt waren mehr als großzügig mit dem Schlüssel für ihr Strandhaus, in dem ich immer wieder in Ruhe und ungestört schreiben durfte. Vor allem für den Meerblick bin ich extrem dankbar! Newburyport wäre nicht dasselbe ohne mein Mom Squad, dessen Mitglieder Gefallen an jeder Cocktailkarte und jedem Tanzparkett finden, und meine mentale Stabilität wäre nicht dieselbe ohne meine regelmäßigen Lauftreffs mit Jana Schulson.

Jennifer Truelove, die immer gern recherchiert, hat mir diesmal geholfen, die richtigen T-Shirts für Maggie zu finden und die perfekten Titel für Leonard Pucketts Bücher zu kreieren. Die Dritte unseres Trios, Margaret Dunn (zusammen mit Wally Dunn), hat mir, als ich am ersten Entwurf des Buchs arbeitete, die Möglichkeit verschafft, ein Wochenende lang so zu tun, als wäre ich Theaterautorin, so dass ich an ihrem Retreat in Maine teilnehmen konnte.

Meine Eltern, John und Sara Mitchell, und meine Schwester Shannon Mitchell haben sich noch nie geschämt, ganz allein neunzig Prozent des Publikums bei einer Lesung zu stellen, und ich danke ihnen und den Familien Moore und Destrampe für ihre Liebe und ihre Unterstützung.

Addie, Violet und Josie: Ihr entwickelt euch direkt vor meinen Augen zu so klugen, interessanten, unabhängigen und talentierten jungen Frauen, und ich schätze mich unendlich glücklich, eure Entwicklung von der ersten Reihe aus verfolgen zu dürfen. Zwar erfordert sie oft eine gute Portion Zuschauerbeteiligung, aber in diesem Fall stört mich das nicht im Geringsten.

Ein Buchhändler hat vor Kurzem meinen Ehemann Brian Moore als meinen »größten Fan« bezeichnet, und nicht nur bin ich unschätzbar glücklich, dieser Einschätzung zustimmen zu können, sondern sie beruht auch auf Gegenseitigkeit. Für immer.

Natasha Lester
Die Kleider der Frauen
Roman
512 Seiten. Klappenbroschur
ISBN 978-3-7466-3567-5
Auch als E-Book und Hörbuch erhältlich

»Zu lieben kann Wunden reißen, aber es kann diese auch heilen.«

1940: Als die Deutschen Paris einnehmen, wird die Haute-Couture-Schneiderin Estella in eine Mission der Résistance verwickelt, bei der sie dem geheimnisvollen Alex begegnet. In letzter Sekunde verhilft Estellas Mutter ihr zur Flucht, und sie gelangt nach New York – mit nicht mehr in der Tasche als einem goldenen Kleid und einem Traum: sich als Designerin in der von Männern beherrschten Welt der Mode einen Namen zu machen. Und dann steht sie auf einmal Alex gegenüber, der mehr über das Schicksal ihrer in Frankreich gebliebenen Mutter weiß, als er preisgeben will ...

»Natasha Lester erzählt von Frauen, die den Lauf der Welt verändern – und die Kleider, von denen sie schreibt, bringen einen zum Träumen!«
ULRIKE RENK

Regelmäßige Informationen erhalten Sie über unseren Newsletter. Jetzt anmelden unter: www.aufbau-verlag.de/newsletter

atb aufbau taschenbuch

Christina Lauren
Zwischen mir und dir
Roman
Aus dem Englischen von Gabriele Weber-Jarić
370 Seiten. Broschur
ISBN 978-3-7466-3619-1
Auch als E-Book erhältlich

Du kannst immer davonlaufen, aber nicht vor deiner ersten Liebe

Ihre erste große Reise führt die junge Tate Jones nach London, wo sie dem unglaublich anziehenden Sam begegnet. Es ist Liebe auf den ersten Blick, und die beiden verbringen eine unvergleichliche Zeit miteinander, teilen ihre Hoffnungen und Träume – und ihre Geheimnisse. Doch dann wird sie von Sam bitter enttäuscht und er verschwindet aus ihrem Leben – bis sie sich zehn Jahre später erneut gegenüberstehen. Doch Tate glaubt nicht an zweite Chancen. Aber gegen nichts ist man so machtlos wie gegen die Liebe …

Ein wunderschön romantischer Roman über das Scheitern einer ersten Liebe – und die Tücken der Liebe im zweiten Anlauf.

Regelmäßige Informationen erhalten Sie über unseren Newsletter. Jetzt anmelden unter: www.aufbau-verlag.de/newsletter

atb aufbau taschenbuch

KRISTIN HANNAH
Die Mädchen
Firefly Lane
ROMAN
atb